U0130943

INK

文學叢書

260

走過

一個台籍原住民老兵的故事

巴代◎著

〔出版緣起〕

生命聚落絲絲蔓延

千禧年後，台灣各大報的副刊版面明顯「瘦身」，部分改版成休閒生活報導，更甚者則完全取消。產品導向的消費社會機制，以強烈競爭決定坐擁市場。短小輕盈、明豔搶眼如廣告的文學形態，因易於瀏覽、富吸引力，成爲文藝閱讀主流。反之，具思想、文學性的宏篇巨構，如動輒上萬字的長篇小說，因喪失副刊連載的支持，漸失讀者、更失去出版社青睞。市場的緊縮、閱讀習慣的改變，在在皆使長篇小說的創作誘因自文壇蒸發。

有鑑於此，國家文化藝術基金會乃於二〇〇三年創設「長篇小說創作發表專案」，藉由補助生活費的方式，使創作者無生計之憂，全心投入創作。本專案獲補助計畫皆爲一時之選，不僅主題多樣，寫作群亦囊括中生代及新世代作家。創作者於計畫中，呈現出不同世代特有的文字美學及時代思考，不管是內在「小我」的存在命題，或者外部對於本土現世、歷史、家族、政治……等「大我」的議題關照。他們筆下的多元景觀，既是探索生命聚落的旅程，亦再現了銘刻於時代的記憶。這種大規模的文學巨構，較能觸及社會與歷史的深層結構，形成豐厚的文化礦脈，成爲國家無形的資產。本專案歷屆創作計畫的逐一完成，正是源源不絕爲台灣這塊土地，涓滴出珍貴的藝文寶藏。

「長篇小說創作發表專案」是國藝會戮力甚深的一個專案，從最初計畫審查至成果出版，皆以最嚴謹態度處之。爲了徹底活絡長篇小說整體創作生態，本會亦致力於創作成果的出版及後續推廣，如校園演講、作家專訪，以此提振小說閱讀風氣，邀請更多讀者閱讀小說、理解小說，甚至提筆創作小說。

字字成句，句句成篇，絲絲蔓延出巨構，長篇小說創作，亟須長期構思、醞釀、沉潛，才能交織出動人、細密的情節及結構。創作成果須經長時的考驗與評價，才能顯其價値及影響。優秀文明的形成有賴重量級藝術作品的縱向接力，我們期待，藉此專案能鼓勵一篇又一篇精彩鉅作出爐，形成一股交替不已的文學接力，爲這塊土地啓導一個新生的文明。更衷心冀盼還有更多以藝術眼光、追尋人性本質的長篇小說出現，挖掘這個時代殊異、具典範性的精神特質。

國家文化藝術基金會董事長

黃碧川

目錄

〔自序〕

跟隨走過這一回

第一次知道陳清山老先生，是二〇〇二年返鄉參加大獵祭的事。當時經由母親的介紹，知道他是日本人離開台灣以後，跟著國軍到中國大陸作戰，然後幸運生還回台的老兵；當年同行的有二十人，我的親舅舅林丁前也在其中，但在魯南第一場仗就陣亡犧牲了。

母親記憶中，他們當時走了之後還來了一群穿黃卡其制服的軍人，在部落聚會所「巴拉冠」廣場出操恫嚇，有些士兵甚至持槍到各家搜東西。母親以電視劇演出的共產黨形象印象，一直以來便認爲他們是被「這些」共產黨抓了去打仗的。正因爲從未清楚地了解那個時代背景，所以許多年來母親就這麼認爲。我曾經懷疑，卻一直沒進一步證實，直到陳清山老先生出現，才了解四〇年代「台籍老兵」除了被日本人拉去南洋作戰的台灣人，確實還有一批一九四五年被國軍以「工作」名義騙去打國共內戰的一批台灣兵。

陳老先生給了我一份近一萬字的自傳手稿，在二〇〇二年十二月底大獵祭的獵寮裡，幾杯黃湯，我仗著自己三軍大學指參學院的學歷與多年軍旅的參謀經驗，我豪氣的誇大口說：給我兩三年，準給他一個精采又逼眞的戰場回憶錄。但隨著閱讀的資料越來越多，蒐集的相關細節越來越清晰，加上反覆拜訪陳先生與咀嚼手稿，我才知道，口氣，我是大了，能力，我是根本不足。最嚴重的是，我竟天眞的認爲戰場是這些台籍老兵一生的全部，忽略了這些多數的長輩，在一九四七年元月踏上中國大陸，四月便在魯南地區陣亡的事實；而最久的戰場經驗也只是延伸到一九五一年的朝鮮戰爭；忽略了他們滿懷希望離鄉，卻證實這是一場必須賣命的騙局的不甘心與近乎絕望的心情；忽略了當時整個台灣社會的氛圍，以及埋藏在背後的無數情緒與故事；忽略了他們滯留大陸四十幾年人生最菁華的歲月，是如何在整個中國激烈動盪的社會運動中，壓抑著自己，讓鄉愁啃蝕心理的煎熬；忽略了陳老先生自己想要表達的「人生走過一回」的態度。

於是，我寫寫停停，解構又重組，寫了一段、插了一段，又塗抹了一節，終至停筆。直到二〇〇七年底，寫完長篇小說《斯卡羅人》，二〇〇八年寫完長篇小說《馬鐵路：大巴六九部落之大正年間》後，在「財團法人國家文化藝術基金會」生活補助的贊助下，又重起章節專心完成。我迫不及待地，呈給陳老先生看，幾週後他告訴我，說我彷彿是跟隨著他走過這一回，我說了很多他想說卻怎麼也表達不出的話，而他可是一路哭哭笑笑的看完。

我無法精準的理解，陳老先生「哭哭笑笑」的確實意涵，但透過小說形式以第一人稱的視角，揣摩陳老先生的心境，企圖以他一個人的經驗，沒有懷恨、不預設立場的說明整個台籍老兵的境況；並呈現四〇年代動盪台灣的人民，渴望從廢墟重新站立的決心與期盼；進一步具象台灣原住民族不可避免的陷入時代的紛亂，在異鄉亂世中如何自處的調適與掙扎。希冀這些痛苦經驗永遠不會在後代子孫身上重蹈。

我如實的表達了嗎？也許是，也許眞的是這樣了，不過，吹牛吹了七年，我總算是拉拉雜雜寫完了二十三萬七千字，是吧？該說的都說了，剩下那些我掩掩隱隱想表達的，就請讀者慢慢琢磨。哪天，耳邊，親口告訴我關於你走過我的文章的心情吧！

最後，感謝讓我免於找經費塡補家計的「財團法人國家文藝基金會」；感謝陳清山老先生寫作期間的鼓勵、督促與指導；也謝謝我的妻子惠，無怨悔的支持與鼓舞。本書獻給當年一心爲改善生活而離開大巴六九部落的長輩們，以及成百上千的、曾經被遺忘或者現在仍然不被記憶起的「台籍老兵」。

誠願，戰爭不再，即使偶發，也能迅速走過，沒有積怨、宿恨。

二〇一〇年於岡山

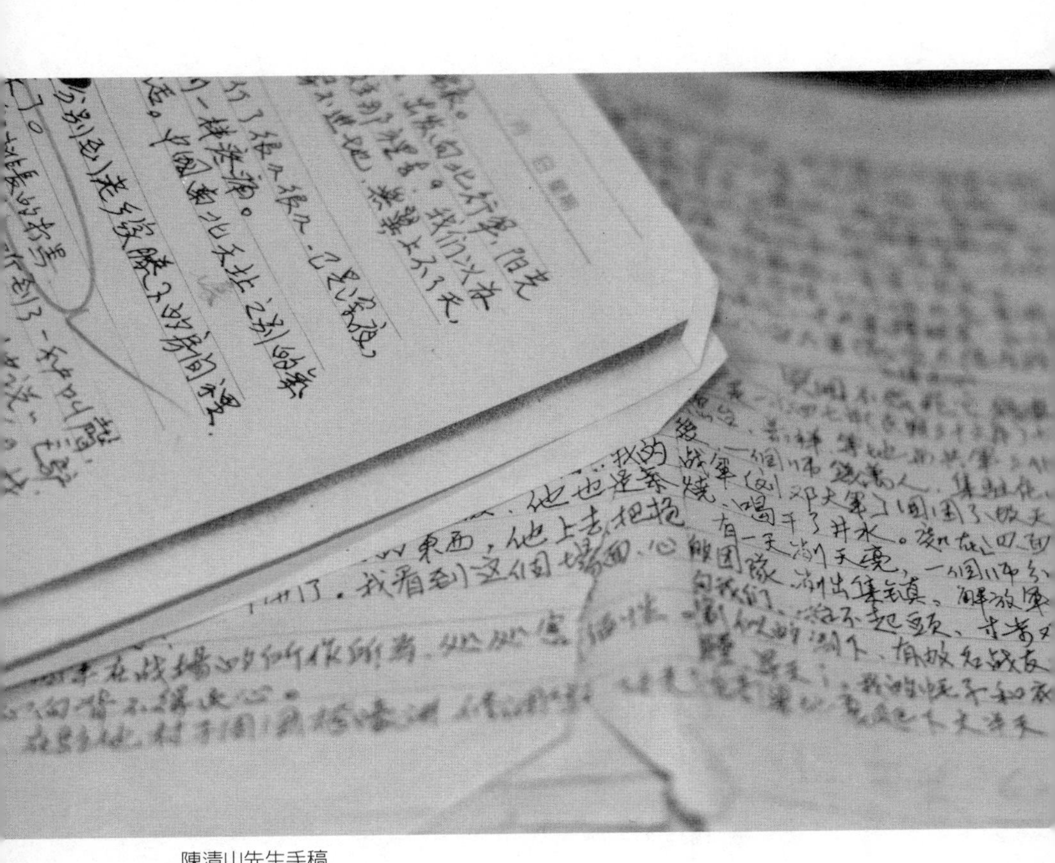

陳清山先生手稿

楔子

如果，沒走過這一回，我究竟會有怎樣的一個人生？是更幸福，還是更不幸？更平凡，或者更值得記憶？

回想起這一段走過的漫長歲月，特別是我從十七歲的少年郎，歷經離家、征戰、重生，到六十四歲踏上闊別四十七年之久的歸鄉路，到現在八十的歲數；那些我所經歷地截然不同的社會制度、意識型態與記憶印象；那些崎嶇、坎坷；那些一件又一件令我意想不到的歷程盡是喜怒哀樂、酸甜苦辣的五味雜陳，無時無刻地在心頭胡亂翻攪，讓我在暗地裡不知流了多少的淚水。而這些真實生活經歷所付出的血淚汗水，卻也成了我生命中記憶最深刻，永遠也無法磨蝕的一絲絲烙痕。

驀然回首，玩味我的過往，這一趟的人生旅途，終究還是讓我感到肯定與知足。

如果你問我都八十歲啦，我的人生還有什麼期待？我不知道如何回答你，正如我不知道什麼時候會停止繼續思想。

我是在台灣出生、成年，在大陸成家開枝散葉，如果說，我眞要有什麼期待？但願百年之後，能把我的骨灰分成兩半，一半送回大陸，一半留在台灣，我想我應該會含笑、知足、感激於九泉之下而了無遺憾。

這算不算是我的人生期待？我不知道。看看我栽種的樹豆、南瓜，看看我新墾的小塊旱田，那剛剛冒起的新芽，也許那才是我現在與未來眞正的人生期待呢。

不過，不管未來有限的歲月，我的新人生如何展開？在這之前，我還是想告訴您，關於我的前大半生，那段深刻烙印在我心中的記憶，而這一切都得從一九四五年十二月二十四日的那天開始，或者更稍早之前講起……

第1章

夢的訊息

"Gasayi! Gasayi! Yi? Wuḻayian yini na aḻak?"①

「卡沙一！卡沙一！咦？這人上哪兒去了？」

"Gasayi! Gasayi!"

母親的叫喚聲持續著，妹妹熙安也幫著叫喊。

「卡沙一，卡沙一……」

"Muwaḏaẖi gu!"

「我在廁所！」我忍著茅坑的臭氣，大聲回答。

"H̱aḻevi ḻa nu muwabaḏaṟan nu haṟimay, awami ẕia giagawy ya, ẖaṟi warumaẖ mi nu geṟaṟavi da ḻa."

「出門記得把家裡門關好啊，我跟你妹上山砍些柴，過中午以後會回到家裡。」

"Oo!"

「喔！」我隨口應了一聲，但並不確定母親是交代我把門窗關好，還是要我早點回來。

一九四五年十二月二十四日，我剛滿十七歲又兩個月了，日本人已經戰敗撤離台灣。我，以及其他入學日本在南王②「青年學校」的同村人，也停止了將近兩年牛馬不如的軍事訓練留在村子，平時除了放牛犁田，其他的也沒啥事好做。家裡經濟狀況並不好，我總覺得應該想想辦法改善改善，種田也好，打工也可以，靠自己加倍努力，給家人過好日子，也好期待自己有個美好的未來。最近的日子，從下田或收了工回家，我便常常不自覺地陷入這樣的沉思憂慮中，以至於時常忽略誰對我說了什麼話。

想要上進改善家計是好的，不過許多到初鹿鐵道驛站以及台東大街外地工作的人都失業回來了，像我這樣一個已經浪費了兩年接受日本軍事訓練，隨時準備上戰場的小伙子，沒特別的技能，想找工作的機會幾乎是不可能。眼前只有把家裡那幾分地好好耕耘，多增加點收成，圖個溫飽餬口。只是，我的內心底還是不停的翻騰著一股豪氣，我想我應該可以做得更多，而不是窩在這個小小的地方，等待未來出現奇蹟，而忽然改變眼前的一切狀況。

望著屁股底下的糞坑，那一群一群不停蠕動的糞蛆，我終究還是陷入我的思緒之中。

"Nu yiniyian da ẕa giagarunan nu gemada mu, gamḻia gu gilusulusu ẕa ḏaw nu ṟaẖemeṯ gu gigarun ẕi muẖuma."

「就算沒地方可以打工，憑我的幹勁，我種田一樣可以有出息的。」我總要在陷入沉思之後這樣鼓勵我自己。

"Ḻa! ḻa! ḻa! Hung a! Gaṟaẖemeṯ a da ganinina waṟi, ẕi da ganganaw yini na ẖuma, nu ẖemanan ḻa mu ẖari sasaḻen ẕa gulan ẕa lumay ẕaman yi yina."

「走吧，大水牛！我們今天可得好好的幹活，把田犁一犁，等伊娜③明天播些菜種、旱稻種。你可不能輸給我啊，沒趕上進度，我們倆可都要給人看笑話呢。」出了茅坑，我看了看院子裡綁著的水牛，像往常一樣跟牠說話，然後扛起了犁耙，解開了繩子，高高興興的往田裡走去。

---

①卑南族大巴六九部落方言文字形式。
②今台東市南王里。
③母親。

我們這個村子不大，在我九歲的時候④。因爲「大巴六九溪」和「甘達達斯溪」洪水暴漲，日本人把我們的部落從「哈里蘇來」舊部落遷到這裡來。

這村落位在舊部落南邊約兩公里的「杜勞杜勞」，原先是利家村⑤一些村民的耕作地。北有「法魯古勒溪」，南有「母達布拉溪」。社區是日本人規劃的新式井字型社區，東西向五橫、南北向四縱的街道，每一個區塊平均分住四戶人家，每戶人家雖然都住著小茅草屋，但庭院空間還算大，這幾年已經陸續遷來了三十幾戶人家，約兩百多人口。

村民大多在部落東面開闢農作田種植小米、玉米還有一些旱稻、五穀雜糧以及極少的水稻，我們家的農田就在部落東邊的灌溉水道附近，距離村子邊不到一百米的距離；較晚遷移進來的族人則在部落四周、特別是西面山坡各開墾出旱作田。

還沒出村子口，就遠遠的看見路上開來了兩部黑色的轎車，迎面向我接近，車子內分別坐著一些人。我沒看清楚他們是什麼樣的人，我也從沒見過這樣的車，即使在南王青年學校學習軍事的時候，也沒見過這種車。

"Gamawmaw a d̲aw z̲a h̲ahir̲ayian nani a."

「這肯定是個大人物來了。」

"Mu, ruwa maguzaya gani?"

「不過，大人物來這幹什麼?」

我的心思才起，黑轎車已經逼近我眼前，我趕忙牽動水牛讓過馬路，黑轎車輾過礫石路發出了喀嘞喀嘞的聲響。

"Al̲a, Hung a, da gaguzayaw nanina maibaliz̲in, l̲a z̲anda wah̲umayian, mu ai gavangavang, h̲agu nu yi dar̲maeman ni gemaru muyid̲as muguwa muwah̲ivat a."

「走吧，大水牛，官家坐車兜風，我們下田犁地，不過你放心，我偶而會跨上你的背，但不會拿你當坐騎逛大街招搖的。」我扯了扯牛繩牽水牛回道路中央，對牠說。

我希望努力工作改善家裡經濟，讓大家生活都美滿，但不想有那麼一天我要坐這樣的黑色轎車耍氣派。

農作地附近已經有人比我早上工了，今天天氣冷，天空有雲層還下著毛毛雨，這些親友可眞認眞啊。

"Semaval̲an, gumuza mu gana semaval̲."

「早啊，你們來得可眞早啊！」我揮手問好。

"Ga al̲ediz̲an yi rumah̲, mazh̲inava nu muh̲uma da, gumuza z̲i sasa wu?"

「天氣冷窩在屋子裡更冷，不如到田裡幹活暖和些。怎麼？就你一個人？」

"Maw gemaru a ar̲ediz̲an, muh̲umami a azaman, z̲i musamah̲ l̲a z̲a magideng, garuwa gu sasa gimibiya gema angu an̲ez̲."

「是啊，昨天犁過一些，今天再犁過，順便鋤草，我一個人就夠了。」

"Ya, garah̲emet̲, sasa wu la a mah̲inay yi rumah̲ harem, gemaru da nu mah̲inayian da."

④約一九三七年。

⑤在大巴六九南邊的卑南族村落。

「你可要辛苦些，你家裡面也只有靠你這麼個男人啦，男人就該要這個樣子啊。」

親友的話稍稍刺痛我的心，一陣傷感忽然襲上心頭，我揮揮手，臉上勉強擠出笑容，轉過頭走向我家田地。

我的兄長古馬多博和其他幾名親友，在一九四二年被日軍徵調參加「高砂義勇隊」，日本人給了「倉田盛二」的日本名字到南洋賣命，聽說給美國人俘虜了，迄今生死未卜。我的父親莫杭在幾個月前，也因為日軍逼糧而活活氣死，家裡只剩我一個男人和兩個啥也做不了的小弟弟，這肩頭的重擔我自然知曉，不過想起親人的離去，還是不免一陣傷感。

才走到田邊，村子忽然響起了鐘聲，鐺……鐺……鐺……的敲了七下，停了停又敲了七下，又七下，總共二十一聲。我回過頭望向剛才說話的親友，那親友也正好回頭望著我，表情似乎在問：發生什麼事？

我還來不及回答他這鐘聲可能跟剛才的黑色轎車有關，便聽到村長拿著話筒高聲的叫喊著：

“Yinmu anda zingaḻan, yimu mabiya mu, aḻamu, gazigaziga ruwa yi Balaguwan, wuḻa anda baṟayaṟayazan.”

「所有村民，所有的村民現在都趕快到集會所開會。」村長的聲音明亮清楚，他說了一遍，又說了一遍。

整個農作田似乎只有我們兩家已經在田裡，那親友匆匆收拾之後，向我揮揮手：

“Gaimizia, gawuḻa aman a bagineẕan ganda, gaimi ẕia dungulay.”

「我們先回去啦，聽這鐘聲，似乎有什麼要緊的事要宣佈，我們先過去看看！」

“Gianuayin mu, ẖari wabana gu nu ẖarimai.”

「你們先走我隨後跟上。」

我揮過手回禮後隨即放下犁耙，又把水牛綁在田裡的龍眼樹幹上。心想，這鐘聲肯定跟那黑色轎車有關聯，而這一定是有什麼大事要宣佈。日本人走了之後，這可是部落第一次敲鐘集合，我得去看看。

時間大概是八點多，天氣冷，多數的人都還沒準備上工，往田裡走的人，聽到叫喚也紛紛回頭。我先回家喝了碗涼水之後，再轉往村子的「巴拉冠」⑥。

街道上不少人在走動，方向大致是往集會所移動的，而村長的話筒聲又繼續傳送了兩遍。

"Aeman a wa? Gemani gana mahel̲."

「會是什麼事啊？這麼急著催促。」一個抱著娃兒的年輕媽媽說。

"Mal̲azam da! Gawl̲a mawna ar̲edir z̲i, yiniyian da z̲a aganen z̲i, buabana mu z̲andaw zawa ni yawan vaver̲ai ganda!"

「誰知道！大概天氣冷，糧食缺乏，村長家裡頭多出的穀物要分給大家吧！」另一個媽媽牽著一個小女孩開玩笑的說。

"Tsa! Sasimeh̲ z̲i gin̲ez̲ yi yawan a, dawdayi gasel̲uwai l̲a."

「啐！妳這麼開玩笑，當心給傳到村長耳裡，要罵人了。」

"Da bagin̲ez̲ay, yieman na wudu yawan gema, a bun̲away mu r̲aruwa h̲emar̲aw wa anda aganen na

⑥男子集會所，部落議事之處。

Zibung mu, dawmi lagai biniya, gavauw mi ẕa man nu ẖadaw dayi nanaẖuwy.”

「就是要讓他聽見，誰要他是村長，日本人先前來逼糧，我家存的糧食都給抄走了，現在根本沒多的糧食過冬，他該好好的照顧我們這樣的人。」

“Aruwa ḻa a, mawleb andaw aṉeẕ, a ruwa na Zibung mu, buṉaway bagiṉeẕ ẕa ṉay, a muruvuk naruna Zibung mu, daw bubanayaw andaw niḻaseẕ veṟay ganda. Malalub wu gani Muhang a minaḏai zandaw ẖiḻemesan, maw yindaw na ginuwanung ganda ẕa buwaeḻangan.”

「別這麼說了，村長已經盡力了，日本人來搜括糧食之前，他已經先放出風聲，事後也把他家隱藏著的剩餘糧食都拿來救濟。妳忘了莫杭被活活氣死的時候，他要大家想盡辦法救濟他家人啊！」

“Maw gamaru, ganḻiya gu malalub, naruna hidai na Zibung mu muduwaẖduẖ ḻa andaw ṉalay ẕa maṟaṉeẕan ẕa gumuza ganda, ningu mu simeẖan ḻa ganu! H̱inava anda aṉeẕ ḻa ẕa muruvak ḻa na Zibung haṟem! Mu giṉeẕ gu ẕa ṉay mu, Minguw ḻa na saguly ganda gema ẖaṟem, mu, aman ḏawan naru awa?”

「是啊，當時的情景我沒忘記，那幾個日本兵色瞇瞇的，我也記得清楚，剛才是開妳玩笑的！日本人走了大家心裡都舒坦了些啊！對了！聽說現在是民國的時代，不曉得他們又是怎樣的人啊？」牽著小女孩的媽媽說。

兩個年輕的媽媽交談著，完全沒注意到我靜靜的跟在她們後面沒敢發出聲息，就連她們提到我父親莫杭的事，我也只因爲心裡揪了一下亂了呼吸，我沒敢打擾她們。

“Yi? Gasai, gumuza ẕi sasa wu? wuḻa yian yi daina?”

「怎麼？卡沙一，就你一個人來啊？你母親呢？」街道旁的住家一個牽著小男孩的表舅看見我，喊起我的名字。

聽見叫喚，走在前面的兩個媽媽也立刻張望然後回頭。

"Yiyini, Gasai mu, gamuwan nu z̲a bal̲az, mabeng wu, guel̲ang yi liguz̲an ganda?"

「唉呀，卡沙一，你怎麼跟個『巴拉日』⑦一樣，不吭一聲的跟在我們後面啊？」兩個媽媽回頭看見我也都嚇了一跳。

我只敢苦笑，沒回答。

想起我的父親，想起家裡的經濟，想起田地裡的活，忽然心裡湧起了不少心思，我連回答的意念都沒了。

「巴拉冠」裡外已經擠滿了人，我趕緊找個空隙坐了下來。

村子大多數的人都來了，彼此打招呼的，議論的，每個人都努力的找話聊，但幾乎所有人眼睛都沒離開前面的六個人。

那六人之中，除了穿著紅色大翻領上衣的小姐，像是文書或紀錄什麼的，面前擺著一張桌子，上頭有本子和筆，其餘五人則分坐著兩條長凳子。我注意到「巴拉冠」建築物後方道路，停靠著的兩輛黑轎車，心想就是他們，先前與我交錯而過的「大人物」。

"Minguk gemada ganani na d̲aw? Gumuza nu menah̲u da mu h̲ari biamawmaw, gamuwan z̲a Zibung

---

⑦鬼魅。

gamuwan za Bayrang nu menahu da.”

「這些人就是民國的人啊？怎麼看起來都怪怪的，像日本人又像白浪⑧。」我右前方的一個大叔低聲說話了。

“Ginez da za nay mu, maesan zandaw yinubanayian gema a nay, gamlia magamly za gumuza.”

「聽說他們都是一樣從唐山過來的，都一樣的人啦！」大叔左側坐著的青年漢子回答他，他是我父親那一邊的親戚，原先在初鹿火車站做些勞力工作，日本人一離開他也失業回來。

“A, hinava za man nu gemaru? Guadeng nu gemada ganaru na Zibung mu, wula zia anda garuwan, nu ruwa la nani na Bayrang mu, garu zia a zareh anda garuwan?”

「啊，那不就糟啦，日本人到後來搶糧食凶歸凶，我們還有地方住，眞的要讓這些白浪來管，我們會不會連住的土地也沒啦？」

“Gamlia gemaru ziamaw, wula na guwadeng na daw wula na hinava, magamlily da a daw, auwsay yi gani yi Valanauw mu hari da masaesan zi, mawla naru na garuwaruwan mu.”

「不會啦，不是每個白浪都是壞人啦，這個世界什麼人都有，各地方的人不太可能都一樣啦，你看，光是我們台東這裡，不同的族群就那麼多，所以他們也會有不一樣的啦。」

他們竊竊私語，其他的人也沒停止嗡嗡議論，整個會場吱吱喳喳個不停。

“Garabenan! Garabenan zia!”

「安靜！大家都安靜下來！」

村長站了起來，這一站，大家都安靜下來了。

"Ganmu zawlay ruwa gani za, wula a nay a baginez ganmu."

「今天把大家找來，是有一件事情要跟大家宣佈。」村長環視四周村民，繼續說：

"Nani giyagusang na ruwa gani harem mu, gala wula andaw nanay zaman bagalazam ganda, mawmu nindaw bunawanaway ruwa gani na yidas yi Guwomin Sēhu, dalginez nu mararenay, munu bamly mu ginez daw dayi siriyai."

「今天有幾位政府來的貴賓，要向大家說明一件事情，這是國民政府第一次派官員到我們村子裡來開會，各位可要認眞的聽，別讓人看笑話了。」村長以卑南族族語向大家說明，村民隨著村長的介紹，眼睛都望著今天的貴賓。

一位身穿黑色西服打著領帶，年約四十多歲的高個漢子站了起來，他身邊一個約五、六十歲，穿著灰色西裝的小老頭也跟著站起來了，圓圓的臉，個子只到那漢子的肩膀，看起來像個日本人。

「#$%&* ……」那高個漢子說話了，「#$%&* …… #$%&* ……。」

"Mararenay za eman?"

「他在說什麼啊？」隔著一個座位的表哥阿來依撇過頭看著我低聲問。

"Malazam gu!"

「我也聽不懂啊！」我皺起了眉頭低聲回答他。

我沒聽過這種語言，其他人似乎也有相同的問題，大家左右瞻望，不明白這個漢子到底在說什麼。

---

⑧閩南移民。

這時他身邊的小老頭粗聲粗氣的說話了，他說的是日本語，我聽懂了他的意思，原來他是在翻譯那高個子所說的話，接著村長又以本村的卑南語翻譯給大家聽。

一等村長翻譯完，高個子又繼續說了一長串，奇怪的腔調惹得大家幾乎笑了出來，但在村長嚴厲的眼神掃過之下，沒有人敢眞正的笑出來。

這應該是民國的話語吧，我思忖著。

只見說話的高個子越說越慷慨激昂，翻譯的小老頭卻時而皺眉，粗糙的聲嗓偶而停頓，偶而又加重語氣。村長翻譯小老頭所說的日語時，表情更是奇怪，他有時抬起頭看著小老頭，有時又看著高個子，講了幾句停了下來，又繼續講幾句，好像一直在找合適的字眼，去表達那小老頭所傳達的意思。

多奇妙啊，語言這個東西，先是日本人的話，後來在青年學校聽過是平地人的語言，平地人的話我一個字還沒聽懂，現在又來個這些做官人說的話，眞要去學會這些，我看我這輩子學都學不完啊。

三個人輪流的講話幾乎已經用去半個小時，儘管村長很認眞的翻譯，但我聽不太明白那高個子的人所要表達的意思，我往其他人望去，似乎所有人也有相同的反應。

有人已經開始不耐煩的取出小刀割腳底板的厚繭，幾個年輕的婦人有的乾脆取出包包裡的繡布，有一針沒一針的刺繡，更別提那些帶著小孩的父母因爲小孩開始吵鬧，而一直往外邊移動準備離開；嚼檳榔的，找菸袋的，不耐煩全都寫在臉上，不過大家都還算安靜，沒有打斷前面那三個人賣力的輪流說話。

高個子說的話經由小老頭翻譯成日語，再由村長翻譯成族語，大致的意思是：

日本人統治台灣五十年，你們台灣人民一直被他們當成奴隸一樣的生活方式，今天起正式的宣告結束。現在呢，台灣已經回到像母親一樣的國家的懷抱，這眞是一件令人高興的事，也是符合大家日夜期盼的願望。但是像母親一樣的國家，因爲日本人發動戰爭的關係，遭到嚴重的破壞，所以今天以後的主要工作，就是要恢復建設。大家要記得，國家興亡，每個人都有責任，每一個青壯年都應該到國家的每一個角落參加建設。

看得出來村長正努力的想表達小老頭日語翻譯所傳達的意思，我也一直努力的想弄清楚其中所要表達的意思，但是，我還是不清楚幾件事情：

我十七歲，一直以來是日本國民，如果高個子說的，日本統治了五十年，那就表示五十年前是另外一個國家政府在管；我記得我的祖父說過，他們講的是現在平地人講的話，怎麼跟現在這個高個子大人物說的語言不一樣？

還有，日本把我們當成奴隸一樣的生活方式終於結束，意思是，從今以後我們開始要過美好的生活了，那會是什麼樣的生活呢？高個子沒說明白，其他坐在底下的鄉親也許也沒聽清楚，所以沒有人提問題，都在忙各自的事。

另外，在唐山在大陸，那個像母親一樣的國家，到底是什麼樣的國家？遭到戰爭破壞的又是怎樣的情況？

幾個月前，美國的飛機三天兩頭在台東平原盤旋丟炸彈，位在村子西北邊上面一點，那個林丁前的住家，遭到日本人自檳榔樹格山的高射炮流彈擊中而燒毀，我們幾乎是動員了全村的青年去救火，後來幫他們重蓋一間小小的茅草住屋，那個像母親一樣的國家的情形會比這裡嚴重嗎？那個國家的人呢？多不多？他們都到哪裡去了？爲什麼要我們這個小村落的人去幫他們建設？要建設什麼？

忽然，嘩……眾人爆起了一陣呼聲，把我拉回現實。

"Demadadenah̲ a n̲ay?"

「是眞的嗎？」

"Mar̲enay z̲a man a har̲imay"

「他剛才說什麼啊？」

"Demadadenah̲ andaw n̲ay ni yawan?"

「村長說的是眞的嗎？」

"Ni-sēnyian? Demadadenah̲ andaw n̲ay z̲a ni-sēnyian?"

「兩千元？他說的是眞的嗎？兩千元呢！」

眾人議論紛紛……

"Ni-sēnyian gema mu z̲a man?"

「什麼兩千元？」我覺得我錯過了什麼精采的，趕緊問問表哥阿來依。

"Hagu gin̲ez z̲a mar̲ar̲enay z̲a man!"

「我也沒聽清楚！」表哥跟我扮了個鬼臉，看來他跟我一樣胡思亂想去了。

"Ren̲ay z̲ia bar̲asan?"

「能再說一次嗎？」一個大叔高聲的說。

"Gaṟabeṉan yinmu mabiya!"

「大家都靜一靜！」村長拉開嗓子說，口氣出現了一點火氣。

"Daṟgiṉez nu gema gu mu, ẖamu muayi giṉes, aeman gema mu ganiyiam, semasivay mi banaẖu gamu ẕiamaw?"

「要你們認真的聽，就不當一回事，把我們當成猴子在表演啊？」村長的話卻立刻引起大家的笑聲，引得那些大人物因爲不解而相互的觀望。

"Maṟeṉay ya gu ẕia baṟasan, daṟgiṉez."

「我再說一次，大家都聽清楚啊。」村長不理會大家的笑聲，拉高嗓門說，而這一高呼大家都靜了下來。

"Na ṉay nani na ḏaw mu, yiru na...niyaṟeṉay na...masen gaṉan daw yinubanayian yi dainadaw na koka na ginaguwa mu, maeyaẖ ẕa garuwaruwan ẕa ḏaw ẕa buaeḻang gigarun, mu yiru andaw ṉay ẕa alamu yinmu na maṟḻaḻak na geṟaṟevatan ẕia mu, alamu buaeḻang gigarun gama, yiyiru na giagarunan mu, garuwa da menazanazam ẕandaw ṉay ẕa valay daw, ẕi na ruwa gigaruna mu, dawmu vaveṟayai ẕa ni-sēnyian gana vulan ẕia."

「這些人的意思是，那個……跟媽媽一樣的國家，需要很多的人投入建設的工作，所以希望大家踴躍報名參加他們的工作行列，不但可以學習漢語，也可以學習漢字，最重要的是，參加的人，每月工資兩千元！」

“A...demadadenah yiru na nay?”

「啊……是眞的嗎？」

村長的話像是點燃了火藥，引爆了眾人的議論紛紛，沒有人去多思考村長說「跟媽媽一樣的國家」時，那種奇怪的講法，每個人都被那「每月工資兩千元」的話所吸引。

上了年紀的老人提醒大家要小心，成了家的婦人卻多半鼓掌歡欣要家裡男人外出賺錢，但最高興的莫過於我們這些十幾二十上下的青年，特別是才剛從各地打工失業而回的青年們。

我再也坐不住了，想想，這些外出打工的親友，最好的收入狀況，是在鐵道驛站附近打工的幾個人，他們的平均月薪也不過二百多元，這將近十倍的差距，簡直太不可思議了。我想只要認眞的工作兩三年，家裡的生活豈不就要翻兩番了嗎，我激動的幾乎無法繼續思考。

“La! guelang a da!”

「我們去吧！」表哥阿來依提議說。

“Demadenah wu za awada?”

「眞的要去嗎？」我想立刻去，卻因爲太激動只能胡亂的回答。

“Garabenan zia yinmu mabiya!”

「大家都安靜下來！」村長又扯開嗓子說話。

“Garabenan!”

「都靜下來！」

“Dargiyananer yiru na nay, nu badezel la anmu anez mu, zi awagu nu gemamu mu, wa, wa gaziu valay ammu ṉaẕan!”

「大家仔細考慮考慮，等想通了，願意去的，到那裡登記！」村長指了指旁邊穿大紅翻領衣坐著的女文書。

一會兒見大家沒動靜，高個子又起來說話了，村長又開始翻譯，意思是：

各位親友，建設一個偉大的……跟媽媽一樣美麗的國家，是我們每一個國民莫大的榮耀，有了大家踴躍的投入，國家建設便能早日完成，我們全體國民並可以過著安定美好的生活，政府絕不會虧待大家的，換句話說，大家不但從此可以跟我一樣說漢語、寫漢字，這期間還可以月領兩千到三千元，天底下哪能有這麼好的事，各位還考慮什麼？

“Ni-sēnyian baḻu ẕa sang-sēnyian?”

「兩千到三千元？」

我的腦袋感覺被人重重的敲了一下發出轟的聲響，是啊！到哪裡找這麼好的差事？我要不去，肯定終身要後悔了。

我去，我一定要去！

我心裡打定主意，正待起身去簽名，便看到林丁前已經站在那女文書的桌前準備簽名。

幾個月前，他家遭到炮火擊中焚毀後，便離開了青年學校，回家照顧瘸了腿的媽媽和瞎了眼的爸爸，以及年幼的三個弟妹，我雖然沒那麼慘，但父親的過世，使得家庭狀況也好不到哪裡去。

大概快中午的時間，要報名參加的人經過考慮與家人溝通，都陸續簽完名字完成報名手續。

“Aruwa ḻa! Sawaẕiyan da ḻa yi gani ẕi, demalawleb ba da ẕia, ẕi venavadi ya gu ẕia ganammu ṉazan ẕi, gin̲ez̲ z̲i z̲a bamaw z̲a h̲ar̲i! Nu wal̲a z̲ia a mar̲an̲ez̲ guel̲ang mu, nu biya da gar̲h̲al̲i mu, al̲amu l̲a yi ganin gu z̲i val̲ay annu n̲azan."

「好啦！時間也拖了這麼久了，大家都回家休息吧，我把名字唸一唸，看看有沒有漏掉的！如果有人還想報名，下午的時間自己到我這裡來報名。」村長翻譯那小老頭的日本語。

名單總共有二十二個青年的名字，其中包括陳桂參、陳連賞、林阿田、林阿德、林春風、林春木、邱木友、黃聲之、林金水、吳阿吉、吳進來、張阿生、林丁前、林吉、張天德、王春國、黃明來、吳興、張進財、林五郎、林源正[9]還有我屈納詩。

我的情緒一直亢奮著，中午回家把早餐吃剩的當中餐吃完，想睡午覺卻輾轉睡不著，只好回到田裡。

大水牛老遠見著我，便哞嗚……哞嗚……的鳴叫。

"Aigia! Hung a, gumuza zi malalub gu buwarigan gannu awa!"

「哎呀！大水牛，忘了你還沒吃草啊！」

"Nu h̲emanan mu war̲evuk gu l̲a yi rumah̲ muguwa gigaruna, nu muruvuk gu har̲em mu, gaimanay gu z̲a warumah̲ gu nu aizan."

「明天我得要出遠門賺錢養家了，這一去，也不曉得多久才能回來。」我一邊解開牛繩子一邊對牠說。

"Aimu da guzayaw nu salengseng da l̲a mu, mah̲inayian gu z̲i, misaguli z̲a gavaauwan z̲angu nirumah̲enan, z̲a bagah̲inavayian. L̲al̲ak gu z̲ian, mawl̲a angu awayian h̲ar̲em. Nu h̲emanan mu gunuwy wuvurukai, awagu gandu na vulay na masan gani nany na guoga na ginaguwa, dawmi bigawniuauw za ni-sēnyian za vulan. Saema ai gaguwa ganini na ni-sēnyian, garuwa luwada vulan za sinaleman yinda zaruwa. Aigia mu, awuwa ziga ruwa nani na daw a.”

「我實在捨不得離開，不過呢，我是男人，我有責任養活我的家人，讓他們過美好的生活。趁年輕找一份好工作養家活口。現在機會來啦，明天我就要到一個跟母親一樣美麗的國家去工作，每個月兩千元呢。別看這兩千元數目，夠我們兩個犁地種田一年呢。哎呀，這些大人物，要是早點來那該多好啊。」我扯了扯牛繩，把水牛調整了位置讓牠吃草。

我的心情實在是太愉快了，連這水牛也似乎被我感染的哞嗚……哞嗚……亂叫。

“Mayi ginawuleban nu la zannu buaelang muhuma gana wari zia, nu muruvuk gu la mu, ai gaviring ganin gu.”

「這段時間眞要謝謝你陪我辛勤的耕地，等我離開，你可別太想我啊！」水牛轉過頭看著我又哞嗚……了一聲，似乎回應我的話。

“Yi, haruyi gibedadenah? Demadenah gu, na saya vulang mu ni-sēnyian gawla dawmi buwabuwayai za saema, gasaleseng wu nu hemanan nu muruvuk gu, gunuyi laligez ai! Aruwa, demalawleb a da, zi dazegan, yingu mu, miyah a gu za guwazaguzayaiaian.”

「耶？你不相信我啊？我是說眞的，一個月兩千元或者更多，明天就要出發，到時候可別換你

---

⑨以上名字皆是以返台後，戶政事務所所登記的漢名爲準。

捨不得我啊，我可要笑你喔！好啦，今天我們不犁田，你好好吃草，我呢，找別的活來幹。」

說完我又立刻跑回家拿了把小鋤頭回田裡，不過也沒有多少心思幹活了，滿腦袋胡思亂想。

日子從今天開始將有新的改變了嗎？我們不再需要爲了幾塊錢四處找零工打，不需要看日本人的臉色，不需要去什麼青年學校每天練習打靶、刺槍、練戰技準備上戰場吧！哎呀呀，這件好事如果早點來，也許我的父親也就不會因此過世；如果這些人早點來，也不用讓我愁苦這麼多時候，哎呀呀，眞是開心啊！

我安不下心情，更沒勁繼續待在田裡，扛了犁，牽了牛，直接下工走回家去了。

“En? H̱ari zia mulusu na gazaw ẕi, gumuza wu gana sevavaḻ murumaẖ?”

「嗯？太陽還沒下山，你怎麼這麼早就回來啦？」母親與妹妹正從山上砍柴回來，見到我牽牛回來。

“H̱aḻa! Yina ya, yiniyian gu za angangnez ḻa za giyagarunan awa?”

「唉！伊娜呀，我沒那個心思工作了呀？」

“Gumuza wu?”

「怎麼啦？」母親趕緊卸下背簍緊張的瞪著我看。

我把今天上午那黑轎車來的事詳細的告訴了她，也把我的決定以及簽了名的事都說了，母親聽完卻坐了下來久久不語。

“Yina ya, ai gavangavang, nijunamē mi na maguwa ẕi, garuwa mi mar̲banah̲unah̲u, ai mu azaleb ḻa ẕa ẖamiyian ẕi, daṟanai da ṟa hinbiya. Nu muguaziu mi ḻa mu, ẖaṟi bayas gu badeṟ nu giṟevay mi, ai gavangavang, maigeẕang gu ẕia.”

「伊娜呀，妳放心，我們二十二個人去，彼此都有照應，而且就要過年了，家裡少不得要用到錢。過去以後，等領到錢我立刻寄回來，妳別擔心，我身強力壯啊。」

母親還是沒多說什麼，看不出她臉上究竟是高興還是不同意，但我知道她捨不得，男兒志在四方，這樣的離別遲早要來的，捨不得，我還是要走，否則我這一生都要後悔了。

“Wuarumaẖ wu nu aizan ḻa?”

「多久才會回來啊？」妹妹關心的問。

“Malaẕam da, auwsay ẕa ẖami maḻaẕam ẕa wayiang mi? Aimu, nu maw a gigarunan mu, gaṟaẖemeṯ gu gigarun, gemaru gana saru na gauwniu, gu baadeẕay murumaẖ, ẕi ẖaṟiya mu gemaru gana mawleb muẖuma. H̱aṟi gauḻa a baysu nu baiẖaẖaẕin nu ḻa nu gazamazaman, naẖuwy ḻa yi yina.”

「不知道，連要到哪兒？我們都還不清楚，不過總算是個工作機會不是嗎？我會好好工作，那麼多的薪水，我會寄回來的。這樣子，妳們就不必那麼辛苦的下田工作了，等過兩年妳要嫁人了，也用得著這些錢啊，我不在家的時間，妳可要替我好好照顧伊娜呀。」

“Pēla! Maṟeṉay wu gemaru! Vangnavang yi yina ẕa wuabaḏaṟan wu muguwa gigaruna, maben la ẕa baga ẖinava anu aṉeẕ. Vangṉavang gu ẕa man gannu? Maẖiẕang wu la zi ẖari wu miyah ẕa giagarunan mu, dawuyi siriyian za ḏaw? Aimu daẕnaẖuwy anu ẕaẕek, nu mai wari wu mu wurumaẖ naẖuway mi.”

「啐，你說這些幹嘛呀！伊娜擔心你要出遠門，又擔心你工作的性質，怕影響你，所以都沒說出口。我才不擔心你呢！長大了不找工作做，吃閒飯給人看笑話啊？不過你要保重啊，有時間記得回來看我們。」

妹妹刀子嘴豆腐心，我了解；媽媽心軟捨不得，我了解。可是我顧不得這些了，我要工作，而現在機會來了，這是我一個男兒身的責任。

我的心情一直亢奮到用過晚餐時間，母親拿出了幾件我的破衣褲縫補時，我才眞正的平靜下來，也開始有些感傷。雖然我充滿著理想報名參加工作，但畢竟那是一個我們都不知道是幹什麼，也不知道離家有多遠，多久才能回得來的工作。那樣的情緒隨著時間的拖長逐漸冷卻，興奮依舊興奮，但是不確定感卻逐漸增加，那種不安與感傷也越來越濃。

我不時的、若無其事的眼光掃過母親的臉，假裝在找尋或探視母親身邊的一些雜物。但母親似乎了解我心情的矛盾，偶而看著我，說個兩句，始終沒開口提起工作的事情，但在縫補衣褲時，眼淚卻一滴一滴的掉落在手中縫補的衣物上。忍不住時，便放下針線走到門外，然後強壓抑著低沉的啜泣聲，但啜泣聲還是斷斷續續傳進屋子裡，不一會兒，母親又進屋子拾起針線縫補。

就在母親第三次走出門外，而悶響起啜泣聲時，我終於忍不住，情緒潰堤了。顧不得男子漢形象，放聲的在屋子內大哭，惹得妹妹一起哭了起來，哭了多久我不知道。

“Yina ya!”

「伊娜啊！」我反過身抱著進屋子後一直站在我背後的母親痛哭。

“Yina ya! Ai gasaru anu aṉez! Gaṟaḥemeṯ gu gigarung, ganmu wa badezay.”

「伊娜啊！妳放心！我會好好的工作賺錢寄錢回來。」也不知道又哭了多久，我只能拼出這些字眼來說了。

"Aruwa l̠a, aruwa l̠a, ai d̠adan̠is l̠a, gazalikzik nu garu wu yiyian, nu bar̠an̠ez wu mu, badigami murumah̠, z̠i mal̠azam ma mi z̠a zalikzik wu."

「可以了，可以了，別哭了，外出工作好好保重身體，想起的時候，寄信回來讓我們知道你平安健康。」母親拍了拍我的背說。

當夜，我輾轉難眠，胡亂作夢，一段又一段。

我夢見我們一群報名工作的人，翻越過好幾座山，走了好長好長的山路。不知道走了多久，我們走到了一座山洞隧道口，洞口站了好幾個人，各個拿著棍棒守在洞口。

「你們！都給我進到洞裡去，快！都進去！給我聽清楚啊！通得過這個洞，那一頭就是人間樂園，但是，誰要不進到這個洞裡去，我們就在這個洞口把人活活的打死，快，都進去！」

一個粗嗓門大聲的說著奇怪的語言，更奇怪的是我們竟然都清楚的了解這些語言的意思。他們幾個人分別作勢要打人般地揮舞著棍棒，窮凶惡極的逼迫著我們擠進那個洞裡去。

烏黑黑的洞裡頭，什麼都看不見，只聽到各式各樣的怪叫聲，恐怖極了。忽然，前面的一群人，被一個發出怪叫聲的東西一口吞噬掉了幾個，其餘膽小的人見狀，嚇得往回跑到洞口，迫得我閃身讓開。那些人一擠到洞口，立刻被守在洞口的一群人揮舞著棍棒毆打，有幾個人當場頭破血流、跌倒翻滾。

我眼睜睜的看著他們悽慘嚎叫、掙扎，一直到活活被打死斷氣為止，嚇得直打哆嗦。我不敢多想，把心一橫，鼓起勇氣，慢慢的往洞裡走去。可怕的怪叫聲突然在身邊響起又遠遠離去，我害怕極了，不自覺加快步伐往前走去，卻被一樣東西絆倒摔個四腳朝天。我慌張爬起，聽到一種聲音急著叫喚：

"Gasayi! Gasayi! Gumuza wu?"

「卡沙一！卡沙一！你怎麼啦？」聲音還沒結束，周圍忽然變明亮了。

原來是一場奇怪的夢，母親把我搖醒了。

這夢忒也奇怪！到底想要傳達什麼訊息？已經平靜的生活，平白無故地忽然來了一輛黑色轎車帶來訊息，燃起了我對爾後人生的希望，現在卻讓我夢見這樣一個奇怪的境遇，這到底又是什麼樣的意涵？

我坐在床頭胡亂想，不敢把夢境告訴母親。

"Zihenub zi, ganza man, mahwahu mu nu aizan?"

「洗把臉，吃些東西吧，你們什麼時候出發？」母親語氣聽起來十分的平靜。

"Malazam gu? Hari marenay a azaman, gamaw nu biya da genama!"

「不知道，昨天也沒說清楚，應該是早上吧！」

我搖搖頭，整個人還陷在驚醒前的夢境當中，雖然我不確定那是什麼意思，但我知道起床前的最後一段夢境，通常都預告了什麼，因為部落的人都是根據這樣的夢境，決定是不是出門、是不是繼續前一天決定的事，所以我知道這個夢必然是預示了什麼。

我有種不安的感覺。

看看窗外，天已經亮得刺眼，我搖搖頭離開床邊，舀了些水洗把臉。母親留在屋內收拾什麼，妹妹卻端了一盤食物遞給我，說：

"Dar̲enabaw anu zaz̲ek, nu gir̲evai mu z̲a gawniu mu samah̲ z̲annu zaz̲iyiz, zi bader̲ z̲a saema murumah̲."

「出門注意自己的身體啊，發了工資自己留一些，也記得給家裡寄一些啊。」

"Mal̲az̲am gu, nah̲uwi yi yina, nu gir̲evay gu l̲a mu, gannuwa bader̲ z̲ail̲a mar̲ayas gana vulan. Da buabuayai mel̲aser̲, zi wul̲aya da d̲adimah̲an z̲a man, nu baih̲ah̲azin nu l̲a mu gawl̲a anu awr̲ungan."

「知道了，妳要好好的照顧伊娜，等發了工資我一定按時寄回來。我們多存一些，把家裡的經濟搞好了，將來妳結婚也好多添些家當啊。」

我看著盤子裡兩條水煮的地瓜，幾片黑豆醃漬的芋頭莖乾，心想著等時局穩定了，工錢也該存的差不多時，也該要種種稻吃白米了。

"Yinu na mar̲an̲ez maih̲ar̲in, mar̲aren̲ay wu z̲aman ganigu? Ai gavangavang, h̲ar̲i mi nanah̲uwi z̲annu binader̲an z̲a gumuza, nu buru saru l̲a mu, bar̲ahan na da l̲a z̲a rumah̲ z̲a buru mah̲izang. Aimu giyawmal̲ gu z̲ia z̲a, yieman annu ginasahar̲an ganan gu n̲ayz̲ayian? Gumuza z̲i h̲ada z̲ia gin̲ez z̲a n̲ay, yi? Gawl̲a anu ginasahar̲ z̲a d̲aw yiyian , maw al̲a?"

「是你想結婚吧，怎麼老把結婚話題往我身上推？你放心，我們會好好處理你寄回來的工錢，等存得差不多，再把房子蓋大一點。對了，我們幾個姊妹淘姑娘之中，你到底喜歡誰啊？我們都看不出來呢，耶？會不會……你有喜歡的其他人？」妹妹熙安忽然拉高音量的說。

“Tsuy! Ai basvang ḻa maṟenay, nu ẖari da ẕia mubadeẕeḻ yi savak mu, baiẖaẖarin gu ẕa eman? Mawḻa yinu daṟnaẖu ẕi yiaẖ ẕa maẖinai ẕa maruwa menaẖu yi rumaẖ.”

「啐！別胡扯瞎猜了，沒把家裡經濟扛起來，我結什麼婚啊？倒是妳，把眼睛睜亮一點，找個好男人照顧家裡。」說完，我胡亂的抓起盤子裡剩餘的食物塞進嘴裡。

成家？我眞要是結了婚住進一個女人家裡，我母親怎麼辦？熙安怎麼辦？何況我才十七歲，沒闖出個事業怎麼可以結婚成家？哈哈！現在機會來啦，月薪兩千，我不好好幹他個三、五年，怎麼對得起家人啊。一個月兩千，三、五年下來，這數字可不得了啊，哎呀！這些官員怎麼不早點來，讓我白白給日本人糟蹋這幾年？呵！我的大好前途就要展開啦！

我覺得興奮，沒理會妹妹熙安嘀嘀咕咕的補充說什麼，而此時，前方遠遠的，一輛大卡車拖著揚起的灰塵，慢慢接近村子口。

“Anaru ḻa na ẕiu a!”

「他們來了！」聽得出自己語氣的興奮，我幾乎是不由自主的拿著盤子向卡車揮手。

“Yina! Anaru ḻa na maḻak ganiyian mugua gigarun na!”

「伊娜！他們來接我們工作去了！」我忍不住地朝屋子裡吼叫。

“Gagideng wu annu ṉay, maḏuleẖ da ẕiamaw?”

「輕聲一點，這裡可沒有聾子啊！」熙安搶下我手上的盤子說。

母親從屋子裡走出來。一下子，幾個鄰居也受我的吼叫聲吸引，紛紛走了出來張望著卡車開進來經過我家向巴拉冠駛去。眾人議論紛紛，興奮中夾雜著一些感傷，母親沒多語，又走回屋子裡去了。

沒多久，「巴拉冠」傳來了鐘聲，鐺……鐺……鐺……的一個七下又一個七下……

鐺……鐺……鐺……響著的鐘聲，一個七下又一個七下，停了又敲，從巴拉冠清楚的傳來。

母親提了個包袱從屋子裡走出，眼眶紅腫濕潤，看來，剛才她又哭了。

"Yina..."

「伊娜……」我想出言安慰她，她先開了口：

"Aruwa la! Maruwa da venneliyas zaman? Nu gemaru anda galanan, yinu mu..."

「好了！我們還能怎麼改變呢？時局哪能由得了人啊，你自己……」母親吞嚥了一下轉換了口氣：

"Yinimu damahuwi amu zazek, nu maiwary wu mu badigami murumah, ai bagalavadan amu viringan ganiyiam na ...garu yi rumah."

「自己要多注意自己的身體，有空一定要寫信回家來，別太想念我們在家……的人。」

"Yina!"

「伊娜！」我想說點什麼。

"Nanu gavang a, hari vugal mu, dinibangan la biniya, nu girevai mu la mu, lak zannu bavalisan...andini a saeman a raziyil, zannu alakan zaman yi zalan."

「這是你的衣服，舊歸舊，不過都縫補好了，發了工資，記得給自己買幾件衣服穿……喏！這裡還有一點錢，拿著在路上應急啊。」

"Yina!"

「伊娜！」

我心裡一陣酸，看得出母親是強忍著不哭出來讓我心煩，一句話分了幾段說完。原本興奮的心情，像遭一盆冷水自頭頂淋下，忽然間都冷涼了下來，一旁的熙安卻忍不住輕聲哭了起來。

"Peila! Nu mubaḏaẕan a maẖinay mu, demaḏaṉis da ẕaman a vavayian? Ḻa! Maeḻang ada madeṟ gani vaw mugua yi Balaguwan!"

「呸啦！男人家出門，女人家哭個什麼勁？走！我們一起送妳哥到巴拉冠去！」

母親制止了熙安哭泣，才說完，巴拉冠便傳來村長透過話筒的催促聲，要我們這些志願去工作的人，盡快到巴拉冠報到。

跟那隻大水牛道別過後，我便在母親與妹妹熙安陪同下，離開生活十七年的破舊老屋到巴拉冠報到，準備好好闖一闖，為美好的將來打基礎。一時之間，我也分不清自己究竟是興奮還是怎的。

巴拉冠的廣場已經來了許多人，除了要去工作的人以及他們的家屬，還有其他的村民也跟著一起來湊熱鬧。

"Aiẖaḻa! Nu muruvuk wu nu ẖarem mu, gawarumaẖ wu ḻa nu aizan?"

「哎呀！你這麼一出門，什麼時候才能回到家裡啊？」

"Yiva ya! H̱aṟi warumaẖ gu nu gawarumaẖan ḻa! Ai gavangavang ganing gu! Naẖuwei na garu yi rumaẖ!"

「姊姊啊！該是我回來的時間我自然會回來啊！別為我擔心啊！家裡面妳就多費點心啊！」

一對姊弟相互道別，另一邊一對母子不發一語相擁對泣；一對夫妻，丈夫緊緊抱著妻子，妻子一手抓著小孩，自己則埋在丈夫胸膛，肩背激烈的起伏著，顯然正在痛哭又不願小孩受影響；幾個父兄只怔怔望著將遠行的子弟不語。

整個巴拉冠廣場氣氛糾結著哀傷與不捨，這一道別究竟何時才能返家？都成了大家心頭不願道明的疑問。我感到哀傷，卻不敢撇頭看著母親，怕自己忍不住又要嚎啕大哭影響母親的情緒。

"Aḻa! Wubaḻiẕing ḻa! Guaḏeng ẕaman nu mubaḏaẕan mu gigarun, gemani da ẖarem ḏaḻaniḏaḻanisan badunun ganani na muamuvuk, naẖuwi buṟaḏang a ẕi muviḻing a yi rumaẖ buaḻang semalem ẕa vulasi ẕa zawa, nu gemaru mu ḏaḏegeḻ gu ḻa damagu gu ḻa nu aizan ẕandaw ni banaẖuan ganda?"

「上車吧！都上車吧！外出工作總是件好事，大家哭哭啼啼的送行，當心他們偷懶不去了，都留下來種地瓜、小米，我什麼時候才會等得到有人送香菸、請我喝酒啊？」村長語氣嚴肅卻半開玩笑的說話方式，讓不少人笑了笑。

送香菸、請喝酒通常是外出工作的人回鄉省親的慣例，我們都留下來不出門工作，自然不會有人這麼做。

"Yingu wa! Nu murumaẖ guḻa mu, yingu wa na baḏegeḻ badamagu ganmu."

「我請！等我回來，我請全村的喝酒、抽菸。」一個聲音從一群人身後響了起來，沒認出是誰說話。

不過，他的話引起了幾個人的應和，氣氛一下子緩和不少，幾個出門工作的人陸續爬上了卡車。

卡車駕駛員嘴裡抽著菸，眼睛斜盯著看我們攜帶行囊的年輕小伙子，一個一個的瞧，沒多說話。我覺得怪，但又說不上哪裡怪異。

"Wa, zi wubalizing la! Garahemet, nu wula anmu samah mu bader burumah, ai bagulang yi nammu nirumahenan ganin gu za magan za vurasi, wala, wuwa muvales yinmu mabiya."

「上車吧！你們都給我勤快點，賺了錢記得寄回來，別讓你們的家人繼續跟我一樣喝地瓜水啊，上車吧！都給我賺錢去！」

村長的聲音響刺，催促著大家上車，我忽然感到傷感，心裡一陣陣的酸，我忍著淚水轉過頭看看母親，母親只拍拍我的臂膀沒多說什麼。

"Widas la a, menarara da la gan nu sasa harem."

「上車啦，就等你一個人了。」表哥阿來依從卡車上大聲的叫嚷著我。

"Wua la a!"

「走了吧！」妹妹盯著車上將遠行的人，嘴裡也催促著我。

會是誰呢？誰會是熙安的心上人呢？如今將與我一同出門工作，也算是好事一件吧，只是得要苦了熙安很長時間。

"Yina! Gaigu la, gazalikzik, nu maruwa gu la murumah mu hari gaziga gu murumah!"

「伊娜！我走了，好好保重身體，能回來我一定盡早回來！」我強忍著淚水跟母親告別。

"Valiseng na! gumuza nu muaveruk wu mu haru marenay bagalazam gani gu, magagauz wu za badegelan ganin gu zi, demagaw wu murevuk?"

「發力甚[10]啊！要走人也不先來跟我打聲招呼，怕我跟你討酒喝，自己偷偷地走啊。」最疼我的大姑媽黑拉善，跟著人群熱鬧也來了，見到我高聲的說。

"Yina!"

「伊娜！」我無法多說什麼，見到她我上前抱住了她，淚水卻止不住地撲簌簌的掉了下來。大姑嗎呀！我哪裡是想偷偷走，我又如何捨得離開妳們？我總得工作啊，等我回來，每天讓妳吃好的喝好的呀我的姑媽！

我一句話也說不出口，深怕嚎啕大哭。

"Aruwa la! Gasayi a, gibasusu wu zia? Wubalizing la zi muruvuk ga da la!"

「好啦！卡沙一，還要你伊娜餵你奶喝啊？上車走人啦！」車上開始鼓譟，卡車駕駛也鑽進了駕駛座。

我趕忙拍拍姑媽的肩背，看了一眼母親之後緊攀上卡車，但身體才跨進車斗，卡車突然開動向前。

"Darnabaw!"

「小心！」

⑩部落男子最低階層的稱謂。

送行的人幾乎同時驚叫，車上夥伴也一陣驚呼，車斗兩側的人趕忙伸手拉著差點滾出車外的我。

"Gumuzaguza mu gana ẖari badeẕeḻ..."

「幹什麼這麼冒失……」送行的一位老人大罵，不過沒等他下一句，車子已經衝出了第一個路口急向右轉。

"Oo...aiyio...maheḻ wu ẕaman? H̱ari da ẕia gemayian baduḻhai ẕi, veneḻang da gamuwan da ẕa benabusaṟ ẕaman? Peiḻa!"

「喔……唷……急什麼？人都還沒坐穩揮手告別，就這樣逃命一樣離開？呸啦！」車上有人咒罵。

"Ai yio...gayian! Yi... gumuza ẕi semeṟdab wu ganingu?"

「唉唷……你坐穩！唉……你撞我幹什麼？」

顛盪中，兩個人撞在一起，一個人才剛抱怨，卡車又一個轉彎；另一個沒抓牢，又撞了上來。我想坐直，忽然被另一個沒坐穩的壓了上來。

"Gemaguza yiẕiu! Demagaw ẕaman ẕi benabusaṟ?"

「幹什麼啊！偷東西逃命啊？」

一個人被撞出了火氣，開罵了，但我始終沒認出那是誰的聲音，等回過神，車子早已經過我家遠離村子。

沿路上，車子一樣顛簸，輪胎輾過夾起的灰塵揚了起來捲進車後斗。我們睜不開眼睛，夾雜著咳嗽、咒罵聲；人，東倒西歪，我們一個個滾成了泥人。駕駛員像極了偷了一車的東西，只顧著逃離現場，也不管偷來的東西會不會一路掉。

是「我們」被偷了嗎？我們會被帶往哪裡去賣？

我心裡才興起這個念頭，一個顛盪把我往上往右彈起，身體歸位時，腦袋撞上一個人的膝蓋，痛得我幾乎暈了過去。周邊頓時變得安靜沒有聲響，我不知道發生了什麼事。我甚至記不得剛才上車之後，親友有沒有向我們揮手道別；也不清楚我們究竟呼喊說再見了沒，一個念頭忽然在腦海裡打轉，轉個不停：

如果……如果我們眞的是被偷走的「東西」，我們會被運往哪裡去賣呢？我們又怎麼會是「東西」呢？

第2章 驚異旅程

“Maria zi la na balizin!”

「車停了！」

“Tsuy! Minad̲ai da z̲iamaw z̲i h̲ar̲i da mal̲azam z̲a maz̲iaz̲i l̲a yinina baliz̲in? Dawda guaniyiaw nu wuendein z̲i h̲adayi duaeman, peil̲a yina ludia!”

「廢話！誰不知道車停了！這個車子一路這樣開，再開下去骨頭沒肢解，恐怕也要吐死了，呸啦！這個死『魯跌』！①」

“Yiyian la yi gani? Wa, gumuza gana saru a d̲aw?”

「這是哪裡了啊？哇，怎麼這麼多人？」

“Heihei! H̲inava z̲a ruwada l̲a, nanina d̲aw mu gamaw na masang ganda z̲a ruwa gigarun na. Niseingyian ganasaru z̲i, gaml̲iya h̲ar̲i muguwa.”

「嘿嘿！還好我們來報名了，這些人一定是跟我們一樣是去工作的。兩千元呢，不去的是傻瓜。」

哐噹……卡車貨斗後面厚重的擋板門開啓放下的碰撞聲，把車裡看起來快不成人形的我們的交談聲音打斷，也吸引了靠近我們停車位置的一些人往我們這裡張望。駕駛員已經站在門邊，那令人討厭的眼神，仍然是睨著盯著我們瞧，他沒說話，只揮揮手示意我們統統下車。

“Peil̲a! H̲inava z̲a maguwa gu gigarun na, yieman na muwayi mar̲ayas muyid̲as z̲annu baliz̲ing.”

「呸！反正我只是去工作，不需要一直坐你的車！」下了車經過他的身邊，想起額頭上疼痛，我心裡咒罵著。

「#$%&*……」

遠遠的，一個穿著軍服的士兵高聲的對著我們揮手說話。但是我們沒人聽得懂他說什麼，所以都看著他，沒人動作。

「#$%&*……」

那個士兵又開口，幾乎是吼著對我們說話。

"Gamaw z̲a venavina ganda! Yi eman na mal̲az̲am gin̲ez̲ z̲andaw n̲ay?"

「應該是叫我們過去吧！說這話誰聽得懂啊？」

"L̲a da wayaw!"

「我們過去吧！」我提議，看起來那個人八成是叫我們過去的。

「他要你們到那邊坐下！」一個平地人用日文告訴我們那個人的意思。

「混帳東西，要我們坐過去，說點我們聽得懂的話嘛，鬼吼鬼叫什麼啊？馬鹿野郎！」我們一個夥伴也用日文嘀咕，而他的話立刻引起那幾個平地人的笑聲回應。

「馬鹿野郎！」有人輕輕回應。

我才注意到，整個像運動場的廣場大約坐進了約二百多個人，白的高的、黑的矮的，烏壓壓一片。多半是我們這些被稱爲「高山族」的原住民，其中阿美族人數最多。此起彼落的交談聲，讓我們彷彿置身在八月份阿美族伊利信②等待跳舞的廣場中。其中，當然也有不少的平地人。這些被我

①對外省老兵的稱謂。
②阿美族豐年祭。

們稱爲「白浪」的平地人，平常的日子應該不會比我們好過到哪裡，個個乾癟的身體，瘦削的臉頰，坐在那裡輕鬆的交談，感覺有些喜氣快活。

看樣子，兩千元的工資讓大家都燃起了希望。不管什麼族群，努力賺錢改善家庭經濟，應該是所有青年一致的希望，而此刻民國的政府正帶著這個希望而來。廣場上從台東縣各地而來的二百餘人，更是第一批抓緊這個希望的先鋒；每個人表情上的自豪，與語氣中的愉悅與願景，讓我昨夜今晨的哀愁和悲傷蕩然無存。我們坐了下來，也加入了這一片喜悅的交談聲浪中。

不一會兒，廣場前一個小司令台，一個穿軍服的站了上去然後大聲嚷嚷：

「#$%&*……」

廣場的眾人似乎沒人聽懂，但交談聲立刻變小了。

「各位都坐在自己的位子上別亂跑，需要上廁所或者離開座位的，跟你們旁邊的戰士幹部報告，但要立刻回到座位上。」一個原先站在後面，看起來年輕但穿軍服的人，忽然向前用生澀的日語翻譯了一下那個人的話，我心想他應該也是個官吧。

但才說完，底下忽然開始嗡嗡的鼓譟，輕微的，然後一股不安氣氛開始蔓延。我環顧了一下廣場，發覺周邊好幾處站了荷槍的士兵，站崗哨一樣的面向廣場盯著，就像盯著一群犯人的樣子，而我們正像極了他們看守的犯人。

我們是要去工作的，不是嗎？怎麼這樣監視我們？這，太奇怪了。

我心裡嘀咕著，因爲不踏實，所以始終沒理會表哥阿來依有一句沒一句的找話搭訕。奇怪的事持續著，我們就這樣坐到中午，居然沒別的事做，也沒人找我們問話或要我們做什麼。跟我們一樣來工作的人，一車一車的被運送而來，每個人也都從興奮、等待、然後開始變得不安。

"Gagayian da balu nu aizan? Savelaw da ḻa ẕi, ẖari da ẕia garẖaẖali?"

「這樣子要乾坐到什麼時候啊？肚子都餓了，我們要不要吃飯啊？」

"Giṉez ḻa, giṉez ḻa ẕannu ṉay, naẖuwi a, gamaw ninda garẖaẖaḻiyian yi yiẕiu a!"

「聽到了，他們聽到你肚子喊餓啦，你看，那應該是中餐吧！」

沒留心誰在對話，不過聽到中餐，肚子一下子感到飢餓不堪，朝著廣場邊望去，發覺十幾個士兵推著板車運送著幾個大盆子，往我們的方向走來。

"Gemaru? Maw naru na maden̠ ẕa aganen?"

「是嗎？那是送飯來的嗎？」

"Amḻi, gumuza da mavak ẕa airuban ẕa vindang, gamaw nindaw baganan ẕa ḻyung."

「不是吧，飯菜怎麼可能用盆子裝，餵豬吧！」

"Baganan ẕa ḻyung? Peiḻa! H̱ada ẕia megan ẕi, bagan ẕa man ẕa ḻyung buṉaway! Bagayaro!"

「餵豬？呸！人都還沒吃，怎麼就先餵起豬來了！馬鹿野郎！」

我注意到了，是身材較短小的林源正在與一個應該也是卑南族的同胞對話，最後還學起日本人罵人。

議論聲一直嗡嗡鼓譟，但每個人的眼神都緊盯著那些推著板車的士兵，心想，管他餵豬還是餵人，我們總要有東西吃吧。

「#$%&*……」

一個穿軍服的兵開始對著我們嗆呼，而所有人都不解的轉向他。有些人低聲學著他說話，我想笑，但還沒笑出聲音來，幾個士兵已經前前後後的走來推擠拉人，嘴裡還嘰哩呱啦的唸著什麼。只見他們經過的地方，已經被他們推拉成十個人一個小圈圈的圍坐隊形。

原來是這樣啊！他要我們十個人圍成一個小圈圈。

沒等那些士兵到我們眼前，我們同村的二十二個人自動圍坐成兩個圈圈，等著吃飯。那些推著板車的士兵很快的經過每一個圈圈，然後放下一盆大雜燴的菜餚，一盆發黃的米飯，十副碗筷，每個人盯著盆子，卻沒人敢動。我們大多數的人接受過日本軍事的基礎訓練，大家本能的、安靜的等待下一個命令，準備吃飯。

這個等待，卻讓我多了不少心思。

這是怎麼回事？去工作，怎麼這麼多的軍人？而那些盆子裝的居然是我們的午餐，我們居然要圍坐在地上像貓狗一樣，圍著兩個只裝了半滿的盆子吃飯。

在南王的日本青年學校受軍事訓練時，我們起碼還有個桌椅，可以圍坐挺起腰桿吃飯；就算在家裡窮的圍坐地上用餐，也起碼還有幾盤分裝著的野菜山肉什麼的，這個準備付給我們每個月兩千元工資的單位居然寒傖到這個程度，這是怎麼回事？

不容我多想，一個哨聲響起，眾人只猶豫了一下，忽然像一群獵犬，瞬間同時動作撲向獵物，那兩盆食物。

呸啦！管你是什麼單位，請我們去幹什麼事，你按時發放月薪工資就對了；管你們說的是什麼鳥言獸語，有什麼新的規矩，會有什麼不同的生活，先吃完這頓飯再說吧。

瞬間，大家起了雲、颳了風，席捲向那兩盆食物，沒人再理會那些是兵還是民，餵的是人還是豬。因爲大家都忙著扒飯、嚼菜，誰也不肯浪費口腔的一點空間。

沒幾分鐘，我勉強的吞下最後一大口，正準備盛第二碗飯時，眼角看到的人影卻都已經停止了動作。我覺得奇怪不自主的跟著停止嚼動，看了看同座的同村人，只有幾個人還繼續嚼動著嘴巴，有一搭沒一搭，鄰座或其他周圍的圈圈幾乎也都停止了動作。我眼神落在圈子中央，才注意到我們的兩個盆子已經空了，連一點湯汁也不知道何時消失的像是被幾隻狗舔得乾乾淨淨，好似一開始就沒裝進任何東西一樣，我望向周圍幾圈的盆子也似乎都一個樣。

不妙！我才吃了第一碗，肚子除了不餓，連一點飽的感覺都沒有，這，該如何是好啊？

剛才推板車的士兵收去了盤子，留下碗筷讓我們保管之後，我們又坐在原地一直到一點多鐘。十二月底，中午有陽光，但並不炙熱，不少人已經昏睡了一回。同村的幾個夥伴開心的聊起天來，我則閉著眼睛沒參與其他人談話，心裡想著早上離開家裡，母親那極力忍住悲傷的神情，我心裡輕輕的憂愁了起來。

想著妹妹熙安究竟看中了我們這裡頭的誰？對熙安好嗎？此番離家工作個三、五年，凡事省著點用，一定可以攢些錢下來。到時找些人幫忙重新蓋房子，買些家當給熙安辦婚事，找那些住在南王村的平地人一定有辦法弄到一些傢俱。

我離開了家，田地自然少了人手幫忙犁田，等我們到了工作地開始工作領了工錢寄錢回家，一定提醒母親請個人手專門放牛犁田。

啪啦……一陣槍枝托肩敬禮的聲音，打斷了我的思緒，我睜開眼循著聲音望去，看見換哨的一組人正交接完，托槍轉身，帶隊的還上前拉了一下上哨的衣領。

這也太奇怪了，這分明就是軍人的單位，從早上的駕駛兵到上午在人群裡喳呼吆喝的、打飯收餐具的，都是穿軍服的士兵；從上午以來就一直站列換班的崗哨，更不可能是老百姓。這些軍人跟工作單位有什麼關係？他們究竟要帶我們去什麼樣的地方做什麼樣的工作？這可讓我感到好奇與疑惑。

哨子又響起了，聲音有些急促，把我們這一群圍坐在廣場昏睡的、閒聊的、發呆的二百多人都催醒了，接著，吃飯前喳呼指揮的長官又開始叫嚷：

「#$%&*……」

他停了停，再轉向右邊又轉向左邊的大聲喳呼，同時兩手往上比，意思似乎是要我們都站起來。靠近前面的幾個人才作勢要站了起來，幾個穿軍服的人也開始進到人群中拉人起來。但因爲沒人聽懂他在吼叫什麼，有人站了起來又坐下，有人繼續坐著看他們要幹什麼。

「#$%&*……罵力革閉！」他又大聲叫吼，方向正好面對我們。

我們幾個人感到緊張又覺得好笑的站了起來，幾個人還偷偷重複唸著「罵力革閉」這一句他說的最清楚的一句。

「都站起來！然後靠向前面排好，聽你附近的士兵指揮！」早上以生澀日語幫忙翻譯的軍人，出現在廣場前面的看臺上以日語大聲的說。生澀歸生澀，聽得懂總是親切得多。

這時，看臺兩側陸續也出現了一些穿軍服的人，我認出一個是昨天到村子裡說話的高個子，還有一些像昨天到村子裡來的那些穿著的人。這一來，大家都認眞了，誰也看得出來接下來應該是正式的場子，應該是個大人物要講話了。

果然……

一個穿著卡其色軍服，胸前別著一整塊勳章的長官，神氣的走上了小站臺，後頭跟來一個身材矮小的老頭，我認得他就是昨天來到村子的日語翻譯。

「#$%&*……」這位長官開口了，咕嚕嚕的像是嘴裡含著什麼東西，停了停又繼續說話。大概沒人聽懂，所以大家相互張望，最後大家把眼光望向他旁邊日語翻譯的老頭。

經由翻譯，知道那個大官爺重複了昨天在村子裡講的那些話。不過，當他提到政府不會虧待大家的時候，底下爆出一陣歡呼，我也跟著大聲鼓掌，我以爲我聽到的是「先發給各位兩千元工資」。

歡呼聲中，那位長官還說，目前我們國內還有「共匪」準備造反，那是我們現在唯一的敵人，不消滅絕不終止。我四周看了看，似乎已經沒有人注意他說的這個，大家都沉浸在「政府不會虧待我們」，以及「兩千元工資」的喜悅與期待氣氛。管他什麼「共」，什麼「匪」，我們決心跟著他們走就對了。

「罵力革閉！罵力革閉！」身材矮小的林源正，重複著說這句話，表情有些頑皮促狎。

“Balen̲uzn̲uz wu z̲a eman?”

「你唸這個是什麼意思啊？」我好奇的問他。

“Nu gimiyan̲an̲ez gu mu, yiru na maligebi na ginagua mu, gamaw a bal̲u angu n̲ay gema yiru na n̲ay!”

「我在想，『罵力革閉』應該就是報告完畢的意思！」

"Biya ḻa maṟeṉay gemawu?"

「你是說他已經準備要講完話的意思？」

"Ayi, naẖuwi a, naruna hidai a ẖaṟimai na venavadi mu, nu maṟeṉay ẕaman mu, daw buabuayai ẕia maligebi, ẖaṟibamḻy yiruna ṉay ẕa, biya gu ḻa maṟeṉay ẕi gaiṟagaṟ ḻa gigarun gama."

「是啊，你看，剛剛那幾個兵講完話，後面都加『罵力革閉』，意思應該是：我講完了，你趕快做。」林源正小小的身體，說起話來總要忍不住比手畫腳，指著廣場幾個穿軍服的士兵，感覺挺好玩。

"Nugemaru nu gemada mu gangki ẕaman ganini na hidai na maṟaṟeṉay haṟem??"

「那跟眼前的這位長官說的話有什麼關係？」

"Maṟaṟeṉay gu ẕa gaziga mugibia andaw ṉay ẕi, danaẖuwai ẕa gawḻa ṟaṟeṉay ẕa maligebi ẕa ẖaṟi ẕa gumuza, ẖaṟi bamḻy angu ṉay!"

「我是要叫他趕快講完，看看後面會不會說『罵力革閉』，我猜的應該沒錯，『罵力革閉』就是報告完畢的意思。」

"Badeẕeḻ, ẖaṟu giṉeṟ ẕandaw ṉay ẕa gemaṟu gana zaḻwu, amḻy da ẕiamaw ruwa gani maeyaẖ da ẕa gia-garunan ẕa giṟevaian za ni-seiyian? H̱aṟi ẕia baṟgaruwa ẕa duki ẕandaw ṉay ẕi, maligebi nu guayaw ḻa, gamaheḻan ḻa nu gemaru."

「你別胡鬧了，聽那長官說的多好啊，我們來這裡不就是爲了那兩千元的工資嗎？他還沒講半個小時，你就要叫他『罵力革閉』，也太快了啦！」身材單薄的林五郎輕輕的回頂了林源正。

"Hari gemaru, nu hinava la nu guadeng la andaw nay mu, hari bamly yiru na nay na maligabi."

「不管了，管他講的多好，罵力革閉就是罵力革閉，一定不會錯的。」

也不知道林源正是存心開玩笑給大家找樂子還是怎樣，他忽然像隻鳥一樣，說一句罵力革閉，頭向前啄一次，惹得大家都笑了。幾個士兵受吸引的，都瞪大眼睛怒視。

「罵力革閉、罵力革閉……」林源正也不好意思了，分別向他們鞠躬，輕聲的、不停的說，算是道歉。

哎呀！眞是個活寶，這樣外出工作有他一起作伴，生活中一定會有許多樂子。可惜的是，我的開心，只維持了不到一小時。

林源正因爲身高太矮，高不過一枝三八步槍，所以沒錄取；另外身材單薄的林五郎也被打了回票，顯然我們沒辦法繼續享有林源正帶來的生活樂趣。對照我們錄取的二十個人的興高采烈，他們倆幾乎是哭喪著回家。

是的，我錄取了，因爲身強力壯，我錄取了。一個月兩千元工資的工作等著我，我一定努力工作好好攢錢。哇哈哈……我錄取了，眞想遠遠的對著西邊中央山脈山腳下，我家的方向大聲的呼喊。

做完體格檢查，我們依舊坐回在廣場，談天、發呆、開玩笑，偶而跟鄰近的一群一群人相互串門子打哈哈。我才眞正了解我們這一群二、三十上下的年輕小伙子，不管是從哪個村哪個部落來的，是高山族還是平地人，其實都有著相似的生活經驗，所以話匣子一打開便沒完沒了。我們以日本話交談，彼此腔調有些不同，但還都能了解大部分的意思。我幾乎只是聽，多半時候，我因爲他們的話題而陷入自己的思緒中。

大約在三年前③，日本在廣播中不停的宣稱，皇軍在軍事上有了重大的突破，亞洲主要的國家都已經臣服在皇軍無堅不摧的征討中。爲了響應這個偉大的成就，各單位應該要以積極的行動支持皇軍在各個戰場上，繼續保住勝利的果實。

就在電台以及學校、派出所不停的宣傳下，有一天，村長帶著派出所警員到達「巴拉冠」集合所有人，宣佈將招募「志願軍」前往南洋作戰，爲了榮耀，希望大家能夠努力參與。員警還宣佈，參加的人享有軍餉軍糧，家屬也有一份安家的眷糧，以及免去徵收其他雜稅的福利。除了鼓勵個人參加，警察也不斷「提醒」村長，如果找不到夠多的人參與，村子有責任負擔一些軍糧、軍餉。

高砂義勇隊的招募，最初並不順利。村長好言相勸卻也不敢太強制，畢竟外出作戰不同於出遠門工作，刀槍不長眼，什麼時候遇著了誰都說不準。但派出所警察並不死心，三天兩頭就往村子裡利誘威逼找麻煩，不少青壯年乾脆躲進山裡。最後，我的大哥古馬多博（倉田盛一）、阿變、定勞、阿莫、素尼揚等都被冠上了「志願軍」的名義，編入日本的高砂義勇隊開往南洋作戰，那一年，我快滿十五歲。

對於這個結果，並未造成村人太大的反彈，畢竟大家窮困，需要一份穩定的糧餉養活家人，二來，出門外出還能減輕家裡的負擔。但，沒有人像警察說的那樣，說「志願軍」是爲自己的「國家」效力。

我們村裡的情形跟其他的地方差不多、阿美族地區聽說更嚴重。

坐在我們附近的幾個阿美人說，他們附近的村子去了很多人。阿美人因爲身材比較高大，日本人特別喜歡，所以幾乎是天天到各村子去遊說。村民除了因爲需要糧餉貼補家用的人參加志願軍，日本警察明著半強迫的要家裡有三個男人以上的去一個。各家因爲一下子抽調男丁出外作戰，所以日後農耕栽種都受到了影響，糧收扣掉上繳的糧稅，根本不夠一個家庭半年的糧食。村子男丁銳減，重要的祭典也幾乎停擺。

除了「志願軍」，日本人也沒放過我們青少年。

送走「志願軍」的同時，日本在卑南④成立「青年學校」，招募像我們這些十五、六歲的青少年，從事爲期兩年的軍事訓練。一方面接受基本的體能與戰技訓練，一方面接受日本軍國主義所謂「武士道」的精神陶冶，爲投入戰場做準備。

到了一九四四下半年，情況忽然變得緊張，戰備動員工作牽動所有的村子，不論男女老少都投入戰爭的準備當中。沒有人知道爲什麼忽然這麼緊張的做這些動員。電台沒有說，連小道消息、謠言也沒有。

「那個時候，眞的很慘，大家都沒什麼收成了。我們住在海岸附近的村子，每個人都要輪流到海邊挖壕溝、蓋碉堡，都沒得吃了還要去工作。剛開始還給幾塊錢工資，後來工資也沒了，叫我們自己帶吃的，做得慢還要挨罵，早上來得慢也要挨罵。」一個阿美族的說，看起來像是住在東海岸線一帶的村子。

---

③一九四二年。
④今之南王里。

「我們也好不到哪裡去，捕魚苗的季節，眼看成群像螞蟻一樣的魚苗在海岸邊洄游，我們卻在岸邊挖壕溝；平常時間，也只能乾巴巴的看著自己的船在海邊曬太陽。好好的船沒有在海上損壞，卻在海邊給風吹爛，也不准我們去碰，說要先把碉堡蓋好，眞是糟蹋啊！」另一個也說。

他那個阿美人特有的腔調以及稍快的說話速度，像是想一口氣吐光所有怨氣似的。

「你們還好咧！」一個個子不高、皮膚黝黑的人接了話：「你們都住在海邊，早就習慣海水，我們住在山上的就很可憐啦！」

「你們住哪裡？」

「太麻里以南的幾個村子啊！」一群人幾乎是齊聲回答，回答的似乎都是剛剛那個人的同族人，因爲他們都有著幾乎相同的膚色、臉孔。

「我們太麻里以南的村子都靠近海邊不遠，但是我們不靠海過生活，想想看，我們的腿那麼短，一下海邊怎麼辦呢，海水馬上就會淹到這一邊啦！」

那人一伸手比到胸口，誇張的表情和動作，存心逗大家似的，引起大家大笑，我想起林源正，也忍不住跟著笑了。

「我是說眞的，我們也一樣在挖壕溝、蓋碉堡，我們最受不了就是那個海風。挖土蓋工事已經很辛苦了，還要聞那個鹹鹹的、臭臭的味道，鼻子沒有一天是舒服的，唉呀！我寧願去聞猴子的屁，還舒服些！」

「哈哈……猴子的屁是什麼味道啊？有你的香嗎？」他的一個同胞開玩笑的說，而他的話又引起一陣笑聲。

「呸！別插嘴！」那人制止同胞出他洋相。

「不光是海風的問題！」他繼續說：「這太陽也很毒辣啊，我們山上的太陽曬起來，還有樹葉的味道；海邊曬的太陽，眞的很奇怪，直直的曬下來，曬得我都頭昏昏，還不到一天，我馬上就變得黑黑了！」他說的表情非常認眞，卻引來大家的笑聲，幾個士兵以及附近的一些人都往這裡瞧。

奇怪的太陽曬黑了本來就黝黑的排灣族人，這確實是一件很奇怪的事。看來他是存心逗大家樂子了。不過，這讓我心情感覺輕鬆不少，心想，如果一路上都有他們這幾個人作伴，也許工作會輕鬆一些。

「你們都沒事啊？」一個人朝著幾個平地人問。

「怎麼會沒事？我們幾乎全村被趕去挖機場跑道，他們，他們很多也被拉去啊！」一個平地人分別手指著一些人。

他指的那些人，看起來有些像是阿美族人也有不少平地人，還有幾個看起來像布農族，後來才知道他們是「富岡」附近幾個村子的人，有些是台東市附近的人，還有「利吉」地方的人，布農族的據說是「巒山」那一帶的。看來他們曾經一起工作服勞役過。

交談持續進行，距離晚餐似乎還有不算短的時間，單位規定我們，不得擅自離開廣場。此時，四周的崗哨並沒有少掉一個人，幾個士兵也不知道有什麼特別目的、任務，經常在廣場穿梭，有時經過我們這裡，有時又到周邊去。

廣場上，所有人幾乎剛開始只和熟人集聚一起，直到我們這裡話匣子一開，不少人也過來湊熱鬧。

我稍稍移動讓出了位置，聽著他們說話，然後自顧自的游移在我的思緒當中。

他們說的事，加上自己村子的一些狀況，我陸續拼湊出了大概，我了解日本人當時的舉動不尋常，但我並不知道日本人的作爲是不是一定跟美國人有關係，因爲到現在日本都離開了，也沒有人告訴我們當時究竟是怎麼回事！

那時，在「富岡」以及「豐年」兩個地方鋪了兩個飛機跑道，我們村子大多數的男女老少，幾乎是被逼著放棄自己的農務，早出晚歸地輪流在「豐年」機場出勞役，青壯年的除了在青年學校，其他有的已經被編到有番號的部隊。

勞役的範圍不僅是在機場，我們村子西側的山頭蓋了一座高射砲台，山腳也闢建了油料、酒精的儲存地，一些糧食則存放在村子的「巴拉冠」裡面；不只這些，隔著平原日本人又在對面的檳榔樹格山的「高台」，逼著「美濃」、「賓朗」一帶的人蓋了一座高射砲台，與我們村子的砲台相呼應。今年，美國人的飛機來轟炸時，由「高台」發射的砲彈沒擊中飛機，卻剛好落在林丁前的家，林丁前還因此離開青年學校，回家照顧眼睛看不見的父親、瘸腿的母親以及家人。

這樣無止盡的勞役付出，除了造成幾個村的農務荒廢、糧食短缺之外，很多人因爲工作意外而喪身，也有不少女性受到污辱。在我們青年學校投入海岸工事的期間，就有兩個女同學被日軍在新構築的防空洞奪去了童貞。

到了今年初，電台以及警察又聲稱，爲了持續保住偉大皇軍的「勝利」戰果，要擴大支援的能量，於是要大力徵稅，於是地稅、牛稅、豬稅、狗稅一大堆，逼得老百姓成天在飢餓疲累中苟活著，我的父親也是在這一波波徵糧的過程中活活氣死的。

幸好日本人走了！我心裡暗暗的說。

「幸好日本人走了！」一個人湊巧高聲的說，似乎是應和著我的想法作結論。

「是啊！日本人走了！幸好這些民國送來了這麼好的工作！我們可得好好把握這個機會把這幾年的苦頭，好好的賺回來。」一個平地人也高聲附和，幾個人開心的鼓掌叫好。

四點多，不到五點的時間，太陽已經快沒入西邊的山稜線，廣場開始冷涼，眾人仍然興致高昂的談論這幾年的痛苦以及眼前的希望。我想站起來活動活動熱和身體，但中午只吃一碗飯的情況，我早已開始感到飢餓以及暈眩，我放棄了想站起來的意念。

日本人走了，一切都會變得很好嗎？因爲飢餓，這樣的念頭開始浮現在我的腦海，然後一個可怕的念頭忽然清楚的浮現：我們眞的是去工作嗎？還是另一批「志願軍」？

念頭一起，我的頭皮瞬間發麻，後頭像是被人緊扭似的開始僵硬，我感覺四周的各個崗哨正偷偷發出獰笑，穿梭在我們周圍的士兵，也開始不懷好意的斜睨著我，連幾隻橫飛過準備歸巢的鳥也發出了奸笑聲。

一定是的！這四周都是軍人就是證據，證明我們除了是另一批的「志願軍」之外，不會有別的；就連剛才嘴裡含著卵蛋說話的長官，不也是說還有什麼「共」、什麼「匪」的要消滅嗎？一定是的！我們一定是另一批的「志願軍」，將被送去「消滅」那些「共」、那些「匪」的！

天啊！我感到極度的虛弱，胃開始絞痛，直覺在冒冷汗，有一股想暈過去的感覺，忽然聽不到任何聲音。不知過了多久，再恢復聽覺時，耳邊響起了一個聲音：

「我們到底要去做什麼工作啊？」一個人說。

「去建設像母親一樣美麗的國家啊！」另一個人回答。

而他的話引起一陣笑，然後我感覺一群人忽然沉默下來，從我的附近向四周散去，像凝結的空氣或被禁錮的聲音，整個廣場都靜了下來。

也許所有人也都跟我一樣，忽然都莫名地陷入「志願軍」或者「工作隊」這個問題打轉，使得氣氛出現了一些奇怪的變化。

也不知道過了多久，已經半昏暗的廣場開始騷動，一陣急促的哨聲劃破整個廣場，嗶……嗶……的四處亂響。

「#$%&*……」又是那個我們聽不懂什麼意思的聲音。

「都站起來，帶著自己的行李到前面集合站好，成三路縱隊！」還是那個生澀的日文翻譯聲。

我站了起來，感覺是虛弱或者是飢餓，或者是厭惡，我有些混淆了。

"Agan da ḷa a!"

「該吃飯了吧！」表哥阿來依似乎也餓了。

"Yiniyian da ḷa za gezan venawang za savelawan!"

「再不吃飯，連放屁都沒力氣了！」誰加強補充了一句，讓我更加感覺飢餓。

「向右轉！齊步走！」翻譯官沒等那個我們聽不懂的話響起，直接下了命令。

二百多人編成三路縱隊，拉起了長長的隊伍，離開廣場向街道方向走去。街道邊三三兩兩的站了一些人，不少人好奇的注視我們的隊伍，還有一些看起來是阿美族的鄉親向隊伍裡的幾個人揮手大聲說了一些話。天色已經暗沉，除了西邊我們村子的方向天空還有一些灰白色的光影，街道幾乎都已陷入昏黑，多數的住宅民房已經點著油燈，有些人被我們的走路聲、努力壓低的嗡嗡交談聲所吸引，而探頭往外瞧。

有不少人家正在用餐，但我幾乎聞不到烹煮上桌應有的菜香飄送著，也許是戰爭吧，讓大家都窮了。不論是偏壞的山區，還是本來就窮困的村子，就連市區街道應該過得好的人家，也不見得有更好的日子過。我搖搖頭，又撇頭往西邊，想看看村子後方已經模糊的山稜線，心想，山腳下的母親應該吃過晚餐了吧，而她的晚餐應該也只是芋頭或甘藷以及幾道醃漬的鹹菜吧！

才轉了個街道經過一戶人家，該死的一陣油菜香淡淡的飄送來，引起我們的騷動，一群人伸長的脖子往內瞧，幾個人拚命的深呼吸，想吸飽了菜香味填肚子，我忽然餓得使不上力，一陣暈眩。

這是什麼時代啊？我一個十七歲的少年郎與這裡一群二、三十歲的精壯漢子，竟然連自己一張肚皮也填不飽。

隊伍行走了快半個小時，多數人已經餓得走不動，幾乎所有人的胃腸根本沒有油水，誰都耐不著飢餓，這樣走著不停，我們到底要往哪兒走呢？到工廠吃大餐嗎？

忽然，前面響起一陣的火車汽鳴聲。

幹什麼？不是吃飯嗎？上火車嗎？每個人臉上出現的表情幾乎同樣表達著訝異與不解。

「哈哈……終於要去工作地點報到了。」

一個樂觀的聲音，不知從誰的嘴裡發出，聲音不大，感染力卻不小。我雖然不清楚身旁以外的人的臉孔樣貌，但聽得出來大家的交談聲變得比較輕鬆。

「這樣也好！早點離開，也好早點回來！離開總是要有個開始嘛，上火車離開也算是好的開始啊！」另一個聲音像是個三十幾的壯年漢子所發出的。

「我沒坐過火車呢！一定很有趣！」

「是啊！我家就住在鐵道旁，可從來沒坐過火車，沒想到第一次出遠門就坐火車，眞開心啊！」

大家似乎都忘了「吃飯」這件事，連我這樣一個胃腸已經是前壁貼後壁的餓鬼，也因爲眞的要離開了，心情變得有些興奮，暫時忘了要計較已經延誤了的晚餐時間，而專注的踩著車廂鐵梯，跟著一群人擠上一節大貨車廂。

一個車廂擠進四十幾個人，擁擠的幾乎沒有讓人轉身活動的空隙。車廂內空氣混濁、氣味難聞，不僅是因爲人擠人散發的氣味，更因爲這個貨車車廂顯然還是專門用來載運豬隻的車廂，所以空氣散瀰著濃濃的豬糞味。剛才上車時，在昏暗的小燈泡下，我發覺車廂門邊縫有一些沒清理乾淨的陳年豬糞乾。

沒有人知道這列火車將開往哪裡，但可以肯定的是，這是開往北方的列車，因爲目前並沒有鐵路列車可以開往「高雄」。

果然，火車向北駛離我們家鄉「台東縣」，深夜時抵達了北邊的「花蓮縣」。

我今年十七歲，一生沒離開過台東，卻聽過不少關於「花蓮縣」的事，所以不覺得陌生，好像自己來過或曾經住過這個地方，精神上是如此的熟悉。

火車停靠的地方看起來並不像車站，比較像是到了車站前的一段路，就把我們放下來似的。隊伍走出這個停靠站，我發覺街道稀疏、零落、冷清的沒有什麼人。不知道是因爲深夜冷涼還是本來就沒有什麼人，昏暗夜色中商家隱約的日文招牌、街道兩旁緊閉的門窗，竟有一股蒼茫荒涼的感覺。這分明是火車站前後或附近啊！日本人的招牌還清楚的看到車站的指標。車站怎麼了？被炸毀了嗎？街上的人呢？都睡了？還是已經都給拉去工作或作戰了？為何如此冷清蒼涼？忽然間我覺得花蓮變得陌生又遙遠。

不敢再多想，拖著昏餓的感覺跟著隊伍離開「火車站」，走到了一個昏暗燈光的小空地，腦袋也似乎停止了活動，見到排列在地上的菜盆、飯盆，竟然也沒有太多喜色。

「要吃飯了！」一個人有些興奮的口氣，喚醒了我的一些意識，一直存在的飢餓感覺又重新佔據了我的腦袋，一下子，我又振奮起來了。這一餐，可不能再挨餓了。

帶隊官很快的分配位置，跟中午一樣，十個人圍著一個菜盆、飯盆。

我深吸了一口氣，嚥了嚥口水，悄悄的調整了一下座位，向前接近飯菜盆，就等哨音再響起，我實在太餓了。

飯後又移動到了一座像倉庫的大房子。屋內鋪滿了榻榻米，昏暗的燈光下，我們每個人領了一條日本軍留下的綠色軍毯，隨著領隊分配睡覺的位置。所有人幾乎是肩並著肩，以自己的行李當枕頭和衣而睡。沒聽到什麼人抱怨，畢竟出門在外，有吃、有喝、有覺睡、有車子坐，也沒收我們一分錢，而我們也還沒開始工作呢，還能怎麼抱怨。

熬了一整天，多數人已經累的一躺下就沒再翻身，很快的，鼾聲便四處響起；磨牙的，這裡一個那裡一個。有人在夢裡哭泣吧，斷斷續續有些哭聲傳來；有人說了夢話，不知道他是什麼人，又急又快的說了一串，然後歸於沉寂；有人作了好夢吧，笑了笑，說了些話。

忽然……我的右前方不遠有人喊起了「兩千元」！

這一喊，磨牙的、說夢話的、嬉笑的都停止了。隨後做調整似的，有人翻身有人拉了被子，沒一下子，又都安靜下來，鼾聲開始蔓延，門口執哨人換班的聲音也換了幾回。

從我躺下的位置向外看，屋外一片死寂暗黑，我想，夜一定深了。我一直沒睡著，除了因爲睡前那一餐，我迅猛的、狠狠的塞了兩碗飯，精神都來了之外，第一次眞正離開家也是個原因。十五歲在南王青年學校，並不算眞正的離家，因爲步行的路程並不算遠。但這一回，一下子就拉到花蓮這麼遠的地方，而且連目的地都還沒被告知，那樣的不確定性，更讓我覺得離家已經很遠很遠。

我並沒有後悔選擇外出工作，雖然在白天的時間，我一度因爲「高砂義勇隊」的話題感到恐慌；也因爲飢餓，在心裡頭不斷產生消極的、灰色的念頭，一旦塡飽了肚子，精神來了，人也恢復到先前的積極與活力。

這個工作我是鐵了心也要去的，就算這是一個軍事單位，只要他們能依照先前說的工資標準每月給兩千元，什麼工作對我來說都沒什麼差別。我受過日本嚴苛的軍事磨練，體能以及殺敵的戰鬥技能都不落人後，我並不是眞的那麼擔心此行是來當兵的，更何況戰爭已經結束了；而且來宣導的長官也再三的說明，我們是要到過去發生戰爭的地方從事建設工作，建設工作不就是要做工嗎？管他做什麼工作，認眞學習，咬個牙撐過幾年，一定有好的成果。就算到最後，工資因爲其他因素發不滿兩千元，一仟五佰元總會有吧，這可不是個小數目啊！這些錢省下來，回了鄉蓋個像樣一點的屋子，讓母親好好享個清福過晚年，讓妹妹熙安嫁個好人家，日後我也……

我停止往下想去，男兒志在四方，還沒開始，我怎麼起了討媳婦的念頭？我討誰？誰願意嫁給我？呵呵……卡沙一啊！清醒點吧！

我感覺臉上一陣臊熱，想起被拉去參加「志願軍」的兄長，被當成砲灰遍灑在南洋那些無名的叢林山區，自己又覺得慶幸，這個工作來得即時。

我不知道何時睡著的，能夠不餓著睡著，夢境的所有事物都讓人覺得一切甘美啊。

※

又是一陣哨音，旁邊還夾雜著喳呼聲。

「#$%&*……」聽不懂的喳呼聲忽然變多了，這裡一個叫吼，那裡一個嚷嚷，所有人硬生生地從睡夢中被叫醒。

天應該亮了吧？我感覺腦袋有點沉重，也許是昨夜晚睡、沒睡好的原因，正想努力的起床醒過來，進門口又響起一個粗厲的吼叫聲，我循著聲音望去，看到一個軍人，手指著他腳邊一張榻榻米上面摺疊好的毯子，然後又指著我們嘩啦啦的說了一些。

我警覺他是要我們立刻起床，順便把軍毯摺疊起來。

還沒完全反應過來，我鄰近以及其他方向的人，已經迅速疊被，然後往操場跑去，原來，翻譯官剛才已經直接翻譯宣達了。

眞糟糕，我恐怕得遲到了，不曉得他們會耍什麼手段對付我們這些遲到的人。想起在南王的青年學校，日本軍人修理集合遲到的手段名堂，我當場完全的清醒了，睡意全消了去，怕眞的遲到了，即使沒被修理，早餐也都要給人先吃光了呢。想到早餐沒得吃，也不管哪裡可以上廁所解手，我迅速疊起了毯子，然後衝了出去。

集合哨已經響了，外頭也站了不少人，等人員陸續到達集合完畢，清點過人數之後，我們被帶往昨晚吃飯的空地。空地不算小，我們分成了幾組，由幾個帶隊官帶著隊伍跑了幾圈，像是部隊操練一般。我一直喜歡體育活動，跑步一向是我的擅長，跑了幾圈不覺得累，汗水也沒流幾滴，反倒是把昨天一整天的疲倦都跑完了，眞舒服啊！要是每天都能這麼跑步跑步鍛鍊鍛鍊，工作起來一定帶勁。

我們跑步的同時，場子中央幾個士兵也沒閒著，隔個些距離，擺下了飯菜盆子。而帶隊跑步的幾個軍人，也在我們跑完步，飯菜盆子擺好之後，接著將我們十個人一組的編好，像昨天一樣就定位。

根據昨天的經驗，我決定調整好位置，準備在開動哨音響起之後，一馬當先好好地吃他一頓，昨天中午挨餓的情形我可不允許再發生。

人員就定位之後，遲遲沒聽到哨音響起，一股不祥的感覺卻偷偷地在我的眉梢跳了跳。

一個長官樣的軍人，走了進來，就站在我的旁邊。

「#$%&*……」他邊說邊環顧所有人，聲音嘹亮厚實。

「注意！」翻譯官即刻翻譯他的話：

「這裡的飯菜不算多，但是足夠讓各位塡飽肚子，大家爭搶吃飯，不但難看，有人可能也吃不飽，所以，大家一次盛飯不要太多，慢慢吃！」

想起昨天的第一餐自己只吃了一碗飯，覺得這個軍人說得有道理，不過我要自己聽話慢慢吃，別人不見得會遵守，到時挨餓恐怕又是我。

還沒來得及想清楚，哨音已經響起，幾個黑影已經撲了上來，我本能地跟了上去，狠狠地盛了滿滿的一碗。心想，管他什麼多不多、少不少，能吃飽比什麼都重要，正想扒飯入口，忽然一隻手掌揮了過來，不偏不倚的拍落我手上的飯碗。

我受驚嚇的望著飛出去的碗，匡……地一聲，碗撞擊著飯盆落向身旁的泥地，米飯鋪撒在泥地裡。

跟我吃飯的同村人，也都在第一時間受了驚嚇，停止了動作，一個響雷似的吼聲卻立刻在我的耳邊爆開：

「#$%&*……」

那個人一長串的嘰哩哇啦吼個不停，而空地上其他正在吃飯的所有人，都受驚嚇的停止了動作，往我們這裡瞧。

「#$%&*……罵力革閉！」那個人瞪著我又吼了起來。

「把飯都撿起來吃！」翻譯官沒多說一字，原本生澀的日語，此刻卻異常的流利。

我忍住快要爆發的脾氣，渾身顫抖著，起身慢慢的撿拾起散落了一地的米飯入碗，流著淚，坐回我的位置。同村的幾個，只看了看我，眼神算是安慰我，誰都沒敢多說話，誰都怕在這當頭觸霉頭，找罵。

那個軍人瞪了我一眼後轉身離開，所有人又重新開動吃飯，而我只端著碗，沒敢扒進一口混雜泥巴的米飯，也不敢倒掉再添一碗，我胸口激烈的起伏著，重重的呼吸著。

這是怎麼回事？所有人都搶飯吃，合著我該倒楣，拿我出氣？

你們這算是什麼單位？就算我們還沒開始工作，難道這麼一點伙食都捨不得讓我們多吃一些？是怎麼回事？我們都已經跟著你們走了，還怕我們白吃一頓不給錢？將來補扣薪水不就得了？

你們有氣，我們難道沒啥窩囊氣？你們把我們當成豬，我們多說了什麼嗎？才第二天，就這麼欺負人，往後的日子難道也是這樣？你們跟日本人有什麼兩樣？

這麼糟蹋糧食，你們這些天殺的土匪流氓，老祖宗不修理你們，才叫沒天理，你們等著，總有一天！

呸啦！神氣個什麼東西，罵力革閉……

罵力革閉！

罵力革閉？我剛才心裡說了「罵力革閉」？

哈哈……心裡怎麼忽然覺得舒服一點了，怪不得這些人凶巴巴時，最後總要說個「罵力革閉」，原來是這樣啊！原來說了「罵力革閉」心裡會莫名其妙的感覺舒服一些啊！這些人肯定經常罵人、很有經驗，所以他們知道說這句話的好處。

哈哈……罵力革閉！罵力革閉！

我並不了解他們口中的「罵力革閉」到底是什麼意思，不過在心裡反覆的用力說，確實讓我氣消了一些，我肯定這句話絕不是林源正所說的：是「報告完畢」的意思。

想起林源正，心裡產生了怪怪的感覺。他們沒被錄取，該讓我們羨慕還是怎的？他們現在也許跟著家人正在田裡工作，家裡雖然沒多少食物，起碼不用被人當成豬星夜趕路、半夜用餐，不用為了爭搶食物受這些人的氣，到底他們回家是對的事？還是我根本就不該來？

我端著碗沒吃進一口飯，靜靜的看著同餐盆的弟兄吃食，發覺同村的林阿德、林阿田，表哥阿來依也不時的飄來關懷眼神看著我。

不知過了多久，心裡漸漸的平靜下來了，我看見餐盆裡還有些飯與菜，我了解是他們刻意留了一些給我，但我實在沒心情吃飯，正想開口告訴他們請他們直接吃完時，廣場邊開進來了好幾輛軍車，一輛接著一輛，而這時哨音也跟著響起了……

「#$%&*……」是剛才那個軍人扯開了喉嚨大聲說，聲音眞是洪亮刺耳。

「都停止用餐，所有人帶著自己的行李之後，到那裡集合，動作快一點，晚了，就讓你們走路行軍。」翻譯官也扯開了喉嚨說。

既然軍車都來了，路途一定不近，眞要走路報到，誰都不想當那個傻瓜。一等翻譯官說完，大家便迅速起身離開。

我想倒掉手中的泥巴飯進飯盆裡，才發覺剛剛他們刻意留下的飯菜已經不見了，心想，一定是同餐盆的誰，看見我無心進食，怕留著浪費，所以起身離開時順便抓起來吃掉，這動作還眞俐落啊。

也好啊！反正我也無法吃了，出門在外，能不糟蹋糧食就別糟蹋，時局亂，糧食缺乏，糟蹋糧食可要挨祖宗罵了。

軍車十餘輛前後排列著同時發動，聲音轟轟地聽起來扎實，外觀也比昨天到村子裡載運我們的那輛車來得好，車篷往上摺疊只留頂頭可以避雨遮陽的部分；幾個駕駛兵看起來都是日本兵，頭上的帽子也都摘去了帽徽，每一個人看起來像是被強迫又出於無奈的面無表情，對照我們有時還興高采烈的交談，他們的無語與機械式的動作，看起來比我們更像是不得已出遠門工作的人一樣。

我並沒有太多的同情，除了自己一肚子的窩囊氣還沒完全消散之外，也因爲他們是日本人，我反倒有一些「你們活該」的幸災樂禍。要不是戰爭打輸了，我也許現在就被日本人編入「志願軍」，送往南洋跟我大哥在叢林相找尋，也許我早就被美國人打死，埋骨域外；就算沒去南洋，我們一樣得爲那無止盡又近乎無酬的勞役，折磨得人不像人鬼不像鬼，到時候可能又有多少人要喪命，又有多少婦女要被污辱？呸啦！你們活該！罵力革閉！

罵力革閉？我又說了罵力革閉？

我是怎麼了？怎麼一有氣，心裡就忽然冒起這句話？呵呵……眞是奇怪啊！

不管了，反正心裡面舒服了一些，管他爲什麼起這念頭，管他這句話是什麼意思。

哎呀！好一個「罵力革閉」啊！管你是日本人，管你現在是什麼單位，都別妨礙我工作賺錢養家活口！罵力革閉！

不等我心裡嘀咕完，哨音又響起，幾個軍人嚷嚷著把我們趕上車，一輛車滿滿的擠上三十來個人，卻沒聽到什麼人抱怨，也許是因爲昨晚大家都睡了飽覺，而剛剛也只有我挨餓吧。

太陽才剛升起不久，整個空氣似乎還籠罩在昨夜的涼意，特別是軍車往前駛，冷風夾著前一輛車排出來的廢氣，從車身兩側灌進，像個風賊往衣袖裡鑽，才剛出發沒多久，幾個同車的夥伴有的已經縮成了一團，花蓮應該比台東還冷吧，我想。

我拉拉衣領，專注地往車外張望，沒多理會究竟這是涼意，還是冷，幾個同村的夥伴，倒像是擔心我似的，偶而拍拍我的肩，偶而偷偷瞄我一眼，沒人多說話，一車子人各想著自己的事，也有人同我一樣不停地往車外望，應該也是同我一樣對車外的風景感到好奇與興趣吧。

花蓮市街比起台東來，規模似乎要大些，但眼前看起來並不特別熱鬧，車行經過的街道商家招牌，仍然保有許多的日文，也許是因為清晨的緣故吧，除了一些零星的菜販，街道並沒有什麼人活動。市區以及郊外，有不少日本人的房舍，看起來管理得還算不錯，有些住宅還有人在打掃，顯然日本人走了，國民政府有些高官接著住了進來，有些地方看起來像是挨過炸彈的保留焦黑、毀損的模樣。

「這些房子住起來應該很舒服吧！」

「賺了錢回家，我們可以蓋這樣的房子，前面再種些樹籬。」

「哈哈……種樹籬好啊，你喝醉酒了就直接躲在裡頭，免得被你老婆發現了修理你。」聽不出來誰在以日語交談，但我知道是村子裡的人。

是啊，要是能蓋這樣的房子一定很好，我們全家住在一塊，雨天不怕、颱風天不驚，門前有個空地，種些樹遮蔭，不工作的時間，有個院子聊天喝酒也很好。

是啊！就蓋這麼一間房子吧，等我工作個幾年，回家就蓋！

車子很快就駛出市區經過一片農田地，農地上有些農人上工，看起來都有些年紀，農地開墾的面積也不算大，也許這些農人辛勤耕種，求的也只是過個冬天吧，就跟村子裡的鄉親一樣，誰都不敢想遠，顧著肚皮，眼前，有一頓是一頓。

不過，這就是花蓮嗎？我忽然起了這樣的念頭。

車子顛簸著向北駛動，東邊看來離海並不遠，西邊已經是陡起的山壁，我們才經過幾個街道，那些我們在廣播中聽過的日本村，到哪裡去了呢？那些聽年長者所說的數不清的美人呢？還有在歌謠中老師口中說的繁華花蓮港呢？那些圍繞在花蓮港的工廠呢？花蓮是個大都市，不是嗎？可是，我們現在分明正在離開花蓮市區！我沒見到繁華的花蓮啊！

我偷偷地左右觀察同車的夥伴，有人仍然盯著車外發呆，有人已經縮著身體閉上眼睛打盹，有人開始小聲閒聊，各做各的事，似乎只有我陷入胡思亂想中。我注意到還有個人眼睛不時盯著我，他是林阿德，同村的人。

"Haru yi girehirehireng zia?"

「你不睡一下嗎？」我說。

"Buru aredir, magagawuz gu za gualeng, mawna hari gu zia dungdun."

「有點涼，怕睡了著涼，也沒想睡的意思。」

"Oo..."

「喔！」我笑了笑，朝他點點頭後，又將頭擺回，朝車尾後方望去。

我是最後幾個上車的，軍車兩旁內側邊的長條座位都給人坐滿了，接著上車的人塞在車斗中央，後來上去的、怕冷的都想盡辦法擠進貨斗人群的中央，留下靠近後擋板的空位，那便是我以及最後上車的位置。

除了後方捲進的風沙塵土之外，這個位置其實還算不錯，通風，可以清楚地觀賞沿途的景觀，以及注意後方車輛行駛在不平道路顛盪的樣子。已經過了兩條溪流，車子忽然停了下來。

「要解手的，趕快下來，等一下有很長的路不能停車！」前面以傳話的方式宣佈。

停車的地方，道路的寬度，還能容納另一輛車交錯會過，左側接鄰山壁，右側便是海，不少人下了車向著海面解手，但也有一些人留在車上，繼續睡覺。

我沿著海岸線向北眺望，發覺遠前方的山壁與海面成了垂直的切面，像是誰硬生生的搬一大塊岩盤，直接放在那兒，圍住了海水。那山壁陡峭的程度遠比我的家鄉大巴六九後山還要陡、還要光滑，越往北越向上攀升，山壁摺曲一道接著一道連綿不斷。崖壁中間的高度，鑲嵌著一條路，向北迤邐延伸看不到盡頭，高度也隨著崖壁向上攀升。

我不知道遠前方的崖壁究竟有多高，但光從道路看起來已經成了一條細絲線般裂痕的比例看來，由路面摔落海裡，肯定沒有一個全屍是可以確定的事，這光想起來就直叫人害怕。

車子離開暫停的地方，道路很快縮成僅足夠大卡車通過的寬度，車行的左側，也就是西面，幾乎是貼著山壁而行，車行右側的東面，最窄的地方，以我目視的判斷，平均應該在一米左右，看似夠寬，實際從軍車的高度看去，像是隨時要掉下去似的。車越行越慢，所有人都醒了，不時地從各車傳出喔……啊……唉……的驚呼聲。

「這要掉下去，一定一點感覺都沒有，馬上死去！」

「呸！呸！呸！這個當頭什麼話不說，說這個？」

「只有你，等一下轉彎，只有你會被甩出去！掉下去要有骨氣啊，別拉旁邊的人啊。」

「都閉嘴吧！你們吱吱喳喳的盡說這些不吉利的話，叫人跟著都緊張了！」

「啐！沒說這個，你也緊張的不得了啊，看看你，要扯斷車棚架了，抓得這麼緊！」

「我緊張？我看你才緊張的要尿濕褲子呢。」

大家你一言我一語，想解除緊張，卻讓人更緊張，不說剛才那人緊抓著車棚架，兩手十指已經死白了，車架也因為手汗早已抓出了濕漬；連我也才驚覺到兩腿因為緊頂著後車擋門板而感到痠麻。沒有人笑得出來，忽然……

「喔！小心！」坐我身旁靠近後車擋板的夥伴都大聲的叫喊。

原來是跟在我們後面那一輛車，左前輪剛剛壓上一個有小腿高的大石頭，整個車頭被迫向右偏轉向，右前輪已經切到右邊懸崖邊不到兩個拳頭寬。從我們車尾看去，他們那一輛車的上半身幾乎已經懸空，而車子的背景是天空在上、下是海面，驚得我們大聲呼喊小心。只見那日本駕駛兵，迅速打了方向盤，拉回車頭。

我們幾個人見狀又大聲歡呼，還沒結束，忽然又驚叫一聲，我們坐的車整個停下來，所有人都往前往車頭撲移。沒人弄清楚怎麼回事，我猜想應該是車頭左側擦撞了山壁，因為剛才的撞擊力道以及聲音是從那個方向傳來的。車停頓後又立刻小改變方向前行，所有人趕緊移回了自己的位置，各個找牢靠的東西抓，沒人再大聲說話。

開始有人向車外嘔吐了一些東西，吐出來的東西有一半朝著不知有多深的海面掉。我覺得兩腿發麻也有些暈眩，我從沒坐過這麼長的車程，顛簸又轉折迂迴的經驗更缺，所以只好想辦法專注地看著路況，或者注意後面那輛車的行車狀況，想讓自己舒服一些。

我了解，剛才後面那輛車幾乎掉落懸崖的驚險狀況，也極有可能發生在我們這輛車，而我們的駕駛兵能不能做正確的反射動作，確保行車安全？可讓我心裡七上八下，緊張的冒了不少汗。

我們要是有個什麼閃失，就這樣整輛車掉了下去，我們要怨誰去啊？我們希望改善家庭志願來工作，現在卻把命運交給別人掌握，眞要怎麼的，我們要向誰哭訴去，誰給我們拿主意，還公道啊？

身體才剛要感覺舒服，心裡卻開始不平靜，我把視線往後面那一輛車的駕駛座望去，看見神情專注的日本駕駛兵，眼睛不時的注意車身兩側以及車頭前的落石或窟窿，心裡沒來由產生了一些念頭：

日本軍隊都回去了，一些移住台灣的百姓聽說也回去了，這些日本兵爲什麼還不回到他們日本的家鄉？什麼理由他們要留下來聽從這些穿軍服的單位，運送我們這些要去工作的人？難道是因爲戰敗，他們被強迫留下來工作？或者，他們是志願的，就像我們一樣？以日本人所宣傳的情況來說，這些日本人應該有更好的工作機會才是，他們怎麼會願意離鄉背井，隔著千里隔海工作？他們曾經是欺壓者，跟我們一直以來被壓迫的情況根本就不同啊！

不過，再想想，如果沒有什麼苦衷，誰願意忍著鄉愁遠離家園去一個陌生的地方工作？不論志願或非志願，離鄉背井流落他鄉這件事，基本上不會有什麼不同吧？我們跟他們這些日本駕駛兵似乎也沒什麼不同，即使是志願兵，能選擇的並不多啊。

我不相信他們是志願拿自己的生命開玩笑，來幹這一趟出不得一點差錯的工作，我更擔心他們是被強迫而來，中途會含恨地連人帶車往不知有多深的海面衝，要我們這些人一起陪葬。這可是蘇花公路啊，我們都聽過從前清朝人來開路，遭到打魯固族⑤頑強抵抗，成百上千被擊落入海的故事，也聽過日本總督、無數的日本軍人，被襲擊受傷的事，我可不希望我也是流傳故事的主角啊。

我忽然不再討厭這些日本駕駛兵，不只是因爲我們都是爲了工作而走上這條路，還因爲此時此刻我們的生命與他們緊緊綁在一起，同爲一群人所驅使，同在一個崎嶇佈滿坑洞、隨時撞壁落海的狹窄山道上，提心吊膽而緩慢前進。揚塵中，我望著後輛車的日本駕駛兵微笑，感覺，車行速度更緩更慢。

車隊開始經過幾道長短不一的隧道，隧道內的山壁、隧道頂，不停的出現落石、滲水甚至像瀑布一樣掛在隧道中央，我們像是過水門簾一樣，每經過一道，車後斗便灌進了一些水，淋了一次又一次，每個人幾乎都濕了身體，山道風涼，不少人冷得直發抖。

出了隧道往外瞧，卻更讓人怵目驚心，除了更高的山壁，還有望不到底的懸崖海面，感覺上我們是懸在海面上空行車。於是，沒人敢再交談，沒有人闔得上眼睛，沒有人不緊抓著手邊的固定物，連噴嚏都沒人敢暢快的噴，而嘔吐卻持續地發生。

離開蘇花公路，是接近中午的時間，天氣總算有些暖和，風吹進車斗並不覺得冷。

「哇！我們該到了吧！提心吊膽了半天，尿都要噴了出來！」

「是啊！再不離開那條路，我們遲早要摔下去的！過些時候回家，會不會再經過這裡啊？」

「什麼？回家還要經過這裡啊？沒別的路嗎？」一個傢伙嚷了起來。

「西部還有路！到時候我們從高雄坐車回台東！」

「你怎麼知道?」

「聽說的啊!哎呀!你們不會連這個都不知道吧!」

才離開蘇花公路，車上一群人恢復了交談，心情像是才從鬼門關門前走過一回似的開心，而我忽然開始覺得餓。

過去日子窮，平時我就經常處於飢餓的狀態，比起這些夥伴，我似乎餓得比他們都快，一個上午在蘇花公路的緊張與驚險，暫時讓我忘了早餐沒吃上一口飯的飢餓以及難過，但是現在，我已經恢復了飢餓而感到暈眩，無力回應他們的天眞，或加入他們的談話。我們才出門，目的地究竟是到哪裡還沒完全弄清楚，談怎麼回家會不會太早了一點?

車子成一列的漸漸接近宜蘭，過了一個市區街道，又再過了連遍的稻田，又準備再進入另一個市集，道路兩旁開始出現了比較密集的房舍，房子形式與花蓮有很大的不同，好像是平地人那種老式的房子居多。

車停了，停在一處野地。

「需要解手的都下車，其他的都留在車上!」翻譯官大聲的宣佈。

大部分的人都下了車解手活動活動，我則留在車上，一方面是一個上午沒吃喝所以沒屎沒尿，也因爲餓，懶得爬上爬下軍車。

一些叫賣的小商販，見到我們一群人下車休息，陸續的接近叫賣一些多半是中午裹腹的食物小

⑤太魯閣族。

吃，像粽子、水煮玉米、烤地瓜、飯糰等，好幾個不同的小販。我聽不太懂他們叫賣的價錢，但我注意到了飯糰小攤上歪歪斜斜的幾個數字，心想口袋裡母親塞給我的錢，應該夠我吃一塊飯糰吧，我趕緊湊上了所有的錢，換了一顆飯糰來吃。

肚子塡了些東西，身心也平靜了下來，眼皮卻跟著開始沉重了，我不記得我們是怎麼離開宜蘭的，只隱約聽到哨聲，感覺車子因爲啓動而顫抖了一下，沒有其他任何記憶，我竟然沉沉的睡去，連夢也沒形成一個。也許是昨夜在花蓮的晚睡疲倦，也許是早餐被羞辱的飢餓，也許是蘇花公路的極度緊張，我不知道，但是醒來到達基隆港時，已經是下午的時間，冷空氣把我給完全凍醒了。

基隆遠比台東冷得多，特別是海風吹來，直接鑽進衣領，叫人牙床不住地打顫。

車子停了，我抬頭注意到了所有人似乎也都停止了動作，一齊望向車外的營舍。

營舍一棟接著一棟，每一棟房子下層都以水泥磚牆爲基礎，每一段距離都留有通氣口，上層則是數個扁平長條木板片疊層而成的牆面，幾個長條型窗框，讓每一個大屋子看起來整齊有精神；上頭屋頂的瓦片像是調整過似的，有的整面是新的，有的則是舊瓦片湊在一起，瓦片色澤還明顯地呈現出來那股拼湊的味道；有的新舊雜陳，看來這個營房挨過炸彈，到處有修復的痕跡。這也難怪了，這個地方是基隆港附近的日本營房，不挨一、兩顆炸彈哪像話？

「這裡是哪裡啊？」

「一個日本軍隊留下的營房吧！」

「我們要去工作，經過這裡的日本營房住一晚？哎呀，這些人眞有辦法啊！看來我們跟著來工作是對的，跟著他們，一定有前途！」

兩個人的對話，你一言我一語，慢慢的講，一個一個字地說，像是怕周邊的人沒聽清楚似的，但除了卡車沒熄火嗡嗡地響之外，沒有人多說話，幾乎所有人都呆望著營房中央大操場的另一半邊一群出操像木頭一樣站著的軍人，那裡有幾個幹部在隊伍前嚷嚷叫囂，甚至動手拍打幾個站不直的士兵。稍微後面的操場邊，也有一群人拖著槍，在地上訓練匍匐前進，幾個官長手拿著棍棒，往地上幾個人身上鞭打。

我們多數人都參加過日本人的青年學校，知道那是士兵的基礎訓練，我們一群人呆望不語的原因就在此——這個兵營不是日本軍隊留下的空營房，而是正在使用的軍隊營房。

我們會不會在此變成他們的一員？這個大操場、這些營舍，會不會成為我們日夜相處的設施？我心裡升起了這樣的疑問，我感覺到其他人也是這樣的存疑。

「還好啊！我們不必像他們一樣，出操受虐待！」

「是啊！我們是去工作的，可不是要當兵打仗的啊！」

兩個人的交談聲還眞叫人感到安慰，不過，我心裡頭忽然產生一股濃烈的不安情緒，因為我發現，那出操的軍人裡面有幾個面貌較黑的士兵，在我們短暫的注視中已經連續被處罰挨打了兩次，他們顯然是某個部落來的原住民，顯然的，他們並無法完全理解那長官的指揮口令，而出錯挨打。

那些長官叫嚷聲中又清楚的傳來「罵力格閉」的熟悉字眼。

不等我回神過來，哨聲、卡車後擋門的開敞聲已經夾雜著響起，所有人都被趕下車，帶往食堂「補吃」中餐，不知道是自己心裡不踏實，還是因為這些中午就準備好的飯菜眞的已經冰冷，我吃起來像是啃冰塊一樣的寒冷無味，所有人都安靜的吃飯，沒人搶飯菜吃，最後卻都吃得乾淨見底。

我們不會同這些人一樣留在這裡當兵的！

我心裡升起了這個聲音，雖然遙遠縹緲，但是清楚明白。

在翻譯官的協助之下，我們很快的被帶往操場，然後按照名冊叫名字編了隊，再依照編隊由幾個軍人分別帶開，編入另一個大單位。

我心裡的不安開始強烈的湧起。依據在日本青年學校的軍事基礎訓練，我知道這樣的編組是軍隊的組織，我現在是被編進了一個班的建制，然後又被帶往排連的大編制內，我不相信有單位是這樣編組工人的。

雖然一直強烈的疑慮與不安，但眞正讓我開始感到恐慌與害怕的，則是被帶往操場另一側的倉庫旁時，我們看見了堆積的許多物資，還有槍枝。沒錯！那裡排列著一整排一整排的步槍。不只是我，我周遭的人幾乎都鎖上了眉頭，我看到有人已經不自主地顫抖，有人紅了眼眶，有人喃喃自語，有人頻頻東張西望。

在幾個士兵的引導下，我們按照他們事前準備好的名冊，重新作了編隊，台灣兵與一些大陸籍的兵混合編隊，一個班約有二至四名的台灣兵，同鄉黃聲之與我編在一班。之後，所有人魚貫的往前移動，每個人領了一雙翻毛皮鞋、一套薄棉衣褲、一套軍服、一頂帶著藍底白輝的軍帽、一支三八式步槍，皮帶、刺刀、子彈帶，我們被要求當場脫去了衣服，換上了軍服。

完了！我們受騙了！我心裡大聲的呼喊，因爲憤恨、不甘與驚慌，所以隨著心臟激烈跳動而身體手腳也跟著不自覺的顫抖。

「我們被騙了！」一個哽咽的聲音在我左後方輕輕響起。

「幹！不是來做工喔，原來是來做兵！你娘咧！」一個平地人氣憤憤的說，聽得出他的牙床的咬磨聲，而我竟然也聽懂了他的閩南語。

「呸啦！作了幾天的美夢，沒想到，到頭來是一場騙局！這些人到底是什麼人啊？」我聽出來說話的是同村人。

「當兵眞的可以領到兩千元嗎？」一個聽起來還算鎮定的聲音。

這個聲音讓我心情稍微平靜了一些，假如當兵也可以領到兩千元，也還是可以接受的事，不過這些人爲什麼要以工作的名義招兵呢？戰爭不是結束了嗎？

我慢慢的望向周邊，我發覺剛才在操練的士兵，又有幾個被叫出來毆打，而我們這邊卻有不少人手拿著衣褲呆立著，忘了要換穿，有人已經開始啜泣，有人深鎖眉頭，兩眼茫然，大家都顯得沉默，氣氛很詭異。

「罵力格閉！#$%&*……」耳邊忽然響起了一個士兵粗暴的聲音。

「#$%&*……罵力格閉！#$%&*……」又有幾個聲音加入，不但聲音加入，人也跟著衝了進來，推擠那幾個呆立的人。

眾人換穿衣服的速度變得快了，叫罵聲下沒有人敢再多思考什麼，深怕動作慢，變成目標被這些士兵叫罵，或挨打。

我迅速換了裝，第一次穿上了十七歲以來，眞正的一雙鞋，提了槍站到已經開始排列的隊伍中找尋我的建制位置。我偷偷地瞄向出操的那個單位，以及還沒換裝完畢的一群人，最後眼光收回落在高度已經到我胸口的日本三八式步槍的槍口。

一九四五年十二月二十六日，離家的第二天，做工不成，我們一群人領了裝備編成了部隊、成了軍人，我以屈納詩的漢名登記成爲國軍第七十軍一三九旅二七八團一營二連二班的二等兵。

我被騙了，沒有建設工作這回事，我們都被騙了。

「#$%&*……罵力格閉！」幾個士兵又大聲的嚷嚷招呼其他人找到自己的建制！

「罵力格閉！#$%&*……」聲音又忽然在我周邊響起，幾個幹部催促著幾個人動作快一點！

哎呀！「罵力格閉」竟然成了我當兵第一句我以爲我聽懂了的漢語。

哎呀！嘀咕著罵力格閉！罵力格閉！心裡頭竟然有一種舒服的感覺啊！

眞是「罵力格閉」啊，這個鬼單位！

第3章 訓練記事

基隆眞的冷，特別是寒風夾著細雨，濕寒直接鑽進衣服裡最要命。我在故鄉台東沒經歷過這樣的事，我以爲只有我們這些新編入的台灣兵是這個樣子，沒想到這些大陸來的兵一樣也受不了，我聽說這些大陸兵有些人的家鄉這個時節偶而還是下了雪的；至於下雪嘛，據說就是天空下了冰絲，不停的下，像滿天飄落的細小羽毛一樣。不過，下冰絲的天氣，竟然沒有基隆下小雨的冷寒？這可讓我難以想像啊。我沒見過雪，不知道下下來是什麼樣子，會冷到什麼程度，我不敢多想，因爲一九四六年二月二十六日上午十點的現在，我在操場上，正因爲冷，而咬緊牙關忍住全身發抖作立正、稍息的基本教練，深怕哪裡出了差錯惹來一頓罵。

「娘個屄，老子這樣 #$%&*……都給我站好來！」喊口令指揮的副班長，大聲的說話，但聽得出來沒有太多的惱怒，只是習慣性的嚷嚷。

到基隆港附近這個日本留下的營區，編入軍隊已經是第三個月開始，過去兩個月以來的訓練，白天不論晴雨都以軍事操練爲主，晚上則以政治學習爲主、漢語漢字練習爲輔。

軍事訓練對我們並不陌生，比起日本人在青年學校幾近虐待的訓練要求，這裡好不到哪裡去，除了戰場實用的戰技操練，如刺槍、射擊、過硬①、衝鋒所需的基本動作之外，當然，配合閱兵的操場教練也是少不了的科目。

負責操練我們的是大陸兵，年紀都很輕，有的大不了我多少，據說他們在大陸打過很多年的仗，有的因爲個子較高，十四歲就被一群帶槍的拉走當了土匪，我相信他們所說的事，因爲很多人彼此談話都顯得吃力，甚至無法完全聽懂彼此說話的意思。

晚上的政治學習課程以及漢語漢字練習，除了灌輸對「領袖」效忠，說明國軍過去東征、北伐、剿匪、抗日的「偉大成就」，以及宣揚共產黨在「國內」的種種暴行之外，主要還是漢語、漢字的練習。這些識字與練習漢語發音的課程，則不只我們這一些剛編入連隊的原住民，幾乎一半以上的大陸兵都參加了這樣的課程。

我才眞正了解，原來一個我們以爲是同一個地方來的軍隊，竟然南腔北調的紛雜，同樣是「中國人」竟然有一大半的人不認識「中國字」，識字程度恐怕還不如我們這些被他們從日本帝國「光復」的「可憐台灣人」來得高，可惜他們不准我們任何一個人在公眾場合講日語，說那是亡國奴的語言，是殖民地的語言。

這近二個月以來的漢字學習，除了軍事操練的口令，其他的我多少已經懂得了一些簡單的日常話語，因此，我分辨得出幾個大陸兵的說話習慣。比如剛才那位老兵口裡的「娘個屄」，跟我先前聽到的「罵力格閉」是一樣的意思，都是拿別人母親的私處開玩笑罵人，這可讓我們開了眼界與不可置信。

在我的部落最多罵人「巴啦日」，意思是像個「遊魂」一樣，那已經是很嚴重的辱罵了，即使以日本語的「馬鹿野郎」罵人，最多也是罵人笨蛋的意思，誰也沒那個野勁兒開女人的玩笑，特別是別人母親的私處。不過，這些大陸兵嘴裡的這些意義上極其粗魯的語彙，除了用在罵人之外，多半還用在打招呼、開玩笑上面，就跟一般我們稱的「白浪」平地人喜歡嘴裡掛著「幹」、「幹你娘」一樣，這倒讓我們難以理解，他們該是一家親吧？我想。

①大陸用語，衝鋒陣地戰。

所以，剛才那老兵口裡大聲卻輕鬆的罵著：「娘個屄，老子這樣 #$%&*……都給我站好來！」意思並不存在罵人的意思，語氣上反而有點取悅我們這些直挺挺站在操場，目不敢一瞬，大氣不敢喘上一口的小兵。原因除了是我們每個人害怕出錯受罰而自我要求之外，主要還是今天清晨，連值星官宣佈晚上發薪水的消息，讓所有人感到振奮。連這些平時罵人不喘氣的幹部因爲心情好，都變成了金剛菩薩，表面凶歸凶，從上午以來，卻沒見到眞正處罰過誰。

「向左轉！」

「向右轉！」

發號施令的副班長改變了進度，所有人也出奇地完全跟上節奏。大夥兒心情顯得輕鬆，連帶動作也變得扎實標準、有勁，幾乎是這二個月以來頭一次見到的奇觀。

啊哈！這如何不叫我們感到興奮呢？苦撐了二個月，忍著這些大陸老兵有理無理的打罵，一些大陸兵以及平地人忍著中國年沒放假回家的痛苦，爲的是能好好的領一筆錢給家人寄去，現在終於可以寄錢回去了，任誰都開心啊。

想起昨夜收到母親託人寫的信件，說希望能寄點錢回去，讓我苦惱了一整夜，想問班長，卻沒膽子開口怕挨揍。這下可好了，早點名時間宣佈了這個天大的好消息，算一算，一個月二千元，兩個月加上這個月應該有六千元，這可是個大數目啊，我們可沒有人見過這個數目的錢啊，光想想就讓我感到驕傲，就連因爲分心做錯動作，挨了幹部一頓臭罵，蛙跳三十下都沒減少我的興奮。

但是，天下總沒有盡如人意的美事，吃完晚餐以後開始的政治課程，卻把我們所有人的心情都打進了地獄。因爲，我們每個新兵只拿到一個月的餉錢，而且只領到了五塊錢。我永遠沒辦法忘記，心裡滿心期待兩千元的紙鈔，卻拿到五塊錢時，那種落差引發的啼笑皆非、傷心、悲憤然後開始滋長蔓延的絕望心情。

我不知道發生了什麼事，所有當初跟我們一起來「工作」的夥伴，也都無法理解這其中的道理，議論開始蔓延，當然訓斥聲也跟著而來，但私底下那幾個平地人的「幹」聲已經開始四起。

我已經無法思考任何事情了，六千元到五塊錢，感覺像是被搶劫了所有一生的財產積蓄，而我們只撿到了強盜倉促離開時掉落下來的五元。明明我才幻想著六千元自己留下兩百元其餘寄回去，母親拿到了錢，一定高興的找人把那漏水的破房子翻修，甚至重建；如果有剩餘的錢，一定會再多買兩頭牛或養一群雞。結果殘酷的現實是：單位只發下了五塊錢，也大概只夠我零用一個禮拜，根本沒有多餘的錢給母親寄回去啊！

我不知是何時、如何上床的，我只知道我始終是清醒沒睡意的，腦袋卻一片空白，一直到半夜寢室開始傳出一個個蒙著棉被悶響著的哭聲，我才再也忍不住的蒙起被子放聲大哭。

天啊！這是什麼鬼單位啊？

隨著哭泣，過去二個月的生活也一幕幕的浮上腦海，心裡的憤恨與不平更加的激烈。

我們怎麼只值五塊錢？先不說動不動就拳打腳踢，在那樣艱苦的軍事操練，一次一次的衝山頭，一次又一次的爬過鐵絲網、壕溝又來來回回的衝刺、刺槍、射擊、跑步，卻在這樣的寒冷冬季，只讓我們吃兩頓飯。出不完的勤務、操練不完的訓練課程，晚上又得忍受反反覆覆的疲勞轟炸；個人所有活動都得在大陸老兵的隨時監視下進行，我們難道只值五元嗎？這是什麼「媽你個屄」的鬼單位啊？娘個屄……

逃吧！離開這裡吧！我心裡泛起了這個念頭。

翌日，連隊的氣氛變得有些詭異。吃過早餐，所有人著裝準備操課前的集合場上，跪著兩個五花大綁的人。我認出來，那是跟我們一起來的兩個平地人，昨晚關餉後，在私底下罵得最凶的兩個人。

他們犯了什麼錯？這麼綑綁，是要槍斃了嗎？我心理嘀咕著。

這可是我第一次見到人被這樣雙手反綑綁在背上跪著，所以眼睛不時望向他們。見到他們兩個人綁跪在地上，臉色蒼白又顫抖不已，我們所有人都驚駭的不敢多說一句，連帶的，氣也不敢喘上一口。所有人趕緊著裝就個人建制的位置，深怕自己也跟著遭殃，氣氛有些肅殺，我也跟著緊張起來了。

隊伍在班長整理完畢後，只見值星官走到隊伍前面，手扠著腰、板著臉孔左右來回掃視過部隊大聲的叫喚：

「帶上來！」

隊伍前，隨即走出五個老兵，半拖半抬的將那兩個人「帶」到隊伍前，背對著值星官，面對部隊跪著。

「我不敢了！饒命啊！嗚……」

「唔敢啊啦！阮唔敢啊啦！饒命啊！嗚……」

兩個人從剛才的低頭流淚，變成嚎叫討饒，身體因為剛才的拖動痛楚而扭動著。

剛才拖著他們的五個人，卻立刻一擁而上，大喝一聲「娘個屄」，對著兩個人一陣毒打，那兩個人一下子撲倒在地，隨著他們踢打的力道左右痛苦扭曲，不斷的哀聲求饒，嚎泣聲夾雜在幾個老兵痛揍的咒罵聲中。

列子裡，沒有人敢吭聲，我們只能眼睜睜的看著那兩人臉上、嘴角流著血，不斷的哭泣討饒，兩人無力逃脫的屈著身子，在哀號聲、咒罵聲下，不斷的扭動想躲過毒打，才挨過這一腳，另一邊跟著來了兩拳，討饒聲逐漸微弱，身體的反應也不再激烈。

夠了！我心裡吶喊著，因爲氣憤，抓槍的右手微微發抖，胸膛起伏不定，我的左右鄰兵似乎也有相同的狀況，但沒人敢動，因爲我們都知道隊伍前的長官正是希望看到我們現在這樣的驚恐與在憤怒中掙扎，誰表示同情，誰就要跟著挨揍。

夠了！夠了！他們到底做錯了什麼，你們要這樣毒打？我們不是戰友嗎？

我心裡幾乎是哭泣的吶喊著！

五個打人的老兵氣喘吁吁的終於停下了手，但那兩個人已經無力重新跪起來，反而直接蜷曲在地上呻吟，地上還留了一些汗水、口水、淚水以及一些血水。

值星官走上前，看了他們一眼，忽然從腰間掏出了手槍，拉了一下槍機，喀喀的槍機聲，把集合場上所有人嚇得都睜大了眼睛。

我幾乎是停止了呼吸，感覺鼻頭因爲緊張已經開始結冰，連呼吸也感覺不到節奏，到底是吸還是呼，或者我根本緊張的忘了要呼吸。

莫非他要槍斃他們？天啊！幹部要殺人？在我面前？他們兩個犯了什麼大罪？

因爲槍機上膛聲，地上幾乎已經失去意識的兩人也瞬間嚇醒地回了魂。

「唔通啦！我不敢啦！拜託啦！嗚……」一個人迅速跪回原樣，不停的搗頭求饒，閩南語、國語夾雜的說。

「拜託……我還有老母親，拜託……嗚……」另一個已經沒多少氣了，說的話有氣無力，身體不自主的左右搖晃。

逃吧！我不要繼續待在這樣的鬼單位，誰知道哪一天這樣的事會輪到我身上，我寧願窮，寧願守在我那小小的部落，守著那隻大牛，守著那幾分地挨餓，我也不要跟這些不把人當人，不把戰友當成同志的人繼續生活，呸啦！這些像惡魔的人！

逃吧！離開這裡讓自己活得像個人，心裡的念頭似乎變得強烈堅定。

忽然間，我的眼前一片空白，我再也看不見任何人、任何事物，耳朵也沒再聽見任何聲響，我有股癱軟的感覺。

不知道有多久，一陣陣的悽厲怪叫聲開始在耳邊響起，一下子從前方飄來，一下子又從右面向左橫過；才感覺要撲向我頭上，又忽然急轉彎離開。我逐漸看清楚前面有幾個人被發出這怪叫聲的東西，一口一口的吞噬掉，已經有好些人不見了。有些人感覺害怕，想往我後方逃去，才越過我的位置跑向後方，忽然都發出了淒慘的嗥叫聲。原來我的後方不遠處還站了一群人，人人拿著棍棒，毫不留情的毒打往回逃跑的人，有不少人已經被活活打死，有幾個奄奄一息，剩下的幾個幾乎是忍著一口氣爬回來。

那些在洞口持棍棒的人，嘴巴是大聲說著話，聽在耳裡似乎是說：

「你們！都給我進到洞裡去，快！都進去！給我聽清楚啊！通得過這個洞，那一頭就是人間樂園，但是，誰要不進到這個洞裡去，我們就在這個洞口，把你們活活的打死，快！都進去！」

我發覺我們所有人都在一個隧道似的大洞裡，前方黑漆漆，出沒一群怪物，後方還緊跟著這些凶神惡煞，好熟悉的隧道，好熟悉的景況，好熟悉的聲音。

是的！那山洞！那是我離開家裡前一晚的夢境啊！

「都給我聽著！」值星官扯開的嗓音，把我從恍惚中拉回。

「逃跑？這兩個就是榜樣！#$%&*……該把兩腿打斷 #$%&*……誰要是再逃跑，#$%&*……當心我斃了你個王八蛋。」值星官板著臉說話，喀喀一聲，手槍送回槍機，插回到手槍套內。

我並不完全聽懂值星官說的話，但概略聽懂了這兩個人是利用晚上的時間想逃跑，但不熟悉夜間排哨的方式，躲過了明哨，卻被流動哨給逮著了，直接關進了空的小庫房挨寒受凍一個晚上，然後安排今天早上毒打一頓讓我們觀賞，算是殺雞儆猴，威嚇所有人。

剛剛，我們這些站著觀看的新兵，的確都嚇出了一些冷汗，而那兩個挨揍的人早已濕透了身體，驚嚇過度的癱軟在地上，屎尿拉在褲子裡臭氣四溢。

我開始覺得有些冷，感覺到出門離家前的夢似乎是開始應驗了，而且應驗的那麼眞實、那麼強烈。面對此，我又該如何？逃？還是繼續留下來幹？既然逃也逃不了，夢裡似乎也不容許我逃，那我只得硬著頭皮往下幹？就像那夢境，運氣好活下去，總會回到家的，運氣不好，十八年後又是好漢一條。多想，也只會讓自己更形脆弱，我又豈是這樣的人？

看著又被拖走的兩個人，隨著各班排帶開操課的口令，我不自覺的挺起胸膛，準備接受操練科目，想好好把今天早上的怒氣發洩發洩。

一九四六年四月份的一天，才吃過早餐，所有人被要求全副武裝到訓練場集合。不過，營區這樣的集體集合，除了會操以及視察閱兵之外一般是不舉行的，而且這一回集合前，班長要求我們把床上被子之外，所有個人物品清理乾淨全部收拾帶走，使得這樣的集合變得不尋常。警覺性高的幾個平地人，早在幾天前就不斷發出警告，我們有些人還笑他們是因爲上次逃跑不成，被毒打所造成的疑神疑鬼呢。

笑話歸笑話，其實我也注意到了整個營區從幾天前開始，就出現了一股詭異的氣氛。

首先是大卡車忽然進出頻繁，載運營、團部的裝箱物品；而前天我與其他村子的夥伴，也被指派連夜的出了公差搬運彈藥上車。也就是說，除了廚房留有設備，以及原先就已經在這裡的單位沒有遷移搬家的舉動，我們單位其他的裝備幾乎都打包上了車。我猜想應該只有我們這些徵調而來，又已經訓練了幾個月的單位準備遷移，問題是，我們何時遷移？遷去哪裡？執行什麼任務？

沒有任何長官透露訊息，而營區周邊的崗哨卻多增加了幾組，流動哨也忽然增加了幾個會哨點，同時，站哨的編組也做了調整。外圍以及流動哨全由大陸兵負責，內圍以及單位的勤務哨，則由我們自己擔任，除了夜間，白天操課的時間裡似乎也沒有減少崗哨的編組。任何人被要求不得單獨離開，連上廁所都必須報備，幹部不在身邊時，也要有鄰兵知道去處，當成做保連坐。這一來，我們都成了囚犯，能自由活動的時間變得非常少。

看起來，營團單位監視的、防著的對象不是他們嘴裡的「敵人」，而是我們這一些被騙來準備與他們「同甘苦、共患難，消滅萬惡共匪」的台灣兵。

「幹恁娘咧！眞正邁相戰吶！」

「噓！」

一個平地人站在列子輕聲的嘀咕，他說了一句我眞正聽懂了的閩南語，我注意到他抓槍枝的右手因氣憤微微抖動，使槍枝喀啦喀啦的發出聲響，這一來，引起另一個人緊張的制止他，同時左右張望擔心幹部聽到引來一頓罵。

這兩天耳語變多了，幾個平地人，一致認定要開戰了，而我們即將遷移甚至直接開向戰場。對這些耳語，有些人不同意，反而警告這些發出耳語的平地人不要亂搞，省得大家連坐討一頓揍。

上次的逃跑事件之後，部隊已經加強了巡查與崗哨的配置，另外，課程操練跟著也變得嚴厲，除了反覆要求做動作，稍有不符幹部要求的，就引來一頓揍，連祖宗八代都牽扯來罵了。部隊長官的意思是因爲過去單位的管理太輕鬆，以至於有人在夜裡開小差逃跑，所以最好白天操累一點，讓大家晚上都安分待在床上睡覺。

當然沒有人願意再給幹部找到藉口修理其他無辜的人，所以制止這些平地人繼續提出警告。但我直覺應該不只是上次逃跑事件的繼續，而是部隊眞的要移防了，或者要開戰了。

我們眞的要上戰場了嗎？部隊才集合完，沒有任何長官訓話，部隊就直接向營區外開拔，我心裡頭起了個疑問。

這個營區的小士兵，每個人都是遠離家園的窮光蛋，幾個月根本沒有外出的機會，也沒有人有那個閒錢添購東西，所以除了當初穿來的衣物塞進背包，把軍毯綁在上頭，說離開就離開，大家全副武裝的，看起來跟行軍訓練差不了多少。沿著海港邊的道路往前進，因爲不知目的地，我們幾乎都板著一張臉，也許是心情沉重或者猜疑，沒有人交談，身上的水壺、圓鍬、刺刀裝備因快步前進而喀啦喀啦作響。

街道上、港口附近的百姓多半都停下了手邊的工作，好奇地望著我們的行軍隊伍，但也幾乎都是面無表情，有的交頭接耳，有的只瞄過一眼便繼續手上的工作，有的表情輕蔑的但隨即轉身掩飾。

沿著港口邊離我們有些距離的街道上有不少的店家，賣吃的、喝的、家庭五金、賣菜攤，種類很多，不少的百姓、市民衣著不算太糟糕，舊歸舊但還算是體面。他們穿過這一家，又走進另一個商家，遠遠看去景象是熱鬧與繁榮的，與我們行軍路上的冷清有一種我說不上的矛盾感覺。就像還在家鄉台東時候上街一樣，平地人的商店與街道總是跟我們這些揹了農產來變賣的部落人，形成很強烈的對比。

我看得出來基隆市在日本人還沒走以前，一定是個繁榮的大城市，從寬闊的港面以及港邊一棟棟接連的「大房子」便看得出來，我猜想這些「大房子」一定就是家鄉那些跑過世面的兄長、長老們所說的「工廠」。雖然眼前這些「大房子」幾乎都遭到轟炸，到處塌毀焦黑，眞正還完整矗立的幾乎沒有幾棟，但是從每個「大房子」都有一些工人正在焊接或者砌牆修復的情況看來，相信要不了多久，基隆港周邊的市集，肯定又要恢復原有的繁榮面貌。

這原來應該就是我們當初出門找工作的目的，做一個建設「美麗祖國」的工人，不是嗎？只是一九四六年四月的現在，我正與一群不確定有沒有明天的士兵夥伴們，走在沒有目的的街道上，遠遠眺望著那些工人臉上愉悅與充滿希望的表情，我的心情忽然沉沉地往深谷裡掉落。什麼時候，我們也可以這樣的花精神修整家鄉的破房子？什麼時候我可以離開這些野獸一樣的士兵幹部，回到家鄉與自己的家人種田過日子？

來到基隆四個多月，這是我第一次離開營區，眞正的看到基隆的街道與百姓。應該也是最後一次這麼近距離的接近基隆港口，我說不上來那是什麼感覺，沒什麼捨不得，心裡卻沒來由的感慨，直叫我嘆氣個不停。

也許是因爲第一次見到遠比我故鄉台東鎭市區，繁榮不知多少倍的市集而讚嘆；也許是港口附近工廠正全力復甦的生機讓我雀躍；也或許是那些工人臉上那種看得到明天希望的積極神態讓我羨慕；也或許是即將踏上征途，遠離一切習慣了的安逸而感傷。這些，我已經無法說得清楚，或者，我心底根本也不曾眞正的搞懂過。

隊伍前傳來幹部的吆喝聲，指示前方的人進入車站，喳呼聲中把我的思緒拉回我不停交互跨步的雙腿上，抬頭極力往前看，發覺隊伍前頭已經往火車站左側移動。

在老兵幹部持續的喳呼聲中，我們迅速的移動，車站附近的旅客紛紛走避，就連車站裡外的人也都遠遠看著我們沒人敢接近，我開始納悶我們將往哪兒走呢？

我又回頭望向基隆港水面，才注意到基隆港裡外都很忙碌、熱鬧，港內停靠著許多大船。我從沒見過這麼大的船，更沒見過並列排著的這麼多的船。有幾艘船正在裝載著貨物，許多工人扛著像是米袋一樣的東西上船，一個接著一個，螞蟻一樣的忙碌。

另外，稍遠的地方還停靠著一艘煙囪正冒著煙的大船，甲板上站了不少人，岸上還有不少人陸續上船。我的視力極佳，看得清楚這些上船的老老少少，人人都帶著家當行李，安靜的、沒太多表情地陸續上船，衣著雖然樸實不鮮麗，但都比在港口附近商家的人潮來得乾淨與高雅，他們會是什麼人呢？

日本人！我直覺他們是日本人！

對！應該是日本人，這些應該是最後幾批遣送回日本的了吧，我想。

我想起在蘇花公路開車載送我們到宜蘭的日本駕駛兵，也許他們是無眷或者交換條件留下來工作的極少數人。

除了這些，我也注意到了港口附近水面還有幾個工作的平台，平台上面有許多長柱與吊桿；平台邊還有兩艘大船，也同樣裝設有長柱與吊桿，船與平台上的粗長吊桿，正一同協力地從海水面下拉出一艘大船。

一下子，我發現停靠在港邊的大船，有不少是帶著嚴重的鏽斑，有的還有些海藻、具殼附搭在上面。看起來這些船應該有一段時間是埋沉在水面下的，而這些平台正是爲打撈這些船隻而設計的，多奇妙的設計啊。不過，這又是怎麼回事？基隆港水面下，怎麼會有這麼多的大船？是日本人自己爆破炸沉的？還是美國飛機來狂轟濫炸的結果？

疑惑才盤據腦海，忽然我覺得開心起來了……

管你是日本人自己炸船還是美國人轟炸的結果，這都不干我的事啊，我們才走過港口進入火車站，而且幹部正在招呼我們依各班建制擠上火車車廂。這些動作傳達的訊息是：船都炸沉了，還能跑的都用來遣送日本人，我們自然沒有要坐船到中國大陸作戰，而只是移防到某個地方罷了。

發現這個差別的似乎不是只有我，上了火車，大夥的交談聲開始蔓延，說明了這個想法是大多數人的共同看法。那幾個向來敏感聰明的平地人，也開始發表他們的看法，我聽不太懂他們說的平地話，但從他們已經輕鬆的表情看來，也許是因爲不是立刻要去「殺共匪」而感到開心吧，連他們掛在嘴裡的「幹」聲聽起來也沒那麼刺耳。

要是有那麼一天不打仗了，我們應該也可以像這些等著坐船的人一樣，不論在哪裡解散，都有船運送我們回家鄉多好啊。

火車並未跟著我繼續不停地亂想而忘了要出發，兩三聲汽笛聲之後，車體開始動了，向著車頭往西的方向拉起了白煙、黑煙灌進我們露天的車棚，帶有煤渣和水氣的煙霧嗆得幾個人大聲咳嗽，好新奇的味道啊！第一次直接在火車排煙中，我不敢大口氣呼吸，卻還是忍不住好奇連連的多吸了一些。

車行的時間停停走走，從離開基隆到停車的地點，中途的田野景致還算舒服。稻田開闊翠綠，果園也修整得整齊，就像在家鄉那些平地人整理的農作田一樣，叫人看了舒服與羨慕。不過，火車沿線的街景倒是怵目驚心，到處是斷壁殘垣，轟炸過的痕跡也隨處看得見，顯見日本人離開之前的那一段時間，這些地方遭到美軍狠狠的轟炸過，我想起去年的這個時候，家鄉的天空三天兩頭出現盤旋的美軍飛機，但我怎麼樣也無法想像飛機群可以把一個地方，整遍轟炸到如此徹底。都快一年了，這裡仍然像個廢墟，景象叫人膽寒。

這到底是什麼地方？存放了什麼？有什麼特別之處讓美軍毫不留情地盡可能轟炸而造成這樣的

傷害？眞是可怕的戰爭啊！

能不要打仗多好啊，就算不外出工作，我一樣可以好好請教那些平地人，學一學他們耕田農作的技術，把家裡那幾分旱地好好整理整理，讓全家過個起碼的生活。只是，我們一群人已經遠離家鄉，正前往投入一場莫名其妙的戰爭，一場我這輩子可能也難以理解的戰爭，我現在仍不知道戰場在哪裡的一場戰爭。

順著火車的黑煙往前望去，我不免多想：眼前，眞的還會有一場戰爭嗎？

※

「淡水！這裡是淡水！」火車停了，一個戰友輕輕的說。

「淡水？」我望向車站，沒急著站起來，無意識的複誦著。從我們搭乘的露天車台望外瞧，我的確看見了小小車站月台柱子上以及兩側寫著「淡水」兩個字，但我無法以漢語讀出「淡」這個字，但我知道這個意思，心情忽然感覺愉快。多奇妙的地名啊，以漢字取地名究竟是根據什麼而來？「基隆」、「宜蘭」、「花蓮」這些地方又有什麼特別的意義？另外，有了「淡水」，那是不是有個地名該叫做「鹽水」相對應？或者也會有一個叫「甜水」或「苦水」的地名？

我近乎無禮又放肆的享受著自己胡亂在地名上的聯想與惡作劇，除了是因爲剛才忽然理解到自己這一趟遠離家門，開了不少的眼界：遇見了這些凶神惡煞逼我當兵，知道來自另一個地方的災難，開始學漢字說漢語，也見識到了台灣其他角落與家鄉幾乎完全不同的景象，讓我的視界開闊了不少，開始懂了簡單的漢字，體會了些諸如「淡水」這樣的地名可以衍生的樂趣。

讓我心情變得輕鬆與快活的另外一個原因，是在我望向淡水河面時，發覺河面上都是小小的漁舟往來，即使是出海口附近的海面也只有稍微大一點的漁船游移。只有小漁船，就不可能將我們這一群人同時遠距離的運向遠方，更不可能將我們一個旅甚至一個營立刻運往大陸作戰，也就是說我們還要繼續待在台灣本島。

只要繼續待在台灣，說不定就有機會回家看一看，或者找機會離開這樣的單位。光想想，就覺得開心，但這樣的開心卻並沒有持續太久。

部隊下了車很快的集合之後，朝著河道北面高地出發。我遠遠地注意到一個挑擔子賣飯糰的小攤子，一個小小的招牌上面的價錢塗寫著「一个五角」。我忽然想起去年十二月二十五日我們離家第二天，當時車隊抵達宜蘭休息時，我湊上身上所有的共一角錢，買了一個飯糰充飢的事。怎麼事隔才四個月，飯糰就漲到了五角？我看那小攤上的飯糰並不比在宜蘭的大啊！這究竟是怎麼回事？是淡水的物價本來就比較高，還是怎麼了？爲此，我受到了一些震驚。

車站旁的一些商家人來人往，盛況並不下於基隆港，看得出來這裡的民生物資都充裕，這些人也都花得起錢來，這與我在家鄉那種物資嚴重缺乏的經驗完全不同，也許是戰爭結束後才有的活絡現象吧！

我不了解，也不熟悉市場貨品的價格，但是像這種基本的、沒經過多少程序處理的飯糰，一個要五角錢，其他的貨品當然更不用說了。而這樣的價錢，要我們這些一個月五塊錢的大兵，一個人在外頭過生活都顯得困難了，要我們如何寄錢回家養家活口啊？眞是娘個屄，原本可以期待幾年後蓋房子討老婆的兩千元月薪工資，變成了只能買幾個飯糰的五元薄紙鈔薪水，這玩笑也開得太大了。

我們行軍的隊伍黃灰灰的拉了長長的一條，沿著市集外的道路向淡水出海口北邊的高地前進，像是一條巨大的毒蛇曲曲彎彎的移動，而周邊的人們都迴避並拉出了不小的「安全」距離，在基隆所看到的眼神、表情，又在這裡相同的感受到。

我無法理解這樣的事。這與政治課程裡所教育的：「國軍受百姓愛戴」的說法，有太大的出入，或者我們只是被徵調而來的台灣兵，不能算是眞正的國軍，所以地方百姓並不像是歡迎國軍一樣的歡迎我們！是不是這樣？我不清楚，這不是我這種從偏壞的台東山地部落來的小伙子所能理解的；更何況當兵四個多月，完全與老百姓隔絕，我們根本不知道時局怎麼變化，這個社會又發生了什麼駭人的事。

暫時不用出海，繼續留在台灣本島，應該還算是今天叫人欣慰的事吧。

不需要嚴格的比較，也可以感覺得出，淡水的居住環境與訓練生活比起在基隆時是好了很多，一方面是因爲天氣轉暖和了，二方面是訓練場地位在淡水河旁比較高的地勢，視野以及通風狀況都比在基隆港口附近開闊。隨意往西邊望去，白天可以清楚的看到來來往往的漁船，甚至看得清楚船上工作的漁夫拉網子、分魚的大小動作；夜裡的漁船燈火四處游移亂竄，把海面點綴的像是南邊淡水街上的商家燈火一樣，煞是好看。而向南方的河岸邊與對岸觀音山，在日落昏黃時分染彩的紅霞，與街道商家初上的燈火交雜輝映，往往是每天傍晚訓練收操後，一直到用過晚餐開始進行政治課程這段休息時間的最大享受，稍稍彌補了我們近乎囚禁的生活。

這讓我不斷想起家鄉大巴六九部落，而鄉愁愈加凝重。

在家鄉的日子，無論哪個月份什麼樣的天候季節，不論放牛、下旱田或者上山打柴，我總要在休息時刻往台東平原眺望，欣賞那平疇沃野上的蔥翠阡陌，孤單時總會望向平原以東的太平洋，算數蘭嶼到綠島之間海面上作業的漁船數量，然後想像那是一隻隻沒有腳的「水牛」，隨便一低頭就會撈起一條條的大魚小魚，除了自己吃，多餘的由他們的主人賣到其他的地方去，因此部落也可以吃到這些海裡的魚。這種想像一直到我進入了青年學校，被逼著到海邊做壕溝、碉堡等軍事工事，眞正看到這些「水牛」之後，我才知道「船」究竟長得是什麼個樣子。

我一直沒有機會眞正地走進淡水街上去接觸這裡的百姓，但從白天出差或晚上開小差上街的老兵嘴裡，知道了淡水一直以來就是洋人常出入的地方，這裡的居民除了靠海討生活的漁民，以及世代農作的農民之外，還有不少從事與外國人作買賣的生意人。漢人的廟宇很多，洋人的教堂也不少，是有歷史以來就極繁榮的地方，據說太平洋戰爭爆發以後，這裡一度被苛稅與名目繁多的規定，限制得幾乎成了死城，但戰爭結束日本人走了以後，一夜之間整個市集街道忽然都活了起來。

儘管這些老兵不斷的吹噓淡水街上是如何又如何的繁榮，但我始終沒實際到街上看看瞧瞧開眼界，除了是因爲單位長官以「國難當頭」、「隨時可能開拔」的奇怪理由不准個別離營的規定外，口袋裡根本沒多的錢也是因素。人是英雄錢是膽，即使我有火一樣炙烈的念頭想見識淡水，也沒勇氣偷偷跨過圍牆出門，怕忍不住想花錢。唉！沒錢眞叫人羞怯啊！最後也只能利用空檔，坐在寢室周邊的大石塊眺望，想像淡水街景究竟是什麼樣的面貌。

我只是一直無法理解，爲什麼這些看起來過得不錯的老百姓，會對我們這些大兵表現出那樣的眼神，這與政治課程所說的「革命軍所到之處，百姓簞食壺漿」、「夾道歡迎、萬人空巷」的情況有不少的差距啊。

疑惑歸疑惑，渴望歸渴望，一成不變的淡水訓練生活總算穩定，除了鄉愁日深，我已經習慣了軍旅節奏，日常生活也因爲我的好奇心與豐富的想像力，平添了不少的樂趣。再加上幹部三天兩頭開小差往外跑，對於我們的訓練要求也不再那麼苛刻；我們這些新兵也開始編入衛哨，那種被監視的感覺完全沒了，感覺上日子已經沒那麼難過。

但好景不常，五月下旬整個營區的氣氛忽然起了個變化，這個變化彷彿將我們這一群才走出噩夢的大兵，又推向另一個地獄深淵。

營部宣佈了一個我們這些台灣兵大多數人都不懂的事，說目前「共匪」在大陸各地已經蠢蠢欲動，特別是東北地區，國共兩軍戰了又停停了又戰，不單造成許多百姓傷亡，農作物墾植與經濟建設復原工作均已陷入停滯的狀態，顯示「共匪」可能即將展開全面「叛亂」的時機已經成熟，所以在台訓練的各部隊，隨時都有可能立刻開拔遠赴大陸各地作戰。所以，即日起，各單位需加重部隊野戰訓練項目與強度，同時嚴密加強門禁管制，除了緊急事故經過嚴加考核查證之後可准許離營之外，任何人均不得私自離營，亦不得以任何理由在淡水街上逗留。

是不是眞的因爲要開赴大陸作戰的原因，而宣佈了門禁這件事情，我不清楚，也很難把門禁跟可能要作戰這件事情的關係弄懂，因爲我們幾個家鄉來的窮光蛋，根本沒去過淡水街上鬼混過，不知道門禁與不門禁有什麼影響。我更不了解的是：遙遠的中國大陸在哪裡？共匪長得什麼樣？幹嘛一定要跟國軍拚得你死我活？至於政治教育說了很多愛國愛民，說了革命軍如何又如何，共匪如何又如何的可惡、暴虐，距離我可能的認知，似乎也很遙遠。

我只知道的是，我們一群人背負著故鄉親友的期望與祝福，希望我們能爲家裡的經濟找出一條活路。但我們被騙來，像一群豬仔一樣的被隨處載運，然後趕來趕去到我從未到過的地方；我知道的是：我們從沒有好好的一天吃到三餐，長期處於半飢餓的情況下，操練耍弄得死去活來，挨罵挨揍。而原先的兩千元，只變成五元，卻沒有得到任何的解釋、說明與安慰；我知道的是：我所看到的老百姓，眼裡有憤怒與不信任。

這些絕不是政治教育所宣達的狀況。至於眞相是什麼，我無從理解，我只是一個台東大巴六九部落來的原住民小小二等兵，識字不多、見地也不廣，我甚至不曉得如何寫一封信回家告訴我的家人我現在過得如何，更不要說自己有能力到淡水街上買個什麼慰勞自己。

即便是如此，這段時間我還是斷斷續續從幾個開過小差的大陸兵嘴裡所透露的一些訊息，拼湊得知一些遠超出我所能理解的事情。

聽這些大陸兵說，淡水街上的老百姓，的確對他們並不是很友善，多半見著了不是迴避就是瞪他們白眼，或者嘴裡喃喃自語像是罵人，因爲多半聽不懂台灣話，所以那些百姓說了什麼沒人計較。況且，這些大陸兵開小差爲的是逛窯子找女人，或者進賭場找樂子，誰也不想花力氣在那上面。也因爲這樣，所以初期都相安無事，但後來就不是這麼回事了。

據說，市場的物價，從日本人離開到國軍來台的這半年產生了劇烈的變化。當初日本人爲了執行戰爭，對所有物資都採取管制，連商店或者娛樂的行業也做了很多的限制，使得大家都窮得沒東西買賣營生。但日本人走了，整個社會忽然得到釋放而生機盎然，物資供應出現了短暫的充裕與活絡。

但沒兩個月，物價開始飆漲，原因是許多官員貪污與不肖的商人或投機份子，勾結受賄，使得物資無法正常的供需，價格任意哄抬。再加上為了支援中國大陸的糧食「需要」，不斷的搜刮運往大陸，所以生產糧食的台灣，出現糧價奇高的怪現象，影響其他民生物資跟著連動高漲，錢幣貶值，一般人的薪資所得根本支付不起生活所需，人民叫苦連天。

於是，老百姓統統怪罪從大陸來的人，態度由最初的歡迎到排斥，稱謂也出現了「大陸同胞」、「長山人」、「唐山人」到後來又有「豬仔」、「中國豬」的罵法。這些被物價逼得快喘不過氣的老百姓，遇到夜間開小差尋歡作樂的這些大陸兵，由最初的言語羞辱、挑釁，到後來乾脆趁機圍毆出氣。這些店家因為生意的需要，剛開始還為這些大陸兵說話調解，後來因為有許多大陸兵花費過大，薪水根本無法償還，欠賭債根本不想還，甚至有士官帶著衝鋒槍白嫖、白吃、白喝，所以這些店家的保鏢、圍事，到後來也加入追打這些大陸兵的行列。

除了地方百姓圍毆大陸兵的事件頻傳，大陸兵之間鬥毆也層出不窮。有的是為了女人誰先上誰後上的問題打了起來，有的為了陪喝花酒的女人多殷勤了誰而爭風吃醋地打起來，有的為了賭債打了起來，名目繁多，但多半不離女人、喝酒、賭博這三件事情。

這三件事情所造成的不僅是鬥毆爭吵，為了花費開銷，有盜賣軍品的、有向營區同袍硬借錢不還的，嚴重影響部隊團結士氣。另外，鬥毆事件也令地方警察局疲於奔命，除了知會部隊加強管制，還照請地方士紳對部隊施壓，最後才迫使部隊做出了門禁的規定。

主要透露這些訊息的大陸兵，他所說的話我相信，因爲我們好心的班長私底下一直很尊敬這個兵。我也曾不小心聽到班長斷斷續續的說了他的一些事，知道他過去是個軍官，在大陸對日本戰爭的時候，經常不顧生命奮勇殺敵，連帶他所屬部隊的士兵也跟著不要命地一心要擊退日本人。所以往往一場戰鬥下來，他所屬的單位傷亡最大，論功行賞往往沒有他的份，一經合併單位時，他就要肩挑起犧牲弟兄的罪名，降級併入其他單位。後來到了台灣重新整編時，他的身分竟然已經降級成了上等兵，我們連上幾乎沒人知道他的底細，就連連長也不知道他的過去。但是我們的班長知道，因爲在大陸抗日作戰期間，班長還只是隔壁單位的士兵時，他已經是上尉連長職務，他一直要我們班長保守祕密。

來到淡水，這個老兵也常跟著開小差到街上，據說因爲賭技很好，所以經常贏錢，吸引酒小姐纏著他，這可讓其他又賭又酒的老兵以及士官嫉妒、不服氣，而引發爭吵。

這些事情，這些拼湊得來的消息，著實也讓我感到震驚與不解。

怪不得一個飯糰，要貴得如此離譜，原來是因爲糧食一直不停地往大陸運送，島內老百姓早就鬧糧荒了，鈔票面額開始變得不値錢了，我那五元的薪水又如何過日子啊？我家鄉的老母親以及家人又要怎麼期待這微薄的五元改善生活呢？還有，這些老兵學著幹部的行爲，一有空就往外鬼混，我們卻必須留在營區像個囚犯，這算什麼「革命同志」？算哪門子的「同甘共苦」？而原本是軍官的幹部，卻因爲奮勇殺敵最後落得變成一個能賭又常開小差的士兵，這究竟是怎樣的制度啊？民不再敬軍，軍壓根就不愛民，這跟政治教育所講的完全相反的情形，究竟又會形成怎樣的結果？這可讓我一得空就胡思亂想，卻怎麼也想不通。

還沒等我想通這些事，營部的命令已經開始執行並產生了作用，訓練科目開始變得更嚴苛，門禁變得更嚴格。

操場的基本教練已經完全停止，科目改由戰鬥教練的單兵、伍、班教練，不論是三行四進的攻擊前進姿勢與要領，或者是被稱為兩百公尺過硬的衝鋒攻擊，總是反覆訓練。除了刺槍以及障礙超越的體能訓練在營區的操場實施之外，所有的戰鬥教練科目，一律移到營區以外山坡地、農田附近實施，就算是五、六月的梅雨季節，整日下雨的時候也沒停止。

這樣子移到營區外頭的訓練，原先讓我們感到興奮與期待，因為可以近距離看看營區外的老百姓。大家私底下也開玩笑，說不定有機會看一看這裡的姑娘。但這種興奮只在一開始的兩、三天之內就消蝕殆盡，除了因為我們擅自的進入農田實施操練妨礙農作，引發農民聚眾理論之外，一般民眾看見我們在此操課，往往就繞了遠路。某一天，一個大約十歲的小女生，不小心出現在我們操課地點約一百公尺外的距離，也立刻被她家人帶走之外，我們幾乎沒見過太多的老百姓更沒見過任何女人。原因是什麼，是不是跟前面的傳聞有關係，我不知道，因為這情形實在是太怪異了。

訓練要求高，門禁管制又嚴，眞正倒楣的還是我們這些兵。幹部、老兵們因為門禁嚴，不能外出荒唐，所以多餘的精力全發洩在我們這些人身上。操課時一個動作總要要求做個幾回，稍稍出個差錯拳腳就來，幾乎所有人都受過不同程度的施暴，一整天下來，全身疼痛往往不是因為操課反覆疲累，而是因為這些蠻橫的施暴所造成的。

這些施暴，已經不是單純的嚴格訓練與恨鐵不成鋼。多半時候，只是為了發洩，或者老兵彼此間的較勁、好玩，把我們這些更低階的「新兵」當成玩偶，耍來耍去，甚至有時候因為老兵比輸了操練覺得沒面子，便毆打我們出氣。

這情形不只發生在我們身上，爲了私怨，老兵之間有時會勾結士官幹部公報私仇，修理他們看不順眼或者因爲金錢往來有糾紛的人。最典型的例子，是前面所提到的那個由軍官變成士兵的大陸兵。

六月底某一天中午過後，部隊照例拉往營區外的教練場操課，各班才拉開操課不久，剛才的集合場忽然傳來一陣騷動，那個曾經是軍官的大陸兵，被一個士官嚷嚷著拉到群眾前面，一陣拳打腳踢；一個老兵也過來幫忙將他推倒在地，接著士官拿起了步槍以槍托朝他的身上不停的砸。那大陸兵連番滾地哀號，悽厲與痛楚的嚎叫聲，在教練場上傳開，嚇壞了所有我們這些人呆立原地，幾個班長圍了過去，但沒人阻止，就連軍官們也只是望了望，沒多做什麼表示。

「聽著！你們這些王八羔子，誰要在操課時間不認眞，頂嘴不聽從指揮，這就是榜樣！」

那士官話才說完，一個槍托又砸向那大陸兵的左肩背，可憐那大陸兵才剛想從地上坐起來，一個槍托砸下來，痛得他暈了過去。我們都受到了相當的震撼與驚嚇，沒人敢多說什麼，就連操課時也沒人敢重重地喘上一口大氣。

大陸兵打大陸兵，究竟是怎麼回事？難道只是單純因爲爭風吃醋或賭錢糾紛？我曾聽班長說連隊上大多數的人，當年都是不巧遇到各路軍隊或土匪強拉著當兵，那叫「拉伕」。也有像我們這樣「徵調」而來的，各省各縣份子很雜，從大陸各戰場下來，最後都到了台灣，所以出門在外都得要相互照顧，像個親人一樣。

是啊，親人之間，這種照顧顯然也太特別了，就好像過去在大陸戰場上，他們相互間曾經鬧過火、對幹過，所以現在都到了台灣，編在一個單位，總是還要找機會報報仇、置對方於死地，即便眼前就要回大陸了，這個仇仍然沒有解開。

我的心思沒來由的興起了這個念頭。收操後用完晚餐，我們一群同鄉，很有默契聚集在寢室外的幾塊大石頭上，今天那個大陸兵被狠揍的事，成了我們的話題。

“H̱aṟi da yi duaeman nu maṟayas gemaru ganda, baḏeba da ẕa dawda binaḏaiyaw yi gani a!”

「照這樣下去，我們遲早有一天會被這些人打死在這裡的！」同村的林阿田首先開口。

“Ayi, ḏaw ẕaman nani na baḻaz, wuḻa a ḏaw a gemaru ẕanda laḻang?”

「是啊，這些人根本不是人，哪有人這樣對待自己人的？」

陳桂參立刻應和，最近他常常在私底下咒罵連上幹部、老兵都該死。他始終認為夥伴、戰友之間都是將來作戰最能依靠的生死夥伴，平常就應該培養感情，對照眼前連上幹部老兵們對待戰友的態度，他認為這樣的軍隊鐵定要吃敗仗，死一堆人的。

“A aiẕan ẕia a garu da yi balaguan mu, maṟayes masaseḻu a ḏaw ẕa meḻatbit da ganaru na ḻaḻak, wuḻa numan na nu bamḻy a sasa mu, da bagueḻang ai benuwakbuk na daveṟ ḏaw, nu menaḫu gu mu, marḫinava da ẕia ganini na ḏaw ẕa buru abeḻ ẕia anda aṉez.”

「我們過去在巴拉冠，常讓很多人抱怨，說我們動不動就要鞭打那些少年，有時一人犯錯不合理的要全體都受罰，我看，比起這些人，我們是太仁慈了。」

“Masan yiyian, benuwakbuk da ẕanda nirumaḫenan nu bamḻy mu, nana mu, mavavuliḫ ẕiamaw, gemaru da mu mawna banazam da za margahinava ya da mabiya, marbualalang a da, muaraib a da, maelang a da mudalun, za bagahinava zanda zgal, harigemaru ziamaw? Nahuwi nani na daw a, gamuwan za maranez binadai nu bunuwakbuk, hari da zia gemaru gana halahala.”

「這不同啊，我們抽打自己的親人，痛歸痛，並不造成他們的傷害啊，我們爲的還不就是希望他們同伴之間將來能相互親愛，共同扶持，一起工作、一起殺敵、一起爲部落努力？你們看這些人，打起人來，簡直就像有什麼血海深仇，我們對待異族都還沒這麼殘忍呢。」

“Aimu da giananeraw za, ruwada gigarun na za bualangan yi rumah, malazam da za dawda vedahaw ruwa muduhidai a, nu menahu gu mu, hari gahari madadener da nu gaizaizan, baluda za minadai mu, hada malazam za gawla maruwa da nai murumah demunul zanda nirumahenan. Nangu anez mu, nanina daw mu wula na guadeng wula na hinava na daw, yinda na gemai zgal mu marbanahunahu wa da, zi ai galalub za duwa alihan ganani halahala, za maruwa ya da magalamalaman nu gaizaizan. Demarnabaw wa da anda bawayian, munu daw da baelang ai demenez nu hilemes zaman.”

「我們都得要想一想，我們是爲了工作賺錢，希望改善家裡的經濟，根本沒想過會被騙來當兵，看樣子，將來打仗是避免不了的，有生之年，我們能不能回得了家看看家鄉的親友父老，誰都沒有把握。我的看法是：不論這些人是什麼，這裡頭一定也有些好人，我們除了自己家鄉的人要相互照顧之外，我們也應該要好好的結交其他的人做朋友，未來可以相互照顧，並且注意自己的言行，別讓自己變成他們發洩的理由啊！」說話的人似乎是文化水平較高的林金水。

“Yiru nanu nay mu, guwanani da? Yiniyian da za guwazaguzayian la nu gemaru? Gemagu za gumuza nu ḏemagaw da bunusaṟ ẕi murumaẖ a da. Ninda ẕiamaw aṉeẕ ẕa gueḻang ganani ẕa gimadadeṉeẕ, nu ẖaṟi ḻa demadenaẖ ẕa madadeṉeẕ mu, gianaḏai da gani ẕa savelawan, maṟ ẖinava nu murumaẖ da ẕi semaḻem da ẕa vuṟasi, nu maiwaṟi da mu muḏalun da, mugasaya da ẕanda nirumaẖenan.”

「難道，我們不能想一些更積極的辦法嗎？比如偷偷離開然後回故鄉。畢竟我們並不是眞正的願意跟著他們去什麼地方打仗啊，就算不打仗，繼續跟著他們走，我們遲早要餓死在這裡，倒不如回家種地瓜、打打獵，跟家人一起過生活。」

這個提議，忽然讓我們一群人都陷入沉默。

他們說得對，我們並沒有人是眞正的想跟著打仗的，我們只想工作賺錢，這些大陸兵可能也並不是眞正的想修理我們，顯然只是按照他們長年待在軍隊的習慣，並不完全把我們這些新兵當成人看待。但，誰知道哪一天我們眞的會莫名其妙的喪命在他們手裡呢？況且，我們現在還沒離開台灣，我們也不只一次的討論過，淡水到台東的相對位置，眞要偷偷離開走山路回家，對我們一群大巴六九部落的男人來說並不是難事，我們可以更積極的解決我們現在的困境。

不過，種地瓜、打打獵的故鄉情感召喚，還是被記憶裡那兩個平地人，在基隆逃跑不成被毒打幾乎成殘廢的恐怖經驗給阻擋。

“Nu ẖaṟi da ḻa bunusaṟ mu?”

「萬一逃跑不成呢？」

不知道誰提了這個疑問，大家的沉默更加陷入一個更深的沉默，讓人透不過氣。

當晚，那個大陸兵逃跑了，第二天早點名時發現的事，但沒有任何幹部受處罰，而當天操課時幹部的要求卻變得更嚴厲，衛哨查得更緊。

"Nah̲uwi a, ningu n̲ay z̲a garuwa da bunusar̲!"

「我就知道一定有機會逃跑的！」陳桂參似乎對這件事情感到興奮，中午休息時間見到我劈頭就說。

"Demadenah̲ wu z̲a mar̲an̲ez wu z̲a vur̲evuk?"

「你眞的想離開？」我知道他要離開的心意堅定，我心裡也有了那麼一點點動搖。

"Aml̲y gu na d̲aw na h̲er̲nas z̲a eman z̲ia, a garu da z̲ian yi rumah̲ yi balaguwan mu, gemaru angu binibanazaman gana mar̲l̲al̲ak, garu da yi gani mu, h̲ada mal̲az̲am z̲a wuwarumah̲ da l̲a nu aizan l̲a, magaml̲y gu gannu z̲a, wul̲a angu nirumah̲enan z̲a men̲an̲ar̲a z̲a gibaganan, wul̲a angu ginasahar̲an z̲a men̲an̲ar̲a ganin gu."

「我不是貪生怕死的人，在家鄉，在巴拉冠，我們也是這樣教育我們的年輕人，但是，在這裡，我並不知道我還有沒有機會回到家鄉。我可不是你啊，除了家人，我還有個心上人等著我呢！」陳桂參的心意似乎已經定了。

"H̲ar̲i wu gimar̲ayarayar̲ z̲a d̲aw?"

「你不找其他人商量？」

我知道大家想偷偷離開的念頭，不只是我們這些大巴六九部落來的人，所有被「徵調」而來的台灣兵都有這個念頭，假如他眞的要走，我希望路上他有個伴一起照應，或者，我們大夥一起行動，順著山勢往南，然後穿越中央山脈一起回到家。

"Yinu mu, haru maraner za murevuk? Hinava nu maelang a da."

「你，不想走？我們可以一起走啊？」

這問題一下子把我問傻了。自從上次在基隆，平地人被逮回的事件，讓我時時陷在當初離家時的夢境之中，我早已經下定決心走完這一遭。反正我也不能改變什麼，回了家，情況也不可能立刻變好，不如好好的學習，好好的看一看我的人生究竟會是怎麼個結果。日子現在苦歸苦，總會挨到沒有戰爭、沒有苦難的日子，我決心意志堅定的走下去，闖得過就過，走不過也是我的決定，我決定不了我的行動與未來，但眼前的決定，總是我可以掌握的，不是嗎？

但受到這次大陸兵的事件，大家開始有了討論，想走人、想離開的念頭開始蔓延，而這些天以來我竟也開始有了這樣的淡淡想法，但我還沒眞正的思考過我會付諸行動的可能。

林金水的分析很有道理，他認爲，集體脫離容易引起注意而驚動四方，既然這些國軍單位有辦法到各地方動員徵召到我們這些人，難保他們不會動用所有包括鄉縣政府、警察局的組織，把村子翻遍找到我們。除非我們都躲到深山裡一段時間，否則，一旦我們都跑回去了，屆時會不會有什麼其他的手段，毀了我們下半輩子，都很難講。這段期間，如果眞有受不了的，倒不如化整爲零，兩三個、三兩個地離開，然後躲一陣子再出來，成功機會應該大一些。

我並不是非走不可，兩餐飯搞訓練的日子苦，沒錢又想家更苦，但我千辛萬苦回到家然後躲起來，對我的家庭並無幫助啊，所以我想留下來，闖闖看，看看我夢境的天堂究竟會是什麼個景況？

連隊裡，我們私底下以卑南語、日語交談密謀離營的事持續發酵，台灣兵幾乎都在偷偷地談論這件事，三天後，十三名阿美族的戰友，付諸行動失敗後，脫逃的事，就沒人再提了。

七月二日凌晨，也就是那大陸兵離營後的第三天深夜，十三名阿美族半夜離營企圖逃跑回鄉，卻在台北火車站遭憲兵逮捕，然後五花大綁的送回連上。

一大早，值星官把我們所有人集中在平時上課的大廳，大廳上已經跪著十三個五花大綁的人，他們都是跟我們一起來的阿美族同胞。每個人臉色疲憊，有的已經尿濕了跪坐的地板，幾個人因爲緊張喘著氣，也有人不停的顫抖；唯一臉色比較平緩跪坐在前面的一個漢子，應該是這些人這一次行動的領頭，因爲平常多由他發號議論。從他鎮定與不在乎一切的表情看來，大概是因爲已經知道自己可能的下場，所以鐵了心準備接受懲處吧。

他們跪著的後面，站了六個手持木棍的老兵，惡狠狠的盯著他們看；他們的排長則持著上了刺刀的步槍站在跪著的阿美族人面前。

我們都小心翼翼地控制呼吸，但心跳卻都激烈的跳動著。

基隆那一次的慘狀，我們都記得清楚，自然知道逃跑的後果，這一次，他們手拿著棍棒，不用說，下手一定會更重、更殘忍。

大家不了解的是，排長拿著白晃晃的刺刀究竟是要幹什麼？難道要親手處決領頭的人？不只我有這個想法，站著觀看的所有人應該都有這個想法吧！因爲每一個人幾乎都睜著眼睛看著那個排長，沒有人分神注意阿美族領頭的那漢子，正深吸著一口氣，半抬著頭，盡量挺起胸膛，兩眼一瞬也不瞬的盯著前方，雙唇緊抿，慷慨一肩挑、堅決赴死的不屈服表情。

我忽然跟著激動起來了，眞想撲上去，一個個斃了這些經常不把人當人看的畜生幹部。

「娘個屄！」

排長大喝一聲，打斷了我胡思亂想，也嚇著跪在地上的幾個人，有兩個人當場哭出聲音來了。

排長已經提起步槍，刺刀朝著那阿美族領頭的人刺去……

嗚……所有人幾乎要驚呼一聲，但又活生生的吞下已經擠到喉頭的聲音，沒人敢發出聲，因爲沒有人想要變成下一個目標。

慢著……我幾乎是盡全力的在心裡吶喊，想阻止那刺刀捅向那領頭的阿美族漢子，但想歸想，我沒勇氣發出一點聲音來，連呼吸都開始變得顫抖，我能阻止嗎？我敢阻止嗎？誰去阻止啊？我心裡頭嘶吼著……

只見刺刀刺進那領頭漢子的右大腿，那漢子悶哼一聲，身子不自主的向前撲了抖動一下，所有人還沒來得及反應過來，排長身形已經向後移動拔起刺刀，只見那漢子的血液順著刀勢向前向上拉出一個弧形，一道血泉噴向空中，打出兩朵血花後濺染一地腥紅；不等所有跪坐的阿美人開始尖叫與哭泣，幾個拿著棍棒的老兵已經撲向前去，個個張牙舞爪、面目猙獰。

「娘個屄！」老兵幾乎都這麼喊著。

拳頭已經落下……隊伍裡有人閉起了眼睛顫抖，而跪坐的人連連唉叫。

棍棒已經揮來，仆……仆……的擊向那些早已經跪不住的阿美族人，於是不停的翻滾哀號、屎尿全失禁的濕了大廳的地板……

列子裡已經有人開始哭泣掉淚、有人瞪著大眼睛惡狠狠的盯著這些打人的老兵。而我看到那領頭的漢子，已經倒臥在血泊中，一個老兵仍不死心的踹向他，一腳……兩腳……

大廳裡咒罵聲、哀號聲、棍棒聲不停的交織……

我腦海裡也不停的浮起今年初在基隆的時間，一個老兵捕捉了一隻老百姓的黑狗，裝進一個麻布袋，然後吊在樹上，兩個老兵拿起了棍棒輪流的擊打，仆……仆……的木棍聲以及那隻狗漸漸微弱的嗥叫聲，還有那兩個老兵累癱了的大口喘氣聲。

這是什麼世界啊，打人跟殺狗一樣……我睜著大眼，心裡不斷的吶喊著。

阿美人幾乎都已經暈過去，有幾個人不自覺的抽搐著，十三個人已經沒有了哭泣嗥叫，連呻吟聲都沒了，大廳除了這些老兵喘得上氣不接下氣，像一群搶食物搶到筋疲力竭的豬隻的呼吸聲之外，都安靜了下來。

「誰再敢逃跑，下場比他們更慘！」排長這回沒有大聲的吼叫，只冷冷的說，語氣叫人不寒而慄。

這十三個阿美族的戰友，每個人手骨、腿骨、肋骨好幾處都斷了，聽說有些人內臟器官也被打破了，有些人送進醫院後沒再回來，或許是調往其他單位還是怎的，沒人知道，一直到八月初部隊移防時，只回來了兩個人。

這件事，後來還是引起了一些反應，那些老兵受了處罰關了幾天禁閉，而我們從此被規定嚴禁同族群集閒聊，更加嚴禁使用日語、族語等方言交談，有好長的時間沒聽到有人談起「逃跑」兩個字。

林金水說得對，集體逃跑的確容易引起注意，失敗率高，但不再集體逃跑，個別行動也會跟著完全消失嗎？

我想，只要部隊這些狀況沒改善，問題仍然存在，逃跑一定會繼續發生。我疑惑的是，對待自己單位的戰友，平時就如此，將來戰場上，又如何期待部屬賣命與戰友間的相互支援呢？這些幹部思考過這個問題嗎？難道每天反覆不斷的政治教育，會連我們「巴拉冠」的教育訓練關於男人、戰友之間「肝膽相照、生死與共」的基本教條都還不如嗎？

呸啦！我心裡沒來由的「吐」了一口「痰」。

第4章 馬場記事

離開淡水，是八月初的時間，我們前後只在淡水辛苦的操練三個多月的時間。什麼原因離開，沒人知道，或者說根本沒人在意，甚至根本沒有人提起要打仗了的事。因爲大多數的人都跟我一樣的猜想，這樣的移防，應該跟我們那些幹部老兵們常常到淡水街上鬼混造成糾紛有關。因爲我們不只一次看到一群老百姓，湧到營區門口要找指揮官陳情，而私底下議論紛紛。另外，我也聽說了，移防其實是跟這一次以暴力毒打逃跑的阿美族人有關。但眞實是什麼，我不是那麼清楚，只知道，才吃過早餐，値星官忽然傳達下了個命令，要我們即刻收拾裝備準備出發。

不到一個小時，我們便離開營區到達火車站，上了車往南開拔，在剛過中午的時間，便在一個小火車站下車集結。我注意到站名寫著「烏日」，車站沒有砲火的痕跡，木材搭建的小小車站，只有三兩個乘客等車。因爲車站太小，我們幾乎沒有人從火車站進出。

台中八月的天氣實在熱，那是不同於在台東老家萬里無雲陽光直接刺曬的熱，反而有一種長期待在室內忽然放到外頭的燠熱。這樣的比喻其實並不完全適合用來形容我們這一群天天在戶外風吹雨打日曬的大兵。但是淡水高地上，終年都會吹上一些海風，鹹濕味雖然重，但也降低了不少熱度，至少隔離了一些陽光。中台灣少了這一層海風的關係，加上比淡水更南部的位置，陽光穿刺而下的確叫我們有些吃不消，走了幾個小時往丘陵地的行軍途中，叫人大汗不止，溽熱難當。

不知道是天氣熱還是有其他的原因，沿途我老覺得頭昏眼花，有時忽然提不起勁來全身無力，直想嘔吐暈眩。

太陽底下行軍也有幾個小時了，最後抵達一大片圍了欄杆的大操場。這個大操場不同於我曾經見過的形式，跑道寬而且長，中央內圍的草皮區域則顯得比一般操場來得窄又長，草皮已經長成荒亂草埔。大操場一邊有一排排的木造房舍和一棟水泥磚造的房子，雖然不像在基隆與淡水的房舍看起來整齊有規模，但造型與門窗都顯得講究、細緻，看得出來這應該是日本人曾經使用過的地方，而且使用的日本人一定不是尋常的老百姓。

大操場另一邊稍微遠離跑道的地方也同樣有一整排的木造房子，但比起對面看起來氣派的房舍，則顯得寒傖得多。

「這是什麼地方啊？操場怎麼長得這副德性？」一個戰友眼睛跟我一樣不安分的四處望了望，開口問道。

「競馬場！這裡是台中競馬場，戰爭以前，我們全家人來過一次。」說話的是一個住台北市的戰友，部隊來到淡水以後，編到我班上來當鄰兵的。

「競馬場？」大家被這個名稱所吸引，紛紛轉頭看著他。

「是啊，戰爭以前日本人喜歡到這裡看馬比賽跑步！」

「看馬比賽跑步？」大家又聽到了一件新奇的事，幾乎同時的驚呼了一聲，引起班長的注意。

「列子裡吱吱喳喳的，當心要受處罰了！」班長忽然開口警告，而值星官已經瞪向我們這裡。

「注意！都休息一會兒！聽哨音回到這裡集合！」

值星官又大聲的喳呼，在放下背包、架完槍，而警戒哨站定位之後，大家都暫時離開了背包槍枝，找地方解手的、找人要菸抽的、伸展筋骨的，紛紛以集合地點的背包、槍架爲中心擴散卻不敢遠離。

我們一群人卻自然的圍向剛才的戰友，想知道到底什麼是「競馬場」，馬比賽跑步有什麼看頭。

「你剛才說的，究竟是怎麼回事啊？」大家還沒坐定，有人迫不及待的問那個台北籍的戰友。

「喂！你們別都圍了上來啊，待會兒長官說我們群集閒聊，可要處分人的。」

「唉唷！規定是：嚴禁同族閒聊，是指那些高山族，你又不是高山族，我又不跟你同族，幹！你怕什麼？」

「怕什麼？你不怕啊？當心打斷你幾根肋骨啊！」

「呸！話題是你引起的，現在支支吾吾的也是你，吊我們胃口啊？」那人顯然被阿美族人被毒打的事給點醒了，猛怪罪台北郎轉移焦點。

「這……」台北郎被他說的也不知如何接話了。

兩人你一言我一語，似乎是沒理會我們這些已經靠擁而來的人。而我們的群集還是嚇著了那位台北籍的戰友。可憐他白瘦的身子，像是快被壓扁的縮在幾個人中間。

「這樣子吧！你說，我們安靜的聽，這樣子，就不是閒聊啦！是不是？你所說的什麼競馬場、馬跑步比賽，聽起來很有意思，不妨你說來給大家解解悶吧！」那人不死心，換了口氣說。

「以後再說吧！你們這樣子圍著我說，我非得被當成聚眾領頭人不可，我可不想被修理啊！」那台北郎的語氣聽起來有些懊惱，似乎後悔自己多事提起了「競馬場」這件事。

看來，阿美族人的教訓、部隊的規定還是嚇著了他！這也難怪，待在這種動不動就挨打的單位，凡事能避免就避免，別給自己找麻煩才是。

我其實也好奇關於「競馬場」、「看馬比賽跑步」這件事，想聽他說說這些事。

我自幼愛好體育活動，在日本人統治的小學時代，不論跑步、摔角、排球等運動，都有不錯的成績，也比一般我的同學出色得多。有一次參加鄉級的馬拉松比賽，我得了第三名，一向嚴肅的老師竟然高興地把我抱了起來，不停的誇獎，成了我小學的孩童時期最美麗的記憶。

我自然了解「跑步比賽」的意思，了解那種一群善跑的人並列在一個起跑線，然後奮力向前奔跑搶得領先的刺激與快感。馬本身應該也具有相同的那種屬於動物爭雄競逐的感覺，只不過，我沒有見過奔馳的馬，更沒見過爲了競賽而培育訓練的馬匹排在一起競賽。那到底是怎麼一回事呢？難道日本人聚集在此就只是爲了欣賞馬匹比賽？

才要繼續胡思亂想，值星官的哨音已經響起，宣佈了今天不再移動，這裡就是我們新的營區，我們將駐紮在這裡繼續訓練。隨後，我們被帶往操場另一邊的整排木造房舍前，準備清洗整理，因爲那是今晚開始我們每天晚上就寢的房舍，但還沒接近，遠遠的，我與幾個戰友就被一股濃重的腥羶味直嗆得打噴嚏。這個味道我熟悉，那是牛欄裡混雜著牛隻身上的羶臊與陳年糞便的味道，家裡的牛欄就是這種氣味，只不過這裡的臭味更濃、更稠。

莫非這裡附近養著大批的牛隻？或者馬匹？我直覺聯想到那個台北郎所說的「競馬場」，心想，說不定這就是馬匹的味道，這可眞是奇特的味道啊。卸下背包，架起槍枝的當下，我好奇的左右張望，還不時的往木造房舍望去，愈發懷疑這些「房舍」應該是牛欄或馬廄之類的建築物。

果然，這眞是個養馬場。

我們所有人卸下背包槍枝之後，以排爲單位分配到一個木造房，我們班與其他一班負責內部清洗，另外一個班負責木屋外的樹木、草皮與周邊環境，火力班與連部幾個文書，統統集中到操場的另一邊打掃那些氣派的建築物。

打掃期間，那個台北郎陸續的說明了這個「競馬場」是怎麼回事。

這個地方戰前原本是幾個日本有錢人所經營的馬場，專門做爲競賽賭馬的地方，賽馬期間，每週都會有一兩次辦理「馬跑步」的比賽，除了日本人，一般民眾也可以來參加這個活動，下注賭錢，看誰下注的馬匹跑贏了就拿錢。有的時候，也會辦理像馬匹跳躍障礙的馬術比賽，「支那事件」①後，日本人禁止相關的娛樂活動，關閉了這個實際是做爲集體賭博的「競馬場」改爲養馬場，戰爭中期，又設立青年學校做爲軍事訓練基地。

台北郎所說的事，青年學校，我理解也相當熟悉那個過程；但是賭博下注與「馬比賽跑步」這件事的關聯，我卻完全無法理解。因爲在我的家鄉、我的村子裡根本沒有人懂得「賭博」是怎麼回事，更沒聽說過有人有那麼多閒錢可以跟人家賭博，尤其是由動物來執行賭博這件事。動物就是食物，就是勞動力，不是嗎？

儘管我不了解，我那些同鄉不了解，但是大陸兵、台灣的平地人卻都了解，甚至表現出高昂的興致，打掃期間，一直緊跟著這個台北郎，問東問西，連幾個老兵也受了吸引。

「你怎麼知道這些？」一個老兵忍不住問話。

「競馬場在日本時期很盛行，不單是這裡有，台北、新竹都有，是當時最高尚的賭博活動。那時我的父親做些小買賣，帶著我家人四處做生意，一有點閒錢最喜歡的就是到競馬場賭馬拚手氣。」

「娘個屄，你們家還眞有錢啊！我在大陸老家從來沒聽過、見過這玩意兒，而你們竟然可以四處賭錢？」另一個大陸兵，受吸引地插上了嘴。

其實這大陸戰友的問題，也是我的問題。養馬本身聽起來就是一件相當不尋常的事，我只聽過日本老師或者青年學校的教官提過，過去征戰的將軍、大英雄、大長官才騎馬，可見「騎馬」這一件事，根本就不是一般尋常人可以做的事。

我的家鄉台東沒有馬，我也從來沒看過有人騎著馬匹奔馳的樣子，這個台北郎竟然有福氣到經常可以隨著家人跟日本人賭馬，這太不可思議了。

「不是這樣子的！」台北郎眼光向四周梭巡，應該是擔心長官見到他在打掃期間聚眾閒扯。

「班長好！」台北郎忽然大聲問好，嚇得我們趕緊拉開距離各自低頭工作。

「你繼續說吧！我聽說過去在武漢有非常盛行的賭馬場，沒想到這些小日本鬼子在台灣也搞這些玩意兒。來，你一邊說，其他人動作也不准慢下來，打掃不完，今晚就要你們都睡在這些馬糞上。」班長表情沒有不悅，看來他似乎也被這個「賭馬」的玩意兒給吸引了。

「我們家才沒幾個錢，我們可是到處做買賣啊。我的父親專挑馬場附近的市集，做些貨品交流，賺了些錢，就到賭場試手氣。我記得大戰以前，在台灣的各種有趣好玩的事很多，看電影、上茶館、泡溫泉、到海水浴場非常普遍，其中賭馬這種公開的賭博特別受到矚目，如果我的記憶沒錯的話，全台灣除了台北有四處，新竹、台中、嘉義、台南，高雄和屏東也都各有一處正式的賭馬場，每個地方一年會辦個二、三場；每一個場次的賽期有的二天，有的三天、五天或者六天不等，因爲規劃得好，各地輪流舉行比賽絕不會撞期，方便馬友們全省下注。任何人都可以投注，管你錢

①七七事變。

多、錢少，想投注就下注，馬劵的價格還算便宜，有的一圓、兩圓，運氣好中彩金額可能高到五十圓。」

台北郎一開講，倒像是對我們上了一課，這些事，對我們這些住在偏遠的、他們眼裡沒開化的「山地人」來說，簡直是匪夷所思的事情。

「幹！這麼好的事，在我們台東就沒有這種東西，要不然我早就要賺上一筆了，一圓賺他五十圓，我們幹嘛還要這麼辛苦工作、跑來當兵啊？」一個台東老鄉的台灣平地人表情無限的嚮往，道出了我從沒想過的問題：靠賭博賺錢過生活。

「是啊！要不是這些小日本鬼子挑起戰爭，說不定我在大陸眞能趕上這個玩意兒，這一定比擲骰子有意思得多了，娘個屄。」這大陸兵也應和著台灣兵的說法。

「賭博是很容易賺錢，但花錢也快啊。你們看這個跑馬場兩側，過去是台階式的參觀台，參觀台座位將近十五排，一到比賽的時間，全部坐滿了人；在後面一些，也就是現在我們看到的操場跑道對面那些房舍，以前是專門提供賭馬人住宿以及吃飯喝酒的地方，你們就知道當時的盛況了。」

「是啊！這要坐滿了，的確熱鬧。當時的人都那麼有錢嗎？那個房舍到底又是怎麼的豪華？」一個戰友忍不住地感慨插話。

「的確熱鬧，我的父親有一回在這裡贏了錢，想住一晚上開洋葷，一到櫃檯詢問，結果根本住不進來，賽馬期間這裡全都客滿了。」

「那怎麼辦？」一個戰友停下動作，好奇的打了岔。

「怎麼辦？我的父親不死心，非要住進這個旅店，所以就跟櫃檯預定賽馬期過後的第二天晚上住宿。結果也只剩一個供兩人住的小房間，根本不夠我們一家五口住進來，還要價十圓，那個價錢相當一個警察半個多月的薪餉。但是我的父親硬是訂了下來，說什麼，就算全家人擠一個晚上不睡覺，也要住進來開開眼界。」

「結果呢？裡面究竟是怎麼回事？」所有人幾乎都停下手邊的工作，連班長和幾個常常大呼小叫磨練我們這些小兵的大陸老兵也都靠了上來，聽那台北郎講故事。

「結果？結果我的父親在第二天，下注時又把贏的錢全輸了回去，還倒貼了原本要到嘉義做生意的本錢，我們沒住進去那裡，第二天中午早早就離開，轉到嘉義找機會做買賣，準備在嘉義再賭一把。」

哇哈哈……台北郎才說完，大家都笑了。

「哼！十賭九輸，哪有天天走運的事啊！」一個大陸老兵說。

「是啊！賭馬沒那麼容易啦！時局穩的那個時期，真要能靠那個賺錢過生活，我們早就變成有錢人了，我幹嘛還來這裡當兵啊！」台北郎睜著大眼說話的表情，引起大家的笑聲。

是啊，真要有錢，誰會到這裡來當兵啊？賭馬這種連想像都不容易在我腦海成形的玩意兒，對這些見過世面、都市來的戰友來說卻是稀鬆平常的事，而他居然也跟著混到我們這些沒什麼文化水平的大兵之中，這時局到底發生了什麼事啊？

不想錯過精采的片段，我鏟起了夾雜馬糞與乾草桿的一坨垃圾，迅速的送到屋外的大桶子之中，立刻折回。

「聽起來，你們家裡過得很好啊，你又怎麼會跑來當兵！」班長忽然又開口說話，顯然剛才他是很留心這台北郎所說的話。

「為了那兩千元的工資啊！」台北郎笑著說。

但他的話卻像是一顆包裹著鐵針、鐵刺的炸彈一樣，瞬間爆炸，針刺向四周飛濺，深深地、狠狠地扎進每個人內心深處已經結痂、假裝不存在的傷口。

大家都靜了下來。

「喂喂……這可是開玩笑啊！」台北郎一看氣氛瞬間轉換，僵掉了笑臉立刻轉換口氣：「後來……『支那事件』……不，『七七事變』爆發，所有競馬場忽然都停止了活動，馬匹在一個月內都送走了，換成一些母馬、種馬以及還沒完全成年的馬匹，競馬場很多變成了養馬場，我聽說戰爭結束前兩年，這裡又開設青年學校練兵。」台北郎停了停又繼續說：

「停辦賽馬，對我們這種家庭的影響是非常大的。我父親靠著賭馬，幾年下來雖然沒有大賺什麼錢，但是做生意的小本錢還是有一些。賽馬開始前，我們會先到每個地方批一些農產、特產到下一個賭馬場的縣市做生意等賽馬開始，我的母親靠著手藝做些小吃，我們還真沒短缺過什麼錢。一年之中隨著競馬的賽程四處走到處玩，過得還算是不錯。但賭馬一禁止，我們四處遷移做生意的動力沒有了，更糟的是，到後來物資都開始管制，物價開始提高，我母親做小吃生意根本做不下去。我們沒有田產，房子租金根本也付不出，最後我的父親在年初日本人逼糧的時候一病不起，為了生計，為了那兩千元，我就這麼來當兵啊。」

台北郎真的很能說，聽起來也有些文化水平，有些見識；不過說到最後，臉上已經沒有任何笑容，連語氣也顯得平淡與無奈，像是敘說一件與他無關或者已經淡忘的記憶。但這些話又讓我們這些台灣兵都安靜了下來，莫名的陷入一種情緒，大家還沒來得及恢復，一個矮個子大陸老兵嚷了起來：

「格老子的！哪有什麼好抱怨的，你們在台灣起碼過了十幾年好日子，賽馬看電影，搞那些有錢大戶人家過的日子，我呢？我打娘胎就是聽槍聲長大的，這裡幾個大陸兵哪個不是？我看你是好日子過太久啦！」

「每個人動作快一點，手腳再慢些，今晚要你們睡外頭餵蚊子啦！」另一個大陸老兵也大聲的叫了起來。

我瞄了一眼班長已經皺起眉頭的表情，覺得情況忽然變得詭異，不知道是因爲台北郎的話觸動了這些大陸兵一直不敢說的心事？還是因爲擔心我們想起兩千元工資的騙局衍生意外？

只聽到催促盡快工作的聲音開始從四面八方湧起，先前那種長時期被近乎野蠻的無理要求的日常記憶瞬間湧起，立刻喚醒我的所有神經。其他人似乎也有相同的震撼，大家趕緊動作加快工作進度，努力地打掃今天晚上以後做爲我們寢室的馬廄，深怕一個不小心，讓老兵們藉故修理我們這些在他們眼裡「好日子過太久」的台灣兵。

只是，我的心情竟然再也開朗不起來，想起父親也是年初在日本軍人搜刮糧食時給活活氣死的事，想起母親以及家人在台東老家苦等我寄錢回家，我難過的直掉淚，提起圓鍬，拿起另一根掃把，故意離開其他的戰友。

一直到晚上將近十點多休息的時間，台北郎的話還一直在我心裡打轉，思緒始終無法立刻平靜。

說起來，戰爭開始變得凶猛以後，大家的經歷是差不多的，台北郎所說的青年學校、日本逼糧，台北與台東差異不大；但戰爭以前的日子，我們台東的戰友跟台北郎所說的經驗就完全不同了。

拿我來說，我十二歲小學讀了四年畢業，然後待在家裡幫忙放牛，十五歲進入青年學校接受軍事訓練，準備投入戰場；十七歲時日本投降台灣光復，以為戰爭終於結束不必當兵，但現在的我，卻穿了軍服在部隊裡遭受幾近虐待的各種磨練，為另一場奇怪的戰爭作準備。台北郎所說的關於競馬、看電影、海水浴場等等精采的娛樂休閒，花樣之多，方式之特別遠遠超過了我的想像之外，這跟我們騎上牛背，藉口放牛偷偷到野地悠閒生活，有著天壤之別。

不過，我們老家雖然沒有特別的休閒，日子看起來平淡歸平淡，比起連隊上這些大陸兵的遭遇，顯然又幸福得多。根據這幾個月的相處，知道他們多半是某一群土匪、團練、地方武力、某個番號的軍隊經過他們村子時，強拉著他們到處作戰所倖存下來，然後又輾轉了好幾個戰場、好幾個單位，最後編在一個單位一起到達台灣的。

就如他們說的，日本發動戰爭以前，中國大陸原本就已經處在不停戰爭的動亂之中。那麼，這些負責訓練我們的大陸老兵們，的確是打娘胎起就在槍聲下孕育，在那種太不正常的動亂社會長大。也難怪會讓他們個個像飢餓的豺狼，習慣性把我們當成獵物一樣，一逮到機會就要撕裂吞噬我們這些台灣新兵。

我忽然覺得同情他們，對於那些經常表現粗暴的老兵，開始有了一些諒解，但又忽然為自己，以及這些為了兩千元工資，被騙進這個部隊的同鄉戰友們感到悲哀。明明我們已經知道前途無望，卻也無力改變或多加思考我們往後的路子該如何盤算，一如我們無力改變已經成爲記憶的過去一樣。也許未來，我們將走上和這些大陸兵相同的命運，因爲戰爭而遠離故鄉，奔波各地，只爲了一個我們根本不清楚，也無力表示意見的戰爭賠上青春、賠上生命。

只是，往後的日子，我們眞的已經絕望了嗎？看看腳下今晚做爲寢室的馬廄，看看從操場對面建築物穿過漆黑的夜霧傳遞而來的燈光，我忽然有一種認命又覺得不甘心的情緒湧上心頭。我們明明已經走上這些大陸兵的路子啊。

我不服氣，這絕不會是我命運的最終結果，我要回到家鄉，即便必須用去幾年的青春浪費在不必要的戰爭，我一定也要活著回家，想辦法重新過一過衣食無虞、隨心悠閒的好日子，好好體驗與家人四處遊歷的溫馨，我發誓。

※

整理營舍的工作持續了一個星期，這裡原本就已經改建了部分建築做爲青年學校的教室，所以再加工增加大通鋪的床板，並沒讓我們感到太辛苦；而暫時地省去了野外戰鬥教練的課程，卻讓不少人感覺有一點不習慣。比較起來，這一個星期應該是編入這個鬼單位以來，最輕鬆舒服的一段時光。

除了整理我們自己的寢室，我也利用了出公差打掃的時間，進入跑馬場對面的那棟曾經讓台北郎的父親夢想住進一個晚上的豪華旅店。

這是一棟兩層樓的建築物，中央部分是水泥磚牆建造的，樓下除了一個大廳當成會議室，還有兩個大隔間的房子，似乎是做爲參謀辦公用的辦公室，內部都擺設了桌椅。二樓則有三個大房間都擺設雙人大床，我沒見過那種有床頭的大木床，床上頭都放了厚厚的彈簧墊，我好奇的壓了壓彈簧床面，心想這樣軟彈彈的床怎麼睡？人會不會稍微滾動就被彈下床去？

水泥建築物旁還有木造的大房舍，裡面也有四人、兩人的房間，看起來這應該都是那個台北郎所說的賽馬旅店的一部分，現在經過我們的打掃整理乾淨，顯得明亮舒適。

這一來，一個跑道操場恰好分隔出兩個世界，往後的日子裡，這些水泥與木造的漂亮建築，分配給當官的人飲酒作樂，晚上摟著女人睡覺用；我們呢？則是集中住宿在跑馬場跑道對面由馬廄改建的營舍，每天持續在半飢餓的情況下，分不清楚是白天的汗臭味濃郁，還是因爲那無時無刻都存在的馬糞味強烈，我想我們一定遠不如那些日本人養的馬匹舒服吧。

約一週後，所有的戰鬥教練開始進行，我們才眞正感受到深夏季節在火毒太陽下操練的苦處，特別是在這個才清掃整理完的馬場實施訓練，太陽照射下伴隨揮之不去的腥羶以及糞便氣味；加上海風由西向陸地吹拂的時候，總是夾帶著樹木植被的霉潮味，叫人感到窒息難熬。在原有吃不飽、嚴苛訓練之外，陸續開始有人生病倒下，像一場噩夢不知從何時、何處悄悄展開。

這是不是跟噁心難以忍受的臭味有關，我不清楚，但我卻病了，拉肚子持續了半個多月，吃了衛生員給的藥也沒見效；食欲又忽然減低，吃不下飯，成天昏沉沉，手腳四肢發痠，身子直不起來也站不穩。叫人洩氣的是，操練科目一樣也不能少。

「要不要緊啊？上午我跟班長說了你的情況！」爬完第一趟的高絆鐵絲網回到待命線，身旁的戰友低聲的跟我說。

「頭昏眼花的，根本拿不準前方的狀況，像根將要熄滅的蠟燭一樣。」我忽然想起蠟燭熄滅前，火焰搖搖晃晃然後很快縮小熄滅的情形，不覺自憐。

「娘個屄！動作都太高了，要這個樣子，敵人早就一槍解決你了。都記得！頭要壓低，兩眼要盯著前方，隨時注意敵人的位置，注意敵人子彈來的方向。下一組準備！再操作的時候，越過鐵絲網然後繼續往前躍過前方戰壕，向前衝刺。誰要動作慢了，當心前方的訓練員，就拿著棍棒等著你們這些個屄養子。」訓練我們的那個老兵大聲的喳呼，而另一組已經在高絆網障礙物前的預備線上待命。

「你喝點水休息一下吧，馬上又要輪到我們了，我看他非要搞死我們不可了，一下子要衝這麼遠的距離。」鄰兵戰友關心的跟我說。

我滿心感激的望了他一眼，但暈眩的感覺，還是讓我感到噁心想吐，我已經開始冒冷汗，手腳覺得冰冷，眼前有一點昏黑，還有一些金星亂竄。望著前方架著鐵絲網的柱子，搖搖晃晃的左右都各出現了一兩根影子，心裡開始感到慌張恐懼。

在我感到渾身無力的情況下爬過鐵絲網，速度慢挨罵是免不了的，總還是爬得完，但是跳過壕溝需要一些腿部力量，就讓我感到憂心了。跳遠、跳高我一直是在行的，那種起跳前瞬間屈腿然後移動身體重心向前，再順勢改變腿部力量向前向上彈跳的感覺，一直是我在運動項目中最感到開心舒暢的部分，那會帶給我鳥類起飛，或者雲豹瞬間撲殺動物般的絕對控制樂趣。但是，我現在失去了這些力氣，眼前又有一道日前幹部故意要我們挖大距離的壕溝等著我，一種從未有過的恐懼感襲上了心頭，但是，我前面那一組戰友已經出發衝了出去。

我拄著槍，單膝蹲跪在預備線前，等候著訓練的老兵下達進發命令，卻感覺眼前忽明忽灰暗，身體直要向左傾斜。

我始終沒聽見出發的命令，但一會兒卻看見兩旁的鄰兵戰友已經撲了出去。我警覺那是進發的命令已經下達，我軟弱的跟著往前衝去，然後跌向鐵絲網前一米左右，整個人趴了向前。因爲後頸使不上力，撐不住頭的重量，口鼻直接撞上泥地吃了一些土，痛得我閉起眼睛。我無力呻吟，想辦法擠盡最後的力量，吃力的扭動身體，拖著手臂、腿部交互往前。

不行！我不可以落後他們……我心裡大聲的叫喊。

戰爭是不是一定要爬上爬下那些不同種類的鐵絲網障礙？是不是要跳過這些寬寬窄窄的壕溝？我不知道！但跟不上其他的戰友，我是絕對不服氣的。

「衝吧！」我幾乎是吼著對自己說。

我匍匐前進，頭幾乎是貼著地面。大肚山上磚紅色的泥土，嵌著大小卵石，一顆顆一塊塊地從我臉頰旁向後移動。幾隻螞蟻停了下來，有的快速地往左右移去。我抬起眼向前望去，發覺前方已經朦朧，前方支撐鐵絲網的短柱只剩兩根，而左右兩側的戰友不停的交換左右兩腿向後蹬，揚起的塵土細沙不間斷從兩旁向我前方飄來，模糊了我前進的方向。

加油啊！追上他們！不要輸給他們！我心裡連番的大聲叫喊。

我只落後他們一個身體，我很清楚我得加把勁奮力向前，因爲一種虛脫的感覺正從腦門往下竄流直通肛門口；更糟糕的是眼前景物越來越昏黑、晃動越來越厲害，而身體已經感覺不到接觸地面或者任何疼痛，連含羞草的葉刺鉤破手背流了血，也只感到輕微地痲癢。卵石向後移動的速度已經變得非常緩慢，幾根雜草慢慢的劃過臉頰，不知過了多久才從我耳根子移開。幾個老兵向前方出口靠攏，面目猙獰地大聲咆哮，似乎是對我吼著，但我聽不見任何聲音，除了嗡嚶……不停的耳鳴聲。

衝啊……我深吸了一口氣，想大聲的喊著，卻只發出了嗚咽的聲音，一種油燈將滅的感覺又重新襲上心頭，我決定在氣力用盡之前，爬出高絆網，往壕溝出發，因爲現在我已經快使不上力了。

一等到最後一腿蹬出鐵絲網，我趕忙屈腿提槍，「快速」往壕溝前進，卻因爲瞬間起立移動而暈眩，身體向左踉蹌差點摔倒。一個影子忽然從左後側閃出，踹了我一腳，把我向前向右踢回路線上。我半回頭的望見一個老兵正指著我嘴巴一張一和地大聲叫吼，我猜想那應該是責備我動作慢吧！

我還是聽不見任何聲音，除了那煩人的耳鳴嗡嚶聲持續著。

距離壕溝只剩五米的距離，我本能的估算起跳的步伐，在壕溝邊緣以左腳踩踏、屈膝、蹬跳……

哈……這難不倒我的，我是跳遠的能手，這一點點寬度連小孩都能跳過的，當然也不可能難倒我，就算我現在頭昏眼花感覺到虛弱不堪，眼前景物忽明忽暗也不足以阻礙我。

騰躍在空中，我忽然對我先前的焦慮與恐懼感到好笑。

我的起跳很好，躍起之後自然的在空中伸出右腿，同時將持槍的右臂往前送去，在身體往下掉時身體弓出一個彎弧，撲向壕溝的對面剩下約五十公分的距離準備著地。

眼前昏灰灰的，隱約可以辨識著陸點有一塊淺色的石頭，而我正輕飄飄的像個棉絮，躍起後被風颺得遲遲無法落地，不知怎地，槍枝忽然變得沉重，把我的身體往下拉扯，我伸出的右腿受影響的直掉落，而眼前淺色的石頭忽然變大、飛速的迎向我……

轟……的一聲，一聲打雷似的巨響擊向我，整個周圍便完全陷入黑暗，沒了任何一點聲響。

我發覺我正摔落在壕溝底，感覺身體有一種被肢解的難熬，頭殼也被一種熟悉但更劇烈的疼痛包裹著。我掙扎地站了起來，肚子卻異常的餓，我才想起，這幾個月以來，除了在台東集合場的第二餐搶食我稍微吃飽了些，從軍以來，我從未好好吃飽過，即使是過中國人的農曆年，也只有滷豬肉像個樣，其他的菜餚飯食只比在家鄉好一些。肚子裡沒油水，每天都感到飢餓是自然的事，但卻從未有過像現在一樣強烈的飢餓感。

咦？其他人呢？

我爬出壕溝，站在壕溝外向四周張望卻沒發現任何人，那些吼吼叫叫的老兵不見了，我那些戰友也都不見了，人呢？

我感到驚慌，努力的觀望四周，視野已經可以在昏黑中朦朧的看出眼前除了長高到肩頭的芒草之外，稍遠的地方還有一大片的灌木林，景象跟家鄉的情形很類似。我又回頭看了看剛剛爬出的壕溝，發覺底下還有一個人躺在那裡，身形不高，瘦乾乾的，額頭破了，血流了整個臉半邊，另一邊的臉似乎也跟著腫脹起來，一支三八步槍緊緊的抓在他枯瘦的手掌，槍托的位置卻甩向另一邊去。

他會是誰？我怎麼認不出來？是我的戰友嗎？

因爲眼前昏暗，我努力的、仔細的瞧，卻怎麼也認不出來。除了他，眼前已經沒有其他的人。

也許他跟我一樣是落入壕溝底的戰友吧，我想。

管他是誰，不能讓戰友一個人受傷留在戰地，先救救他把血止了再拉他上壕溝吧。我打定主意想回頭下壕溝，但是暈眩噁心的感覺變得強烈，身子卻隨時要癱軟似地要摔下壕溝底。

「不行啊，我這個樣子到壕溝底下去，恐怕連我自己都爬不上來了，哎呀！這個時候人都到哪裡去啦？我得找個幫手啊。」

我驚慌著急的自言自語，眼光急急的往芒草灌木的方向梭巡，忽然看見一個大黑影緩慢地向外走去，龐大的身影看起來像是一頭牛。

牛？這眞是太好了，牛的力氣夠大，即使我重新爬回壕溝底下，牠也可以輕而易舉地把我們都拉出壕溝的，我放牛的經驗足，驅使指揮這頭牛不會是難事。

主意已定，立刻覺得身體有一股力量推著我拔腿追牛去，一下子我就接近那頭牛。但是那頭牛似乎不願我接近似的，才穿過芒草叢隨即就進入灌木叢，一下子向左、一下子向右讓我感到心慌，心想牠眞要是走遠了，壕溝底下那人怎麼辦？

不行！我一定得追上牠啊！

「咦？那是大牛嗎？」我追上了那頭牛，忽然覺得眼熟不自覺地自言自語。

哞嗚……我才覺得疑惑那頭牛竟然哞叫起來了。

「是大牛！大牛！」

我幾乎確認牠就是我家養的那一頭大水牛，因爲牠哞叫發出哞嗚……的聲音是獨一無二的，可是，我家的牛怎會出現在這裡呢？這裡可是台中大肚山上競馬場邊的戰鬥教練場啊，距離台東大巴六九我的故鄉不知道相隔有多遠啊！

我來不及多想，因爲看見那水牛背上坐著一個已經睡著了的小孩，任由大水牛隨意左右走動吃草。我好奇地沒停下腳步，快步趨向水牛想看看那牛背上的小孩，卻發覺這個小孩竟然是我自己，年幼的自己。

「這是怎麼回事？」我受到極度驚嚇地自言自語。

我怎麼會看到我年幼的過去？這眼前的情景不正是我十二歲那一年在家幫忙放牛時的情形嗎？我還記得那一段時間，白天的時間，父母親帶著水牛犁田，到了晚上就由我牽到村子外頭的野地覓食啃草。有一天我太疲倦了，就這麼坐在牛背上悠忽忽地睡著了。

「糟了！」

我忽然想起那一夜，我是因爲額頭直接撞上大樹枝而掉下牛背的，眼前那大水牛，正要經過那一枝橫杈椏的大樹枝，我急著想大聲喊叫阻止，但額頭突然一陣劇痛，腦殼裡響起了夸嗯……的一聲巨響，我看見牛背上的「我」已經摔落地面，抱著頭斷斷續續哭出聲音來。接著，我也跟著痛得看不清眼前的景物，連原先還朦朧微微看得見的影像也都消失在一片漆黑之中，只覺得頭痛膨脹、臉頰上流了不少黏呼呼的液體。

「醒了，他醒了！」

「娘個戻的，這麼點小溝也能摔成這個樣子，眞該加強磨練了！」

「你們幾個先把他弄上來吧！」

幾個聲音在我耳邊響起，也有另一個聲音在稍遠的地方指揮著。我的眼睛睜不開來，不知道現在是什麼情形，也不清楚我人在哪裡？發生什麼事？只覺得頭疼得似乎要裂了大縫。

直到兩、三個人七手八腳的把我移動了位置，我才勉強睜開眼睛看清楚了，大白天不到中午的大太陽底下，我正被三個戰友從壕溝裡抬了上來。排長探頭看了我一眼，指派一個老兵把我臉上的血擦掉，壓著傷口止血，帶回營區上藥包紮。

我才想起，是我太虛弱了，根本沒躍過壕溝，額頭就直接撞上壕溝邊的一塊有白色斑紋的石頭，當下直接昏了過去。但我始終無法理解的是，我怎麼會回到我年幼時放牛的情景；另外，我拉肚子暈眩，究竟是因為長時期挨餓營養不良所致？還是住在馬廄裡污濁氣味的衛生條件造成的？

在營房只休息了兩天，不等傷口癒合，額頭上的繃帶也還沒清除，我便在長官「輕傷不下火線」的奇怪說法下，被要求入列繼續參加操練。不過，抱怨歸抱怨，比起同村的吳進來，生病差點送了命的慘狀，我似乎幸運多了。

在我下痢拉肚子半個多月又傷了額頭之後，同鄉吳進來也接著生了一場大病，發燒、頭昏下不了床。單位幹部原以為給了些藥，並且交代多喝點開水、休息，要不了幾天就會痊癒恢復。但是不到半個月，吳進來不但沒好起來，身體卻急速的惡化，整個人乾瘦的只剩下皮包骨，頭髮也幾乎全掉光，兩眼眶深深凹陷像顆包著皮的骷髏，整個人看起來就像是還會呼吸的乾屍，我們幾個同鄉探視他的時候，他已經不能說話了。

我們心裡都認為他活不過未來的兩天，但又覺得應該為他做點什麼，所以我們順道見了連長，表達希望在斷氣以前能將他送進比較大的醫院看一看。

不知道是因爲擔心吳進來死在單位，還是因爲長官也覺得應該送醫治療，所以派人送進了台中的醫院。沒想到一個月後，他竟然康復回到連上，這時已經是九月底的事了，我們都感到高興，一連幾天都在談論這件事情，彷彿這是去年十二月二十四日離家以來，唯一讓大家高興的事。說起來，出門在外見到自己的夥伴平安健康，還眞的叫人開心呢。

除了有人陸續生病，單位還是發生了一些逃亡事件。

也許是因爲居住環境惡劣、衛生堪虞，陸續有人生病影響士氣，再加上燠熱天氣下訓練與種種不近人情的生活要求，以至於先前幾件逃亡被捉回毒打的記憶彷彿已經被多數人淡忘，陸續開始有人鋌而走險利用機會逃營，當然有的成功，有的被捉回來遭重刑伺候。我的同村的戰友，就有兩位嘗試著逃跑，一個是陳桂參，脫逃後被捉了回來，被整得死去活來，一個是林吉，脫逃成功。還好，被捉回來的人，沒再發生像阿美族人那樣的慘事。

也許這正是我們這些人，最可悲之處，我們無力反抗單位的這些作爲，只能「慶幸」沒被活活打死，只能「感謝」生病瀕死之前，長官的開恩送醫，連奢望多吃一顆藥丸、多休息片刻的卑微願望，都顯得癡心妄想與不切實際。這一切，除了靠我們自己想辦法保持健康，機伶的過生活，然後平安的等待這種不是人過的生活早日結束，其他也就別多想了。時間總會過去的，不是嗎？

一九四六年只剩下兩個月，這段時間部隊生活沒有太大的改變，戰友們病倒送醫的情形也時有所聞，我的身體雖然沒有因爲生病痊癒而恢復原先的體能，但也逐漸適應這裡的環境。才心想希望部隊能離開這個地方，十月底的一個晚上，部隊果然做了一次移防的夜間緊急集合，然後行軍往火車站出發。

這一次，部隊的戰友們，不再驚慌的詢問是不是要開拔到大陸去，但都會彼此詢問這一回究竟又要移防到哪裡去？語氣也不再出現過去那樣的緊張，也許是因為大家對於競馬場始終清除不掉的腥羶味，感到不耐甚至厭惡；也許大家早就認命了，了解到無論移防到哪裡，訓練少不了打罵，日子不會過得更輕鬆，政治教育也不會不提到那「萬惡共匪」的殘暴。但薪水一定不會增多，也一定不會讓我們休一次長假期，讓我們好好回家一趟見見家人。不過，能離開這裡，住的環境也許會更舒服一些吧，我想。

從燈光昏黑的火車站駛進漆黑的西部平原，火車規律的、有節奏的由地面鐵軌接合處傳來喀拉喀啦的聲響，燈火全熄著的擁擠火車廂內，戰友們多半已經合眼睡覺，身體還不時地隨著車身左搖右晃，鼾聲四處連結著。而我，雖然白天操練疲憊卻沒有一點睡意，望著極遠處微弱的昏黃燈火，心想，母親這個時間應該已經睡了，已經快要年底了，他們有錢過新曆年嗎？而我們現在究竟又要往哪兒去呢？離家遠不遠？

第5章 遠離家園

抵達新的營房已經一個星期，我才對附近的狀況有概略的認識。

據說這個地方叫「鳳山」，是日本在南台灣所建立的軍事基地，這裡包括了三個主要區域：「鳳山倉庫」、「步兵聯隊與輜重部隊營區」、「兵器補給廠」，地方非常大。我們的主要任務便是被分派到每個倉庫擔任衛哨兵，防止東西被竊。任務單純明確，是去年十二月「入伍」以來，少有戰鬥教練的日子，是比較輕鬆舒服的一段日子。按理說，我們該更像個「人」一樣受到好的照顧，肚子裡稍微積點油水、長些肉什麼的，結果卻不然。

由於地方廣，哨所多，「站二歇四」的站哨排班方式，使得每個人輪流站兩個小時然後休息四小時以後再輪班。白天該「歇四」的時間，要整理營舍保養器械，夜間則持續進行政治教育課程，另外從晚上十點到清晨六點將近八個小時的時間裡，有時候要前後執兩次的夜哨，這樣的情況下，才來一個星期我又得了怪病。

這一回，我的肚子鼓起腫脹一直不消退，照鏡時發覺面容黃蠟，整個瘦得根本不成人樣，加上渾身軟耷耷的，食欲差，飯根本吃不下。這使得我的情緒也大受影響，時時擔心也許我會跟吳進來一樣，整個人病倒在床上，或者哪一天在哨所昏倒然後死去。

離家將近一年，我沒賺得一毛錢寄回家，就要客死異鄉，我怎麼會甘心。而故鄉那一草一木，那些熟悉的街坊鄰居，我那沒過過好日子的母親，年幼的弟妹與大牛；我的雄心壯志與那些美好的生活記憶，卻像是老兵幹部們無時無刻叫囂響起在我耳邊的喝斥聲，不停的浮現想起。特別是一個人站哨的時間，那兩小時無人交談，獨自一個人沉浸在自己的思慮世界的時間，那樣的鄉愁，那樣的絕望恐懼，每一回總要把我啃噬得萬念俱灰。

也許我會倒下來，然後跟吳進來一樣，送往醫院療養，再健康的回到單位來。但，如果……我在執勤中昏倒了，然後死去了呢？我的一生，難道就只是這樣？

我胡亂的思想，卻也激發了我一向不服輸的鬥志，而戰友的鼓勵以及生活上的協助，加上班長適時發現我的情況不對，也讓我重新找到活著的希望。

我的班長偉功權，安徽省人，發現我不對勁找我問話。第二天早上才起床，便告訴我，要我以後每天中午到他的宿舍報到。

「唉呀，老弟啊，你來啦！」

我還沒走到班長宿舍門口，裡面傳來一個女人的聲音，我知道，那是班長在淡水時候，認識並帶來鳳山居住在他宿舍的「老婆」台北人黃美英。

「進來吧，楞在那裡幹什麼！來來，進來。」

「進來！班長在裡頭等你啊！」她似乎看出我的猶豫，推開門，站在門口要我進屋子。

「你來啦？」進了門，班長正坐在客廳喝茶，「今天身體覺得怎樣？」

「我……」

我想回答什麼，但是覺得傷感，我說不出話來，眼淚不聽使喚直掉了下來。

我能說什麼？一個星期以來，每天挺個肚子昏沉沉懶洋洋，身體會怎麼個好法？我傷感的是因為班長這麼問話。離家這麼久，第一次聽到幹部這麼軟言軟語的問我的身體，一肚子的委屈讓班長輕輕一撩起，我忍不住輕聲哭了起來。

「好啦！別哭了！一個男人這麼個哭法，哪像個樣啊！」班長只給了我幾秒鐘哭泣，便阻止我了。

「老弟啊！別哭啦，喏，你的班長要我給你準備這些，給你治病養身子，以後呢，你每天中午休息的時間，就到這裡來。」班長的老婆說。

「這……」

我感到暈眩，不知如何接話，但我看到矮几上擺著一盤有肉、魚的飯菜，夠一個人當中餐吃，另外，旁邊還準備了一個湯碗。

「你的班長告訴了我你的情況，我知道那是肝病，是因爲過度疲勞、營養不良，加上來這裡又水土不服，所以毛病都犯了，我問了醫生抓了些藥。你就聽話，每天到這裡吃中午飯補充營養，這一碗藥呢，也得每天喝，知道嗎？來，坐這裡！」

「我……」

我還是不知道該說什麼，但我依指示坐了下來，我感到異常疲倦，像是將要熄滅的蠟燭，我累了，說不出多餘的話，連呼吸都虛弱得像要斷氣似的。

才拿起那碗中藥味濃郁的湯碗，我忍不住又哭了，泣泣啜啜又忽然止不住的大哭，眼淚不聽使喚。

我哭，是因爲深深的感動。

自己一身病，人生正要絕望，忽然出現了兩個好人，在絕望邊緣拉了我一把。我已經迷惑那究竟是上蒼的刻意安排磨練我的心智，還是列祖列宗教訓我一味要離開家的衝動？偉功權班長一直是個好班長，對我們這些弟兄都很好，在我瀕臨病危時刻，伸出援手視我如弟，這段恩情又如何回報？何時回報？

我哭我失去了往日時時刻劃未來的信心；我哭我的無助與渺小無力；我哭我對未來的茫然，我哭我現在的虛弱不堪。

「你也別胡思亂想了，離鄉出門的人，誰都有不方便的時候，在外靠朋友，在家靠父母，眼下，你把身體搞好了，日後想幹什麼就有個底，我是你的班長，有責任照顧你，現在你把身體搞得這個樣子，是我沒盡到責任……」

「不是這樣子的……」我慌忙的打斷班長的話，隨即又說不上話來，我眞的沒多餘的力氣說話了。

「你別說話了，當一個幹部就像是兄長一樣，得把自己的弟妹照顧好，連這個都做不到，就沒資格擔任幹部。我看得出來你是一個積極的人，將來在戰場上沒打死，一定是個幹部人才，你得要記住我的叮嚀啊，將來要好好照顧你的弟兄。不過呢，那是將來的事，你現在沒把身體養好，連有沒有明天都還是個問題，對於將來就甭提了。更何況，當幹部也得有個鐵打的身體才成呢。」班長沒理會我的窩囊樣，繼續說：

「所以……所以你別客氣，每天到我這裡報到吃這頓飯，喝這碗藥，這可是你們美英姊親手調理的，你可不准抗命啊。」班長看了我一眼又繼續說：

「還有，衛哨的班次我給你調過，站班的次數不變，但白天的次數多些，盡量不讓你在夜間執勤，讓你好好睡覺養身體。這件事，你其他的戰友都諒解，等往後你身體硬朗了，你好好感謝人家吧，都是當兵吃糧的，彼此照應是應該的，但總要開個口讓人心裡踏實。回去你要謝謝人家，有能力了，也要多照顧人家，知道吧？」

除了點點頭，我還能說什麼？人家自己掏了腰包給我買好藥、準備飯菜，在只吃早晚餐的營房，多讓我吃一頓不錯的中餐，我還能再多要求什麼？幾串淚珠一直不停的滑落臉頰，添稀了湯藥，泡濕了飯菜。這一分恩情落入心底，這分感激也許將因此濃郁的終生盤據心頭化不開，此刻，我還能再多說什麼？

「謝謝！謝謝班長，謝謝夫人！」我無力多說，也似乎不應多語。

「耶？夫人？呸呸呸！什麼夫人？謝什麼？不嫌棄的話，就叫我一聲嫂子。」

「是！」我低下頭，忽然覺得夾著米飯的肉片又香又甜，甜到心底，我不能再哭卻止不住淚水滴落湯碗。

當晚，上完哨就寢前，戰友吳萬明，也拿了一瓶東西來，那是他用藥材泡的藥酒，囑咐我每天睡覺前喝個一匙。他是台北人，在淡水的時候，阿美族的幾個戰友離去時，編入我們這一班的。我無法完全表達我的謝意，看著他，我只顧著掉淚。

正當我感到絕望這個當頭，忽然間所有的好運與幫助都一起出現了，像是上蒼老早的安排，要我體會、經歷這一段。夜裡我又狠狠的哭了一場，然後安詳的睡了一晚，這是過去近一年以來睡得最安穩、平靜的夜晚。

在班長和戰友們的照顧與體恤下，不到三個星期，十月底，我幾乎恢復了健康，肚子不見了，臉上也有了血色，精神體力都恢復了。於是，我不再到班長的宿舍吃午餐，也主動要求每天多值一班夜間哨，平時的公差勤務盡可能的主動去做，想回報我弟兄們的恩情。

但看似平靜穩定的日子，到了月底的週末，忽然起了波瀾。

不知什麼原因，連上突然大發慈悲地特別允許一些戰士請休假探親。村子裡一起來的吳興、林阿德、張天德，邀我一起請假，我因為大病剛好，想彌補戰友同胞這一段時間為我分擔的勤務與恩情，我婉拒了邀請。直到了他們該銷假時間沒回來，我才驚覺到，我錯失了一次離開營區的機會。

同樣沒回來的還有一些戰友，一直照顧我的台北人吳萬明和在競馬場說了許多事的台北郎也沒回來。雖然替自己沒能跟著請假感到惋惜，但我還眞為他們感到高興，祝福他們。畢竟要遠離家鄉到大陸戰場「剿共」這件事，無論如何都不是一件讓人感到快樂的事。

確定一群人沒收假回來的第二天早點名的時間，連長佈達了我們的新的班長，他是個矮個子、酒糟鼻、麻臉的一個人，手上套著幾顆黃金戒指，目光凶惡，看起來不好惹。

我們班長偉功權呢？我心裡升起了這個疑問，我們幾個戰友交換了眼神，也都露出不知情且驚訝的表情。利用下哨的時間，我跑到班長的宿舍看，發覺屋子裡除了大的東西如傢俱、鍋碗瓢盆、棉被都還在之外。班長、美英姊一些比較個人的東西，都已被收拾而不知去向。人呢？會到哪裡去了呢？我想不透。

當晚聽一個大陸籍的戰友說，我們的班長帶著美英姊偷偷離營了，聽說是因為部隊近日就要開拔到大陸「剿共」。這個消息讓我高興了整個站哨的時間，卻也讓我的下半夜就寢時間難以入眠。我高興班長能平安的離開，沒被抓回來受懲處挨罰，但我對「開拔剿共」這件事卻感到憂心與恐懼，而這樣的恐懼與憂心在清晨天亮時得到應驗。

一九四六年十一月初，除了一些後勤輜重單位留下繼續駐守看管所有軍械物資，整個二七八團全部向東邊方向兩公里移防，集結在原來日軍步兵聯隊的營區①，並且恢復戰鬥教練，加強政治教育。我們所有在台灣招募的新兵也被規定不得排班站哨，除了白天操練時上廁所均需要報備，入夜後所有人只能在室內的簡易馬桶上廁所。

我們又回復到時時監管、處處管制的生活模式。

「伊娘哩！早知道會這樣，我早應該在那時站衛兵的時候跑掉。」

「是啊！以為站站衛兵，吃糧拿薪水也不錯，弄了半天那只是暫時的事，現在好了，要上前線打仗了，我們連家還沒回過一次呢。」

「以為？哼！也只有像你這種笨蛋番仔，會蠢到以為我們可以過好日子，這個鬼單位真要能給我們好日子過，他犯得著把我們當成犯人監管嗎？呸！」

「咦？你怎麼罵人呢？你要真的聰明，你還會在這裡？幹你娘的，死白浪，嘴巴不乾不淨，小心我把你的『懶覺』割下來，塞你嘴巴！」

寢室裡，經常出現類似的對話，大家心情不好，卻總會在出現火氣時停止交談，誰都知道即將赴戰場，往後日子還得相互照應，火氣來了相罵，就當是指著和尚罵禿驢，是罵單位也是罵長官，誰也沒有升高衝突的念頭。

每天夜裡，槍聲都會響起一兩聲，一個月裡逃跑了不少的大陸籍老兵，台灣新兵更多，同村的陳貴賞也在一個晚上，才跳出圍牆不遠被衛哨發現，一槍擊中胸膛死了。就這樣，不甘心的人總要試試自己的運氣，幸運的逃過槍子兒就有機會回家過生活，運氣差一點的，也省了繼續受苦，反正二十年後又是好漢一條。更何況，被打死的遠比逃掉的少得太多，不少人還是抱著一絲希望，想辦法逃跑，沒跑的，不少人只能在夜裡蒙著被子哭泣，夜夜如此。

我並沒有打算逃跑，除了我們住宿的位置距離圍牆太遠，逃脫的成功率太低，主要還是因爲我並不想賭，不想要在逃脫與被打死之間做賭注。已經離家了近一年，厭惡歸厭惡，我總算也開了眼界，認識了不少人，開始懂了些人際間的複雜關係，也了解了表面上單純的人竟然可以有這麼多的面向，那是我窩居在台東小山村不可能遇得見的事。未來如何，雖然不可預期，但活著的一天，總能夠增長見識。就算我眞要能逃得了，能回家好好幹活討生活也就算了，我一無所有，現在回家對家裡能有什麼幫助？徒增困擾罷了。再加上我向來不服輸的個性，要我中途逃跑我可不幹，也不想嘗試。

沒有人知道即將出征的耳語所造成的不安、浮動與暴躁什麼時候會結束，但這樣的氛圍著實困擾了我不少時日。特別是我的恩人偉功權班長夫婦以及戰友吳萬明的離去之後，讓我一直有股失去了親人的失落感，那樣的思念；而同村陳貴賞的死，也同樣讓我陷在一股哀傷之中；不知不覺，我也開始動搖了「不逃跑」的念頭。夜晚夢裡總會出現大巴六九山巒蒼鬱的森林景象，總會出現我家大牛在田裡耕耙的蠻勁，總會浮現母親那勞苦卻安靜的面容，大姑媽黑拉善難得清醒的神情，還有村子裡那些有趣的種種生活瑣事。

團部以下各級單位已經再三下令加強人員管制，白天操課，教練場上也多排了些荷槍實彈的大

①今之陸軍官校。

陸籍老兵站崗。沒人敢多聚集，怕被安上罪名懲處，也沒人敢把逃跑或反抗的字眼掛在嘴上，連作夢都得擔心說夢話說溜了一點點心意，讓自己倒楣。

整個營區成了集中營，成了我們這些人的監獄。弔詭的是：大家不舒服、不高興、想逃跑，卻沒有人希望這個情況立刻結束。因爲大家都知道，離鄉出征不過是轉眼之間的事，結束這樣的監管意味著整個戰爭已經結束，或者我們立刻將開拔上戰場。不過，沒有人會往「戰爭結束」那方面聯想，因爲政治教育正不斷告訴我們：共匪已經全面叛亂，眞正要面對面眞槍對幹，現在才要開始，換句話說，我們隨時要投入戰場的。然而，那又會是什麼時候呢？眞讓人不舒服啊，這樣的情況。

一九四七年剛過元旦沒幾天，一個陰鬱天空的清晨，整個營區所有營舍忽然接力似的響起了一陣陣怪異的集合哨，從我們的營舍接連著其他營舍。哨聲之後，幹部宣佈所有人輕裝集合，準備在早餐前實施急行軍訓練。這個命令有些怪異，但急行軍訓練意味著我們將離開營區到外頭實施。能暫時離開這個大監牢似的營區到外頭看看風景，這多少讓我感到一些興奮。

「娘個屄！跟個龜孫子一樣，動作慢吞吞的，動作快一點！」幾個老兵爭相喝斥著。

因爲輕裝而且是離開營區訓練，大夥兒多少有些興奮，動作都比平時快了許多，大家臉上也難得出現不同以往的輕鬆與喜悅。

大夥衝出營舍，到集合場站到自己的定位。看見集合場上除了値星官以外，只有幾個端著槍的大陸老兵向四周警戒，其他似乎沒什麼特別的異常。心想，如果每天的晨間跑步練習都能改成在營區外操練，我們想要逃跑的人應該會大大減少的。

趁著值星幹部下達整隊命令前，我快速的向四周看了看，注意到有好幾輛蓋著篷布的大卡車正駛離營區大門，我瞥見最後一輛車的後斗，裡面坐滿了攜帶槍械的武裝士兵。而此時連長、排長以及連上其他的幹部，罕見的一起從營舍走出，然後進入集合場站到各自的建制，不但全部到齊，而且每個人都配戴手槍，腰帶上多了幾個彈匣。我爲這個情形感到困惑，平時戰鬥教練只有軍官幹部帶著槍，這一回，連所有士官幹部也都配戴了手槍，難道他們眞的怕我們其中的某些人，會趁著營外急行軍訓練時逃脫？

不等我想清楚其中的道理，連長已經站在部隊前開口說話：

「注意！各位到這裡，算一算已經兩個多月了，這兩個月以來，各位認眞的擔任衛哨站崗看顧營區的槍械物資，爲國家看守住了將來勦匪所需要的物資補給，是一件不得了的事情；但是，各位因此荒廢了體能鍛鍊也是一件要特別注意的事。團部決定今天實施急行軍訓練，就是希望大家不要忘記將來我們還是要上戰場殺共匪的，每一個人都要有強健的身體。」

我注視連長清秀的長臉上揚起的兩道眉毛，在說話的同時一挑一挑，特有的沙啞聲，在高聲說話時迸發著騰騰殺氣，可見他對「殺共匪」這件事的認眞。

我聽說過他是北方人，家境算是不錯，讀過中學，後來「共匪」到了他們的村子抄了家，他全家被綑著跟一群人拖往村子口槍決，槍決了一半，剛好遇見一隊國軍襲擊，全家人只幸運存活了幾個。從此他加入國軍，往後立了戰功，升到了連長的職務，我剛在基隆編入軍隊時，他就是我們的連長。

「但是呢，這一段時間也有極少數的人無法體會大家犧牲奉獻的精神，擅自離營辜負了國家的期望，這一點我們應該要好好的指責。」連長只停了一下子：

「今天的急行軍訓練，自然有他的道理，不論你們現在怎麼想，都給我好好的記得，一個軍人，特別是國家的軍人，都應該有不怕磨練勇於承受重擔的骨氣，不能像那些娘們一樣，哭天哭地找娘親甚至逃營，這種見不得祖宗的事，你們萬萬不可跟著學習。所以今天的行軍訓練，我要你們好好的走，所有人緊緊在一起，不准任何一個人掉隊。」

連長說得慷慨激昂，但是我忽然有股不安的感覺。

連長並不是多話的人，過去幾乎很少在部隊面前訓話，即使像上次阿美族的戰友逃營的事，他也只是大聲斥責。像今天又是鼓勵又是強硬規定什麼的語氣是沒見過的事，更何況，只不過是行軍訓練罷了，他說的就好像我們準備開往戰場似的。

開往戰場？我們該不會是準備要開往戰場了吧！

想到開往戰場，那股不安的情緒又開始鼓動。我再次的向四周探看，想仔細琢磨其中的道理，但出發命令下達了，部隊已經大踏步的往前邁進；接近營門口的單位，早已經湧向營門口，而最先到達的單位，隊伍排頭早就出了門口。

這不是行軍訓練！我幾乎在出營門口的當下，就斷定這絕對不是單純的行軍訓練，因爲我們不但沒帶槍枝、彈藥、背包，四人一排走在大街的前進方式也違反「行軍」應該有的隊形。龐大的行軍隊伍被引導走向一個方向前進。正像是部隊移防那個樣子，所經之處，街道似乎早就被事前淨空，除了遠遠的幾條街有不少的百姓向我們瞻望之外，我們眼前的道路上沒有其他的閒雜人等。

我們所有單位幾乎走在同一條路上，以連爲單位，每個單位前方、後方都跟個吉普車，車上是配著槍的幹部，而道路兩旁每隔十幾步就站著持槍的大陸老兵監視著。前後兩層監視哨，每個站哨的兵，都特別持著連發的衝鋒槍，胸前也似乎都加掛了不少的彈匣，每個人神情專注目露凶光的注視著急行中還摻雜著恐懼、茫然的我們。

這不是行軍訓練！我可以肯定的這麼說。

持槍恫嚇我們、監視我們訓練、防止我們逃跑是一回事，準備在我們想脫逃時痛下殺手不留活口又是一回事，而眼前的監視顯然是爲了後者所做的準備。問題是：動用這麼龐大的兵力監視我們的「訓練」，眞正的目的在哪裡？

沿路，我無時無刻地偷偷瞄了我的戰友們，每個人表情凝重、喘著氣就是沒有任何人敢開口多說什麼，也許是因爲每個人心裡有數，知道這應該是一次移防，而且極可能就是爲了開赴戰場所做的移防，只是，目的地是何處呢？

由鳳山往西邊方向的行軍訓練，在幹部的押解下，由原先的邁大步逐漸變成小快步，在進入高雄市區之後，幾乎已經變成了跑步狀態。早餐還沒吃，加上快步移動消耗體力，我已經感到飢餓，急喘的情況下感到一陣陣暈眩。

進入到高雄市區後，道路兩側的警戒哨似乎更密實，雖然算不上是五步一崗十步一哨的程度，但是有巷口的地方一定站了人，有可能翻越離開的籬笆圍牆也一定有荷槍的士兵看守。這些警戒的老兵，除了從鳳山一路變換位置守在道路兩側的熟面孔之外，另外還增加了持長槍上刺刀的兵，個個怒視著我們，我們就像是他們的戰俘，被押解著、逼迫著移動。

看來，我們眞要被送上戰場了。心裡才這麼想，我發現有幾個戰友，趁著喘氣擦汗的動作中，不著痕跡的從口袋取出東西夾握在手上，跑步揮動手臂時，在兩個警戒哨之間趁隙往路邊拋去。

一個、兩個、三個……咦？不少人這麼做！他們在幹什麼？

儘管我心裡疑惑，但我不敢死盯著其他人，怕壞了他們的好事。我直覺這些戰友早就準備好了什麼，等著一旦發生今天的事，他們便會採取這樣的措施？然而，他們丟棄在路旁的那些，到底是什麼東西？這些戰友們，怎麼想得出這麼多的鬼主意，眞叫我想不透啊。提起手臂擦過汗之後，我打起精神專心的往前跑，深怕掉了隊挨罵、挨揍甚至挨槍子兒，耳邊卻陸續響起了幹部的斥喝聲：

「別停下來，繼續前進啊！」

街道兩側所有商家、住家都緊閉著門窗。從巷道往外望去，除了幾輛載著武裝士兵準備接替前面的監視哨，以及梯次變換位置的卡車外，已經看不到任何的老百姓的蹤影，所經過之處宛若空城，氣氛詭異地叫人不安。

我們已經接近港口了，兩側的崗哨也變得更密集。我因爲飢餓，已經感到疲倦眼冒金星，喘著氣強打起精神抬頭往前望去，遠遠的，我似乎看到了船的影子，就像當初在基隆港看的那幾艘很大的船隻停泊著。我心頭一驚，輕聲叫了起來，沒想到其他戰友也早就注意到了這個情形，議論開始蔓延。

「看來我們眞要上船了。」一個戰友盯著前方上氣不接下氣的說。

「什麼急行軍訓練，分明就是要打仗了，乾脆明說不就好了，這樣日夜監視誰跑得掉啊，他們怕什麼啊？他媽的。」

「難道讓我們好好吃個飯，再慢慢來不行嗎？這麼趕著，是趕著要投胎還是怎麼的？去你媽的！」

聲音由前慢慢往後面影響，每個單位所形成的梯隊，除了大口喘氣聲，還開始有了嗡嗡的說話聲、咒罵聲，而且越來越大，引來在後押隊的幹部的厲聲喝斥，但近乎奔跑的隊伍顯然不理會那些坐著車配著槍的幹部，啜泣聲、咒罵聲此起彼落。

我們的隊伍跑進港口區之後，前頭的單位分別在各自的幹部引導下，一路直接跑向停靠在岸邊的一艘高大的輪船上，順暢的像是已經反覆預演了好幾回似的。隊伍在到階梯旁停下後，斥喝聲下，一路就擠上了梯直接到達甲板，幾個差點掉落海的戰友被拖上船後還惹來一頓揍。

隊上的戰友們上了船，立刻被趕往甲板中央擠靠，並規定不准靠近兩側船舷。我們心裡明白，除了乖乖待在船上，最好別有其他的想法或動作，因爲除了幹部盯著看，還有不少的武裝人員長槍上了白晃晃的刺刀。船邊、甲板邊都站了一些人，要讓他們找到藉口，那些刺刀肯定會招呼到我們身上，然後拋下海餵魚，這種事，他們是不會心軟的。

稍事休息後，我們才平靜地想到我們的處境，戰友們終於再也忍不住地放聲大罵，一時之間整個甲板上咒罵聲連連，有人更是忍不住痛哭失聲。而幹部們似乎也像是突發慈悲讓我們各自整理情緒似的，不立刻制止我們。只看見他們一群一群地在甲板邊抽起了菸，還不時望著聚集在甲板上因爲剛才跑步而渾身濕透又不停咒罵、號哭的我們。連甲板邊上擔任警戒的武裝兵，也只看戲似的望著我們，懶得多加理會、制止。

我們一同從村子來的一些鄉親也都受到了影響，大夥多半不吭聲安靜的擦汗、解開衣服扣子搧風，沒有人有心思去安慰周邊的人，沒人有那分力氣敲邊鼓助興罵這些鬼單位的幹部或怨恨老天爺瞎了眼。

我心裡疑惑著，疑惑戰友們是不是也有跟我一樣的心情與想法？你問我上戰場怕不怕？怕！但怕又如何？能走人嗎？離家一年多，終究我們還是走到了這個地步，也許要不了幾天便會遠離這個島，到一個更陌生、離家更遠的地方，去跟一些我們不曾見面，說不定也才剛從買瓶醬油途中被拉去當兵的、與我們沒有瓜葛、沒有任何恩怨的人作戰。哪天能回得來？能不能平安的回來？一切都成了比過去一年更難掌握的未知旅程。我是該高興結束了一年的囚俘般的訓練生活？還是該憂愁未來的路怎麼個走法？在戰友斷斷續續的啜泣、咒罵聲感染下，我終於還是壓抑不住心裡暗自的哭泣而濕了眼眶。回頭，卻發現我那些故作堅強的同鄉們，早就拭淚頻頻。

呸！去他的男子漢，大哭一場又如何？

娘個屄！裝個什麼熊啊？

一整個白天的時間，陸陸續續的有些單位上了船。其中包括馬匹還有幾個大陸籍老兵爲主的單位，但跟我們一樣的台灣兵更多，也有不少的物資陸續裝載。

船上已經聽不到哭泣聲與咒罵聲，多數的人總望著陸地上壽山的山影發呆，有的人不時望著海面極遠處海平面那一頭喃喃自語；四周船舷站著監視的武裝兵，幹部們除了個別的班長偶而走來看看各班的情況之外，我們一群人幾乎是安靜的待在甲板上活動。這樣的安靜，在繁忙的港口碼頭邊卻顯得極其不自然。每個人就像是在故鄉經常上演的公雞互鬥場上，一隻隻鬥敗了的公雞沮喪的縮著翅膀半低著頭離開，那是一種沮喪到不知道下一步如何跨出？又將跨向何處而近乎絕望的安靜或死寂。

港口的海水鹹味與偶而輕輕拍打船身的波浪聲，勾起了我去年經過基隆港的情景，想起了那些被遣返的日本人他們安靜等候上船回家的表情，而稍稍感到震撼。他們明明是戰爭結束即將回到自己的故國家園，臉上卻沒有任何喜悅的神色，當時那些令人難忘與震撼的絕望與沮喪神態，竟與我們這些即將遠離家園的人相同。

當時是怎麼回事呢？我們沮喪絕望是因爲即將遠離家園，又看不見未來；遣返回鄉的日本人，沒有理由擁有這樣的神態啊。我知道有不少的日本人，在台灣居住的時間遠比我的年紀長了許多年，他們早在台灣開枝散葉的建立屬於他們自己的事業與家庭，多半人的子女幾乎是在台灣出生，事業也是以所居住的台灣島爲重心。換句話說，他們與這島嶼上大多數人的連結與互動，應該遠比我們這些一輩子窩居在偏荒小山村的高山族群還密切得多。他們眼神中會有這樣無奈絕望與茫然，也許正是因爲他們骨子裡、精神裡的故鄉根本就是台灣，而那個冠在他們身分辨識的血統，與文化記憶的「日本國」，早就是遙不可及的陌生國度，或根本沒有記憶的「異鄉」。

如果是這樣，那麼，他們與我們這些同樣曾經是日本人的台灣新兵們，那種即將遠離一切熟悉事物的不捨心情，與不知何年何月才能再踏回土地的傷感是一樣的；那種被迫遠走異鄉的無奈，與無力改變事實的絕望感受是一樣的。

啊哈！日本人得回到「日本國土」流浪，而我們這些台灣新兵，卻必須踏上新「祖國」的土地，跟槍子兒賭一把自己的命運，這可眞是件荒謬卻誰都無力改變的怪事啊。只不過，我忽然這麼想：如果多少年之後，我幸運沒死在異鄉，我期待能擁有那些日本人的幸運，有機會安靜的、從容地，一階一步地踏上階梯，然後在輪船離開港口的時候，憑著船舷欄杆向那片土地揮手道別或優雅的靜默無語，感傷我的離去卻沒有任何憤恨。

想到這，我心裡不覺一陣辛酸。

我現在就已經結結實實地在一艘大船上了呀，而我與其他的戰友卻像是一群待宰的豬仔被人一路趕上船，極度擁擠的圈圍在甲板中央；沒人理會我們渾身汗濕地在元月的海風裡，從燥熱黏濕逐漸冷涼而顫抖；又在鎮日白天裡，曬乾貼身濕答答的衣服後，狼狽的反覆汗濕又曬乾；在步槍刺刀的監視下，連好好多看一眼故鄉家園的土地都顯得猥瑣與卑微。只能畏縮躲在人群角落幻想、期待那個更遠、更不切實際的「活著的將來」，然後想像自己能上演一幕優雅的上船道別情景。

呸啦！罵力革閉！這也太諷刺、太不眞實了吧。

我又把視線流轉在後來上船的幾個單位的大陸籍的士兵們，心想，他們短暫離開自己國家的土地，到台灣這個日本統治過的地方，現在要回去，總該起碼的興奮吧？但我發覺那些人的眼神中竟然也同樣流露著不安與猶豫，而這個發現，遠比我想起那些被遣返的日本人的神態，還更加令我震驚。也許他們也跟我們一樣吧，因爲在「祖國」大陸也經過一次次拉伕強徵，輾轉幾回，最後被編入這個單位。就算現在離開台灣回到大陸，他們依然是處在遠離自己的家園四處征戰、流浪的情況。然而，那種什麼時候停止，什麼時候結束的不確定感，一定比我們有著更深、更痛的體驗吧；或許不只是士兵，恐怕連那些軍官幹部，也是相同的吧？

可怕啊！這究竟是什麼樣的力量，可以攪動如此劇烈動盪的漩渦，讓所有人無力反抗的攪進來，而我們眾人的命運最終又會攪動成什麼結果？越想，越覺得恐怖，一股深沉的顫慄打心底升起，直叫我喘不過氣來。

「都起來活動活動，準備吃飯啦！瞧你們渾身的娘騷味，哭哭啼啼的成什麼樣啊，過些天跟那些土八路照了面，你們是不是要哭著求饒啊？」班長不知從哪裡冒了出來，見到我們沒好臉色半吼半叫的說。

這一叫喊，也把多數人的注意力，拉回到甲板上靠近中央像是指揮駕駛艙底下的，幾個抬著簍子的士兵。他們簍子裡裝了碗筷，後面又站著四個拿著菜杓的人，他們每個人前面也都擺了大桶，桶子裡應該是飯菜吧，我想。

船的右側同樣也站了相同的一組人。

「所有人按照各班建制上前打飯，打完飯回到自己的位置，碗筷自己保管好，誰要丟了以後就不准吃飯。」

幹部的叫吼聲，讓甲板開始變得有生氣，所有人不管今天早上以來心情如何，誰也不想錯過今天的第一餐熱食，而開始站列子領飯菜。

領了飯菜走向剛才的位置，我才發覺西天已經染上了紅黃的雲霞。自從上回離開淡水以後，就再也沒見過夕陽直接落海的景色，這也是自己第一次眞正的在海面上欣賞黃昏的瑰麗。

這讓我感到好笑。去年我們在淡水，還慶幸只有小船在海面游移，根本不可能有機會把我們接載往大陸去；而現在，同樣的黃昏景色，我們一群人卻深陷即將出航投入戰場的情緒，那般的厭惡與無助感。

算了吧，好好吃飯吧！我這麼告訴自己，想甩開那又將襲上來的負面心情。忽然瞥見那幾個在路上拋擲一些奇怪東西的戰友，正圍坐一起輕聲聊天，我好奇的想走過去跟他們湊在一起，但又不想破壞吃飯的情緒招來幹部的注意，我決定晚上沒事時再來問個究竟。

天色已經完全的暗下來，高雄市方向的燈光明亮著，港口幾個廠房燈光也還昏亮之外，其他地方都已經漆黑。我們安靜的各自裹在傍晚發下來的毛毯中，擁擠地在甲板上想辦法擠出可以躺下入睡的位置。有人已經睡著了，但多半的人還清醒著閒聊打發時間，輕聲閒聊中偶而還是傳來斷斷續續的哭泣聲。

「這麼哭又有什麼用啊？總要想個辦法啊！」

「有什麼辦法可想？都已經到這個地步了。」

「算了吧！就讓他們哭一哭也好啊，上午，你不也跟著哭了大半天？」

「啐！提那個幹什麼？還不明不白的就要出門打仗了，哪一個不哭啊？」

幾個人漢語日語摻雜交談著，微弱光影中，我只看到幾個人坐著閒聊的身影輪廓，卻認不出誰在那裡說話。

「依你看，眞的有人會撿到那些東西嗎？」

「誰知道，總是有一線希望啊，出遠門，是生是死誰都說不準，沒親口跟家裡人告別，總是掛著心，一個遺憾啊，眞希望遇到好心人，能把話帶到家裡讓家裡人知道我們的去向。」

「你丟了幾個？」

「三個！你不也三個嗎？你們呢？」

「兩個！」

「一個！」

「我丟了六個！」

「六個，那要多少錢啊！」

「多少錢？呵呵……我都包了石頭。」

「你包石頭？別人撿了會幫你通知家裡人？你想得美唷！」

「別傻了，就算我們包了一堆錢夾著紙條，也不見得會有人告訴家裡人啊！想想看，你們都包了幾個銅板？就算給人撿了去，他們怎麼通知你的家人，你要他打電話通知還是坐車去通知？你家有電話？還是你留的錢夠車資讓他們到你家報訊？」

「是啊！你說得有道理，雖然我寫著家裡面的住址，並且說明我要打仗去了，可是我家住宜蘭，撿到的人如何通知轉達啊！大家都窮，過生活都來不及，誰有那個能力不幹活，好心給你做這件事啊？」

「那照你這麼說，我們不是白白丟了那些錢？哎呀，當初這是誰的餿主意啊？讓我們白幹了這件事。」

「話也不是這麼說，留字條總是一個機會，就算沒通知到家裡人，也算是作了個交代。若眞有人撿到這些字條，管他們是不是眞能通知到家人，總也算是一個證據，證明我們今天像一群豬，被這些土匪兵趕上船送到遠方去打仗，若干年後我們回鄉，人家不會認爲我們是吹牛的。」

原來他們就是早上那些神祕兮兮丟擲東西的人，他們丟擲的竟然是包了錢幣的字條。哎呀，這眞是有勇氣的想法，拒絕甘心受擺弄的想法啊！明知道希望渺茫，也要嘗試看看的作法眞叫我打心底佩服。這是誰教的？又怎麼會想到這個法子？哎呀，這些人眞是聰明。

「就算你說得有道理，萬一這些字條落在這些鬼單位的手裡，我們怎麼辦？」

一個人突來的問題，讓剛才的交談忽然都停了下來。我好奇的往他們那幾個人望去，想努力看清楚他們的表情，擔心他們的字條說不定早就落入單位幹部手裡，照著字條上面的名字抓人，到時誰也別想跑掉。如果是這樣，他們會受到什麼處分呢？

「呵呵……我們都坐在這裡了，還能怎麼辦？難不成他們會把我們送回鳳山關禁閉？」

「對啊！我自願關禁閉，我看我現在就去自首好了。」

大家忽然想通了什麼事似的，現場氣氛一下子變得輕鬆，有些輕鬆的氣氛隨著笑聲傳了開來，在一直哀傷愁苦的今天，像一道清涼歡愉的空氣讓人感到舒服。我坐了起來調整一下姿勢，整個人面向他們，想多聽聽他們的交談，才轉身忽然看到幾個人影，往船身靠海的那一邊奔去，然後一縱……

「站住！」一個嚴厲的斥喝聲爆發開來，但似乎來不及了，幾個撲刷……的落水聲清晰的傳了開來。

「娘個屄……有人跳海逃跑了！」一個哨兵大聲的叫喊。

他的叫喊聲，把眾人都驚醒了，不少人想往那個位置靠去，卻被步槍朝海面射擊的幾聲槍響，給嚇得都停止下來，幾個哨兵向內靠攏限制所有人向船邊接近，而幹部則配合的大聲制止所有人：

「都給我坐在自己的位置，誰要敢逃跑，格殺勿論。」

那幾個戰友突如其來的跳海逃生，大出所有人的意料之外，我們都受到了鼓舞，私底下低聲的交談，話題都離不開這件事。

船邊到海只有一個欄杆之隔，縱身躍下，哨兵根本來不及攔住，就算要開槍，大船四周昏暗的情況下，哨兵也無法仔細瞄準，逃生的機率更大。更何況，我們現在仍在港內，身手好的人可以輕易游出安全距離之後找個地方上岸躲藏起來，只要船一開出港人便自由了，連兵的身分都可以順利拋開了。

大夥壓低聲嗓熱烈討論，情緒也顯得高漲興奮，但是單位也沒閒著，整條船上、岸上都開始動員了。

我站起身來從船上往岸上望，只朦朧的看見微弱燈光下的碼頭，警戒哨都拉開了距離，有些哨直接隱沒在黑夜裡。另外兩組看似巡邏組的人員，以船為中心沿著港岸向兩側巡邏，看來應該是為了彌補警戒哨的間隙，防止有人趁隙直接上岸所做的巡邏編組。

船上的探照燈，從剛剛有人跳下海開始，已經規律的向四邊探照，船上的哨兵也不時朝著海面開槍射擊，不知是眞的看到人了，還是只看到可疑景象便開槍射擊。

這段時間，連上幹部們都相繼出現在甲板上清查人數，硬生生打斷所有人的交談。但眞正讓我們膽寒而噤聲的是，船舷上的幾挺五〇機槍，都卸下了槍衣，連火力排的幾挺三〇機槍都架上了腳架，裝上了彈鏈。這個舉動，示威、恫嚇的意味濃厚，卻讓我們困惑與恐懼，擔心那些幹部會因為攔不住逃跑的人而惱羞成怒，發瘋地將槍口朝我們這一邊掃射。

沒多久，岸上那些巡邏組也開始有一發沒一發的朝海上射擊，約一個多小時，才又都靜了下來，探照燈不再梭巡照射，也聽不到那些哨兵洩憤似胡亂射擊的槍聲。

跳海逃生那些人都平安了嗎？還是早已喪了命？我胡亂想卻不知不覺地失去意識，始終弄不清楚自己是已經睡著了，還是在繼續胡思亂想。半夜，又幾聲槍響劃破了整個港口的黑夜，我們都驚醒了，連遠處的夜鷺嘎嗚叫聲，也聽似有幾分受到驚嚇。

又有人逃跑了！我心裡這麼想，然後偷偷地轉頭向其他睡著了的戰友們望去，卻發覺大多數的人一動也不動，聽不見任何的鼾聲或平穩的長長呼吸聲，我肯定大夥一定都醒著的，一定也跟我一樣驚醒後專注著傾聽周遭的情形。

「幾個？」

「三個！」

「人呢？」

「喏！浮在那兒！血還在流呢！」

「呵！有你的，海面又黑又暗，船身晃動，你還能不失手，好，很好！」

幹部與哨兵的簡單對話，卻讓我感到脊梁發冷。他們說的是活生生青壯的人命，語氣不屑卻平淡的像是不小心踩著了三隻螞蟻，生冷的絲毫沒有任何感覺。幹部的「高興」語氣，高反差地顯現出那些逃跑而現在可能浮躺在海面上汨流鮮血的戰友們是多麼的不值得，連死亡都不值得多提幾個字。

哎呀！這些開槍的人到底是什麼樣的人啊？他們的生命究竟有過什麼記憶，爲何他們可以這麼不帶情緒、輕鬆地談論三個剛死在他們手裡的人的死狀？

我感到寒顫，不，是顫慄！故而瑟縮在毛毯中，抖個不停。我再也睡不著，但事情似乎還沒完沒了。

過了不知多久，我聽見有東西落海的聲音，從聲音判斷似乎為數還不少，不僅僅靠近我們附近這裡有一批，連船尾那附近好像也有一批「東西」落水，幾個哨兵大叫著並接連開槍；兩側的探照燈也立刻都朝著海面打光。探照燈分散的餘光把甲板的情形照映得明亮，我清楚的看到戰友們都醒著了，大夥都慌張地想起身抬頭觀望，但船舷兩側的三〇機槍卻同時開火，在照明下，達達達……兩挺機槍交叉六發點放，規律且節制的向海上射擊。不消說，這一定是老機槍手在射擊，我想，那些掉進海裡的「東西」恐怕要凶多吉少了。

戰友們似乎都被這情形給驚嚇了，每個人胡亂的相互望了望，臉上盡是焦慮與不安，下意識地把身體壓低，甚至躺回剛才的位置蜷曲著。我分不清楚是周邊的戰友顫抖個不停，或者根本是我的身體因為憤怒、恐懼而失去了控制。

達達達……達達達……單調又節奏的聲音，像是打在我的身上，感覺十分痛苦難受，腦海浮起那些落在海水此刻正想辦法游開或潛入水中憋氣躲子彈的戰友。我意識到這些機槍老手要徹底殲滅跳海人的意志堅定，但我更憂慮這些老兵會不會就殺紅了眼，將槍口偏向我們這邊。會不會這樣，誰也不敢保證，除了焦急的輕聲交談，眼睛都盯著機槍噴出的火舌而顫抖不已，沒人敢站起來。

機槍停止射擊後，沒多久，甲板上又一陣騷動，幾名持槍的警戒兵不知何時都轉面向我們這方向盯視著，而幹部也陸續出現在甲板上，燈光忽然都打亮了，戰友們驚愕的表情一覽無遺。

「完了！」

我心裡暗叫一聲，有個戰友忍不住，哇……嗚……地迸出幾聲哭泣聲，心想，也許現在要對我們下手了呢。只見值星的排長大聲的宣佈：

「注意！所有人現在就跟著幹部一個排一個排下船艙，誰要亂跑搗亂，就讓誰下海餵魚，各排注意清點人數，即刻回報。」

才說完，我們的班長陳果白立刻就衝了上來，東拉西扯的要我們班上的戰友們盡快行動：

「媽啦個屄！你們這些混帳東西，還窩在那裡幹什麼，啊？都給我起來站到列子裡，當個兵有什麼好怕的，窩囊到要逃跑？媽啦個屄！誰不想走，我就槍斃誰！」

燈光下，他的紅鼻子、麻臉愈發明顯清楚，粗厲的聲音震得我的耳膜一陣痛。不過這樣接連的宣佈要往船艙移動，知道這些警戒的老兵圍上來不是要對付我們，那機槍也暫時不會掉轉過來，讓我們都鬆了一口氣。

心情才平靜下來，便覺得一股寒意從腳底迅速往上結凍，我不自覺地打了個哆嗦，牙床直打顫。原來是因爲我剛才持續的恐懼害怕，全身因爲冒冷汗而濕透衣服，在元月凌晨的甲板上感覺異常的寒冷。

我站了起來拾起碗筷，緊緊的裹著毛毯隨著列子往樓梯方向前進準備進入船艙。經過船舷時忍不住地往海面望去，探照燈下，只見船身靠海的那一面，海水血紅的向外鋪展，十五米遠外的血泊中，散散落落的飄浮著十多具屍體，仰躺的、俯臥的，隨著港口海湧的輕微起伏而上上下下，又左右搖晃。我強忍著作嘔的感覺，正想撇過頭轉面向船艙，卻發現海面三十米附近，一攤血紅的海水中有一隻手臂忽然伸起又向前擺動，我還沒反應過來，耳邊已經響起了一聲步槍的射擊聲。

「格老子的，想逃啊！」射擊的矮個子哨兵不屑的朝海面吐了口痰，收了槍。

「看啥？你也想挨一槍啊？」看見我盯著他看，對我吼了一句，還作勢拿槍托要揍我。

我沒理會那哨兵，見到海面那隻垂下的手再也沒舉起來。霎時，我腦海一片空白，幾乎沒能力再反應，只覺得有人在我背後拉了一把。至於後來怎麼進入船艙，我幾乎沒有任何印象，直到第二天有人叫喚著吃早餐，我才逐漸想起血染海面的情景而痛苦不已。

我們被關在艙內大約是兩天兩夜的時間，幹部說是因爲逃跑的人太多，爲了避免傷亡，所以要我們待在艙內不准上甲板，吃喝拉撒全都在裡面解決。船艙內是暗黑的，除了點名以及幹部宣佈事情時有微弱的燈火照明，絕大部分的時間就只有通道的幾個指引燈，以及幾個重要設施位置閃著紅燈；白天偶而從開著的甲板通道照射了些光亮，大部分的地方都黑壓壓的。輪機發動的嗡嗡聲始終沒停，而空氣瀰漫著柴油味以及眾人所揉雜的汗臭、糞臭、魚腥臭、尿騷以及其他我說不出來的味道，叫人不舒服卻又不知如何。

我無心去計較這些，因爲我同多數人一樣，始終蜷綣窩伏在自己的位置上，多半的時間無語又胡思亂想，我始終沒辦法把自己的情緒從海面上那殷紅血腥的海水中抽離；我始終忘不掉沉浮在那片血水中的戰友屍體。我不知道他們究竟是誰，我只能隱約的從幾個人的身影中，判斷我看見的似乎有幾個阿美族人的身形，特別是那個三十米外，最後擺手滑水的那個。

他們回不去了，他們的家人什麼時候才會知道這件事呢？罷了，想這些我又能如何，難道我還看不清這種情形始終沒有改變嗎？我又如何能鼓勵我的這些戰友們，打起精神去面對這些事？而我放棄逃跑，想繼續往前闖一闖的念頭，又眞的是對的決定嗎？這對我的人生又將會產生什麼樣的影響？

卑微啊！但是，想這些，我又能如何？

待在船艙裡，我是醒了又睡睡了又醒，幽乎乎地，也不知道自己究竟是作了夢還是胡思亂想中。直到原先留在鳳山營區的槍枝、衣服等裝備都送了進來，我們才驚覺到眞正出發的時間的確接近了，也許是晚上也許清晨。戰友們還是有人忍不住輕聲哭泣，甚至蒙著被子放聲大哭，有些還是大陸兵，而我竟然沒有任何喜悅或排斥，收了裝備，我又昏沉沉地進入夢鄉。

我在忽然變大變快的輪機聲中醒來，算一算，這應該是上船以後第三天的清晨了，我摸索著上完廁所後，興起了伸展伸展、活動筋骨的念頭，兩天兩夜的蜷伏，身體出現強烈的痠痛與疲累，也差一點被自己莫名的情緒啃蝕至死。我提醒我自己，現在的情況無論如何我也不能改變什麼，未來前途未卜，我只有想盡辦法隨時保持健康的身心狀況，才有機會等到戰爭結束回到家鄉，我可千萬不能再讓自己陷入那樣的情緒中。

才回到位置上，聽見了奇怪的哨音嗚……依……的從船面嗚響著，接著從遠方也吹了相類似的哨音，兩邊對吹了兩三回。既悠遠又哀傷的哨笛聲啊，那究竟是什麼樂器，又是誰在吹奏，又代表著什麼意思呢？那樣的哀沉！

漸漸地，我感覺到船有些顛盪，許多戰友都醒了，開始有了交談聲、嘆氣聲。也許他們早已焦躁於不知道現在船艙外面的情況怎樣了，期待於何時可以曬曬太陽，吹吹海風呢，或者疑惑這個單位不會要我們這樣子悶到「祖國」去作戰吧！

不等我繼續胡思亂想，船艙響起了幹部的吼叫聲，宣佈允許我們即刻起可自由到甲板活動，但所有人需注意船上的任何廣播並配合作息。

幾乎沒等宣佈完我便朝甲板上走去，一群戰友早已爭搶著出去。出了艙門，船艙外耀眼地讓我睜不開眼，才兩天的時間，我像是從久居的地底黑暗界域走出，在光明世界邊緣幾乎不存在的灰黑地帶躊躇不前，既興奮又害怕的不敢直視那渴望的、色彩明亮溫潤的視界記憶；下意識地想回頭，又深怕自己將失去逃脫的勇氣，而甘心沉淪於這個充滿柴油臭味的艙底世界，繼續過著屬於地底幽暗生物既卑微又看不見未來的屍活狀態。

我移開遮擋在額前的手掌，在船頭緩和地沉浮擺動中，努力睜開雙眼，卻被眼前的景象所吸引與稍稍震撼。

船上站崗監視的哨兵已然不見，兩天前那令人窒息的、血腥的氣氛全然消失，我恍若相隔了數十年走進同一地點，除了幾個佐證地物的相對位置之外，我找不到這兩者之間可能的連結關係。船外遠方海域還有些薄霧，朝陽跳躍在海天交際的兩層雲上，也灑落些光暈在海面浪湧上而碎碎片片地晶亮，幾隻我從未見過的海鳥在海面上翻飛覓食。

我們已經在海面上了。我幾乎要叫嚷了起來，不！我們幾乎都要叫嚷了起來，而唔……的驚呼一聲，此起彼落。

朝著船尾後方望去，陽光刺眼，卻有幾分久違的親切。高雄港入口兩側防波堤的導引燈塔清晰可見。晨光背影下，港口後方的萬壽山上那些與岩石錯落、糾纏的樹木，卻像是送行的親友，個個極目眺望、盡力伸展枝葉揮手道別；而船身後方被分開的滾滾浪花，卻不得不向外分列向後延伸，像是哭訴著不捨、不甘與憤恨，遠遠地遺落淚滴珠串，久久不願平撫。

「我們眞的要離開台灣了啊！」

一個聲音從我背後傳來，我回頭，卻看見一群戰友目光幾乎都朝著高雄港望去，個個呆立、無語。

我有些感傷，再回頭朝著船頭望去，甲板上映著艦橋與戰友們晨曦下移動的影子，密實中還有些零星、散落的頭影與揮動的手臂光影。像是這個單位要求整體移動、統一指揮下的個人心思，那樣的孤單、不安分與難以探究動向。

我走出這一團影子，朝船頭方向移動些距離，迎著海風感覺涼意。我緊了緊衣服才意識到，這畢竟是元月的清晨，那些陽光穿透不過的灰濛雲層與迎風而來的寒涼，稍稍讓我清醒了些。

這是我眞正地、第一次搭了船在海面上航行移動。除了搖晃、沉浮，還多了輪機的沉沉運作聲與船身撞擊海湧激起浪花的拍刷聲，一時之間我已經分辨不出，我究竟是因爲新奇而感到興奮，還是即將遠離家園而憤恨激動。

唉！我終究還是要遠離我的家人我的故鄉，到一個即使耗盡我現在所有可能的想像力也無法描繪出的一個地方；去爲一個新的、從未養衛過我們一天的「政府」所聲稱的「祖國」賣命。我的家人、娘親啊，你們現在安好嗎？請一直健康地生活著，並爲我祈禱，等待我的歸期。如果……如果有那麼一天……也請你們牢牢記得前年，一九四五年十二月二十五日那一天上午，我歡心離家準備好好工作的神情與決心，我……我……

彷彿，時間一直是靜止著的，除了海風吹拂，除了已經冰冷的臉頰上還不停濕熱著的淚水，還有已經模糊卻依舊不停緩慢流動與變換的視界景象，以及突如其來的，低沉、傷感、蒼涼又堅決的歌聲：

Pinuḻi a ṉedayian, pinusiyian nesiṉan
Sanga nu Biḻi nu ga yi Bangan nu Gaman nu Daḻiya,
Ligesen nu Liyanes haiyio haiyian.
Naruwan hiya naya ho haiyio hiyian.

爲你掛上了彩帶
敬送你踏上征途
我的親人們啊
請在我們的歌聲中勇往前行

沉吟、緩慢的歌聲把我的心緒拉回到甲板上的夥伴戰友們。只見多數人已經坐下休息，也許是暈了船也許是不堪傷感的折磨侵蝕，大多坐了下來。有的低頭有的拭淚，有的乾脆抱著頭把自己埋在兩腿間，雙肩不規律的抽搐，那樣的壓抑與苦痛；而我同村來的戰友們，已經低聲哼起前些年改編部落出征古謠而成爲送行「高砂義勇軍」的歌謠。唱誦著那些出征戰士的名字，我們哭了，在不知不覺間……

也罷！英年，就趁這個機會闖闖吧，看一看大巴六九部落以外的世界會有多麼的不同，若回得來，我再好好哭一場關於離鄉的遺憾與愧疚，若回不來……若回不來……這樣子，應該……應該也不枉我這一生了吧？

別了，伊娜，我的娘親，我的家人，我的故鄉……

第6章 異域印象

「我們都到甲板上去吧！」

「現在啊？」

「是啊，離上岸的時間應該近了，等我們一上了岸，想再來好好看個海，恐怕也沒多少機會了。」

「哇哈哈……我們一群土匪粗人裝什麼風雅啊，這個時候上甲板，不凍死，也要冷出一身病，再說，不趁這個機會好好休息，等上了岸，想停下來撒把尿，還得看看人家給不給尿呢。」

「甲板上哪有你說得這麼冷，這個時節下了陸地行軍才叫冷呢，再說待在艙內再多悶個幾天，眞要叫人生病了。」一個老兵附和著說。

幾個大陸兵的對話，吸引了我們幾個台灣郎的注意，不自覺的朝他們望去。

「怎麼樣？你們幾個台灣郎，跟我們上去活動活動抽根菸吧，看你們一個個跟個喪家犬似的，都出了門橫豎也就是這樣了，該哭的也哭了，能罵的，也該罵完了；看開一點，看看我們，哪個不是這樣子當兵的？」

「是啊，都一年了，家鄉該死的，墳頭大概也長滿了一堆荒草；不該死的忙著過生活，誰也不會有多餘的精神爲你們分神。你們自己可得要打起精神啊，眼睛放亮一點，可別戰場還沒上，就給『眞可怕』逮到機會搞死啊！」

「喂喂喂，你還眞會安慰人啊，什麼死不死的嚇他們啊，倒是你自己，嘴上修點德，你一個人給修理了活該，但可別連累大家啊！」

「眞可怕」是大陸兵給班長陳果白取的外號，還在台灣鳳山的時候，前班長偉功權離營的第二天，連長佈達他到我們班上來。有一天因爲賭錢，把手上幾顆黃金戒指全輸的一個不剩，回來以後藉口飯菜留得太少，把擔任伙房勤務的一個老兵打得鼻青臉腫，好幾天下不了床。班長陳果白雷擊般的聲音和凶殘的打人模樣，著實震懾了我們這些兵，從此在私底下叫他「眞可怕」。

大陸籍的這些戰友還眞會「安慰」人啊！一會兒勾起我們的鄉愁一會兒又嚇得我們不由得左右瞻望，深怕那個他口中的「眞可怕」班長陳果白突然出現，不分青紅皀白地修理我們。

「走吧！」

幾個大陸兵也不再理會我們，逕自往甲板上走去，我跟幾個台灣的戰友相互望了望也跟著去了，倒不是什麼眷戀著看海，實在是因爲待在船艙的時間也夠久了。

算一算離開高雄港到今天已經是第三天，從出海以後，單位規定所有人在就寢時間以及單位集合時間以外，可以在配合船艦的作息規定下自由到甲板活動。剛開始，因爲多數人受不了船艙內不曾間斷過的輪機運轉聲音，特別是那分分秒秒總是嗡嗡地不停攪動著周遭空氣的聲音，逼得所有人的交談聲也跟著變大，不管什麼話題總像吵架似的，所以第一天的時間多數人會選擇待在船甲板。但一天過後，海面單調的景色，甲板的顚盪讓人暈船得厲害，最初的興奮、新奇感很快就消蝕殆盡，加上隨著船行逐漸向北海風越來越冷，以至於除了中午太陽大的時間，甲板上還有人活動曬卵蛋之外，平時就只有抽菸的人躲在後甲板閒聊；多數人只要忍受得住船艙的惡劣氣味，都盡可能躺在艙內休息，特別是我們這些絕大多數沒搭過船，甚至沒出過遠門的台灣郎，病貓似地個個蜷曲在船艙內，無力計較那惡劣的環境。

難得大陸籍的戰士這麼有興致，我們也跟著上去透透氣，就算是裝風雅看海沉思吧！

甲板上只有幾個哨兵，我極目望著輪船的四周，始終看不清船頭遠方的終點，也望不到船尾滾滾浪花的最終盡頭，連兩側的景觀也捉弄似地讓波浪的海與帶有雲層的天，茫茫地連成一片，我們像是一艘被遺棄在大海的船，那樣的孤單與落寞。

「這一條船究竟要開到哪裡去啊？」

我試著找話題插入這群抽菸鬼扯蛋的大陸兵，大夥還算捧場，都回頭看著我。

「不知道，看樣子沒有要停的意思。」

「依我們上一回來台灣的經驗，以這個速度開了三天，如果明天不在上海靠港，恐怕要向更北的青島去了；狀況糟一點可能就要到葫蘆島去了。」一個老兵看似很有經驗，還沒吐完煙，便鎖著眉頭回答，煙霧還不時隨著他說話張嘴閉嘴的當頭，一團一絲不規則的亂噴流。

「俺看，最好就在青島下船好了。」

「青島？你家啊？」

「嘿嘿，不是，不過近了，總是嗅得到一些家鄉泥土味啊！」

「啐！想得美咧，我看，乾脆就叫老鄉們在青島港口列隊喊口號，敲鑼打鼓歡迎你回家好了，瞧你高興的。」

「唉，俺也只是隨口說說罷了，其實家裡人早不知散到哪裡去。他奶奶的，連年戰爭的，俺這些拉伕當兵的，還能有幾個叫得出家人的去向啊，不過是個心願吧，活著一口氣的時候，能再踩一踩故鄉的土地就心願已足了，就算不能，遠遠地嗅個味道，也算是個安慰吧！不是嗎？」

他的話突然引起我心裡一陣酸，不，是大夥的一陣苦，現場氣氛急轉直下，立刻都安靜了。

「呸！提這個幹什麼？喪氣啊！打完小日本，現在打八路①，誰知道明天又要打誰？這些糊塗仗一日不停，我們都還有得轉了。就算這船直接開到你家門口，就算你的家人都健康安好，敲鑼打鼓準備迎接你，部隊轉戰南北趕路，你恐怕連揮手多看兩眼都嫌多想了。呸！呸！以後誰都別再談離鄉的事了，出門在外，大夥哪個沒有一兩件傷心事？我們這些征戰了幾年的老傢伙都要動搖了，要這些剛來的台灣兵怎麼辦？跳海去啊？娘個屄，少說這些叫人喪氣的事，隨便說說也不可以。」

一個老兵似乎動了情緒，聲音稍稍變大了，而他的話，又像一根杓子，勺起了我心底深處的酸，淋得我滿頭地酸苦，淚水在眼眶幾番打轉，我趕忙轉移：

「你們說的上海、青島、葫蘆島這三個地方有什麼不一樣？送我們過去需要這麼費事？」

「有什麼不一樣？呵！」幾個大陸兵聽到新鮮事似的，睜大了眼睛看著我，表情都露出了笑容，氣氛一下子活絡起來了。

「一樣，都一樣的，上了岸，打共匪！不是他死就是你死！」

「不不，不一樣的，到上海你說不定可以看到英國、法國的女人嘰哩呱啦的；到了青島，你運氣好還可以摸到德國妞的屁股；到了葫蘆島，再往北一些，俄羅斯的姑娘就要靠在你懷裡發嗲囉。」

「一樣的，是一樣的，沒什麼不同。挑糞打雜、站哨挨揍由你我來做，吃香喝辣打罵凌虐，由他『眞可怕』來幹！」

---

①共軍。

哇哈哈……幾個大陸兵忽然都哈哈大笑，知道他們是捉弄我們！讓我們幾個台灣郎變得嚴肅了。

「好了！別再捉弄他們了！」一個平時對我們友善的老兵戰友制止了他們。

「老弟啊！這艘船開到哪裡，我們不可能知道，打仗嘛，沒有一個對手是存心要挨你的子彈的，每一回少不得都是場硬仗，槍彈無眼誰遇上了誰倒楣啊。我們到哪裡都是一個樣，不過，你們最好跟老天爺求個情，這一回，我們在上海或最近的港口登陸就好了。」

「為什麼？」

「這個我來說。」一個大陸兵搶著說：

「這個時節天氣冷，到上海，你尿急小便，尿水落地變得冰冷，但還可以流動；到了青島，你撒完尿，地上的尿水就已經結成一層冰片；上了葫蘆島往東北走一點，你的尿才噴出，尿水就立刻結成冰柱，黃黃的像你們台灣賣的芒果冰棒。」

「啐！芒果冰棒？我看你下回直接掰斷拿來舔吮解饞算了。」一個大陸兵顯然不同意，趕忙出言給洋相出，而他的話引起大家的笑聲。

「那……如果眞的是這樣，那……他的那個東西會怎麼樣？」一個台灣兵忽然嚴肅的問，而這個問題立刻引起大陸兵的爆笑，一群人笑得東倒西歪。

離家一年多，我是第一次聽到這樣的笑聲，看到這麼開懷的景象畫面，我心裡也舒坦了不少，不禁跟著他們哈哈大笑。只不過，這樣的笑聲只維持了一下下，因為整個甲板響起了「眞可怕」那個粗厲暴烈又充滿殺氣的吼叫聲：

「搞什麼東西啊，那一群王八蛋，都給我回艙裡！」

沒等聲音完全落下，我們早就鑽進艙底，那幾個大陸兵還笑個不停，看來他們眞的已經習慣這種遠離家園，沒有起點，不知道方向，也不知終點的漂流生活，而且隨時隨地都能很快的調整心境。看來，如果我想要過過好日子，我得好好學習學習了。

第四天，我是在下半夜接近清晨的時候醒來的，除了輪機運轉穿過幾層艙房鋼板傳進來的聲音變得比較緩和，先前的悶熱也變得暖和舒適，那種改變讓我感到不安，直接從睡夢中醒來。我不知道現在船行的速度如何，但是輪機轉速已經明顯地變慢，感覺船身已不若先前的搖晃，幾近停下來的緩慢前行。看著戰友們陸續醒來又更香穩的睡去，我卻想著白天大陸老兵說的事，而輾轉睡不著。

那個「祖國」到底是什麼樣的地方？這個時節裡，在我的故鄉台東，偶而還需要搧扇子睡覺，爲什麼撒了尿熱得會冒起白煙的尿騷，到了上海才落地就會變得冰冷，到了青島立刻就變成冰片，到了東北會變成冰柱，那究竟是什麼樣的情景呢？假如我們眞的到了那裡，冰天凍地的又是什麼樣的滋味？那些花草呢？那些樹木呢？那些莊稼呢？在冰冷的世界會是怎樣的情景呢？

不知不覺中，腳邊有了涼意，我捲了捲毛毯，感覺睡意而沉沉睡去。

睡夢中，我們行軍長征在一望無際的冰原上，在短暫的休息時間裡，我們整團的人靠向路邊解手，結果道路兩側瞬間豎起了一條條淡黃色的細冰柱，沿著道路向極遠處長長的延伸，就像故鄉女巫們施了巫法，沿道路兩側倏地設起了兩道淡黃色剔透的圍籬欄杆。只見陽光爭搶追逐地鑽進每個冰柱間，纏繞又鑽出，光影在粗細不勻、高矮不齊、顏色深淺不一的冰柱表面躍動，晶瑩靈秀煞是好看。

「注意！」

一陣哨聲之後，一個粗暴的吼聲響起，那些淡黃色冰柱禁不住人員起立聽令引起的震動，忽然骨牌似的，由遠方朝我的方向開始崩裂倒塌，同時又由我的腳邊開始向兩側傳遞那驚嚇感覺；瑩黃的欄杆因而斷裂、折碎、塌落。在輕輕的乒鏘碎裂聲中，那冰屑揚飛四散，捲起陽光紛飛，將我們整團人湮捲在光點中不停地流動，像一條晶亮爍目的大白蛇在荒原中翻攪，逐漸騰空而後消逝。

「注意！」

又一陣哨聲和一陣吼叫響起：

「都給我注意聽了！起床後所有裝具打包好，用過餐後除了個人裝備由個人攜行，其餘由各班為單位集中，即刻起，所有人聽招呼集體行動，未經允許嚴禁上到甲板。」

聲音甫落下，我立刻意識到聲音來自艙門口，是值星幹部在下達行動命令，慌亂中，我完全由夢境中醒來。

「該登陸了吧！」

「是上海吧？」

「說不定是繞回高雄呢！」

「高雄？恐怕是珠江吧！」

幾個大陸兵顯然也被值星官的行動指示弄得心慌意亂。

「下了船，馬上就要開戰了嗎？」

「喂喂，老鄉，你打過仗，你告訴我，下了船我怎麼跑啊？」

「媽的，才要吃早餐，就開戰，眞是夭壽啊！」

「打仗啦！打……」

更多的台灣新兵，也因爲猜測幹部所下達的命令而驚慌亂語。

船艙內頓時亂成了一團，在輪機哄嗡嗡的烘襯下，所有人的動作愈形慌張凌亂。此刻，我的心境反倒平靜起來了，在台灣輾轉四處奔波了一年，不就是爲了今天要抵達「祖國」的土地嗎？反正暫時也回不了家了，管他在哪裡登陸，這裡是哪裡，打仗怕是少不了了，就當今天是個開始吧，總要有個開始不是嗎？

船艙因爲所有人心急慌亂地整理裝備，溫度升高空氣顯得污濁燥熱。我塡過肚子整裝完畢，並以衣袖擦擦額頭的汗水，跟著班上其他戰友，安靜的等待艙門打開，等候命令出甲板下船登陸，一下子我們心跳都明顯地加快，連呼吸也變得急促。

喔……啊……幹伊娘的……艙門才打開，就接連傳來一些戰友的驚呼聲、滑跤摔地聲。這情形讓我感到混淆與不安，心想外頭一定發生了什麼事。我下意識地抬頭跟著戰友往甲板艙門移動。才出艙門……

喔……啊……他媽的……我心裡直接咒罵了一聲。

怪不得剛剛一直就有人唉叫，原來戰友們不停的有人摔了跤，有人凍得緊縮衣服。就在我出艙門的當頭，一股寒風吹來，寒氣像是一頂大罩子從頭往下罩，頭皮瞬間結了冰似的，擠壓著腦殼隱隱作疼；我幾乎無法繼續思考，在戰友驚聲尖叫的同時，緊閉雙唇咬緊牙根，任憑鼻子、五指都冰冷的近乎麻痺。我快速地隨隊伍穿過甲板、走下雲梯，在船邊落地，朝右前方有幾節車廂的整列火車快步前進。

我注意到，港口外有些地方變成白色的世界，而港口內我們走過的地方溶了冰之外，其他地方都結了半透明的一層冰。這景象讓我感到好奇，行進時腳步故意向外踏尚未溶化的冰層，沒想到一個重心不穩差一點讓我摔跤，踉蹌地撞上其他戰友，引來班長惡狠狠地盯著看。

我不知道為什麼地上會結了這些一整遍的冰層，我也不相信那會是有人在晚上的時間灑了水或者小便所造成的，但我開始了解剛才就一直不停的唉叫聲與摔跤聲的緣由了，這都是因為天氣太冷所造成的。

我暗自叫苦。碼頭內盡是冰層，港口外的白色世界將又會是什麼樣子？如果真如那些大陸兵所言，上海還是比較溫暖的，那麼其他地方此刻豈不就是寒天凍地的要人命？而我們只有從台灣穿來的薄棉衣，我要如何度過這種鬼天氣啊？

幸好，我們很快地被趕進半封閉的火車貨車廂，幾十個人擠在車廂內，那股寒氣稍稍退去了不少，加上火車開動後，火車排放的煤煙從車廂縫隙一陣一陣鑽進車廂裡，讓人有坐在火爐邊烤火的錯覺因而寒氣稍減。

這火車與台灣的火車不同，鐵軌較寬，車廂較大，但搖晃的程度、車廂內擁擠不堪與惡濁的空氣，還有帶著濃濃煤灰的排煙，卻是一樣的令人難受。

火車一路向北開去了一段時間，然後在一條大河的岸邊停了下來。

「他們要幹什麼?」

一個聲音顯然有些驚慌,吸引了我們大夥的注意,跟著想辦法從車廂縫隙往外瞧,我竟然看到一個奇妙的事情。

我看到前面的車廂正搭放在上層是平板,樣子卻像船的東西在河面上滑行,河的這一頭正有一節車廂正小心的被推上另一個上層平板的船上,看樣子,應該很快就會輪到我們這一節車廂上船了。

「這是怎麼回事啊?」我們其中一個台灣兵似乎替我們問了這個問題。

「呵!在台灣,你們一個比一個精,看起來什麼都懂,怎麼?來這裡就弄不懂了吧!」

「老鄉啊,你也別吊胃口了,不管是在台灣還是在這裡,對我們這些高砂族的老鄉,都是一樣的新奇。你就指點指點吧,怎麼會有火車車廂上船,這些火車廂又要送往哪裡呢?」一個我沒認出的同鄉開口發問。

我心裡也納悶,要這麼麻煩的將火車車廂解下,然後推上船去。直接把人放下來坐船過去,不是更省事嗎?

「這條河叫長江,火車鐵路在這一段是沒有橋可以跨過河的,所以火車只能開到南岸,然後呢,把火車一節一節的用平板船載運過去,到達北岸後再上軌道連結。」一個大陸兵說。

「人坐船過去,到了北岸再搭車不是更方便。」一個人似乎知道我的疑問。

「這到底是什麼情況我也不是很清楚,但我聽說過去的確是這樣子沒錯啊!車廂就必須一節一節的上船轉運。」

「爲了節省搬運貨物的麻煩，貨車廂當然得這個樣子轉搭船，但是人員這麼搞就費事了，你們看，我們會不會先下車，然後上船到了對岸再搭另一節火車啊？」

「我看不會吧！前年我們一整個團經過這裡時，也是直接把火車推送到船上載運過來的。我想，不管南岸北岸應該都不會有多餘的車廂，閒在那裡，等著人員過去了以後改搭吧。」

「爲什麼這樣？」

「嘿，大陸連年戰爭的，能找到正常的車廂在軌道上就不容易了，地方也沒那個能力管這些，再說拉伕打仗都缺人了，哪來的青壯人手，閒在河兩岸的渡口照顧機房車廂啊？」

「是這個樣子的啊？」我自言自語，但心中還是有些疑問。

我想起了家鄉台東，在初鹿那樣的小車站，在美軍轟炸的時期都還有一些車廂備便，地大又人口眾多的「祖國」，不會連備用的車廂都沒有吧？那些管理鐵道的單位呢？是因爲他們不會統籌管理這些嗎？或者他們也跟我們一樣被送往各地當兵，或者像那些爲我們開車送往宜蘭的日本兵一樣，因爲懂得特別技術，而抽調到別處？我想不透啊。

「要是我，我寧願就這樣，窩在車廂直接上船過河。」一個大陸兵說。

「嗯？你不怕一個不小心船傾斜了，整車掉落江心葬魚腹？」

「呵呵……這個鬼天氣，你站到船上吹寒氣看看，包準把你凍成冰混球，葬魚腹還算便宜你了。」

「唉……奶奶個熊，你怎麼罵人？」

「不是罵你，我說的是實話，凍地冰天的，窩在車廂閒扯淡睡覺，總比在外頭凍得手腳發麻、牙床打顫還不知道能不能活著渡過江快活些呢，再說，那些官老爺可能把我們放出去嗎？不怕這些台灣兵跑掉啊？」

「跑掉？台灣兵跑掉？嘿！人生地不熟的，他們往哪兒跑？是怕你跑吧！」

「哈哈……我跑？現在都到大陸來了，管誰跑了誰不跑了，跑得了國民黨，也躲不掉共產黨，換個帽徽你繼續當兵吧，我又幹嘛費事跑來跑去？現在，沒事別把自己凍成龜孫子最要緊。喏，你們幾個台灣兵想通了這個道理吧？」

這大陸兵講的事情，遠遠超出了我可以理解的範圍。在台灣，不管台灣兵或大陸兵總有一堆人拚命想逃營，怎麼現在聽起來他們好像又不作興逃跑了？這中間有什麼學問呢？不過我同意他的說法，能不受凍就別受凍，因爲光是現在看著河邊一層一層的冰塊，就叫我直打哆嗦了。

車廂被推上平板船的確叫人不舒服，但這種不舒服很快就過去了，因爲我發覺一個更奇怪的事。

「我們又要出海啦？」一個台灣兵已經先我提出了問題。

「出海？哇哈哈……出什麼海啊，這是長江的江面，我們正在橫渡呢！」

「長江是中國最大的河，現在我們橫渡的地方還不是最寬的呢。」另一個說。

這就是長江的江面？那個在政治教育常聽到的第一大河？聽見那大陸戰友的說法，我心裡直嘀咕。

從車廂縫隙望出去，我並不容易分辨河岸究竟在哪一頭，江面波濤洶湧，看上去反倒像是航行在海上那個樣子。在故鄉，我早就習慣了颱風過後，滾滾黃沙污泥夾雜著石塊的土石流，哐隆……哐隆……的嚇人聲勢。當了兵之後，熟悉了在淡水天天眺望台灣最寬平的淡水河面的感覺，但這個像海一樣的江面我倒是第一次見識到。河面之大之廣，遠超出了我對江河溪流的認知與想像，因而稍稍受到震撼，以至於上了岸，火車重新接上鐵軌，開始向北行駛在白皚皚的雪國世界時，我還一直陷入一股莫名的興奮，久久無法自拔。

這個國家土地究竟是廣大的，這麼大的河所流經的土地，肯定養育了不少的人。那魚蝦，那水利，那圍繞著溪流河水所產生的生活文明，一定也是豐燦、多樣地叫人迷醉。別的不說，光是現在火車經過的地方，茫茫的白色世界，村子是白的，地面是白的，連樹上都掛滿了冰晶雪花。這迥異於故鄉的森林樹海所鋪陳的綠意世界的景象，同樣叫人著迷與驚嘆老天爺創造天地的神奇。我想戰爭終究會結束，有那麼一天，這樣的流域世界，定能像家鄉一樣重新回到常軌，當那個時機到來我一定要好好看一看，歷練歷練。不，不必等到那個時候，征戰途中，我得睜大眼睛好好見識見識這個「偉大祖國」的不同。

我的興奮竟然延續了一整天，一直到越過江，又穿過被雪鋪蓋的廣漠平原，到了傍晚的時間，幾聲笛鳴，火車停了下來，才逐漸平撫。

「老鄉啊，這裡什麼地方啊？」我問了問一個戰友。

「徐州，這裡是徐州。」

我看了一眼那個老鄉，看見他一臉嚴肅，而其他大陸兵臉上明顯地變得不自在，是因爲我的問題問得囉嗦，還是這個地方讓他們感到不舒服？我不知道，不過，徐州，又會是什麼樣的地方？

下了火車，火車站已經有一個補給單位等著我們。

我們依照建制順序，每個人都各領了一套厚一點的棉衣褲，另外又重新發了槍械彈藥，和其他裝備、背包等。除了原先穿在身上的棉衣褲與腳底穿著的日本式翻皮皮鞋，全身的行頭都換了樣，看起來也有幾分「戰士」的味道了。

我們等到西邊滿天紅霞褪色成一片片鉛灰雲泥之後，才開始向北行軍。夜行中，心情卻有幾分無以名之的怪異。此刻，我正從一個處處被監管防備的訓練營的新兵，轉變成為一個已經投入戰場而隨時可能發生戰鬥的戰士，在太陽沉落極西之地而眼前無任何人工照明的曠野中行軍。我不知道是該慶幸自己終於成了一個像在家鄉一樣有能力殺敵保衛家鄉的「萬沙浪」②，還是該為自己成為別人戰爭的工具卻不知道所為何來而悲哀。

而現在呢？我們準備要接近敵人了嗎？他們長得是個什麼樣？槍法比我快比我準嗎？我們又會在什麼地方、什麼情況遭遇呢？

這是我踏上大陸土地的第一次行軍，嚴格來說這是我從編入國軍以來，真正地武裝行軍，心情儘管複雜，我仍沒忘記要緊跟著前方走，一步也不能掉，並且要儘快適應這樣的光線。

曠野中，除了幾顆星星在月亮還沒升起的入夜時分眨著眼睛，雪地竟然也看不到任何的影像，那些在白天令人眩目的雪景銀白世界，此時此刻竟像在故鄉狩獵的森林內情景，我伸手，卻看不見手掌上的指尖。我忽然感覺有趣，抬頭想確認我前方戰友的位置，卻只聽到他放了個響屁以及

②卑南語，成年的未婚男人。

更前面的輕輕咒罵聲，我竟看不到他的影子，夜色實在太暗了。

隊伍走了不到一個小時卻停止休息。之後停了多久的時間？我不知道。只看到月亮逐漸的爬升，而四周的景色竟然變得清楚。我從來沒見過這麼「明亮」的夜晚，在故鄉的月圓時分，一個人牧牛夜宿在荒埔地的時候，也還有樹影、長草遮蔽。像這樣大老遠就能看得見隊伍前方的活動情景，是不曾有過的，而先前我還看不到我前方戰友的背包呢。眞奇妙啊，在這樣的荒原這樣的雪景月夜。

我努力的向四周望去，好心情卻被交談聲打亂。

「我們停留的時間太久了，不會現在就直接發動攻擊了吧？」一個大陸兵壓低聲音的說。

「算一算，應該才八、九點，這個時間發動攻擊，時機不大對吧！」

「你懂什麼？就是因爲這個時間沒人會以爲是攻擊時間，所以這個時間攻擊最好了，打他個措手不及。」

「啐！就你懂？我問你，我們下了船到現在你看過大砲和補給車輛沒？」

「倒沒有，不過……」

「不過什麼？沒火炮沒補給就表示眼前沒有戰鬥，起碼現在還輪不到我們上場。」

「沒大砲、補給車打正面戰，一樣可以打游擊戰啊，說不定這一次是要我們突擊哪一股落單的匪軍啊。」一個大陸兵說急了，聲音稍稍揚起來。

「噓！你輕一點，當心安你一個洩漏軍機的罪治你。」

「不是嘛！要不，我們幹嘛偷偷摸摸地窩在這裡，按照經驗，這不就是攻擊前的準備嗎？」

「你閉嘴吧你？你是怕冷怕孤單還是怎的？硬找話題嗑牙啊？怎麼越說越遠了？要不要攻擊你自己看看彈匣裡的子彈夠不夠你開兩槍？喏，手榴彈是給了你幾顆啊？你自己判斷判斷嘛！幹什麼在這些台灣兵面前裝熊啊，好像你身經百戰似的在那胡吹牛。」另一個大陸老兵似乎聽不下去。

「唉，不是嘛！你看咱留在這裡已經好幾個小時，寒天凍地的在荒郊外，睡也不是，起來活動活動也不是，我就這麼說說給大家找話題解悶嘛！」

「都省點力氣吧，下半夜還有得忙呢！」一個戰友似乎作了結論，而他的話讓大家又安靜了下來。

是不是立刻要打仗，我並不清楚，照這些大陸籍的戰友這樣的說法，似乎今夜或者這兩三天內應該不會有敵人出現與我們交戰。但這樣子窩在雪地裡不動不走，多數的台灣兵戰友們已經凍得像故鄉被捕捉到的穿山甲一樣，時刻蜷曲又不停的顫抖。我感到手腳已經發麻，耳朵、鼻子痛扎扎的像針刺。

想起故鄉的這個時候，有時還得打赤膊工作，又覺得有趣了。這個世界果眞是大不同啊，同樣是一月天，南北的氣溫竟然可以有這麼樣顯著的不同。怪不得那些老兵會說上海和東北不同，光是這裡就已經叫人冷得受不住了，那個一小便立刻變成冰柱的東北肯定會冷得要人命喔。

不等我變成冰人，部隊又開拔往前，因爲預判不是立刻投入戰鬥，心情反而變得輕鬆。加上適應了月夜下的雪地，我的視線忽然變得清楚又遠距，整個隊伍黑蛇般地蜿蜒在灰白的雪地上移動，整個雪地見不到幾叢樹林；湛黑的天空像是篩子，滲漏滿天的星光，鋪灑在上弦月的周邊以外的天空。這畫面直勾起我過去在故鄉月夜牧牛的回憶，那種：天只在頭頂數吋，想勾撈幾顆星星卻怎麼也撈不著的記憶。我想，不論東西南北，不論人種或文化的不同，不論多年以前或是數年以後的現在，天空總是同樣看顧著；不理會我們過去是一群時時唱歌跳舞的快樂人，或者我們是相對立準備相互廝殺，而現在飽滿著孤寂卻排列成一長串的夜行軍隊伍。

大半夜了，隊伍終於進入一個小村莊，然後迅速的以班為單位分配到幾間百姓家裡空出來的房間，以麥稈鋪成草墊睡榻湊合著睡。才上臥榻沒入睡，就已經有戰士喚我起床值班站哨，還好這是我在大陸的第一個夜晚，心情興奮、複雜地一直沒有睡意，我沒有因為立刻要接哨班而不舒服，反而因為有事可以打發時間而歡心接受。

在大陸的第一個夜晚，我可得好好看一看啊，我心裡才這麼想，幾聲奇特響亮的怪叫聲，從兩間民房的後面傳來。我受到了驚嚇，趕忙朝那聲音的來處望去，但怪叫聲又再響起，我本能的撇過頭向另一個站哨的大陸老兵。

「那是驢子，瞧你嚇得，要給人知道了，肯定笑你沒見識。」

「驢子？那一定是個了不起的東西，聽牠這樣的叫法。」

「了不起？嘿！我可是第一次聽到有人把驢說成是個了不起的東西！牠笨啊！長得醜，個頭又不高，跟馬站在一塊，就像武大郎給西門慶跟班提鞋一樣，怎麼看就是不襯頭；平時跑不快，挨鞭子也懶得多叫兩回，了不起什麼啊？」

「是這樣的啊？」

「不信，哪一天你見著了，你就知道了。」那老兵停了一下，向屋子探了探，「好了！別說話了，吵醒了其他人，我們可都要挨罵了。」

大陸兵說的話可把我給唬住了。驢子？武大郎？西門慶？都是些什麼東西啊？這些大陸兵回到了大陸，好像變得什麼都懂，那些我們覺得新奇的東西、這輩子見都沒見過想都沒想過的事情，在他們眼裡好像根本不是一回事，稀鬆得平常無奇。

也許他們就跟我們一樣吧，聊起故鄉的事總有話題可聊，談起自己熟悉的事物，個個都變成專家似的沒完沒了。像我說的穿山甲，他們肯定沒見過，更不可能知道穿山甲那種奇怪卻好吃的肉質是什麼味道；那些半夜裡放牛，或者在自家小小田園高歌、除草的經驗，他們更不可能體會到。

我想，這就是故鄉吧！因爲熟悉而變得精道，因爲熟悉反而失去了那分新奇與樂趣；也因爲太習以爲常而忽略了生活中日積月累的經驗與知識，所帶給我們對事物的理解與判斷。我想，我無法逃脫遠走異鄉的命運，但或許我也可以逐漸累積經驗與熟悉這一切，而變得更自在，就像在故鄉一樣。

往後我可得好好的看一看，好好地熟悉大陸，這個他們口裡的「祖國」，不過我得先找個機會好好看一看「毛驢」究竟是個什麼東西。

天還不怎麼亮，集合哨音就已經響起，才來第一天，這些幹部顯然就已經上緊了發條，準備有一番作爲。除了各班班長早早地就定位，各排排長也罕見的同時出現在集合場上，簡單的點過名訓過話後，部隊便繞著穀場實施跑步操。

這個跑步操說來也及時，昨夜下了哨又累又餓，衣服、鞋子沒脫我就直接躺下，以爲一定能睡著，沒想到鋪了麥稈當地鋪沒留住太多體溫，加上單薄的被子根本就蓋不暖，四肢冷得直發抖。我靠擠向身邊的戰友，窩久了才覺得稍微暖和些。迷迷糊糊才要入睡，接著又作了許多段的噩夢，以至於集合哨音響起時，我覺得冰冷又打不起精神。這個跑步操正好給我提神。

一二、一二……腳抬高跟上！一二、一二……

幹部認真的下達口令，而我絲毫也不敢鬆懈，一方面是天氣冷，一方面是感覺到整個連上的氣氛太認真積極，我可不想一個疏忽讓自己倒大楣。

幾圈跑下來，我精神也來了，除了注意腳步跟上維持隊形，我還分出了些精神趁著轉圈圈時觀察這個曬穀場四周的景觀。

這個集合場顯然是附近地區的大地主或顯赫人家，三合院的大宅落，屋瓦牆面雖然古舊，有幾處的旮旯牆角崩缺長草，有些毀損的也沒能好好修復，但整體看起來還挺講究的，跟院子外其他的住家那種薄牆灰瓦很不一樣。正面的大宅大廳門兩側各有三根柱子，與牆面之間有個長廊，從大宅牆面窗櫺的間隔看來，我猜想這個大宅院的房間一定都很大。正面橫著的大宅與兩側有四個門的長條建築成一個「ㄇ」字型的宅院。隔著一道大門與圍牆，外邊就是一個小廣場，也就是我們現在繞圈圈跑步操的集合場。

這樣的建築住家我可不曾見過，在台東老家，七口人擠的房子恐怕還沒這戶人家一個小房間來得寬來得高。光是這個曬穀場，便能容許我全連一百多個人四路縱隊地繞圈圈跑步，這要是收割後打麥曬穀，那情景一定很壯觀。

這讓我想起在台東老家的曬穀場，自尊心因而稍稍覺得矮了一截。我看全村五座曬穀場加起來，恐怕連這個的三分之一都不到。哎呀！果真是個大地主顯赫之家，哪天我真要能工作存下錢來，回到老家蓋得這樣的房子，要我們祖孫四代住在一塊，應該都不是問題了。只是現在給抓來當兵白幹活，能活過下一場戰役還都是未知數，能不能回家，還眞不敢想啊。

跑了四圈，值星排長偶而一二一二……一二三四的持續喊著。

我開始感到奇怪。從剛剛喊集合，我們從外邊道路旁的一戶人家走來，我注意到這是有許多住戶的村落，幾條巷弄支叉著四處延伸，但我並沒有見到幾個人走動。連這個大宅也透發著古怪。從踏入這個集合場開始，只見到大廳前一個乾癟戴著瓜皮帽的老太爺坐著抽菸，看著我們集合、點名、做操、跑步之外，到現在才看到一個大娘和一個也上了年紀的大嬸進出忙碌，沒再看到其他人。人都到哪裡去了呢？一月天，郊外積雪還沒融化，野地也還是白皚皚地一整遍，誰會這麼早就下田工作？這個時節又能做什麼農事？

嗚嘿……的一聲怪叫，忽然從曬穀場牆外響起，我聽出來，那正是昨夜值哨時所聽到的叫聲，那個大陸戰友口稱的「毛驢」。我本能的撇過頭循著聲音望去，一個不留神步子放緩了，後面的戰友撞了上來，一個腳步沒站穩，我踉蹌的碰上前一位戰友而直接倒地，引來班長的斥責。後面的戰友沒人敢亂步子，一二、一二的左右腳，自我身上踩過，日本人扎了鐵釘的皮鞋，跟我有仇似的一腳又一腳的狠狠往我身上招呼，我痛得嗜呼亂叫想辦法滾到一旁。才站起來，值星排長已經站到我面前，大罵混蛋，又狠狠地甩了我一個耳光。

我來不及回應，卻已經看到一個老伯，一身下田打扮，牽著一頭奇怪的動物，正由牆邊慢慢的移動到大院子門口。這可大出我的意料之外，原來這個叫「毛驢」的玩意，竟然像個個頭嬌小的馬匹，長耳闊嘴的醜不啦嘰，看不出牠竟然可以叫得這麼響亮特別。

哎呀呀，你個小毛驢，爲了你，可讓我吃足了苦頭，往後有什麼機緣，看你如何彌補我身上這些日本鐵鞋的痛楚啊。

終於看到驢子的興奮只維持了一下下，村子零星沒什麼人走動的疑慮，終究還是佔滿了我的思緒，而讓我多了許多心思，這個徐州究竟是個什麼樣的地方？我們來這裡幹什麼？

第7章 開赴戰場

我們連上駐紮的位置是在距離徐州市約十里外的一個小村落，屬於徐州機場外圍的幾個村落之一。部隊長並沒有很明確的說明我們在這個地方主要的任務是什麼，可能發生戰鬥的對象是誰。但從第二天開始，依照各排各班的建制，我們分別被派駐在幾個小高地的碉堡內以及十字路、丁字路街口設立崗哨，除了維持一般的操練，分班輪哨一天二十四小時監控往來的居民，防範共軍的探子伺機潛入破壞機場。

這個站哨保護機場、不必直接與敵人面對面槍火硬幹的事看似輕鬆，但實際執行起來，卻相當的棘手。特別是對我們這些初來乍到的台灣兵來說，要我們一眼分辨大陸人長相的喜怒哀樂，以及可能歲數，就像是要我辨認一群洋鬼子究竟誰是哪一種民族、是哪一個國家來的，一樣的困難；加上冬天這個時期，大家厚重的穿著，有的時候根本分不清楚性別是男是女。從一月到二月中旬的時間，我就多次錯認十幾歲出頭的小伙子，當成是一般的漢子稱兄問長的；偏偏這裡的人個頭看起來平均都比家鄉的高，有時候我叫錯了都不自知。還有幾次把下田進出崗哨的大嬸們當成男人稱呼。我這無傷大雅的過失，頻頻招來其他大陸戰友的奚落責罵，我那班長「眞可怕」還數次指著我鼻子罵「笨蛋」。

最困難的部分，應該還是因爲崗哨位在路口街心，附近百姓上工、下田、訪友、進城不得不經由崗哨進出幾回；在辨識困難的情況下，管制人員、防範探子就變得困難，因而「可疑」份子就越來越多了，連大陸籍的老兵們也窮於應付。最後採取「見可疑就抓」、「抓了就審問」、「問不出就關」的方式，抓抓放放，弄得老百姓敢怒不敢言，能繞道就繞道，能不進出就絕不進出。這一來，可樂了我們這些兵卻苦了我們那個「眞可怕」班長陳果白。

鑑於近日徐州市傳出不少共軍探子活動搞破壞的消息，連部下了命令要各班各哨所加強人員查緝，一旦捉到共軍探子，按規定重賞。至於什麼賞我們不清楚，但是「眞可怕」可認眞起來了，沒事一定親自站到崗哨來，睜著大眼等待盤問進出的人。老百姓不走這個地方來，他一點機會都沒有，想那升官發財，他可是心急的隨時隨地沒來由的發火氣。

「你搞什麼？長這麼高的個子，你不會想辦法伸長脖子往前探一探，看看前面有沒有什麼可疑的人啊？眞是的。」

太陽下的雪地，看來身材短小粗壯的「眞可怕」班長要拿跟我一起站哨的高個子身材作文章了。殺氣騰騰的粗厲聲音，一下子向四周鋪展，嚇壞遠遠一隻曬太陽的癩皮狗，連忙掙扎爬起顫巍巍地向一旁走開。

「還有你，一個笨頭笨腦的高山族，長得好看有什麼用？根本分不清楚是男是女，連他媽的毛沒長齊的小孩你也分辨不出？眞是笨死了！照這樣子下去，哪天眞要給土八路滲透進來，你還請他喝酒咧。娘個屄，你個笨死的高山族！」

剛剛，我已經不著痕跡的向外移動，想避免被我那高個子戰友連累，沒想到麻臉酒糟鼻的「眞可怕」還是把矛頭指向我。他那銅鈴般的大眼，一副企圖要將我吞噬的可怕表情；他那讓人心驚膽跳的聲音像藤條一樣地鞭向我身上來了；看來，這一回，是我娘把我生得漂亮惹到了他。

我只敢以眼睛餘角的視線看著他，頭擺向街道看著一個莊稼漢遠遠地走來，心裡忽然想起剛離家時我學會的第一句漢語「罵力格閉」，想起後來沒入選的林源正，心裡輕輕地、不自覺地響起了他那學著鞠躬、說罵力格閉的聲音。他現在好嗎？會不會因禍得福，而結婚生子安家立業？

不待我多想，一起站哨的高個子大陸兵吼了起來：

「站住！」嚴厲的斥喝聲一下子又忽然改變語調：

「耶，老鄉，你站住，你上哪兒去啊……」

我沒反應過來，正想問個清楚，耳邊響起了「眞可怕」令人喪膽的嘶吼：

「你個混帳東西，這麼個問話，你是想招他妹子還是怎麼樣？把……人……給我帶……過……來……！」

我的右耳膜一陣刺痛，本能的縮了右肩，頭側向右耳，還沒來得及調整舒服，又響起了他的吼叫聲：「娘個屄，要你們盤查可疑份子，你跟個娘們一樣，嬌生嗲氣的討姘頭歡心啊，混帳東西，帶過來！」

我的耳朵嗡嗡嚶嚶地開始耳鳴起來了，正不知道該怎麼辦時，高個子已經慌慌張張地押著那個莊稼漢子走來，而其他班上的戰友，也都因爲聽見班長的吼罵聲紛紛的走了出來看究竟。

「你！」班長伸手指著那個漢子：「你是幹什麼的？來這裡做什麼？」

「官爺！你好說話，別生氣啊！我是前面那個小莊落的種田人家，想進城買些農具。春天要來了，要不了多久便要墾地，所以趁今天天氣好，上城裡走走！」

「種田人家？放你媽的屁！」班長的聲音眞是嚇人，傳進耳裡回音還回溯個不停。

「不騙人的，官爺，這位班長！」那漢子急了，「我就住前面那個莊子，不信你派人去問看看，您行行好，讓我過去吧。」

「呸！你一個種田人家，戴草帽揹布袋上街？你這分明就是四處遊走的裝扮。我問你，你替哪個單位打探消息的？」

「冤枉啊，班長，這位官爺！我哪裡是當兵吃糧的，替什麼人打探消息？我這一身行頭就是我上街買東西的打扮，您看……」那漢子慌了，脫了草帽向班長展示：「您看，這帽子邊都崩了線，裡面一層厚厚的汗垢，這都是證據，證明我就是這樣打扮慣了的啊！」

「證據？證明？當兵吃糧？你個王八羔子，漏餡了吧？啊？你一個種田人家懂這些詞？」

「唉！這算什麼啊，我的官爺，這位班長！我真的是這裡的人哪。不信？你著人往前探一探，前面不到一里有個村子，那叫劉家村。進了村子口第三家有條往右轉的巷子。往裡走第四家，門口有一棵兩人合抱的大槐樹，我娘一定在樹下東摸摸西弄弄的，我沒騙人的。」那漢子真急了，滿頭大汗半彎著腰向班長解釋。

他真是個壯年漢子，寬肩厚胸，個頭比班長高上一個半的頭，看這樣的身形在我的村子肯定是那些中年的專職獵人才有可能。不過，我還沒學會如何判定大陸人，這一回在我執勤站哨的當頭，只能端著槍在一旁監視並偷偷地、努力地研判他究竟是多大歲數的人，是幹什麼的。

「真可怕」班長果真能問話，問的問題我們怎麼想也想不到。他顯然並不相信他說的話，只見他忽然冷笑，讓我有一股不祥的感覺。

「你說你哪個莊，叫什麼來的？」

「劉家莊！」

「劉家莊？你貴姓啊？」

「嘿嘿，官爺，這一位班長！您不是尋我開心嗎？劉家莊不都姓劉嗎？小弟姓劉，劉子敬！今年三十九，上過幾年私塾，家裡面就剩下老母親一個人，平常種田維生。」

「哼！哼……上過私塾了不起，老子連你媽個屄都還不會寫呢，私塾了不起！好，你說你姓劉是吧？我問你，劉伯承你認識？」

「劉伯承……劉伯承？這名字……在哪聽過啊？」

「哼！在哪聽過？你個混帳讀書人！你還裝蒜啊？來人啊，給我綑起來！」

班長的聲音一直沒降低音量過，這一回的嘶吼聲中夾雜著濃烈的殺機，叫人聽了膽寒。我緊張地趕緊拉了槍機上膛警戒，看熱鬧的戰友們，也一擁上去制服了那個漢子，一個人找來繩索後立刻五花大綁，只見那漢子不停的掙扎、叫喊：

「唉唷！班長！官爺！您這是做什麼啊？我跟劉伯承沒什麼關係啊！劉伯承得罪您，您儘管找他算帳去，日她娘、上她妹子都不關我的事啊！我只是個種田的莊稼漢，我只是上城裡買些農具準備開春墾地，您沒必要這個樣子啊！官爺，那一位班長！我不進城了，您高抬貴手放我回去吧！」

「囉嗦！」幾個大陸老兵大吼幾聲，扎了釘的日本軍鞋往他的身上踹，痛得那漢子像個蛆一樣翻滾，像待宰的豬隻不斷的號叫。

「都住手！」班長走上前去，「不說來讓你服氣，我看你是不會老實招的。」

「官爺……」

「你住嘴！」班長抹了抹臉，朝著地上結結實實綑綁的漢子吐了口痰說：

「喏，你看你這肩頭厚實，不是扛重機槍也是扛迫擊砲的；瞧你滿手老繭，不是玩刀弄槍的兵，那還會是幹什麼的啊？你說種田？種田人家能弄出這些嗎？我十一歲拉伕跟著軍隊南征北討，換了幾個單位，跟過多少人，什麼土匪、地方自衛隊、日本鬼子沒見過，連你們土八路我也交手過幾回，這一點可騙不了我的。」

班長的話說起來挺有學問，不愧是身經百戰的老兵，但聽在我耳裡總覺得有點怪怪的，哪裡不對勁？一時之間我也說不上來。

「哎呀，班長，這一位官爺，您誤會大了！我一年到頭挑糞擔柴的，臂膀哪能不結實啊？農地裡每一件事都要親手自己處理，鋤地拉犁火裡來水裡去的，連雪天我都得要自己剷雪開路，我一雙手還能怎麼細皮嫩肉不長老繭啊？」那漢子綑綁在地，說話時噴著氣向地上，噴出的熱氣在嘴邊的幾根小草上結成露水。

他說得有道理啊，我在家鄉劈柴下田、扛重物的時間遠比在軍營多得太多，臂膀結實手掌生老繭本來就避免不了。當兵出勤務、戰鬥教練哪有下田幹活那樣的操勞？就說我吧，騙來當兵以來，我還覺得一雙手掌從來沒有像現在這麼的細緻過，說不定家鄉女人的手掌也還沒我的細緻呢。

「呸！你還狡辯？上過私塾念過幾個字果然不一樣啊，天地都要給你說反了。」

「官爺，這位班長啊，我真的是前面劉家莊的莊稼漢啊，你們一月份來，還有一個班在我家打地鋪呢！你要不信，派個人去問問看就知道了。班長大人，你真的冤枉我了，求求您放了我回去吧，我不進城了，你沒撤哨以前我絕不再進城了，求求您！」

「娘個屄，就算你家真的住在劉家莊，又怎麼樣？誰知道你是不是八路潛伏在那兒的暗樁？有人在你家打地鋪又怎麼樣？難不成要我給你蓋生祠雕塑像，感激你的大恩大德？你個王八羔子，侪牙俐嘴的胡亂狡辯，你不進城，我還哭著求你進城咧？呸！」班長一咬牙，抬頭瞪著其他戰友，吼著：

「你們幾個把他拖到林子裡吊起來，給我輪流打，看他招不招供！娘個屄的，土八路的探子，你來一個我抓一隻，來一雙我逮一對，呸！」

「班長啊，官爺啊，你饒了我吧！我一身骨頭禁不得打啊，我還有個老母親等著我回家，饒了我吧！」

「閉嘴！你要知道有今天的下場，就不該給八路當探子！你就早點認招吧，少挨兩棍揍。」幾個老兵開始吼了起來。

吼聲讓我想起在基隆、在淡水的時候，那些老兵打人之前的樣子，那種獵物到口的猙獰，我打了個冷顫。光是毒打自己單位的同志，就下那樣的重手，那眼前這一位「共匪的探子」又將會是什麼命運？我沒法繼續思想，望著那漢子被拉起來，因恐懼而不停掙扎的樣子，我的心跳也莫名的加快。

「冤枉啊！我不是探子，我不是什麼探子啊……饒了我吧……」

那漢子持續求饒，但很快的被五、六個老兵拖到崗哨左側的林子，一路上，那漢子還不停的求饒。沒多久，老兵的斥吼聲、棍棒槌打的撲……撲……回聲、那漢子的唉叫聲，聲聲揪著我的心，我完全失去了主意。

「對付敵人的探子，有時候得要這個樣子，一個弄不好沒抓到人，我們的部署都要讓他們摸透了，倒楣遭殺害的一定是我們。」高個子戰友似乎看出我的心情，出言相慰。我感激，但不確定究竟釋懷了多少。

下了哨，我到林子看那漢子，只見他被吊掛在樹上，屎尿屙了一褲子臭氣沖天，氣息微弱的不再呻吟，我心裡忽然感到害怕。相敵對的人，眞要落入對方手裡，下場一定不會好過。我記起政治教育課程裡面，幹部不斷的提醒，作戰被俘寧願一死，也不要被活捉。特別是給共軍捉著了，不是削鼻子、割耳朵也要挖眼珠；運氣好的，剁兩根手指玩玩更是常有的事，遇到惡煞土匪整編的單位，說不定把人活埋還硬扒開嘴巴當尿桶。想到這個，我的脊梁都涼了，而那漢子巧不巧哀號了一聲，嚇得我趕緊回到寢室卸裝備還止不住雞皮疙瘩的冒起。他那一聲帶著低沉虛空的嘆息與呻吟唉叫聲，混濁的、無氣地像一頭受傷的野獸不甘心卻無力反抗的哀鳴。入夜後更似一縷飽受冤屈的鬼魂，帶有幾分詛咒似的黏著崗哨每一個角落、每一副耳朵。不定期的一段時間就哀鳴……

依呀……啊依……

嗯……唉……娘啊……

沒人再進入那林子，夜間執哨下了崗的，都直接回寢室蒙著被子睡覺。倒是我們那班長，沒事會對著林子亂吼幾聲，他不愧是身經百戰的老兵油子，可以冷血的面對別人的傷痛，可以不理會事實的結果有沒有道理、合不合人情，總順著自己的意思幹，不達目的絕不罷休。

眞可怕啊，我們這個陳果白班長。

翌日，大夥才吃過早餐，一個老婦人帶著兩個老人家一起哭哭啼啼的到崗哨來。

「那個官爺啊，你可得給我作作主啊，聽說我兒在你這裡，你可得還給我啊！」

「耶，大娘，您等等啊，別再靠近來了，有什麼事您慢慢說個明白，我好請班長給您拿主意啊！」站哨的戰友慌張的聲音，把我們吸引了過去。

來人是一個清瘦半佝僂的老太太，臉上皺紋左右枝張橫伸，著灰泥色棉襖，手肘兩塊補丁，衣著還算乾淨。一把鼻涕一把淚的說了一些話，我沒完全聽懂。他身後站了兩個老人家，半低著頭不語，清瘦地看起來應該有六、七十歲了，我不確定。

「大娘，妳慢慢說，妳說什麼兒子來的？」

「我兒啊，昨天帶著草帽揹著布袋，說要進城買農具，都過了一天一夜沒回來，我聽說是這裡的官爺們留下他了，嗚……我聽說……你們關了他，還對他用刑，嗚……他犯了什麼罪啊！求求您，我給您下跪，你們放了他吧，我就只有這麼一個依靠，他要是有什麼三長兩短，嗚……我怎麼對得起他劉家列祖列宗，我活著又有什麼意思啊，嗚……」

那老婦人說的事，大夥心裡都有數，八成，這一回我們又抓錯了人，人家可眞的是莊稼人家。因爲心虛，也或許那老婦人的一陣哭訴，把我們所有人一直掩藏的對爹娘親情的渴望也掀了鍋，大夥都安靜不語，誰也拿不出個主意。誰沒爹娘？萬一那個漢子換做是自己，給敵人捉去，落得一樣的下場，自己的爹娘少不得也要來哭訴找人，這可眞是叫人辛酸啊。

「大娘……」站哨的也不知該如何了，想出言安慰又不知該說什麼。

「大清早的，誰在那兒哭喪觸霉頭啊？娘個屄，該把你們統統抓起來審問。」班長的聲音依然凶猛可怕，從崗哨裡面向外炸裂，聲音才震得耳膜刺痛，人已經跟著出現。不知什麼原因，他的聲音大歸大，但我覺得那氣勢似乎短了不少。

「官爺啊，那位班長，你行行好啊，放了我家孩子，我給您磕頭，求求你！」

「放了他？你要害我觸犯知匪不報的罪名嗎？他是八路的探子，得送到上頭槍斃。」

「哎呀，班長，那位官爺，冤枉啊！他哪裡是什麼探子，我們母子倆相依為命，種田營生，一輩子也沒離開過這裡，他怎麼會是探子啊！官爺，那位班長，您一定誤會了！」那老婦人直接跪了地磕頭求饒。

在我看來，他肯定是那漢子的娘，不說那額頭寬闊幾乎一個模子，光說話的方式簡直就是一個樣，錯不了的。

「不是探子？妳說妳是他娘，我看妳八成是他的同路人，哈，天堂有路妳不走，地獄無門妳闖進來，別說我沒人性，這可是妳送上門來的。來啊！給我抓起來！」

班長似乎變得有學問了，說話居然對起仗來，雖然我聽不懂那個意思，但是天堂地獄的，說得還眞好聽。不過他下完命令，我們班的所有戰友卻沒人動作，這使得「眞可怕」班長看起來有些虛張聲勢。

「喂！你別胡來啊！我說了他不是探子，你還硬是要扣帽子。好！你眞要耍狠勁，就乾脆把我給斃了槍斃，我死了一定不放過你們這些沒天良的土匪。嗚哇……孩子的爹啊，你這死沒良心的老頭，哇……都是你早死，連做鬼也窩囊，不保護我一個老女人就算了，自己單傳的兒子你也保佑不了，老天爺啊！我找誰作主啊……嗚哇……」老婦人情急，忽然站了起來呼天搶地，聲音絲毫不輸給我們那「眞可怕」班長。

「閉嘴！妳住口！一大早的，妳們前跟我哭墳，觸我霉頭啊！」班長吼了起來，說完搔頭轉身，然後又轉過身面對那三個老人。看來那婦人的哭鬧聲，讓他感到心煩與焦躁不安。

「哎呀！長官！她真的是他娘啊，我們兩個老人可以做保，錯不了的！」

「你們做保？你們是什麼人？」

「這位長官，我是劉家莊的村長，這位是到村裡視察的縣府專員，本想先行拜會貴連長官，但這位大娘央求我們一起來看看，所以我們跟著來了。長官啊，不想給您添麻煩，不過，錯不了的，他真是那個帶草帽揹布袋的劉子敬他娘，求您高抬貴手，放了他，與民方便也給您長官傳個『衛民護士，愛民如親』的美名啊。」

我沒能力完全聽懂他說的話，但那人說話不疾不徐，一長串的語詞煞是好聽。這可讓我開了眼界，這些大陸人可真有學問啊，一個村長說話可以這麼有模有樣，說得我們班長也開了眉頭，聲音忽然變得和氣。

「唉，您兩老得諒解啊，我們這麼做也有不得已的苦衷。時局亂，八路的探子到處橫行，抓不勝抓。我們衛民護土有責，容不得一點閃失，所以不能不嚴苛一些。眼下，看在您兩老的面子上，不放他說不過去，放了他將來要出了亂子，誰負得了責任？我們擔待不起啊！」

「長官，這個我給您擔保，劉子敬這孩子的確是我劉家莊的娃，錯不了的，至於您上級那兒，我說不上話，不過咱縣專員在此，待會兒給您上級交代交代，應該可以釐清責任的。」

「是啊，這位班長，你是忠於職守，誰能說什麼？這種亂時局，換了誰都一樣，怨得了誰？您甭擔心，如果劉大娘的孩子在這，您就放了吧，回頭我跟你連長說去，少不得一個嘉獎什麼的，這一點我保證。」

兩個老人接連說話，老婦人輕聲的啜泣聲也停止了，「眞可怕」班長卻露出難得一見的笑容。這笑容，說良心話，我可從沒見過這麼醜的一張臉，粗短的眉毛成八字型的掛在兩顆大牛眼睛上面，兩臉頰僵硬不自然地被嘴角推擠，那個樣子讓我有些反胃想吐。

「不滿您幾位老人家，我們昨天確實攔下了一個戴草帽揹布袋自稱劉子敬的漢子……」

「哇……小泥鰍啊，你果然在這裡啊！嗚……」老婦人忽然的哭號聲打斷了班長說話。

「唉！嫂子，別這樣，您讓班長說話！」

「他招了些供，按道理說，我應該就地槍決以絕後患，最少現在就該移送後頭的連部處置……」

「哎呀！不可以，不可以，不可以啊班長，這一位官爺，你不可以槍斃我的小泥鰍啊！」

「嫂子……」

老婦人心急小名可能叫小泥鰍的劉子敬，又忽然哭號起來，作勢要衝上來卻被那兩個老人家給攔下來。我們一群戰友，反而像是不相干的路人，站在一旁看熱鬧，一連串的疑問卻悄悄的佔滿了我的心思。

「但我總是不忍啊！都是國家的百姓，我寧願錯放，也不能冤枉一個無辜啊。所以我留了他下來，讓他夜裡靜一靜，今天好好回答我的問題。」

「眞可怕」的語氣與軟腔軟調的話語，讓我稍稍感到錯亂，反胃噁心的感覺變得強烈，這究竟是怎麼回事啊？但班長接著說：

「既然幾位老人家都來了，也做了保證，我也不好再堅持，我相信各位，人呢，你們就帶回去吧！」

「啊……謝謝官爺，這一位班長，你眞是好人啊！」那婦人說完，作勢要撲上來，又被兩位老人攔下來。

「不過……」班長又開口。

「啊？」不獨那三位老人家驚愕，我們一旁「看熱鬧」的也感到詫異，不知他葫蘆裡賣什麼藥。

「盡忠職守、愛護百姓是我一個國軍幹部的天職，沒什麼好嚷嚷地，但縱敵放匪這等事可是一件不得了的大事，弄不好要槍斃人的。放不放人，可就讓我陷入兩難了。您幾位老人家見多識廣知道我的難處，我有話在先，今天這件事我們都當成沒發生過。劉子敬，沒出現在我的崗哨，人，你們現在就帶回去。」

啊！聽完班長說完，我的心裡沒來由的驚叫一聲。我無法理解這樣的事，一件明明發生過的事，竟然可以若無其事地說成沒發生過？我轉頭看看其他人，又看看那三位老人家，他們的表情竟然都出現了一點點笑意，好像這件事只有我感到疑惑。

「這位長官，果然是個人物，老朽佩服啊！」兩位老人幾乎齊聲說。

「來啊，你們幾個去把劉子敬帶來！」班長嘴角一揚，那個難看的得意表情又再出現，我不清楚這個表情，是因爲他喜歡聽好話，或者是因爲眾人順了他的意思。

「哎呀，謝謝啊！班長，這位官爺，您眞是個活菩薩，我給您磕頭！」老婦人說完又立刻跪了下來磕頭。

「別……別……唉，妳這是幹什麼？」班長反倒忸怩起來了。

劉子敬意識還算清醒，綑綁吊在樹上的手臂已經痠疲垂軟，兩腿也因爲身體的疼痛幾乎站不起來，連跨出步伐都顯得困難。他滿臉汗漬，嘴角溢著一點血，因爲疼痛失禁屙屎拉尿的褲子已經風乾了，但依然臭氣熏天。我心想，算他命大沒被活活打死。

我們幾個人憋著氣，把劉子敬從林子裡架了出來，才出現在路口，那老婦人直接昏了過去。那兩個老人，臉上瞬間閃過一絲驚訝與厭惡。

劉子敬這漢子似乎睜開了眼，見到這情景，忽然哀鳴了一聲，聽在我耳裡，卻冰寒到心底。

「眞可怕」班長忽然寒著臉，指著我們幾個，然後注視著那兩個老人，沉聲的說：

「你們幾個人幫這兩位老人家送劉子敬母子回劉家莊，沿途給我記牢去回的路，方便日後劉家莊有什麼需要，我們隨時支援！」

班長面無表情一字一句的說，但那兩老人似乎打了個冷顫，身體輕微震動而手腳不住的打抖，臉色青寒地轉過身扶起那老婦人，沒多說聲謝謝就往劉家莊的路上走去。

兩個大個子架著劉子敬，我則跟在後頭，才走上幾步偷偷回頭看了班長一眼，發覺他正低聲的咕噥。我沒聽清楚他在嘀咕什麼，但嘴型掀動中，我注意到他似乎正在說：去你媽的專員，當我是三歲娃來唬弄？隨即一絲詭異的笑容，浮在他的嘴角。

我忽然打了個冷顫，我不知道班長在這個過程中究竟傳達了什麼意念，使得那些老人家感到恐懼膽寒，但那笑容卻讓一股深層的恐懼自我心底滋長、爬升，而頭皮發麻。

不容我多想，那老婦人已經轉醒，撲上了劉子敬身上，一路的哭號：

「小泥鰍啊！我的兒啊……你要有個三長兩短，我該怎麼辦啊……嗚哇……老天爺啊，你造的什麼孽啊，讓我兒子遇見這些天殺的瘟神啊……？哇嗚……想那孫傳芳、吳佩孚來來去去，看那北伐軍沿街走過，連那些日本鬼子進進出出，都沒發生這些事，嗚哇……你們是哪來的人魔，這樣對待我家小泥鰍啊……」

大嬸的哭號，有一段沒一句，有些我聽懂了，有些我聽得清楚了卻沒搞懂什麼意思。哭聲漸漸吸引了一些人，越靠近村莊人越多，老的少的群聚就是沒見到幾個壯年人，那些半絕望中壓抑著一點憤怒的眼神，直透我的心底。

回頭路上，我不知不覺流下淚來，心裡一直回響著那個大娘的哭號聲：

……老天爺啊，你造的什麼孽啊，讓我兒子遇見這些天殺的瘟神啊……

是啊，老天爺，你造的什麼孽啊，讓我離家就算了，偏偏讓我跟著這樣的班長一起造孽？以後呢？會不會更變本加厲？

我的娘親是不是也在家鄉思念著離鄉「工作」至今全無音訊的我，而哭號著相同的聲音？而我，可不可以現在不要再繼續裝態，好好地哭個一場？

我的伊娜呀……

※

一九四七年二月二十八日，一大清晨忽然連續不停的響著轟隆聲，一架接著一架的一下子飛來了十幾架運輸機，在徐州機場附近天空中盤旋、降落。這些飛機的到來讓我們感到緊張，不知道這是準備運載我們前進戰場，還是準備帶什麼人到哪裡去：一整個晚上，我們班的戰友們不斷猜測與爭論。有人說我們即將開往東北。有人說飛機帶來一些武器裝備，準備讓我們在徐州附近跟共匪大幹一場。到了第二天，飛機陸續接連往南離去，我們的爭論還沒有任何的結果。

一直到五月，我聽到了戰友不知從哪裡輾轉得知的消息，說二月二十八日那一天，台灣發生了暴動，那十幾架運輸機，便是要送往台灣的一支維持秩序的部隊。

一下子，我的心情變得浮動了。台灣究竟發生了什麼樣的暴動？我的家人、我的村子又會如何呢？這個問題只困擾了我幾天，因爲五月底，師部忽然要我們整裝，整個師一萬多人即刻集結完畢後直接向北、向戰區進發。

這是我第一次眞正的投身在全副武裝的大部隊中明確地開往戰區，我的心情是複雜的。雖然二月份在徐州外圍崗哨，因爲濫捕亂刑求無辜百姓，讓我一度將厭惡國軍的心情又重新燃起，一度又喚起了一直潛伏在內心隨時等待機會竄出作祟的鄉愁而難過不已。但部隊透過政治教育課程以及政令宣達，宣佈國軍的幾個好消息，著實也振奮了我們所有人，我自然也受了影響而變得積極。

好消息之一是：三月九日國軍收復了延安那個共產黨盤據十三年做爲根據地以及發號施令的老巢，幾個首腦毛澤東、周恩來、朱德等人率部往陝西山中逃竄。

好消息之二是：五月三號，第一兵團湯恩伯在臨沂、蒙陰之間的新莊擊滅共軍五千人，同時在十一日以四個縱隊約十二萬人，進擊沂蒙山區佔領吐絲口。

這些戰事的勝利讓所有戰友充滿了信心，那些可能怯懦而被恥笑的疑慮，可能戰死的恐懼早就拋到九霄雲外。而我在行軍途中，被各種輜重車，特別是裝甲車、拖砲車在路上移動的壯大聲勢所震撼；也被整師整團的步兵部隊，在地面上行軍的那種隊伍接著隊伍，槍枝齊朝向天，人人精神抖擻地加重鼻息邁大步伐的豪情所激勵；同時那種遠離家園，從事不知何以爲名的戰爭的不甘心，與期待平安回鄉的幽杳卑微願望，又時時自我心底晦暗深處盤旋升起，成爲一層眞實存在的霧紗帳，盤據我的意識中。

我不自覺的、反射似的大喝一聲，在心中告訴我自己：我是卑南族的漢子，以成爲戰士爲天命，而今，這個宿命終於要實踐，無論師出以何爲名，我將毫不猶豫地慷慨赴戰場，勇猛以殺敵，永遠以戰死沙場爲榮，絕不在中途私自逃跑。

沒多久，我們七十師的大軍一萬多人就進入了山東省境內，接著就陸續聽到了敵人出沒的消息。這個消息在我們台灣兵較多的單位，引起不小的恐慌，剛出發時的豪情壯志忽然間都打了折扣。大夥疑慮的是：平常出操、射擊、過硬沒少過，但眞要面對面遇上了敵人，還眞不知道這些訓練派得上派不上用場。

大軍進入山東境內的魚台縣附近，遭遇了幾股匪軍的連番襲擊，但很快就被擊退。這個結果讓大夥充滿信心，有人說共軍根本不堪一擊；有人說照這個樣子下去，要不到一年我們一定可以把所有共軍在各地的叛亂給弭平，從此大家散夥回鄉重新過日子。

但說也奇怪，共軍的攻擊來得又快又猛，一旦我們反擊，他們又無法久撐隨即撤離。這樣子黏著打，我們前進的速度受到了影響，從魚台向西北到了金鄉，然後轉向北再向西到了巨野縣、六營集，一路走走打打斷斷續續的打了近三個月，越打，共軍的攻勢越急強度也越猛，以至於我們幾乎無法再繼續前進。

謠言隨即四處流散，說全師一萬多人，已經全部被共軍堵住了去路，要不了多久將縮小包圍圈；也有些謠言說，六營集附近就是我們進入山東省之後與共軍的決戰點。這些消息如何而來，沒有人可以清楚的知道。我疑惑的是，在大家前進不得，後退無路，聽不到槍聲，又看不到敵人蹤跡的狀況下，這個「包圍」究竟是怎麼回事？

這個情形持續了一天，大家閒得慌、悶得慌，連上戰友不分建制，一圍坐便議論紛紛。

「他媽的！這些土八路眞敢跟我們決戰，那豈不是耗子舔貓屄，找死！」一個老兵說話了。

「是啊！我看八成是因爲老共延安的老巢被我們給佔領了，他們四處流竄吧！我才不相信他們有這個本事包圍我們。前面在魚台、金鄉、嘉祥這幾次不就是被我們打得落花流水，急著逃命找親娘？」另一個老兵也發表了看法。

他的說法我覺得有理。我們自從進入山東開始，的確停停走走了將近三個月，沿途小股共軍的騷擾或稍具規模的攻擊，都一一被擊退。連指導員或排長宣達戰況時，也無不興高采烈、激動不已。而且就常理說，指揮中心的老巢給人挑掉了，四處流竄也是很自然不過的事了。

「哈哈……瞧你說的，好像那幾場戰鬥你都親臨現場似的，別忘了那是幾個外圍單位接戰，我們並沒有投入，所以對方也不可能是主力部隊直接投入。依我看，共軍在路上的攻擊是有目的性的。」一個年紀稍大的老兵也開口了，聽說他打過許多仗。

「廢話，哪一次的軍事行動是沒有目的的在戰場亂逛打鳥？」

「不，我是說，他們在沿路的攻擊應該只是先遣部隊，並不是眞的想要在路上殲滅我們，是有其他的目的。」

「唉唷！我說那一位孫武再世啊，你賣得什麼關子呀！攻擊不是爲了要殲滅我們，難不成是怕我們行軍無聊，沿路放兩槍給我們湊熱鬧啊？你忘了指導員說的，這幾次的攻擊他們付出了慘痛代價，而我們也傷亡不少。我看那些八路是因爲沒算準了亂竄，所以跟我們遭遇倒了大楣。」他的話引起眾人大笑。

「沒算準？呵呵……老小子，別以爲我是在搭檯子說書唱戲，讓你們開心啊？憑良心說，目前整個戰事的進行到了什麼程度，我不知道，這也不是你我這種兩腿大開的一個兵字，可以完全掌握的事。不過，根據我的經驗，這一段路的遭遇戰，絕不可能是他們亂竄沒算準而遇上我們的，而是算得太精準，把我們每一步都計算清楚了！」

「呸！說你是孫武再世，放起屁來你就眞以爲是孫子，乒乒乒、乒地響亮亂叫！你說是他們算得精準？你倒說個道理給我們聽。」

「我說過，我一個幾塊錢餉銀的兵哪能知道那麼多的事？但打了幾年仗，就算不吹牛戰場經驗，直覺也能嗅到那些不尋常！你們想想，我們從徐州向北到達嘉祥，還沒走完一百里，現在還被迫向西橫移到這裡。算一算，這麼一點距離卻讓我們走了將近三個月，這中間有什麼問題？」

「這會有什麼問題？」那發話的老兵忽然睜著大眼睛說。

「他們在等大部隊主力會合啊。他們沿途攻擊行動的目的就是想拖住我們，等他們大部隊到達，然後發起總攻擊一舉吃掉我們。」

「呵……你吹牛倒吹上癮來了……」

「你閉嘴，別打岔。他身上的槍眼，遠比你搞女人打洞的次數多得太多，你給我安靜的聽著！」一個班長插了話進來，引來大夥一陣笑。

看來那班長同意那老兵說的事，而且對那老兵有相當程度的認識與尊敬。不過，我們幾個台灣兵，並沒有完全聽懂他所說的話，安靜地卻尷尬的看著他們笑。

我想不透那老兵所說的問題，特別是他所提的主力部隊、先遣部隊這些東西。想想，我們部隊走走停停到底有什麼玄機？共軍這些先遣部隊是怎麼拖住我們的？他們的大部隊又將如何「吃掉」我們？我們可是一萬多人的大軍呢，我全村加上其他卑南族所有部落的人也還不過四千多人，「吃掉」這事又如何使得？

哎呀！我還真是個兵啊，第一次上戰場，完全弄不清東南西北，連眼皮底下的這些事情都開始弄不清楚了，未來的日子，我又如何離得開這些經驗老到的戰友？光想想，還真有點害怕啊。

「那，你的意思是，我們現在的確是上了人家的圈套，被包圍在六營集這個地方？」

「不知道！這恐怕得找那些長官做進一步確認。我們該擔心的是，那些補給輜重車從昨天下午就不見了蹤影，才是最嚴重的事情。」

「如果真是這個樣子，要不了多久我們恐怕真要被包圍了，糧食恐怕也要出問題了，往後我們該怎麼辦？」一個戰友提出了這樣的疑問，而所有人忽然都安靜了好一會兒。

「還能怎麼辦？被包圍了就想辦法突圍，下回再換我們包圍回去！打仗向來就是這樣，你來一回我要一回，還有什麼怎麼辦！」在不遠處半躺著的班長陳果白，遠遠的做結論似地插了話。

意外的，他的聲音雖然洪亮但少了平時的一分殺氣，卻打破了剛剛談話的僵冷氣氛。

眾人的談話沒有繼續，因爲所有的班長忽然都被召集到連部開會，接著部隊做了不尋常的調度。所有人都動員起來了，以連爲單位各自帶開，依各班各排的建制分配到各自的位置，在不到中午的時間開始構築工事。

工事構築的命令並不複雜：明天中午前以六營集爲中心，完成周圍陣地工事以及必要的僞裝與障礙，爾後逐次加強。這個命令似乎無異宣達了共軍已經將我們圈住，包圍圈即將形成的事實。

我得承認，我有些驚慌失措。紛亂中，我的腦海一片空白，雖然按照命令挖掘工事，想的卻是一幕幕敵人進攻的畫面，那些砲彈破片塵土齊飛的境況；想像挨槍中彈的戰友哀嚎呻吟，而敵人一波波湧上來的局面，以致專心不了，影響了工事進度而愈做愈慢。

到了中午，太陽正熱時我稍稍平靜了些，卻發現幾個老兵都已經完成一個人高的立姿散兵坑，其他大陸兵也沒有慢下工作，除了個人散兵坑，相通的交通壕溝也有一些進度，而我以及幾個台灣兵才完成一半多一點點的個人散兵坑。

我忽然意識到，從開始動工起，那些平時吊兒啷噹的老兵油子，都換了個人似的，所有人都在埋頭苦幹，我根本沒聽見任何像平時那樣的斥責督促聲，每個人揮動十字鎬、小圓鍬努力的修整自己的散兵坑、交通壕溝，誰都也沒有那個心情去替誰煩惱工事做得好不好。倒是「眞可怕」班長，在我剛回神注意到這個差異時，傳來他可怕的聲音：

「他媽的，都什麼時候了，你們幾個王八羔子還在慢慢磨蹭，動作都給我快一點。」

班長的聲音又回復了那個要將人生吞活剝的氣勢，整個陣地響起了他的聲音。許多人只抬頭望我們一眼，就繼續幹活。這個節骨眼沒有人願意浪費那個時間看熱鬧。

「老弟啊！」鄰近一個老兵停了手邊的活兒，看著我說：

「部隊的事啊，不打勤不打懶專打不長眼。那些土八路什麼時候發起攻擊沒人拿得準，一旦雙方打起來，多一分工事就多一分活著的機會。平時鬼混開小差沒什麼大不了，戰爭準備這檔事，少一分準備就多一分危險。你啊，如果還想要回台灣老家抱女人，你可得把眼睛放亮一點，看清楚了現在是什麼情況、該幹什麼事，別糊里糊塗地害了自己，也連累其他弟兄。你一個工事做不好，敵人就會從你這個缺口進來，我們辛苦半天建立的陣地，有可能被撕裂，我們都要跟著倒楣陪葬。打仗這回事馬虎不得，所以，你加把勁吧！趕快跟上進度，否則等我們都弄完了當心回頭修理你。」

老兵語氣、態度難得平和，與他們平時打混摸魚、嗆嗆呼呼、凶狠打人的惡煞模樣完全不同。怪不得他們征戰多年還能存活到現在，原來他們都是知道抓重點做事過生活的人。不過，他的話卻鐘槌似的一下子把我打醒，不是因爲害怕他們回過頭會修理我，而是體會到如果因爲我自己一個人的懶惰、疏忽，而造成整個陣地危亡的這件事。我加快了工作進度，也陸續加入其他的工事構築行列。

從正中午到午夜，我們持續構築交通壕，肚子餓了草草塞了一些食物裹腹，入夜後就在一段距離之間燒起篝火照明，大夥持續工作。工具碰撞石頭的聲音四處傳來，幾個通訊兵前前後後的牽起了通訊線路。在篝火照明下，已經看得出陣地前後貫通而左右相連接的大略模型。

就在午夜前，我們正前方遠處閃起了幾道爆炸火光，沒多久悶雷似的傳來爆炸聲。陣地內的所有人都抬起頭看了一眼，有人繼續工作有人怔怔發楞。沒多久，我們四周也發現相同的情況。

「怎麼了？」我問鄰近的老兵。

「那是敵人的砲兵發砲，怪啊！」

「怎麼回事？」

「砲兵戰場發砲，除了是距離、方位標定，通常是在發起總攻擊的時候，才來幾輪攻擊前準備，像這個樣子，遠距離零星打幾發的情形太不尋常。彈藥、重砲一向是土八路所缺乏的，怎麼可能這樣的射擊？這究竟是怎麼回事啊？」

那老兵皺起了眉頭，讓我感到十分的不安，我幾乎是顫抖著聲音問他：

「今晚……他們……會發起攻擊嗎？」

「照這個樣子看來，應該還不會，距離太遠了……這太怪異了！」老兵搖搖頭沒多看我一眼，說完繼續修交通壕。

「休息一會兒吧！」老兵停下手招呼我休息。

七月的午夜時分，山東平原的西南有幾分涼意，我順著陣地往遠前方望去，深吸了幾口氣，心情也逐漸平撫下來。我們一群人坐在壕溝上頭，吸菸，輕聲閒聊。

原來這就是戰場啊！

一個等待兩個不同理念的集團相互廝殺的戰場，一個準備集結所有人的血淚、汗水、憤怒、驚恐、狂喜戰勝或歡喜倖存後餘悸心情的真正的戰場。離家一年半，我終於別無選擇地踏上了這個決定我命運關鍵的十字路口，待戰鬥開打槍砲齊發之後，我究竟是倖存下去，或者，一縷清魂飄越大陸廣大土地、橫飛過台灣海峽、騎過中央山脈山脊回到大巴六九山山腳下我的部落大巴六九，去探視我的娘，託夢告訴她來世再報答生養之恩的遺憾？我不知道。但此刻深深吐納六營集這個從未與我成長經驗有關的空氣與土地芬芳，心境卻有幾分平靜。

我不知是睡過覺了還是一直陷在自己不停止的胡思亂想，就在黎明之際，陽光鋪瀉整個陣地時，我不自覺的輕輕讚嘆了一聲。

太陽才升起，已經有人開始加強工事，整個工事在戰壕四通八達的連接之下顯得完整且壯觀。只見班陣地左右連接著班陣地，左右延伸其他排連的第一線，左右連綿一整遍。整個排後面又連接著連的預備隊排。這是自昨天中午開始，加上一整夜我們努力的成果，我想共軍眞要發起攻擊恐怕得付出代價的。

「都集合了！我們到集子裡找些器材！」

一個値星班長開始召集人手，我搓了搓已經紅腫疼痛的兩個手掌，甩一甩兩手臂，就跟著大夥進到附近的村落。

附近的村落已經沒有多少居民，大多數的房舍是空的，這個景象讓我有些震撼。這些房子看起來都有些老舊，但比起故鄉的房子又大得許多，部分的住屋有傾塌的現象，還有的房子門前院子長滿了荒草。還住有人家的屋子，看起來也好不到哪裡去，屋瓦頂破了隨意找材料壓頂的，牆壁破損裂縫清橫枝椏長得隨處可見；巷弄上雞鴨豬羊隨處亂竄，各家各院看不到多少人家，除了老人小孩，根本看不到壯年漢子或者年輕一些的姑娘。這個山東省西南邊附近的莊院，竟然跟百里外徐州附近的情形相類似，戰友似乎也有著相同的看法，接連發言討論。

「這沒什麼好驚訝的，中國大陸連年戰爭，徐州東西南北沿線又是兵家必爭之地，多少年來有辦法的都想辦法逃離這個地方了，沒辦法的也打破頭爬離開這個鬼地方，留在這裡的根本是跟閻王爺打了契約，活著賴活當賤民，死了當鬼做遊魂，連找個地方好好下土安葬，還得拜託我們這些兵老爺不要在他們頭上打仗挖壕溝。」一個戰友說。

「唉！你怎麼這麼說的，要讓住在這裡的人家聽了多難爲情啊？」

「難爲情？唷！這個時節，還有人作興扭扭捏捏的啊？難爲情？你難爲情還是他們難爲情？」

「耶！你怎麼……」

「我怎麼？你沒聽徐州城外那個劉大娘說的，這些百姓世代活在這裡，軍閥來來去去，日本鬼子也來了幾趟，國軍跟八路也在這裡糾纏幾回，我們挨槍兩腿一伸挺屍還落得清靜，你要他們怎麼辦？任何軍隊來少不得徵糧拉伕提供物資，給了甲軍，乙軍來了要報復，討好了乙軍，甲丙軍要吃味了，這裡的人能不窮困能不怨嗎？能走，誰願意留啊！」

「是啊！怪不得他們見到我們，臉色沒什麼好看的。」

「還能怎麼好看，你沒聽指導員說的？我們進入魯南以來，那些八路早派人穿我們的衣服在我們前面派糧要糧，所有的惡行都算在我們頭上，在百姓眼裡，我們不會是菩薩的化身。」

「是啊！也怨不得這些百姓家要四處逃難，魯南這區域是土八路的盤據地之一，我們其他單位來來去去的圍勦，我們自己還會搞混誰是誰了，老百姓怎麼分得清楚呢？倒不如逃到別的地方，等哪一天我們都不打仗了，我們這些單位都解散放我們回家去，他們才有可能回來重建家園啊！」

「是啊！不過那要等到什麼時候啊？」一個大陸兵說。

他的問題，卻讓大家苦笑，又安靜了一會兒。

「好啦！別光顧著說話，再晚，八路可要打來了。」一個班長說話。

聽見那班長的催促，沒有人再多說些什麼都加快了工作進度。沒多久我們便走回往陣地的路上，盡可能以最大的能力搬了一些東西，總共在幾戶沒人的住家拆了六個大門板，以及爲數不少的木條、床板，準備帶回去蓋碉堡。

一路上我努力嘗試著去消化、理解剛才戰友們交談的事，逐漸了解到戰場範圍所及的這些區域人家的悲苦。假如政治教育課程所告訴我的，「祖國」從十九世紀中葉以來就不斷受列強侵擾壓榨，接著軍閥的割據、日本的侵略到共匪的叛亂，這些都是眞的的話；這些戰友們先前所說的事，我所看到的這些村莊的凋零，就一點都不難理解；而大陸籍老兵說他們幾乎是打娘胎開始，就在槍聲砲聲的廝殺聲中孕育、誕生、長大的，幾乎就是一個極爲普遍的情況。

這就像是一個詛咒，但是，這又是什麼樣難解的詛咒啊，要一整個地區幾千萬、幾億人遭受這樣的折磨；要這樣一個國家、一個民族無止無盡地飽受戰爭苦難的折磨，甚至連累了我們這些只知道耕田狩獵、飲酒高歌的高山族同胞加入這個也許我一輩子也無法理解的戰爭。

這，究竟又有什麼道理啊？

第8章 突圍之戰

第二天正午的時間，陣地總算構築出了一個雛形。主陣地是以村莊外圍幾間的住屋房舍爲基準線向外展開。主陣地內，昨天的個人散兵坑以及今天上午加蓋的幾個碉堡，已經被陸續開挖的交通壕所連接，形成一道道的戰壕四通八達到各個單位的指揮所、機槍陣地；預備陣地以及前方幾個埋伏哨的散兵坑，也依據連部的部署構築並做了僞裝。

大夥兒喝了些水，等著招呼吃中餐好好休息，卻看到排長帶著各班班長出現在我們班陣地。幾個戰友相互望了望，知道事情應該還沒結束。沒人多說話，等幹部解散後「眞可怕」班長轉達了命令。

新的命令是：入夜以前必須清除陣地前五十米的所有障礙物，而這個命令當場讓班上的戰友們起了不同的反應。老兵們多數皺著眉頭不語，幾個大陸籍的年輕戰友卻眉開眼笑；我跟其他台灣兵望著陣地前的玉米田，以及一種看起來已經快要能收成的不知名穀物，卻不知該如何反應。

「眞是太好了！咱陣地前只有高粱和玉米，省事多了，你們看隔壁連前面都是樹林子，可有得他們砍了。」一個向來多話快語的大陸兵毫無例外的搶了話說。

「是啊！你看那邊的連陣地前那一整遍的梨樹可有得砍了，我們算是走運吧，這一回可撿了輕鬆的活，省了不少事。」一個大陸兵附和。

看來他們的心情還算開心，而我們幾個台灣兵卻因爲要砍伐剛結穗的玉米而心情複雜。我知道這附近的村子已經沒有多少戶人家留下來，就像在故鄉我的族人我的家人一樣，留下來的通常不會有多少人是身強力壯的。要栽種這一片不算小的玉米田，可得要花不少的時間精力；還有那一片我沒見過的，剛才戰友所說的高粱，看起來即將收成，這可都是莊稼人一鋤一鋤辛苦了許多日子才有的成果。現在我們收割了，假如戰事拖到秋天，肯定來不及秋耕，那今年冬天到明年再收成的這一段時間，他們怎麼辦？拿什麼過生活？下這命令的長官有沒有考慮這些？

老兵們，可沒多說什麼，拿起圓鍬直接往玉米田裡快走，見到我們遲疑，一個老兵耐不住了：

「娘個屄，發什麼楞啊！動作都快一點！」

「動作都快一點，待會兒支援隔壁連！」班長也扯起了他的聲音說。

一下子，情況變得好像緊急了，剛剛還輕鬆打趣的大陸兵，現在都收起了笑臉，而一開始就不知道該怎麼反應的我們這些台灣兵，更覺得事態嚴重而神經緊繃，人人不發一語的揮動手中的圓鍬。帶著寬大綠葉結了一些穗的綠油油玉米，在揮動中一棵一棵倒下，而我一顆心卻也隨著一棵棵玉米桿的倒下，一條條一道道的劃上傷痕，那樣的不捨得與心疼。

「你看這怎麼回事？」一個老兵沒停下手邊的工作，打破沉默。

「看來，這一回八路是來眞的。」那個向來很有見地的老兵也沒放下工作的說。

這個情況吸引了我的注意。

這些老兵平時幾乎與班長們平起平坐，有時排長們還會禮讓三分，先前構築陣地時他們賣力的工作，這一回砍伐眼前的農作物，依然勤快與認眞，這顯得有些怪異。幾個大陸籍的戰友似乎也嗅出了不尋常，正加快工作進度。我不敢怠慢但也豎起了耳朵分出了一點注意力準備聽他們說話。

「部隊前進受阻立即構築工事，還算是戰場的正常狀況，但構築工事的目的是預防他們突入我們單位的前進部署，是屬於臨時性的陣地。但是你們看看，到今天中午爲止我們所完成的進度，幾乎已經達到陣地戰的強度，現在要求清除陣地前的障礙，擺明了師部是打算採防禦態勢打陣地戰。」

「陣地戰？我們是整整一個師一萬多人呢！」

「怪就怪在這個地方！我們一個師雖然沒有機械兵團的美式重裝備，我們也不是紙紮的雜牌軍，缺糧少彈的進入魯南，這些王八路有什麼能耐逼我們採取防禦啊？」

「除非他們現在投入的兵力已經大到可怕，或者我們其他友軍的兵力已經完成集結，要我們當支撐，準備圍殲這些王八路。」

「應該是後者吧！月初，第一兵團的范漢傑不是才攻克共軍在沂蒙山區的根據地南麻嗎？我們也該一舉殲滅他們，大家好散夥回家了。」

「如果這樣子還好，怕是還有其他的因素喔。」

啊……眾人幾乎是齊聲驚嘆，這一來，引起了班長的不高興了：

「幹你的活，別在那胡言亂語動搖軍心，當心給指導員知道了治你一個『散播謠言』的匪諜罪。」

「唉！班長啊，我們工作可沒慢下來啊，都這個樣子了，我們胡亂猜想也不是辦法，你倒說兩句開導開導我們吧，現下到底是怎樣了，你有什麼看法？」

「呸！當個兵知道那麼多幹什麼？你能決定往東還是向北？上頭說要攻擊，你打不打？命令你死守在這裡，你敢逃？呸！我有什麼看法？趕緊把眼前的工作搞完，我們好支援其他地方。要耽擱了工作時程，陣地弄不完給八路打進來，會是什麼後果？你們又不是台灣來的笨蛋要我開導？有什麼好說的！他媽的！」

班長雖然窩囊了我們台灣兵，但是很難得地沒加大音量。他眼睛掃視了我們一輪，短小厚實的身體，讓我直覺聯想到一隻已經豎起毫毛的山豬，或者一隻正面瞪著眼的癩蝦蟆。

「我說班長啊！」那老兵似乎還有話要說，「咱出生入死也好幾回了，沒什麼好在乎眼前是怎麼個打法，但這一回，要說咱造謠言煽動軍心是太言重了。想想，大夥都想想，我們已經兩天沒看到輜重車了。我說的一定錯不了，我們的糧彈沒跟上來！」

「是啊，昨天中午到現在，我們拚命挖工事築陣地，可真沒吃過一頓熱食，身邊的口糧也都吃完了。」一個大陸兵說。

他們倆一句一言的，使得大家都同時暫停了一下手邊的工作，連班長也皺起了眉頭不語。

我並不了解輜重車跟糧彈上不上來有多嚴重，但是老兵這一提起熱食，一股強烈的飢餓感襲了上來，忽然好想有一頓熱食。

「嗯，把砍下的玉米稈，盡量用葉子鋪蓋好往陣地靠攏；待會兒割高粱的時候，留心已經結穀子的，都收到陣地裡頭。大家動作快點，別楞在那裡！」班長只停了一下子之後，平靜的下達命令，我感到奇怪也無法理解，但見到所有人變得更積極，我也不敢慢下來。

到了傍晚，陣地前，已經清除得整整齊齊、乾乾淨淨；回到陣地時，伙房兵已經抬來幾桶熱湯和一些只夠我們一人三兩片的乾糧，沒飯沒菜。

這一來大家心裡都有了數，陣地內一下子都鴉雀無聲。不一會兒一個大陸籍戰友，向陣地外甩了一顆石頭，輕輕的咒罵，而拋向遠方的石頭，只發出……差……的回音，似乎不願回應任何人的心情。

夜裡，除了警戒哨，我們其他人都回到一開始分配的幾間廢棄房子睡寢，但是夜間有不少的走動聲傳來。從他們刻意壓低的聲嗓，知道是肚子餓找食物去了。我心想，這大半夜的，他們能到哪裡找吃的呢？一直到衛哨交接後，我才得知這些人是到附近民家去偷食物了。因為預感接下來的幾天我們也許沒有食物可以裹腹，我到半夜接哨時，便感到飢餓更感到不安，往後幾天要真的沒東西吃怎麼辦？

翌日，也是我們部隊停止、開始構築陣地的第三天中午以後，整個六營集出現了奇怪的現象。因為共軍並沒有如預期的發起攻擊，而我們連續兩餐在應該用餐而根本沒吃到任何食物之後，我們連的其他班已經有人三三兩兩、一群群偷偷向村裡流竄，其他單位就地休息的區域以及陣地都顯得安靜，遠遠地還看得見人影往村子游移。

到了下午，班長也忍不住地集合了我們，決定到鄰近村子走動走動找食物。我們直接進到了先前拆除門板、床板的村子，想在那些廢棄的屋子找些人家來不及帶走的一些可下肚的東西。但看來村子裡並不是只有我們這一班在活動，而且我們似乎慢了一步，很多屋子已經被其他單位翻了一層皮。

有些單位已經朝向其他最近還住人的屋子行動。我們怕落人後，在班長的催促下連續闖了幾家，發覺到這裡的住家似乎都已經成了沒人住的空屋。我猜想應該就在我們抵達而開始構築工事時，這裡的百姓就已經陸續地逃離了，而且走得異常地匆促，除了一些被子衣物還有不少留下的生活用品，廚房到處看得到鍋碗瓢盆。

我們盡可能地翻箱倒櫃，把所有可能藏糧食的地方仔細翻過，但一無所獲，飢餓感覺卻隨著找不到食物而更加的強烈。我感受到戰友們越來越大的火氣，一家一家的搜查，翻箱倒櫃的程度越來越激烈。踹倒桌椅砸櫃子的動作越來越平常，強度越來越強。我受了影響，因爲飢餓感與缺乏安定感，一度忍不住要拿這些住家的傢俱出氣，但隨後我壓抑了下來，因爲隨著戰友發洩似的破壞，我越來越強烈地感到不安與厭惡，但是我卻不知道那是爲了什麼。

「他媽的！我們換個地方去！找個有人住的地方！」班長火氣也上來了。

班長的話讓我感到心驚，我看其他的戰友中除了另一個台灣兵，其他的似乎也都贊成這個作法。我猛想起一九四五年日本戰敗離開前的六、七、八月，當時的日本人就是端著槍直接到民宅去，挨家挨戶地搜刮。想到這個，霎時，我了解到剛才以前，我心情一直越來越強的不安與厭惡，就是這個原因，這個一直埋存在我心底的夢魘。

沒等我繼續陷在情緒中，班上戰友已經快速的往幾個巷弄以外走去。我們一家一家搜，能吃的我們一樣也沒放過，也不管已經受到驚嚇的屋主怯生生的窩在牆角啜泣，求我們留一些給他們。

我們的動作還是慢了一些。才搜了三家，兩個巷弄外已經傳來其他單位戰友的歡呼聲，原來他們捉了幾隻雞。從他們叫囂的聲音，知道那一家可能急著逃難而等不及找回雞隻。

「媽的！算你們走運！」班長朝著他們的方向恨恨的說。

「現在要不要回去了？」一個老兵提醒。

「還早，天完全黑以前回去還來得及。大家再找找看，餓著肚子今晚怎麼應付那些八路啊？」班長粗厲的聲音明確的說。

我們又向幾個巷道外走去，在一個坍塌的屋頂下的草叢中發現一隻肥豬。這個發現可眞叫人感動啊。我們幾乎忘了飢餓，幾個人精準地守住那豬隻可能逃去的方向，另外幾個個子較大、胳膊較粗的戰友都撲了上去，牢牢地捉住這豬，也不管牠不停的號叫，還有人連跑了幾間的廚房找尖刀、菜刀。我們當場把豬給宰了。

好運的事好像還不只如此，一個班找到了一些麵粉還有幾罈酒，進了廚房生火做麵時，我們一群人當場開起了宴會。今晚能夠不挨餓，誰管他這些食物是哪裡來的，至於明後天有沒得吃，那是煩惱不到的事。

我們開開心心飽脹著肚子，依照連部的規定，入夜前回到睡寢的房舍休息，繼續排班站哨準備應付今晚共軍可能的攻擊。

共軍今晚會發動攻擊，在耳語下幾乎已經成了所有人的共識。聽老兵說，都三天了，共軍再不發動攻擊，到了第四天，即使我們散漫的隨意加強，陣地工事也會變得更堅固，將來他們要發起攻擊，會傷亡損失得更慘重。

既然今晚會來一場硬戰，肚子也塡飽了，在尚未接班執哨前，我得想辦法讓自己好好睡個覺。我可得好好看一看那些共軍長什麼樣子，他們究竟有什麼能耐可以讓這群大陸戰友奔波到台灣又輾轉回到大陸？又有什麼本事把我們一萬多裝備精良的軍隊圍困在這裡。

但，越是想睡越是睡不著。我不清楚心裡面究竟有什麼疙瘩不停的翻攪。是共軍要來所以我緊張、興奮與一點憂懼呢？還是因爲白天的時間只顧自己吃飽，搜刮老百姓的糧食而有些愧疚？或者因爲臨戰前，對自己生死不確定而因此念起家人的愁緒？我不知道，也沒能力分辨清楚。但是上半夜看著許多跟我一樣的台灣兵，也有睡不著的情況，我忽然覺得自己似乎也沒那麼孤單。也許接戰後，我會跟這些一起到大陸的台灣兵戰友，因爲有著相同命運而自動自發地相互支援，相互依靠呢。

約兩點多鐘，我警覺班上有些騷動，因而醒來張望，卻看到班上所有老兵都醒來了，不，是我們都醒來了。

「今晚會來嗎？」一個大陸兵開口問。

好一陣子沒人回答，整理彈袋的，整理槍械的，各自幹各自的活。

「也該來了，都三天了，再圍下去，他們的糧彈能不能撐下去會是個問題。」一個老兵夢囈般的自言自語。

「你替他們操心？輜重車在他們手上，況且他們在外圍，後勤補給或找食物都比我們方便，今晚要守得住，你該操心我們明天以後還有沒有得吃吧！」班長沒好氣的說。

「他們最好是今晚就來，大家手底下見眞章，該活的、該投胎的一翻兩瞪眼，省得拖下去我們都要遭殃了。」那個很有見地的老兵開口說話了。

「你認爲他們不會來？」

「前方警戒哨沒有接戰的訊息，連部也沒有明確的提示，就表示現在根本還不到面對面打陣地戰的時候，雖然今晚的確是他們發動攻擊最恰當的時間，但我還是覺得今晚不會有戰事。我擔心的是……」那老兵輕皺眉頭停了下來。

「唉！賣什麼關子，吊胃口啊？」

「我擔心的是，這些賊頭賊腦的八路只是圍著我們，讓我們把糧食吃完餓死，或者等我們受不了飢餓強行突圍，他們等在路上一塊一塊地收拾我們；或者他們有其他的計策，圍著我們引誘其他單位的救援，然後吃掉這個救援部隊，再回過頭幹掉我們。」

「這兩個有什麼不一樣？目標不都是要吃掉我們嗎？」

「當然不一樣，如果只是圍著，等我們突圍然後一口一口吃掉，表示他們目前力量還沒大到一口吞得下我們；如果針對的目標是救援部隊，或者想要在陣地解決我們，那麼八路在這個地區所部署的部隊就相當的龐大了，而且戰力有可能早就超越了我們。」

「這些土八路當眞有這樣的能力，這麼篤定可以對付我們一個師？」一個老兵說。

「是啊，他們眞要有這個能力這麼做，這個仗打起來就有得瞧了。對了，我們的對手究竟是誰啊？」另一個大陸兵說。

「如果最近沒什麼變化的話，照指導員先前的說法，我猜應該是劉伯承、鄧小平集團。」

劉伯承？我心裡唸了唸這個名字，不確定在哪裡聽過這個名字。

「如果眞是這樣，這兩個人應該是厲害人物！」一個大陸兵說。

「呸！厲害什麼啊？他們想得到的法子，我們這裡一個兵就能想到，有什麼了不起！想法子容易，完全實現想法可就要看本事了，就算他們眞的縮緊口袋，也可得有本事吞得下我們這一萬人，他們一群爛槍爛砲能起得了什麼作用？呸！」班長稍稍提高了聲音。

「眞要槍桿子對幹，結果如何是言之過早了，我們該要擔心的是，萬一他們一時拿不下這個陣地，我們也咬不下他們，糧食補給怎麼辦？」

「怎麼辦？今天都第三天了，戰區也早該出動補給了，我就不相信我們上頭那些吃香喝辣皮鞋光亮的官爺，會連這個都想不到。行了，都別說了，能睡就多睡一會兒，別讓人家笑我們沒經驗，因爲緊張到睡不著。」班長說。

這些戰友交談的事，對我來說可是聽進了全部，卻只懂了其中一二。這些老兵的戰場經驗的確叫人尊敬。他們說的什麼圍過來引誘什麼的，我幾乎無法在腦海裡形成任何概念，但從他們說話的過程與結論，我直覺，今晚應該不會有事。大夥兒醒來應該只是本能的反應而不是預期半夜有事而緊張，所以在接近的時間身體自然就醒來。

既然沒事，又難得的好好吃了個飽飯，今晚剩下的時間我好好的夢回家園吧！

第四天一整天，連部只要求我們熟悉進入陣地的路線，逐次加強自己的陣地，其他只能任由我們自行打發時間。我們多數人都盡可能減少活動，以減緩飢餓的感覺。

第五天一大清早，從我們平時打水的幾口井子邊發出了騷動聲，幾個戰友抱怨水井裡的水竟然一夜之間就乾涸了，這個訊息很快的傳開引起眾人的騷動。有人說是因爲我們一萬多人喝水用量太多太急，所以水井暫時性的乾涸；有人則大膽的預測說是共軍派人到地下水脈上頭截斷水源，目的是要我們渴死。這話引起了不少恐慌，沒多久那個最先說這個話的人，被團部抓了起來，以「匪軍潛伏探子」、「散播謠言動搖軍心」的罪名槍斃。

另一個讓大家恐慌的是連部下了一道命令，規定各班排盡可能派些人手到附近村子找食物找水源，其餘則留守待命並減少活動。

「娘個屄！沒能力補給就盡快下命令突圍吧，要死要活大家一次痛快，死賴在這裡能有什麼出息？」班長恢復了他那令人耳膜疼痛的聲音，聽不出來他已經餓了幾餐飯，「走！你們都跟我走，我們再去找些東西塡肚子。」

我們穿過了先前走過的幾戶家屋，繼續往裡走些，更裡面的村子還有些住戶留下來。一見到我們出現，有些老人家都上來求饒，說這幾天好些單位輪流來翻箱倒櫃找吃的，他們早已經被剝了幾層皮，求我們饒了他們；有些人家則根本不理會我們，任由我們在他們小小的家鑽進鑽出，完全不當一回事。除了幾戶人家快見底的水缸，我們並沒有發現什麼可以塡肚子的東西。看來這些人家的處境跟我們差不多，吃的喝的早都沒了。

我心裡覺得難過，倒不是因爲飢渴又找不到食物，而是我腦海又浮現出一九四五年七、八月間，日本軍端著槍到村子裡，挨家挨戶搜刮、翻箱倒櫃的找穀糧，甚至在屋子內外果樹下、香蕉叢下翻耙的情形。

沒想到才兩年不到，此時我卻成爲這樣的一群人之一，把過去所受的苦難，以同樣的方式加諸在另一群苦難的人身上。這是什麼道理啊？難道所有的戰爭，受害最深最無力反抗的，永遠是這些最底層的老百姓？就像我的父母、家鄉的同胞，以及這些也許打娘胎起，就一直受迫生活在戰爭禍害中的村民一樣，因爲無奈、絕望，早使得那一張張忘了如何大笑的臉，再也讀不出對災難有任何感到「意外」的表情。這是什麼樣的時節？又是什麼樣的命運安排？想了想，心頭頓時壓上沉重的壓力。

我們又繼續往下一個村子走去，才分開沒多久，一個戰友發出了雀躍聲，說他找到了一袋麵粉，我們趕緊湊了上去，看見那戰友喜孜孜地正扛著麵粉向我們走來。

「站住啊！兵老爺！你站住啊！麵粉留下來啊！」一個大娘跟了出來。

「不行，這袋麵粉我要定啦！」

「怎麼可以？你們拿走了我們一家幾口人吃什麼？要我們怎麼過活啊？」那個大娘撲了上去抓著麵粉袋。

「唉咦！妳放手啊！」

那戰友用力推著那大娘，那大娘卻死命的抓著不肯放手，「你留下麵粉啊！你們年輕捱得住餓，我們這些老人們可不行啊？」

「妳放手！」那戰友一急，就這麼一摔，把那大娘摔在地上，「再囉嗦，別怪我不客氣了！」戰友扭過頭望著大娘說，一說完才轉過身，那大娘已經又撲了上來抱著那戰友的腿。

「你行行好，留下這麵粉吧，嗚……你們不可以這樣的，這一袋麵粉是我們一家六口三個月的糧，你們拿走了，嗚……我們老的老，小的小，怎麼過活啊！我求求你！」

「唉咦！妳放手啊！」

「不行，我絕不能讓你走！你放下麵粉來！」

那大娘聲嘶力竭的喊著，而我們一群人卻不知道怎麼辦，或者說，我們都感到不忍因而不知所措。我們的確是餓了，的確是需要這些麵粉充飢好跟那些共軍殺個你死我活，可是這些百姓難道不需要？要我們放棄而把麵粉還給她，接下來我們又要到哪裡找這些食物？

「眞可怕」班長見狀幾乎是衝了過去，抬起大腳朝著那大娘抱著戰友的手踹去：

「娘個屄！妳找死啊，要妳放手就放手，囉嗦個什麼東西啊！」

踹了一腳不夠，又踹了一腳，我幾乎閉上了眼睛不忍多看。

「我不放手，我不……哇，我不放手啊，麵粉給我留下來，你們這些殺千刀沒良心的土匪，這樣欺負我一個老婦人，嗚……誰給我主持公道啊？」

「狗日的！放手！」班長又踹了一腳。

那大娘受不住疼痛鬆了手，我們一群人立刻往回走。

「哇……回來啊！你們回來啊，還我麵粉啊，嗚……老天爺啊，你睜開眼看看吧，看看這些沒爹娘生養的畜生幹了什麼好事啊？嗚……」

「回來啊，你們這些沒好下場的土匪，哇……嗚……」

「哇……還我麵粉啊，你們這些該死的『遭殃軍』①，嗚……」

那大娘一聲一句的哭喊著，隨我們離去的越來越遠，她的聲音還不時清楚的傳來，我幾乎是悶著哭泣，回到我們陣地後方的休息地。

我想起父親在日本軍搜刮出藏在香蕉樹叢的一袋米穀時的情形，當時父親強忍著脾氣，任由日本人拿走穀物還出言奚落的羞辱之後，嘔得吐了血，沒幾天就過世。

這個大娘的遭遇，讓我心裡難過得眼淚直掉個不停，腦殼昏脹得疼痛。我也不知道該如何或者該不該安慰她，我只是個遠方來的年輕台灣小兵，而且已經餓得不知道怎麼分辨這樣拿走別人的食物對不對。

我開始懷念在徐州的日子，懷念那些幹部或老兵不把我們當一回事的那一段日子，雖然我們也幹了不少不怎麼光彩的事，但衣食無慮，周邊也沒有敵人威脅。就算當時我們「眞可怕」班長在一個下雨天，押著我跟另一個戰友徒步到五公里地以外的補給站領一百多斤的大米，也不管我們在大雨中泥地濕滑連連摔了跤，他除了趕牛似的叫喝「快走」，就是不幫忙出點力抬一下；那樣令人憤恨的事，還是叫我感到懷念。如果現在真有那個機會，只要能塡飽肚子好好喝個水，要我走上十公里抬個兩百斤的食物我也願意。

晚上，那一袋麵粉克難的做了餅，全連的人各分了一小塊，但我根本已經無心去咬上一口。

又一天的清晨，我已經不知道怎麼計算從我們被圍困以來究竟過了幾天，因爲大夥飢渴的情況仍然持續，大家還在等待外出找尋食物的命令時，師部忽然下了突圍的命令。作戰計畫很簡單，以團爲單位分成幾路強行向外各衝出一個缺口，然後到達指定地點會師。然而，到哪個地點會師？怎麼會師？在幹部開完會後，照例做了些精神講話，班長也不忘提醒些注意事項之後，仍沒有進一步的說明。不過對我來說根本沒什麼差別，因爲即使說了我也不見得懂，能突破包圍然後找到東西好好吃一頓，喝口乾淨水似乎比什麼都來得重要。但班長和那個有見地的老兵可就有一點疑慮了。

「娘個屄，到現在才下突圍命令，大家餓肚皮的，有幾個有力氣衝出去啊？這些軍官打什麼主意啊！」

「是啊！大白天的要我們突圍？若不是共軍根本還沒形成包圍網，就有可能是上頭嫌我們人多，想多送幾個人見閻王。」

「呸！上火線了你講這喪氣話，當心送的就是你！」一個老兵火氣來了。

「還好，趁大家還有點氣力時突圍也還不太遲，只是路上要吃點苦，那些八路不可能就這樣輕

---

①中央軍。

輕鬆鬆讓我們離開，我預料他們一路會黏著我們打。」那個有見地的老兵打圓場似的說。

「廢話，換做是我們，好不容易都圍住了敵人，不現在徹底吃掉，將來就會變成禍害。」

「你們眞是有見地啊！」一個台灣兵忍不住讚美。

「見地？我呸！當兵有見地有什麼用？又不是我們做決策。大家有見地了，都去做決策了，誰去跟八路面對面廝殺啊？都閉嘴吧！所有人槍上膛關保險，各伍長確實掌握你的伍兵，班上所有人都不得掉隊，誰要掉隊當心我砸爛你們的腦袋！」

「眞可怕」班長的聲音還眞是大得嚇人，幾個戰友都噤了聲，也讓我整個人暫時都忘了飢餓，原先害怕突圍過程與共軍交戰可能發生什麼情形的，現在也暫時拋到腦後。管他「突圍」這個在戰鬥教練場上沒教的事究竟是怎麼回事？路上我緊咬著這些老兵準沒錯。

沒等我多想，各部隊已經開始往集鎮外移動，天剛亮沒多久，部隊分頭行進全副武裝準備戰鬥甚是壯觀。才出集鎮，冷不防從北邊稍遠的方向傳來一陣步槍機槍的射擊聲，加上我軍的回擊聲，一時之間槍聲大作，逼得我們這個方向的所有人加快步子前進。

「接戰了，友軍接戰了！」

「大家動作快一點，跟緊一點，別掉隊啊！」

「沉住氣，你們幾個台灣兵沉住氣啊，叫你開槍才開啊！」

急行中，幾個老兵不斷提醒，氣氛也跟著緊張了，我的呼吸幾乎停了下來，心跳卻莫名的加快要跳出口來。

剛才的槍聲斷斷續續但一直沒停，有的是從我們的方向還擊，有的是共軍持續的射擊聲。我四下張望，集鎮外高大的高粱田、玉米園一塊接著一塊的連著，遮蔽著視線，我看不出哪裡會有共軍的陣地，心裡稍稍安心了些，心想我們這裡應該沒有埋伏吧。心念才起，忽然一陣密集的槍聲從西邊傳來，火力似乎更猛些，把我心頭一點點的僥倖打得一團亂。

「糟糕！西邊也被包圍了！聽這槍聲似乎沒有意思要讓我們從西邊離開！」

「這麼說來，這些八路是存心不讓我們出去了！娘個屄的，剩下東邊、南邊沒開打，我看大家得小心點，說不定……」

達達達……達達達……

碰……砰……

「找掩蔽，找掩蔽！」

「還擊！還擊啊！」

碰……砰……

達達達……達達達……

突如其來的槍聲異常凶猛，幾挺機槍間雜著步槍集火射擊的密集槍聲，把我們的隊形整個都打亂了；幹部們吆喝聲、戰友之間的叫喚聲、呻吟聲，在共軍射擊的銅流鐵雨中，交錯著；我們奔跑的、臥倒的、找掩蔽的，整個慌亂成一堆。

我直覺的反應，沒等到誰下了命令就往旁趴了下來，抱著頭緊閉眼睛抖個不停。剛剛，我感覺到頭上戴著的帽子似乎被人抽打了幾下，身體也有幾處地方的衣服被拉扯，我心裡有股不祥的預感，偷偷地抬起眼皮，想看看四周的情況。只聽到子彈在頭頂上來回掃過幾回，戰友沒人敢抬頭，而周邊附近的高粱稈子被人割下來似的齊齊倒下，我身上還鋪了被擊碎的稈莖夾著前方被擊飛的泥土，我還發現身邊幾個人中了彈流血。

我不自覺地又閉上了眼睛，雙臂遮著頭，身體不停的發抖。

這是我第一次嘗試到戰場槍彈下的滋味，那果眞是一場你死我活的事啊。我開始急喘著氣，感覺身體冰冷直打顫，腦袋一片空白，任憑前方幾個方向不停傳來密集的槍聲，而土塊、小石塊不停地飛濺而來。

我下意識地動了動腳趾頭與手指頭，緊了緊身體各處的肌肉，感覺不出有受傷疼痛的現象，心裡稍稍舒服了些。但槍聲依然猛烈，而我方其他單位高喊著找隱蔽、開槍的聲音。

達達達……達達達……

達達達……達達達……

沒多久，我們後方也開始傳來槍聲，我心想應該是我方的機槍已經站定位了，分別從好幾處回擊，還有些從我們頭上飛過，顯然是後方的單位也開始射擊壓制共軍的火力，除了重機槍還加上不少迫擊砲聲。

「找到射擊位置開槍還擊！」

「射擊！射擊啊！」

達達達……達達達……

碰……砰……

「找縫隙向後撤退，撤退啊！」

附近響起了許多聲音，其中也摻雜著我們幾個老兵的聲音，但始終聽不到我們「眞可怕」班長的聲音。我想辦法伸出了槍口朝前射擊，然後注意到右邊幾步的位置，「眞可怕」班長胸口殷紅了一大片，仰躺在一片倒下的高粱稈上一動也不動，他的附近有幾個戰友也中彈倒地；剛才在我前面的老兵似乎是直接中槍倒地，沒說完他想要說的事。

「撤退啊！走啊！」一個老兵扯了我一下把我拉回現實。

見他往後移動，我與其他幾個戰友也跟著移動，但一陣槍彈忽然朝著我們的方向掃了過來，我的帽子被打離了頭，衣服又被扯了幾下，我注意到我掉在前方的帽子上頭有好幾個洞洞，再看看自己身上穿的衣服，也發覺了不少的窟窿。我嚇得兩腿發軟，幾乎暈了過去，我分明早就挨了好幾槍，就差一點點，就差那麼一點點，我就要跟著我那班長到陰曹地府報到。

槍聲時急時緩，我稍微清醒了些，知道要繼續待在這裡，遲早會挨槍彈的。我們幾個戰友有默契地慢慢地退進高粱地裡，然後利用地形，一點一點的撤退。但共軍的槍口似乎知道我們的方向，在我們移動的同時緊盯著我們，砰砰的斷斷續續射擊，子彈在我們附近掀起塵土。隨著我們匍匐後撤的距離越來越遠，槍彈射擊的彈著點才稍微遠離我們，我們始終沒人敢抬高姿勢，繼續並想辦法加快爬行的速度快速向後撤退。

七月的大太陽底下，趴在地上匍匐前進並不是一件愉快的事。我們活像是個漁村曝曬單面的鹹魚乾始終翻身不得，陽光曬在整個無遮蔽的背上、頭上、後腿上；著地的身體正面也不輕鬆，地上的石子早就曬得滾燙，爬在上頭加上揚起的塵土熱呼乾燥的影響呼吸，我們像熱鍋裡的螞蟻，無處閃躲地乾著急。

這還只是一部分，眞正難過的是：我們已經飢餓了幾天，加上缺水口渴，身體的虛脫感越來越重，而共軍槍聲還持續的響著，緊挨著身旁還不時有射擊的彈著。越爬越覺得遙遠，速度逐漸緩慢，而氣溫越來越高，身體越來越虛弱，恐懼感卻愈發強烈。

我隨手抓了高粱稈往嘴裡送，嚼著嚼著想要吸吮裡頭的水分，眼睛卻盯著前方的玉米田。我不知道我們要爬到什麼時候，但是玉米田會比啃高粱好些，我心裡這樣想。

「我們要這樣退到什麼時候啊？」一個戰友說。

「死了，就不用退啦！」

「呸！這個時候還找晦氣啊！」

「別吵了，口乾舌燥的還有力氣鬥嘴啊！」

「娘個屄，這些八路還眞黏啊！」

班上剩下的幾個人，正一點一點的匍匐往回退，大家看起來都很疲累，連交談鬥嘴都沒以前有力，我忽然有股想哭的感覺。

當確定我們退出了一點距離之後，我們迅速爬起快跑，引來共軍一陣射擊，我們找掩蔽然後又爬起繼續跑，又引來共軍的射擊；到最後，我們退回了最初構築的陣地外圍，暫時脫離敵人的射擊範圍。此時連部也傳達上頭的命令，不准我們再退，所有人就地構築工事，似乎有意將原來的工事當成預備陣地。大家也沒多抱怨，敵人就在眼前，要活命非得要挖挖修修些散兵坑淺壕溝。

共軍沒讓我們喘息多久，很快的就出現在我們臨時陣地遠前方看得見的地方，也開始構築工事，為了干擾我們，他們的機槍偶而向我們射擊，狙擊手也不時地從幾處射擊。我們也不甘示弱，幾挺機槍四處變換位置向他們射擊，狙擊手也隨機挑目標朝他們射擊，干擾他們，火力遠比他們凶猛。

我們在這樣眼睛看得到的範圍對峙了一天一夜，但奇怪的是，共軍似乎只是圍著我們，並不立即採取更激烈的攻擊行動，我完全不了解這是怎麼回事，但這個情形讓我感到極度的不安。我的不安不是因爲將可能有更大的戰鬥，而是因爲感覺對方掌握了目前的一切；感覺他們只是在等待一個機會一口氣收拾我們，感覺自己像個獵物，一個被對方完全算計好了的獵物，因爲不舒服而覺得不安。

我的不安並沒有持續太久，因爲飢渴的情形並沒有改善，不管哪個單位，多數的戰友嚼高粱稈啃玉米稈解渴，玉米結的穗全摘了生吃，田裡沒結成的果子一樣難逃我們的毒手。我也一樣，滿腦子想的是吃的這件事，注意著陣地周邊可以生食當食物的植物，跟戰友們比誰的動作快。也不管敵人的狙擊手就在不遠的地方，有一發沒一發的射擊，造成我方一些傷亡，而這些傷亡隨時會在自己身上發生。

過了一晚，天才剛亮著，幾個眼尖的大陸兵發覺共軍的陣地已經向我方延展了不少，換句話說，共軍利用夜晚構築工事向我方挺進了一段距離，共軍明顯縮小了包圍圈，卻仍然沒有立即發起攻堅的跡象。這個現象引起我們的騷動與猜測，但也持續不了多長的時間，多數人還是因爲飢渴，無力多想。

我心想，管你距離多近，想幹什麼？最好距離再近一些，讓我開槍打死你們這些圍著讓我們沒吃沒喝的王八蛋，最好現在就攻進來，我們比比看誰的槍夠準頭。

九點多吧！響起了隆隆聲，接著天空出現了幾架飛機，往我們的方向飛來，我正感到疑惑，聽到排長大聲的宣佈說，飛機是我方的，準備來空投補給物資，提醒我們注意飛機的方向以及食物物資掉落的方向，掉了下來立刻撿回集中。排長的命令引起陣地一陣歡呼，一個大陸兵又仔細的爲我們傳達，讓我感到振奮，不免又小小的抱怨，抱怨爲何不早早空投，非要我們餓到魂都掉了一半才來空投。

抱怨歸抱怨，心裡還是開心的，我跟著其他人往飛機的方向望去，心想著待會兒他們究竟會帶給我們什麼東西呢？

大夥開心，完全忘了敵人就在不遠的地方，忽然碰碰……的幾道槍聲，有個人倒了下來，我們立刻找隱蔽，有人回擊還了幾槍。但共軍顯然不準備讓我們好過，當飛機準備降低高度朝我們方向飛來時，共軍的陣地忽然槍聲大作，機槍步槍朝著飛機的方向擊火射擊，機槍的曳光彈在白天仍看得清清楚楚，朝著飛機群極速往上射擊的彈道軌跡。我被這個情形嚇呆了，我從未見過甚至聽過這種事，只見飛機突然拉高然後掉頭飛去。

「回來啊！回來啊你們這些王八蛋！」所有戰友幾乎是朝飛機大聲的咒罵。

「他媽的土八路，想到這一招啊，存心不讓我們吃東西，想餓死我們！走，我們出去跟他們拚了！」一個大陸兵大聲嚷嚷著。

「這算什麼？以前打日本鬼子，我們就是這樣打他們的飛機，雖然效果不大，但還是挺嚇人的，飛機要倒了霉，還眞要給打下來呢！」

「娘個屄，這怎麼可以，來都來了，他們帶的東西要不投下來，難不成還要帶回去啊，餓死我們對他們有什麼好處？他媽的！一群膽小鬼。」一個戰友也咕噥著。

我不知道這是怎麼回事，不過還是希望這些飛機能回頭，換個方向丟下一些東西，即使只是一杯水或者幾條地瓜也好。

飛機似乎聽到了我的願望，繞了一大圈幾乎飛出我的視線之後，又折了回來朝著我們在六營集被圍困的方向而來。

「好啊！他們來啦！」一個人大叫，引起眾人叫好。

「就是說嘛！開飛機還怕步槍機槍那些花生鐵彈？」

「是啊！真要能拋下些好東西，我可真要好好吃喝一頓了！」

「嗯！最好順便投下一些紹興酒來，娘個戻，被圍了這麼多天沒得吃喝，也夠人瞧的，這回總要喝點什麼來慶祝慶祝！」

「紹興酒？不夠吧！俺看你乾脆打個電報要他們空投個紹興美女，給你端酒助興那該多好啊！呸！你想得美了！」

「唉！心裡高興隨便說說嘛！你幹什麼這麼認真？他媽的！我看啊，最好空投一麻袋的饅頭、槓子頭，噎死你個王八蛋！我呸！」

「耶……？」

兩個戰友鬥起嘴來火氣全上來了，你一言來我一句的去，但所有人注視著天空沒人理會他們。

只見飛機回頭，方向朝著我們而來，感覺卻好像往上飛高了許多，使得轟隆的引擎聲音變得遙遠，而飛機影像都變小了。飛機越來越近，快到上空時，共軍陣地又響起了步機槍的射擊聲，但感覺不若先前的猛烈，就像隨意朝天空放幾槍似的應付。

「咦？怎麼回事？物資呢？」

「怎麼一回事？唬弄我們啊！」

我還沒反應過來戰友們的嚷嚷，卻已經看見飛機飛躍過我們的上頭而去。

「物資呢？食物呢？他媽的，尋我們開心啊！」一個老兵咒罵著。

「我看飛機是怕八路對空射擊啊！這也難怪，一架飛機要多少錢啊！一個不小心給彈矇著啦，那可划不來啊！」一個戰友似乎說了公道話。

「划不來？我們都要餓死了、渴死了，還有什麼划得來划不來啊？」

「總要想辦法解決啊！我看飛機如果再來，我們就朝著八路的陣地射擊，逼他們掉過槍回擊，這樣那些飛機也可以順利投擲啊。」一個戰友提了一個聽起來不錯的方案。

「這辦法好，不過，開槍也不是我們隨意決定，我看建議排長就這麼幹吧！」

「這倒可以試試啊！我找排長報告去！」一個班長說。

沒等我們報告，排長已經大聲的說了，待會兒飛機會再回頭，如果共軍朝飛機射擊，我們便朝他們做制壓射擊。

果然，飛機又再回頭，出乎意料的，共軍竟然沒開槍，而飛機在還沒抵達上空之前就已經打開機艙，許多東西帶著小傘從機艙掉了出來，把空中鋪成一朵朵的斑點。我簡直是嚇呆了，真沒見過這種情形，只能張著嘴看著那些東西往我們的方向掉下來。

「哎呀！怎麼都掉到八路的位置上去了？」

「飛機飛得這麼高，哪算得準我們的位置啊！」

「我看共軍縮小包圍圈又故意對空射擊，原來是這個用意啊！」

「這邊啊！往這邊啊！」

「耶？怎麼往那兒去呢？都瞎了眼啊？」

「那一邊，看啊，飄過來了！」

幾個人七嘴八舌，失望的，高興的，期待的，忙著指揮的，看著東西飄去而咒罵的，整個陣地在飛機聲轟隆隆的伴奏下變得熱鬧。

「來囉！」一個人指著天空一群飄來的物資大叫。

那一批看起來並不太多的物資在我們隔壁連的區域降落，引起那個連的騷動，不少人撲了出去搶，卻引來共軍的機槍掃射，不少人倒了下去，但還是接連撲出去了一些人。遠遠的看去，我不知道他們都撿到了些什麼，但可以看出不少人手上拿著些東西開心的吃起來了，還有人因為爭搶而吵了起來。

「媽個屄！我們不是爹娘生的啊？空投食物，都空投到別人的陣地去了？連八路都比我們好運得多。」一個老兵憤憤的說。

我往共軍的方向望去，心裡確實有些不舒服，掉到我們友軍陣地的，三兩下就被搶光，掉到共軍的東西，他們一組人一組人快速的撿拾搬運，到現在還沒停下來，而我們這個陣地，連個鳥屎也沒掉下一顆。

「娘個屄，俺斃了那些王八蛋！」一個大陸兵看著共軍的情形火大了，邊咒罵邊拿起步槍，拉了槍機對準共軍陣地瞄準。

「你幹什麼呀你？誰規定你開槍的！」

「你別擋俺，那些土八路撿現成的看俺餓死，俺捱不住這口氣！」

「你省著點吧你！你看，天空還有一堆沒落地的，飛機也還沒飛完，說不定好東西就在後頭，你留點力氣等著搬東西吧你！」一個老兵說。

老兵說得對，天空確實還沒安靜下來，轟隆隆的聲音還籠罩著整個敵軍與我方的陣地，天空中斑斑點點的散佈著空投品，有的緩緩下降，有的忽然在空中裂開變成許多小物件，忽然加快速度的往我們的陣地掉了下來。

「來囉！大家小心啊！」一個戰友大喊提醒大家。

仆仆……仆仆……零零星星的掉下了一包包的東西，有的掉到陣地內，有的掉到倒下的高粱、玉米稈上然後彈起亂滾，我們沒等誰下命令，大家撲了出去搶東西。

忽然……共軍陣地傳來機槍聲，我們嚇得都趴地臥倒，一動也不動。機槍聲持續不停，但我們周邊卻沒有任何彈著引起塵土石塊飛濺的情形。我偷偷地抬頭觀察了一下，發現共軍的機槍原來是朝著隔壁連陣地的，因爲剛才這一波的空投品有不少是飄向他們那邊，而那些戰友們已經搶成一團，誰也不讓誰，誰也不管敵人機槍是不是會打到人。就在我還沒收回視線想起身跑回陣地時，恰巧看到相搶食物的隔壁連，一個大陸兵正舉起刺刀朝另一個與他爭搶食物的戰友身上刺去。

這一幕，讓我感到震撼與恐懼，忽然覺得兩腿發軟。將近中午十一點鐘原本發燙的陽光，失去溫度似的，讓我感到寒冷而不自覺打哆嗦，我索性順著地勢趴在倒下的高粱稈上，手上緊緊的抓握著一包撿來的乾糧。

我應該慶幸，那些空飄品是落在隔壁連的。假如，較多的空飄品落在我們這裡，最後的結果也會如隔壁連一樣，我們只顧著搶奪食物，不顧敵人的機槍而招致傷亡。或者，我該悲哀自己期待了半天，冒著敵人機槍、狙擊手可能射擊的危險，卻僅搶到一包看起來只是餅乾的乾糧。

不管慶幸或悲哀，叫我心寒的是，戰友間平時一起過生活，戰時相依為命的革命情感，臨到關頭卻因為飢餓，因為食物而要殺害對方。如果是這樣子，我們還需要考慮相互支援，相互掩護，戰場不遺棄戰友的教育訓練與戰場道義嗎？戰友之間開始了相互殘殺，我們還需要這麼辛苦地忍受所有訓練去奮勇殺敵嗎？造成傷害的人就在身旁啊！

「就這麼些東西啊！」戰友們忍不住罵起來了。

在我後方窸窸窣窣地也響起了一些聲音，原來是戰友們紛紛打開手上的乾糧。空投到我們陣地的食物並不多，高壓製成的餅乾口糧，有的戰友還撿到了些罐頭、少許的麵包，沒有人撿到水。

「你怎麼啦？」

「喂！你怎麼啦？」

戰友們發生了一些騷動，我趕忙朝著陣地望去，發覺一個老兵鼓著雙頰，正用力拍著自己的胸口，睜個大眼整個臉漲紅著，看樣子是吃了那高壓餅乾的乾糧噎到了。幾個戰友想過去幫忙，他卻一手抽起刺刀揮動著，拒絕戰友接近，另一手死命抓著兩包乾糧，像是深怕被人搶去似的。戰友們氣憤好心沒好報咒罵了幾聲離開，而最後他終於換不過氣，死在自己的工事內，一包已經打開的乾糧，已經有一半囫圇吞地進了他嘴裡。

這又讓我感到頭皮發麻。難道戰事不順利，合著就該受這些罪，飢渴虛脫而死或者撐死；被敵人打死或被自己人刺死。連人與人的善意也終將被扭曲成敵意，拒絕別人最後也困死自己，這又是什麼樣的人性呢！

我好奇地啃了一口這個像石子一樣硬的乾糧，既不甜又不鹹，嚐不出任何味道，在我缺水的嘴裡像沙子一樣的乾，難以下嚥，怪不得那老兵會噎死。我折了一截玉米稈慢慢嚼，等有了些水分有了唾液後再小心的嚥下去。

這可眞是個奇特的經驗啊。

我正爲我的創意感到欣慰，敵陣地又響起了槍聲，這一回，機槍向我們幾個陣地掃射，好幾挺機槍對著各自的射擊區，達達達達達達……的點放射擊。我趕忙退回到我的陣地，出槍準備應戰。

「他媽的！這些土八路不讓我們吃東西呢！呸！」一個老兵咒罵著。

「是啊！怕你吃飽了，有力氣捅他妹子出氣！」一個兵接著說。

他的話引起了大家的哈哈大笑，笑聲還沒結束，忽然聽到那個幾乎是代理班長的老兵喊著：

「臥倒，迫擊砲！」

聲音還沒完全落下，所有人已經飛散臥倒找掩蔽，幾枚迫擊砲彈，紛紛落地爆炸，爆炸聲浪迫得耳膜嗡嗡作響，炸起的土屑石片四處飛濺，落下來濺得我們一身都是。

「他媽的……」一個大陸兵咒罵著。

迫擊砲才停，機槍又跟著嘶吼達達達……的向我們陣地射擊。

「還擊，找到機會還擊啊！」幾乎是代理班長的老兵大聲叫喊，隨即朝共軍方向開了幾槍。

「你們看！」一旁一個戰友指著共軍陣地的方向喊著。

只見共軍似乎要發起攻擊似的，在機槍的掩護之下一群人向我們接近。

「射擊，朝他們射擊，看準了就射擊，讓他們回去見祖宗，別手軟啊。」老兵大聲的喊著。

我深吸了口氣，想稍微撫平自己的情緒。我告訴自己，目前情況是凶險的，不是他們倒下就是我躺在這裡，直到白骨長蟻永遠也別想回鄉；我不能手軟，不能胡亂放槍，要狠狠地準確地阻擋他們繼續前進。近距離與敵人相互射擊，我止不住內心的激動、恐慌、亢奮與冷血；我想大叫卻因爲嘴巴緊閉而只能發出嗯……的嗚咽聲。

我扣引了扳機，遠前方倒了一個，再扣扳機，一個端槍躍進的共軍忽然右臂往下垂軟，整個槍口著地，連帶拖著他向前踉蹌倒地。

射擊吧，卡沙一，享受你血液裡流著的卑南族戰士天賦，投入戰鬥吧！

殺戮吧，屈納詩，用敵人的血祭祀這一片土地之靈，讓土地重新滋肥吧！

開槍吧，讓他們倒下吧！

我近乎冷血的殘酷的咬牙射擊，心裡卻升起一股快慰。我餓了渴了好多天，這一切都與眼前這些共軍有關；我管你們這些王八羔子跟國民黨有什麼血海深仇，在這已經開始戰鬥的戰場上，我會像個卑南族的漢子；在我餓死、渴死、衰竭死亡以前，在我挨槍中彈流盡最後一滴血以前，我會像那些長輩在山林追逐圍獵那些內本鹿布農族人一樣，不趕盡殺絕絕不歇手。

我們幾輪猛烈的射擊，迫使得共軍無法繼續前進而紛紛退回他們的陣地。

「好啊！我就不相信你們有多大的本事！呸！土八路就是土八路！」

「就這麼點本事，想把我們困在這裡？」

「好了！別得意啦！戰鬥才剛要開始呢！」兩個大陸兵語氣出現了喜悅，一個老兵制止了他們，而我卻因爲剛才高漲的情緒一下子鬆懈下來，出現了虛脫、尿水失禁的感覺而微微發抖，說不上是喜悅，或者那根本是因爲恐懼所致吧。

「迫擊砲！找掩蔽啊！」一個老兵又忽然大叫，嚇得讓我重新振作。

天空傳來一道道咻嗯……的撕裂聲伴隨著老兵們、幹部們的叫喊聲在陣地蔓延、落下、爆裂、轟隆。鄰近的陣地似乎也受到相同的砲火襲擊，人員四下臥倒找掩蔽；砲彈爆炸掀起的塵土四濺而煙硝灰濛整個陣地。趁著砲火間隙，我們紛紛調整射擊位置，防著共軍重新發起攻擊。

幾輪砲火過去，但共軍似乎沒有歇息的意思，小口徑的六〇砲彈沒等前面爆炸，就已經飛臨上空，接連落地爆炸，炸得我們頭都抬不起來，身上撲蓋了不少濺飛而起的小石子。

「媽的！這些土八路哪來這麼多的砲彈啊！」

「是啊，這聽起來像是我們制式的六〇迫砲，他們怎麼可能有這些東西？」

「對啊！這樣的打法分明是告訴我們，他們彈藥充足呢！這是怎麼回事？」

幾個大陸兵大聲叫喊著說話。

忽然，幾道咻嗯……的聲音朝我們飛來。

「糟糕！」我脫口而出。一股不祥的預兆立刻襲上我心頭，不自覺地抬頭，發覺一群砲彈正飛過頭，而其中一枚正朝著我頭頂落下，尖錐型砲彈頭的影像逐漸擴大逼向我來。

「媽呀！」我心裡頭暗叫了一聲，心想這下子可眞要完蛋了。

眼看無處躲也來不及閃躲，我只好待在原地死命的緊貼著地趴著，瀕臨死亡，令我幾乎中斷了呼吸而腦海快速來回閃掠故鄉山林草木的一景一幕；母親那一張揉雜著歡欣、愁苦、期望與失落的皺紋條理；妹妹熙安那年輕美麗卻掩隱著愁苦的神態；故鄉歡欣鼓舞著我們外出工作開創事業的鄉親，那些一張張懷抱著希望與期待的臉孔；一一地迅速浮起交錯過去以來戰友們一槍轟爛的胸膛、砲彈破片削掉的腦袋、剛剛被炸飛的手臂與一小節腿骨的戰場景象；交疊著我的恐懼以及即將離開人世間的絕望與不捨，我想要大哭卻發不出任何聲音，眼淚卻像水流一般，放肆、狂放無節制地奔流。

仆……砲彈落地……

我的身體……整個人不自覺抽搐地抖動輕微彈起。

永別了……娘親……我的伊娜……嗚……

一秒鐘……兩秒鐘……

既然死定了，心情反而平靜下來，數著砲彈落下的時間。

咦？不是延期信管！

我心裡一陣懷疑，如果是延期信管，著了地幾秒鐘之內便會爆炸，除非是啞彈，一種引信損壞或火藥潮濕無法擊發的未爆彈。我腦海起了這個念頭，卻不敢立刻抬頭或起身。

三秒鐘……五秒鐘……

沒爆炸！是啞彈？是未爆彈！哈哈……是未爆彈！我幾乎是叫了起來。

陣地內已經沒有其他砲彈的射擊落地聲，這一枚落在我身邊的迫擊砲彈，是他們這一波砲彈攻擊的最後一顆。我小心翼翼地搬頭查看，發覺砲彈就落在我胸膛右側半個手臂的距離，整個彈體埋進土裡震出一個小淺坑，只露出尾翼和推進藥包燃燒後的餘煙。

好險！我輕呼了一口氣，想輕躡躡的起身離開，才發覺我全身濕透近乎痲痺的四肢無力，我掙扎地向左側翻滾，稍稍遠離這一枚迫擊砲彈，心裡頭稍稍覺得安心。也不管日頭剛偏過正午，陽光依然熾熱，仰躺著望著天空，我終於哭出了聲音又夾雜著笑聲。我又哭又笑了好一會，一個老兵體貼地走了過來拍了拍我的肩頭，拉我起身到一旁去。我才注意到陣地到處都是受了傷的人，慘不忍睹。

這是我十九歲的生命，又一次地在戰場上的生死線邊緣迴轉，一半的身體進了鬼門關，又奇蹟似的活轉而回，我終於還是幸運地挺過了。忽然間，我眞正地了解到了這些老兵有著異於常人的生活哲學，是因爲他們一次又一次的在生死邊緣存活下來；早習以爲常地與死神打交道，然後從鬼門關驚險地轉回。

我想這就是戰場吧！我想我從此也會有不同的生命態度吧！只是，下一回我能不能挺得過而存活下來？我還能擁有多少次的幸運？而這樣的廝殺、戰鬥、相互殘殺又什麼時候會眞正的結束？

天空無語，短暫遮掩太陽的一片雲也無語，除了我斷斷續續的哭泣聲。

這個下午，敵人算是安靜了下來，除了狙擊手偶而一槍兩槍的射擊，共軍已經沒有像先前一整批人企圖向我們逼近，我們的心思又重新回到吃喝這一件事情上面。空投物資雖然大部分都掉到匪區，但我們多數的單位也都撿回了一些食物，除了飲水問題仍需要解決之外，如何把食物吞進肚子裡也成了一個問題。罐頭這類帶有水分的食物問題不大，得到麵包的慢慢咀嚼也可以吞進去肚子裡，比較麻煩的是像我這樣只撿到一兩包乾糧的。不過，從鬼門關撿回一條命，回頭再來看這件事就顯得容易與不需在乎。

一整個下午，我在一邊啃玉米稈吸水分、啃石頭般的乾糧，一邊監視著共軍陣地動靜中打發。就在太陽落入西邊遠處的地平線，天色變暗而滿天星星閃爍在夜空穹廬之時，我竟然有了一點「飽」的感覺，不再覺得有飢餓感。

才覺得開心，團部卻下達了突圍命令。不同於先前的茫然，這一回我卻有幾分的平靜與篤定，我不確定這種篤定的心情與何有關，但我知道是因為白天與共軍交戰，殺人、被殺的生死關頭走過一回，讓我蛻變成一個眞正的「兵」，或者「戰士」。

夜空中，月亮成牙，即將沉落在西邊的地平線上。依據以往的經驗，這個時間應該是那些台灣平地人所說的農曆初三初四的時間，也就是說，很快地，今晚將是一個只有星星的夜晚。我們迅速整理了裝具，彈藥做了調整，幹部做了簡單的規定，要我們盡可能一個班一個班的緊密聯繫相互支援，排長又指派一個老兵做我們的代理班長。

等一切就緒，部隊已經出發。師部、團部的砲兵開始逞威，接連的對著北、西、南三個方向砲擊，轟隆隆地聲勢甚是嚇人，四周的共軍陣地除了砲彈的爆炸聲、火光、煙硝之外，都陷入了死寂，沒有任何回擊的槍聲或砲火。我們士氣大振，戰友交談聲中似乎已經把前一次突圍的死傷慘狀拋在腦後，依照建制，開始出發。

沒想到部隊才動，敵人的機槍已經開始掃射。除了機槍，步槍也分別從左右邊不停的射擊，隊伍中不少人中槍倒下。但我們無心停下來射擊應戰，藉著黑夜中有一定的掩護程度，幹部要我們朝著行進方向加大速度的往前衝。槍聲一路沒停，有的打在我們隊伍附近，有的地方似乎沒在他們射擊線上，讓我們稍稍喘過氣，我想我們應該正在穿越他們預設的幾個防線陣地上。一路上不停的有人倒下，黑夜中也常常不小心就踩著倒在路上的屍體；有些受傷的戰友，躲進角落不停的呻吟，大家逃命中，沒有人能多分出精神幫一把。

我們的確像是逃命，我們不知道敵人的位置，但敵人的槍口始終朝著我們方向射擊，我們卻只能端著槍，不停的躲、不停的衝。過了一段時間，我們總算離開了原來的防線，向一個更開闊的地區前進。我分不出東西南北，開始又感到恐懼，算一算我們班上只剩下五個人，我一個台灣來的戰士，人生地不熟的，語言又不完全通，萬一打散了，我找誰依靠啊。

我們繼續前進，毫無目標也不知道方向的奔跑，整個部隊建制似乎已經被打亂，誰也分不清楚自己的連部在哪裡，排也往往只剩下兩三個人圍繞著排長，我們班附近竟然還出現其他營的單位。一整個晚上槍聲不斷，遠處近處、左側右側的，無論我們跑到哪裡情況似乎都是如此。

我緊緊地跟著班上的大陸兵，我們拚命的跑，也不知道何時能停下來。直到我們前方天空出現了一些華白，我才確認我們一整夜是朝著東邊跑，此時共軍的槍聲似乎也沉寂了不少，只有遠處還斷續忽然密集忽然稀疏的傳來。

「我們休息一會兒吧！」一個戰友喘著氣說。

「要給追上怎麼辦？」

「暫時不會吧？我們這樣沒頭蒼蠅一樣的跑，誰知道前方有沒有八路等著我們啊！眼看天就要亮了，我們倒不如趁這個時間躲起來好好休息，等天亮了再做打算！」

「也好，娘個屄的，一路這麼給人家打，我看，八成他們安插了探子在我們內部，所有舉動給摸得清清楚楚。」

「哼！照這個狀況來說，我們這個師恐怕凶多吉少了。哎呀！一個師一萬多人，就這樣子，一個晚上給這些八路吃得乾乾淨淨，對方到底是誰的部隊啊。」

我沒理會這些戰友的交談，因爲我實在是又累又渴，昨天下午慢慢啃食的乾糧早就消化光了，經過一夜的奔跑後，我已經覺得餓了。我忍著臭氣喝了路邊的一點積水，又折了一根高粱稈放進嘴裡嚼。心裡頭疑惑著，這裡究竟是什麼地方？爲什麼到處都是高粱，種植這些高粱的人家呢？

大夥休息了一會兒，幾個戰友輕聲的交談，沒理會我一個人胡思亂想的沉默。

「我們這個樣子不行啊！我看我們趁著天還沒亮的時候繼續向前走吧！」一個戰友忽然開口說。

「走哪兒？這又有什麼差別嗎？」

「走哪兒都好，這裡還清楚的聽得到槍聲，所以那些八路一定還在這個附近，萬一給逮著了，可有我們的受了。不如我們先遠離這裡，離開戰區找個地方當老百姓過生活。」

「嗯！有道理，我們正向東邊走，前方應該是嘉祥縣城，我們之前來的方向，往那裡走應該有機會。」

戰友們認眞的討論著下一步，而我卻陷在他們話語中「找個地方當老百姓過生活」的字句。離開了故鄉，到這樣的一個不論人、事、地、物完全陌生的環境，我要如何當一個尋常的老百姓過生活？他們的百姓又是怎麼樣子地過生活？

提起步槍，跟著大陸籍的戰友一路無語地向東走，槍聲終於平息了，而東方天空出現了紅橘色雲泥。忽然間，我想起離鄉出門那天凌晨作的噩夢，我是驚恐與掙扎地走在層層陰森恐怖的通道中，直到終於出現絢麗的前景，那心情是那樣地叫人感到光明與希望。今夜，不也是這樣嗎？是太陽要出來了吧？抬頭望向東邊的晨曦，這一夜噩夢般的突圍戰鬥總該要結束了，我想。

但，下一步呢？我們又要往哪裡去？又將遭遇什麼樣的情況呢？

第9章 被俘經歷

我們一直走，不停的走，但眼前的景象卻沒有改變多少，我舉目張望，視界所及除了高粱還是高粱，也有一些高莖的玉米田，有些雜糧我說不出名稱，但整個來說，農作物的種類並不多樣。我眞是不明白，這個地方究竟有多大？從昨夜我們突圍開始一夜的奔跑，所經過的範圍除了玉米就是高粱，這麼廣大的糧食栽種，一年的收成究竟能提供多少人吃食啊？種植這些糧食的人都到哪裡去了？他們富有嗎？戰爭時期的現在，還能安居樂業定時播種除草嗎？還有，我們幾萬個兵在這裡廝殺，這些莊稼能不能如期收成？萬一受了影響收成出了問題，來年他們怎麼過生活？

一連串的問題在我腦海轉來轉去，一下子又轉向我的家鄉大巴六九。家鄉這個時候，小米都已經收成，稻米也都要收入倉庫，家鄉的人總會在七月中以前辦理小米收穫祭，然後我們這些青年要比賽誰能挨餓得久。爲了確保所有人都保持挨餓狀態，不會有人藉口脫隊偷偷跑回家吃東西，年長的人還會要求我們集中管理相互監督；爲了分散我們的飢餓感，年長者還不時地派遣公差勞役，甚至在第三天舉行馬拉松長跑。這個跟鬧饑荒沒食物挨餓不同，而是慶祝豐收的另一種形式，要大夥不忘了鬧饑荒的艱苦日子，因而更珍惜有食物的歲月。

眼前一整片的農田應該屬於一群農民所有，這些農民有沒有特別屬於他們的節慶？而他們應該是大魚大肉的慶祝吧。想到這兒，肚子又忽然感到飢餓極了，我們什麼時候能吃上一口飯，即使一口麵也好，或者就一兩片那些硬得跟石頭一樣的口糧餅乾也好。

「屈納詩，你想什麼，一路上不吭聲的悶著走？」一個戰友忽然開口問我。

「他還能想什麼？還不是他老家的女人！」一個戰友插了話，然後又轉頭看我：「說眞的，屈納詩，你那女人漂亮吧？你們是不是已經……？」

「我……」這是什麼問題啊？我還眞不知道怎麼回答。

「我……你什麼呀？都死了幾回了，你還害臊這回事啊！」

「好啦！別逼他了，一個悶葫蘆，老半天蹦不出一個字的。」

「好！不逗你，不過昨天你的槍法準啊，我看你扣扳機，一槍一個！活該那些八路遇見了喪門星。」

「是啊！說起來你的運氣也太好了，你身旁的老兵都挨槍了，你只有衣服帽子破幾個窟窿，一顆迫砲落在你身旁居然沒爆炸，哎呀！光看這樣的運氣，我看你活個百歲絕不成問題。」

「百歲？活那麼久幹什麼？戰爭要這麼一直打下去，你要他在這裡流浪到頭髮白了牙齒掉了活受罪啊？倒不如下一回遇見八路，一槍送他回老家多好！」

「呸！就你個掃把星、烏鴉嘴，哪有人這麼說自己的戰友的，怕活得辛苦，我們幹什麼要拚命的跑，留在六營集餓死給那些高粱施肥不就得了。」

「好了吧！你們一路閒著無趣找話題，別在那兒死的、施肥的聽了晦氣，提點別的吧。就說你上了一個八路的妹子，那多好啊。」

幾個戰友恐怕眞的是一路沒話題的尋我開心，但戰友的話還是有些意思。將來眞要能長命百歲，找一塊田地種種穀子弄些莊稼作物過日子，應該是個不錯的晚年生活。不過，現在我才十九歲不到，距離那個「百歲」還有一大段路要走，算一算，我鬼門關的確來來去去了幾回，能不能活到明天都還是個未知數的現在，談那個「百歲」還眞是個笑話啊。

「我們……我們這樣走，要走到什麼時候啊？」我打斷了他們的玩笑。

我不確定該不該問，眼前我們走在高粱田的農徑，往四周望去，也都是望不到盡頭的莊稼農作，我們究竟要走到哪裡？什麼時候可以停下來，吃個東西喝個什麼的？我已經感到飢渴難耐，也因爲太陽升起地平面開始變熱，疲倦感越來越強烈。

我的問題讓戰友都安靜了一會兒，大家加快了步子沒人回答我的問題。

「#$%&*……」我們後方忽然響起了一個喳呼聲，聲音遙遠不清楚。

我們幾乎同時回頭，發覺約一百米遠的高粱地出現了十多個穿藍色衣服的漢子，正朝著我們喊叫：「#$%&*……」

「媽的，是八路啊！」一個戰友皺起了眉頭。

「他們喊什麼啊？」我問。

「繳槍不殺！」

「繳槍不殺？什麼意思？我們該怎麼辦？」我有些慌張的問。

「怎麼辦？跑啊，還怎麼辦？給抓著了可有得受了！」

不等那戰友說完，我們已經拔腿就跑，因爲緊張害怕，我覺得兩腳生了翅膀似的飛快往前。我們快，那些共軍更快，一路追了上來。我心想，他們吃飽喝足了，一餐沒餓過當然有力氣，但我們可也不是紙紮的病貓不中用，非得跟他們跑出個高下不可。不過想歸想，那些穿藍色衣服的人還眞能跑，我們才跑出兩百米，他們已經追近到了五十米，更糟的是，他們邊跑還邊開槍。碰……的接連三槍，前方高粱田農徑小路旁的一棵柳樹，被打下了幾根樹枝，掉落下來差點砸到我們，逼得我們連忙閃躲。

「媽的！眞要命啊！」一個戰友咒罵了一聲。

才回過神，最前面的戰友大叫：「糟糕！前面有人！」

我們急停，然後趕忙往小徑旁臥倒，開槍射擊。我們可眞走了霉運，後面追兵正追得急，我正感到疲倦跑不動，前面約五十米的高粱地又已經鑽出了另一批人。媽的，這些穿藍色制服的共軍！他媽的，這些看不到盡頭的高粱地。我心裡偷偷學著戰友那樣的咒罵著，手卻沒閒著與戰友們分成兩面，朝後朝前射擊。

敵人人多，前後夾擊，彈著量實在驚人，打得我們頭都抬不起來，根本沒辦法好好的瞄準。

「這樣不是辦法！我們得變換位置！」一個戰友說。

「八路火力這麼密集，我們怎麼變換？」

「不變換，我們都要被釘死在這裡，一個也逃不掉。不如我們一起一陣急射，然後朝右邊這個方向跑，這方向應該是往南吧，運氣好也許可以碰到其他的單位，到時重新整編。」

「也只有這樣了！不過，這一去，能不能再見面誰都不知道，在這裡咱先互道珍重了，希望有機會與各位重逢。」

戰友的話讓我感到傷感，往後眞要是見不到人，也是緣分啊。不過這個時候也不是感傷的時間，對方火力強，我們就算沒被打死，也撐不了多久子彈便要打光。

一個戰友也覺得不耐煩，大聲說：

「呸！這個時候還來這些娘娘腔嚼舌的，能不能活著離開還沒個準呢。好啦！聽我口令，大家一起射擊然後離開，記得啊！誰要活著離開，將來清明時節上香祭祖，記得分塊冷豬肉悼念我們這些弟兄啊。走！」

那戰友一喊，我們各自朝著共軍方向扣扳機射擊，然後立刻起身，朝右側的高粱地竄去。才跑兩步，一個刺針似的痛楚忽然鑽進左大腿，一股深層的、酸楚的又伴隨灼熱感的疼痛立刻襲上腦門，我意識到我中彈了，我終於中彈了。

我不能倒下！

我不能被俘虜！

我心裡吶喊著，努力邁著腳步往前奔跑，但左大腿的灼熱感已經擴大，整塊肌肉出現半麻痺的狀態，接著劇烈的疼痛不知從哪裡開始蔓延整個下半身。

不行！我一定得追上戰友，即使其中的一個人都好，人生地不熟的我不能一個人落單，不行，我不能留在這裡！

我心裡頭吶喊著，但左腿越來越疼痛，我的速度越來越慢，眼前的高粱稈一支一支的緩慢劃過我的肩背，而戰友們的身影卻迅速的遠去。我近乎絕望的跌坐了下來，痛楚與恐懼瞬間佔據了我所有的思緒，眼淚不聽使喚的紛紛奪眶而出。

我將成爲俘虜，嗚……或許被挖去一隻眼睛割去一隻耳朵，也許剁掉我一隻手掌餵狗，嗚……我的這一生難道就要這樣地悲慘結束嗎？

我腦海快速的閃過這些念頭，已經濕糊了的整個視界忽然出現了幾個藍影子。

「繳槍不殺！」他們大聲喊著，幾支步槍槍口朝著我。

我癱坐在高粱田無法動彈，緊張、恐懼又絕望的大口喘著氣，左腿傷痛得一陣陣抽搐。我根本無法思考或進一步理解他們喊的「繳槍不殺」的意思，或者我該如何配合行動。

被俘虜是肯定的事了，要殺要剮甚至活埋，也不見得比現在更難過，就隨他們去吧！我在恐懼與猜疑中定下了心，隨手把握著的槍枝往旁丟棄，那些穿著藍衣服的人立刻圍了上來。

「他受傷了！」一個共軍說。

「他是哪裡人啊？長得還挺漂亮的。」

「呵呵……你替你妹子招親，還是怎麼的？他受了傷，現在不處理他要失血過多了，到時候變成一個漂亮的屍體了，你揹回家給你妹子配親啊！」

「呸！眞要變屍體，我們倒省事！就地埋了給這些高粱施肥。不過我會唸個阿彌陀佛讓他下輩子投胎到好人家，別再來當兵了。」

「哎呀！你個大慈大悲的解放軍戰士，省著點吧，快替他包紮吧！再拖下去，你眞要唸佛號了！」

「他是南方人吧？南方人個子小，長得細緻！」

「你還問啊？別逗了，問問首長，給他包紮吧！」

「這還要問嗎？來來來……我來！」

一群人七嘴八舌靠向我，掛著笑臉開玩笑，完全不理會我因爲驚恐而僵掉了的表情，最後，一個肩掛著手槍的高個子，走了過來，笑著說：

「你別動，我給你包紮處理！忍著點啊！」

高個子說完蹲了下來，伸手撕開了我的褲襠，又從其他人手上接過急救包，按著傷口包紮。

我有些迷惑了，我是個俘虜，受了傷，他們大可爲了省事，賞我一顆子彈，或者幾把刺刀把我捅成馬蜂窩，爲什麼還要費事的爲我包紮？剛剛我們不還相互開槍要置對方於死地嗎？不是聽說俘虜不挖眼睛也要割鼻子嗎？如果是這樣，這些人還能在動手前這麼嬉笑輕鬆，那他們的手段豈不是要更殘忍多少倍？

我想起在徐州市外我們捉了一個莊稼漢子劉子敬，被幾個老兵吊綁起來拿棍子輪流痛揍，失去意識屎尿全來的情形，忽然間我覺得脊梁發冷，全身僵冷無力。

不啊！不可以這樣對我啊！我不過是被騙來這裡的台灣郎，雖然在戰友找糧食搶食物的時候沒出面阻止戰友，我可也沒幹過什麼大的壞事啊！不可以啊！我幾乎是哭出聲來的在心裡頭吶喊。

沒等我哭喪的臉掉出淚來，兩個共軍忽然上前來，把我架了起來。

完了！我心中大喊一聲，一團尿幾乎噴出。

沒等我反應過來，我們已經上路了，這些人有說有笑的，像是我在家鄉一起上工、一起遊戲的夥伴們，各自聊起得意的事，沒人理會我的疑懼。就像剛剛什麼事也沒發生一樣，我既沒開槍打他們，他們也沒有人追殺我一樣。這情形讓我困惑極了，我不是俘虜嗎？我昨日以前跟他們在六營集對峙了許多天，還一度你來我往的相互射殺，難道他們全都忘記了，或者他們是另外一批人不知道這一回事，或者他們有其他的陰謀？

我滿腦子的疑問，但左腿的痛楚卻絲毫沒減低一分，傷口的疼痛幾乎是扯動了全身每一寸神經，心臟也似乎承受不住似的，每走一步就揪一下。我幾乎是咬著牙跛著腿一步一步的跟著他們的腳步走，深怕因爲走不動，讓這些人一槍就地解決減少累贅。我的行動受了影響，連帶也影響了攙著我的那位共軍戰士。

「欸！這位同志！眼前還有一段路要走，你可得堅持一會兒，撐著點啊！」那高個子似乎看出了我的窘態，微笑著對我說。

我皺著眉頭抬頭看了他一眼感覺親切，我想他應該是個幹部吧？不過，這個「同志」又是什麼意思呢？

「你別瞎猜疑了，安心地跟我們走，把傷養好了，回鄉或繼續留營你也好做打算，都是同胞，我們解放軍不會為難你的。再堅持一會兒，前頭有個村子，我們在那兒休息。」高個子說。

他的話讓我忽然覺得酸苦。過去一年多，除了戰友私底下的關懷，很少有幹部會這麼跟我說話，可這個高個子分明是個幹部的樣子啊。我想起了我那個恩人班長偉功權也曾經這麼關心我，在我生病瀕臨死亡時，關心照顧我，他現在人應該平安的待在台灣吧。想想，心裡頭更酸。

左大腿又來了一陣抽痛，讓我幾乎跪了下去，一個念頭又盤據心上。

我想起了當初到村子「招募」工人的那些長官之中，那個高個子也是說了許多令人振奮的事，結果呢？我現在受傷成了當初他們要「勦」的「匪軍」的俘虜。現在這個高個子，也說了些溫馨感人的話語，他又有什麼目的，將來我又會有什麼下場？他說「我們解放軍」，可是，他們分明就是「紅軍」、「共軍」，是共產黨的軍隊啊？也就是我們戰友說的「八路」、「土八路」啊，這中間有什麼差別？難道「解放軍」會把我「解開」然後「放走」，而「八路」會把我四肢「八」開的綑綁起來割耳朵、挖眼睛，然後隨便找個「路」邊活埋？這，真叫我困惑啊！

「我們都休息一會兒，喝個水吧！小三子，記得分點水給這位新進同志喝啊！」那高個子說。

「您放心，少不了他一份的。」路上攙扶著我的那個共軍說。

我們到了一個村子，就在村子口路邊一棵樹下，靠著路邊一顆石頭大夥坐了下來。那名叫小三子的共軍，隨後解開他腰帶的水壺，自己喝了一口然後把水壺遞了過來。我向他點過頭，說了聲謝謝。

「你說什麼？」那名叫小三子的共軍忽然瞪大眼看著我。

「喔，我是說謝謝！」我意識到剛剛以日語說了謝謝，趕緊用漢語說一次。

「謝謝？你說的是日本話啊？哎呀！看不出來你會說小日本鬼子的話，看你個子小，長得也漂亮，你該不會是日本人？」

「是！喔，不是！我是大巴六九人，從台灣來的！」我慌亂的回答。

我是卑南族人，但國民政府來台灣以前的十七年，我是日本國的國民，一九四五年以後，我變成了中國人。他問我是不是日本人，一時之間我還真不知道該怎麼回答我是不是日本人。而剛剛一時感激他遞了水壺給我喝，很自然的以日語向他道了謝。

「唉！說謝謝太彆扭了，我們當兵吃糧的不作興說這麼客套的話！你多喝一些吧！」小三子像是看見新奇的玩意兒一樣地看著我。

「大巴六九人？台灣？那是什麼地方？你剛說你是台灣來的？台灣在哪裡啊！」另一個共軍好奇地湊了上來問。

「這……」這問題一下子把我問傻了。

「南方吧……」我囁囁地說。

「南方吧?嘿，瞧你，不會連自己從哪個方向來都搞不清楚吧!將來全國解放了，要你復員回鄉，你怎麼回去啊?」

「我……」我語塞，情緒因為那共軍戰士的問話而波動不已，眼淚不聽使喚地直流下來。

台灣在南方我知道，因為我們是一路往北而來的。問題是，我現在在什麼地方?這裡離台灣多遠?我怎麼回去?真正讓我哭泣掉淚的是，真要戰爭結束要等到哪一年?我能不能活著等到戰爭結束?我的家人，尤其是我娘，能不能活著等到我回去喊她一聲「伊娜」?

我的伊娜啊!我的母親啊!

「好了!你們別為難他了!離鄉背井的，剛開始又有誰知道自己家鄉的方向，誰又知道自己將來前途如何?你們不也都是這個樣子嗎?大家相互體諒啊，好好照顧他吧!」高個子說，轉頭看了我一眼，撇頭又往路上瞧。

只見路上一個上了年紀的老人牽著一頭毛驢往我們的方向走來。見到毛驢倒讓我心情忽然轉好了，擦乾眼淚，不好意思的抬起頭看著那小毛驢，想起第一天到達徐州市的興奮。

「這位大爺!您上哪兒啊?」高個子問。

「喔!這一位同志，沒啥事，想看一看田裡有什麼活可幹，順道讓我家的這一隻驢子活動活動伸展筋骨。」

「是這樣啊，我跟你打個商量，讓您家的這頭驢，馱著我這受傷的同志趕一段路好不好?」

「可以啊，反正沒啥事!」那牽驢人表情開心的說。

我努力仔細地聽他們交談，了解高個子似乎要這位大爺讓他的驢子載我一程，這可讓我感到驚訝與興奮。我與他們相互不認識，稍早之前還在想盡辦法殺死對方，現在我成了他們的俘虜，他們卻要爲我的腿傷走路不方便想辦法，這太讓人難以相信了。不過，真要能騎上毛驢，也算是實現了我先前在徐州市想親近驢子的願望。

果然，幾個共軍扶我上驢背，一路由那大爺牽著驢走。

我開始覺得開心，想起過去在家鄉我就常這樣地騎著我家那頭大牛找草吃。牛背寬厚，我張著腿胯坐，總有夾不住的感覺，但屁股肉均匀的貼著牛背緩慢前進，感覺是舒服的。騎在驢背上又完全不同了，驢背較窄，兩腿跨坐容易，但不知是我的屁股沒長肉還是驢背脊椎骨裸露，感覺有個東西在底下咕嚕咕嚕磨蹭，不是那麼的舒服。可是比起走路時我那左大腿不停的撕裂疼痛，又感覺舒服太多了；騎上驢背遠比擠上大卡車顛簸舒服太多了。想想，我是他們的俘虜，他們走路我騎驢，天底下還有什麼比這個更沒道理的事。我心裡頭覺得窩心，連帶的對這些共軍感到親切與感激，他們遠比我過去待過的單位更具人性得多了，好像我根本就是他們一起出生入死的戰友似的。

我們一路走，沿途經過幾個村子，看見一些事，讓我覺得非常不可思議。不少的老百姓民家，見到我們居然不閃不避，拿水的請吃甜瓜的，甚至中午繼續走的時間，更有人拿了一些油餅、饅頭和一些煮熟的蛋請我們吃。看到我騎坐在毛驢上，還有人喊著：「長官同志您受傷啦！可要多保重啊！」

弄得我不知如何，而這些共軍卻都哈哈大笑，沒多做解釋的跟那些人招手問好。這情形讓我坐立難安，心情隨著越走越遠，而越來越低沉。

老實說，我對共軍的印象僅止於政治教育中，幹部所告訴我們的事。說他們裹脅百姓抄掠地主富農，對於反對共產黨教條的人，壓迫手段之殘忍遠遠超過歷史上任何的土匪流寇，所以他們會給冠上「共匪」的稱號就是這個原因。但是眼前的情況，從我被俘以後到現在我們走在路上，所看見的村民反應，那分明是看見自己子弟兵的態度，而不是尋常百姓對「土匪」該有的反應。我看不出來他們臉上的表情有任何虛應故事的僞裝，我也聽不出他們聲音裡有被暗示或勉強配合演出的不自在，就連牽著驢的老漢與這些共軍交談的眼神裡，也看不到一絲的恐懼。反而是剛開始他知道我是被俘的「國軍士兵」時，他出現了極短暫的厭惡；就像在台灣時，經過基隆、淡水、台中甚至鳳山那樣，老百姓的眼神總是不小心就露出一點敵意或輕蔑。

是宣傳錯了嗎？還是只有這個地區的共軍與地方的關係保持得很好，其他的地方則如傳說的一樣恐怖與不自由？我分明在魚台、金鄉甚至在嘉祥或六營集這幾個地方聽過百姓咒罵共產黨這些「八路軍」啊！可見他們也幹過一些壞事，比如像我們一樣，不顧百姓人家的死活拆門板、搶糧、砍伐莊稼的一些勾當，他們也應該是這樣吧！

再說軍隊本身！眼前十幾個共軍在一整天的行軍時間裡，我並沒有看到有任何的幹部、老兵斥責或惡聲惡氣的差遣其他的戰友，甚至我不知道到底誰是幹部。那高個子應該是吧，可是我分辨不出哪裡不一樣，也沒見到他對誰凶巴巴的。這些都不是先前我們連上或其他的友軍單位所能擁有的氣氛，因爲我們總像是一群囚犯，從開始報到到開赴戰場、突圍被俘，不停的被監視、控管、出勞役又吃不飽，像牛馬一樣的，讓幹部和那些老兵動不動就斥責或動手打人。

我想起在徐州時，有一天我與另一個台灣兵，跟著班長陳果白到五公里地以外的補給站去領一百多斤重的大米，天空下著雨，路上到處是濕滑的爛泥濘路，沒有車輛只得徒步前行。我與另一個台灣兵，拿著一根木棒當擔子，一前一後的挑著大米，一路滑跤跌跌撞撞，那個「眞可怕」班長非但沒伸出個半根指頭幫忙扶一把，還不停的大罵我們欠磨練，趕牛似的一路吼著：「娘個屄，不中用的東西，給我爬起來快走！」

這跟我現在坐在驢背上，跟個長官似的「看著」這些共軍一路有說有笑的走著，眞是強烈的對比啊。

「辛苦啦！各位解放軍同志！」幾個老百姓在路上與我們碰頭紛紛打招呼，打斷了我的思緒。幾個鄉親似乎是對著我喊著：「首長辛苦啦！」

我不知道他們說的首長是什麼，只彆扭的點了個頭，算是回禮。

「哎呀！他們喊你首長耶！哇哈哈，你變成了首長啦！」小三子指著我大笑。

「首長好！」其他人跟著起鬨，連那牽驢的大爺以及高個子也跟著笑了。

「首長就是領導人，在他們眼裡，你現在就是我們的領導人。哎呀！這可眞有趣啊！」小三子這一說，我差一點沒從驢背上掉了下來。

我忽然感到頭疼，我想是我見識太少，太過愚昧，根本分不清楚存在「國軍」、「共軍」之間，或者這場戰爭的目的、意義，究竟什麼才是事實與眞相。不過眼前這些共軍親如兄弟的態度，還是深深的令我著迷。軍隊或者夥伴之間不應該就是這個樣子嗎？我們部落「巴拉冠」裡頭那些年輕漢子同夥之間，不也是這個樣子嗎？一起嬉鬧、一起打獵、一起保護部落對付敵人。

我們一直走到了太陽落地天都暗了下來，才走到一個集子，一座透著燈光的四合院。才進院子，一些醫護人員趕忙擠到院子等候。

「王大姊！大姊啊！我給您帶個漢子來囉！」小三子朝一個護士說，而他的話引起其他共軍的笑聲。

「呸呸！你個小三子，嘴裡淨是不乾不淨的，來啊，你們誰替我捉著，我讓他嘴巴消毒消毒啊！」

只見那護士笑著作勢要抓小三子，小三子笑嘻嘻機伶的往旁躲開。

「好了！小三子，開玩笑也要有個分寸啊，當心王大姊計較，我可要你提出檢討報告啊！去！你們幾個幫著王大姊扶他下來吧！」高個子說話了。

「呵呵……生活苦，開開玩笑無妨啊，來來來，你們都吃過飯了吧？」那個王大姊說。

「不忙不忙，這位同志傷了左腿，我們把他交給你們了！」高個子說。又轉過頭對我說：

「同志啊，你好好養傷，啥也別亂想！把身子養好了，上天下地，你也有個本啊！往後，你可得自己保重啊！」

「我……」

幾個共軍連忙扶我下驢背，我忽然又想起偉功權班長，他也說過相同的話啊。而這個高個子指導員甚至連我的名字也沒問，卻把我當親人般關懷，讓我感動的說不出話來，眼淚幾乎是要哭了出來。

「好啦！可別哭啊，要讓人看見了，別人可要笑你一個漢子想家，哭哭啼啼的像個娃！人生就是這麼一回事，別想那麼多啦，跟我進來吧！」王大姊笑著說，同時指揮幾個共軍扶我進房，找了一張床位躺了下來。

躺上床，我順勢擦去眼淚，不經意地撇過頭，正看見牽著毛驢的大爺吃完東西，接過那高個子指導員給了些錢，開心的牽著驢子離開。

我向四周瞧了瞧，這個房間兩張病床，空間並不是十分寬敞，在微弱燈火的照映下，除了一個可以當桌子的藥品矮木櫺，沒有什麼其他特別的陳設。鄰床還空著的，但我猜想其他的房間一定都住著其他的傷患，因爲不同程度的傷患呻吟聲斷斷續續地傳來、顯然每個人都受了輕重不等的傷勢。

我的傷沒有我想像的嚴重，一顆點三〇步槍彈打穿了我的左大腿，前後兩個窟窿但沒傷到骨頭，衛生員做了清洗消毒縫了幾針後便包紮起來，看起來將來應該不會影響走路的。

才包紮完，我已經聞到一股熱食的味道，一陣強烈的飢餓感直衝腦門。

「這位同志，你能起身吧？傷口包紮完了，肚子也該餓了吧！來，這些夠不夠你吃？對了！還沒請教你的大名呢？」門口傳來王大姊一連串的疑問聲，她邊說邊走進病房，說完最後一個字時，人已經站在我的床邊，伸手擱了一盤東西在矮木櫺。

「屈納詩！我叫屈納詩！」我小聲的回答，同時從床上直起身體。

「屈納詩？這名字好聽啊！打哪裡來的？」

「什麼？」我沒聽懂她的意思。

「我是說，你是哪裡人？家鄉在哪裡？」

「台灣，我住台灣的台東縣。」

「台灣？你說的是那個日本人佔領的台灣？」

「是，以前是，現在給國民政府收了去。」

「家人還在吧？你們過得好嗎？」

「這……這怎麼回答呢？」

王大姊的問題，讓我不知如何回答。家人在不在？我不知道。至於要說我們過得好，那我幹什麼要參加「工作團」跑到這裡跟共軍作戰？若要說過得不好，一間破房子，幾塊小得只能種一些飽三餐雜糧的旱田地，勉強還能過日子，唱唱歌喝喝小酒，也倒還有些快活。比起我來到大陸以後，過去的這一段時間所看到的百姓生活，我又覺得家鄉那樣的生活簡直就是天堂，起碼天天可以睡個好覺；要吃肉上山打獵，肚子餓了還有蕃薯勉強充飢，不必擔心敵人砲火，不必背著良心幹壞事搶糧造孽。

「好好！不說這個，讓你多了心思。喏，我找人給你下了個麵，光顧著說話，湯都要涼了。」

王大姊說完笑笑起身離開。

我往那張充當桌子的矮木檯望去，看見桌面上留了一碗湯麵，裡頭還打了個雞蛋。

我又哭了，淚水滴滴答答的落入湯碗，我一口麵一把鼻涕的狼吞吃完然後躺回床上，心情始終平靜不下來。自五月底到現在七月底的兩個月間，這竟然是我第一次好好地、結結實實地躺在床上；第一次從容地、安安穩穩地吃上一頓，而這些，竟然還是我們心心念念要消滅的「共匪」所提供的。

這，究竟是怎樣的一個命運？我與這些人既對立又相結合的關係，究竟又該如何釐清？我該感激他們？或繼續提防他們？等我吃飽了睡足了傷養好了，往後我又將何去何從？

這一夜，我盡可能把身體「釘」在床板上一動也不動，等待沉沉的入睡，想暫時甩開這些問題。不想，整夜卻陷在一段又一段似夢又像自己清醒著的思慮，自己也弄不清這些腦海裡浮掠的印象，究竟是我的回憶還是夢境。

直到半夜傷口一陣劇痛，我才又整個清醒了過來。而其他的方向卻傳來一陣一陣的呻吟與輕微哀嚎，那應該是一些傷得較重的戰友所發出的，我無法確定他們是我方的戰友還是共軍。但都是戰場上受的傷，無論哪一方都應該受到尊敬與良好妥善的醫療與照顧，只不過，這個情形有一點弔詭或者說有點諷刺。這是共軍所設置的療傷站，不是國軍的醫院，受傷的國軍士兵竟然受醫療物資短缺的共軍照養。這個情形，就算是我這麼個教育程度低又沒見過世面的台灣山地郎，我也能感覺得出眞有些不對勁。

我想，我們這一群被找來「工作」的台灣郎，恐怕眞的是陷入了一場可能永遠也無法解釋得清楚的一場戰爭，而這樣的戰爭，除了直接死去，否則恐怕還得用一輩子的時間慢慢找出答案，去理解這樣的時代故事究竟誰對誰錯，誰是無辜誰又該死。

不知過了多久，又一陣腿部抽痛讓我從迷迷糊糊狀似睡著的情境中醒來，我沒來由地想起了因爲部落械鬥而受傷的大姑媽黑拉善。她受傷的初期應該也是像我這樣子吧，除了身體受傷疼痛，還因爲丈夫死去而憂傷不已，夜裡醒醒睡睡的胡思亂想個不停。

大姑媽黑拉善在我孩提時期，曾經告訴過我一些部落往事，說很多年前①，有一天，窩居在中央山脈崇山峻嶺間的內本鹿布農族人，一個約十三人左右的狩獵團趁夜襲擊我們的部落。當時她與她丈夫夜宿在山腰的工寮上，接到部落的警示之後，兩人即刻收拾了些東西走回部落，沿途卻被布農族狩獵團追上。結果他的先生胸膛直接被轟爛，頭也被割了去，而大姑媽情急之下把手上拿著的鐵鍋罩在頭上加快腳步離去。布農族狩獵團一部分人追了出來，遠遠開了兩槍擊中大姑媽左手持鍋的手指，另一槍擦過腰部，幸好部落青年攜帶槍械及時趕來，擊退布農人，也保住了她的一條命。從此大姑媽黑拉善斷了左手食、中指，駝了背，走路直不起腰。

我想這就是打仗吧！不同族群、不同陣營、不問理由、不論規模大小，一日開打交火，傷亡總是難免，我該慶幸子彈只打穿了我的左大腿沒傷到骨頭，過不了幾天我肯定能康復。不過，日後呢？再遇到一場激烈的戰鬥，我還能不受傷、不被俘虜，或者遇到像現在這樣的敵人？

沒等誰來叫起床，我老早便醒來了，雖然胡思亂想了一整夜，但也沉沉的睡著了不少時間，所以醒來精神感到飽滿、清爽。我下了床拄著他們爲我準備的簡易拐杖走到院子去。發覺這是一棟四合院的大住宅，院子四周都有住房，進門以後穿過中庭院子的正面，後方似乎還有一排的住房。灰黑的瓦、灰黃的白牆，雖然窗櫺屋簷見不到太多細緻的雕刻，但也看得出來這是一個顯赫之人的住家。

這個大宅跟我剛到大陸時所見到的一些擁有曬穀場的大宅不同，也許是因爲兩者之間所從事的營生不同吧，但相同的地方是，爲了要逃避戰火而老早就逃往他鄉。空下來的這個房子，就剛好給共軍做爲醫療站，收容日前在六營集戰鬥受傷的戰士，當然其中也包括我們國軍在內的軍官、士官、兵。

---

①約一九一七年前後。

拄著拐杖走路並不好受，特別是新的傷口在第二天、第三天的時間感覺最爲敏感，隨便一個動作都覺得神經被拉扯而疼痛叫人難受。但我不願多躺在房內，每一天只要情況允許，我寧願忍著痛，在這個大宅院四處走走，只在規定吃藥的時間以及休息就寢的時間回寢室。

養傷的這些時間裡，我每天四處閒晃著。宅院的醫療人員並沒有限制我太多，王大姊見著了我也總是笑著寒暄兩句，關懷我的腿傷與心情，這讓我多少有些不習慣。過去自己受了傷，聽到的總是催著我要早點回到訓練的行列，誰管我傷口明明還張裂著口汩汩滲著血，誰管我的情緒像個被遺棄的孤兒般無助、絕望又無處訴苦。現在，遇上了這些人，明明沒有血緣，沒有任何聯得上關係的一群人，卻像親人般的問早道好，管吃管住還問我心情，這感覺太不眞實了。

這期間，我聽了不少戰友聊天的內容，大概了解了我們與共軍在六營集對峙的狀況，知道那兩次突圍行動，我們死傷了不少人，許多跟我一起來的台灣兵也在這次的行動中喪命，沿途被遺棄的傷患以及屍體更是多不可數，連師長陳頤鼎也在突圍的混亂過程中被俘。一個師三個團一萬多人，遠比我家鄉八個部落的整個卑南族總人口數還多的一整個師，就這樣的被共軍完全地、不留一口地「吃」得精光。這似乎應驗了當初我們班幾個老兵早先的疑慮，也讓我眞正見識到了一個大集團的軍事對抗，其成敗瞬間所造成的傷亡，是多麼令人感到震撼的一件事。

看來！俘虜，原來也不完全是那麼可怕的事，睡得好吃得飽，又能多了解一些原先不知道的事，體驗從未有過的悠閒與被尊重。我想，活著被一群友善的人俘虜，何嘗不是件愉快的事啊！

八月中旬，才半個月的時間，我的腿傷傷口完全癒合了。也許是因爲年輕身體底子夠硬朗，也或許是因爲心情一直很好，雖然還不能立刻快跑急跳，總算不必拄著拐杖走路，輕度的健身操也不成問題；人呢，倒是多長了些肉，氣色紅潤，讓王大姊消遣我像個小新郎一般準備討媳婦成家了，這可讓我覺得挺不習慣的。我隨即被轉送到俘虜營，眞正成了一個「俘虜」。

俘虜營，是共軍安排的集訓營，召集的對象是這次六營集戰事的國軍低階軍官以下的官兵。課程內容，是以政治思想教育爲主，期望以一個月的時間，讓我們建立一個關於「中國共產黨」的概念，使我們了解共產黨是屬於無產階級的政黨屬性，主張在馬列主義的指導下，反資本主義、反帝國主義；強調建國理念是建立一個以工農群眾爲主的社會主義新中國，而解放軍的任務即在於「解放全中國」、「解放被壓迫、被剝削的勞苦大眾」。

這些政治思想教育課程所提及的理論，就我一個遠從台灣來的台灣山地郎而言，無論個人的文化水平或知識水平來看，說實話，我很難理解其中的意涵。特別是新中國與舊中國有什麼不同，解放與不解放之間有什麼不同？而整個中國，或者說，這個先前我們所稱的「像母親一樣的美麗國家」究竟存在什麼問題？爲何在歷史發展的近代，這個國家這個民族，總是在戰爭泥淖中翻攪打轉？難道「解放」的意義就是要改變現況？而這些改變，就眞能立刻停止所有的戰事？人與人之間不再有殺戮，農人可以安心地守著四季農作的四時節氣，春耕、夏耘、秋收、冬藏？而這些改變，對我一個遠離家鄉不知何時才能平安回家的人來說，又有什麼特別的意義？我的家人會因此能好好的保有三餐而安穩的睡寢嗎？

儘管課程內容嚴肅、乏味，但是講課的講者，不時的穿插一些民情介紹與兩軍分析，還是讓我享受到了聽課的一些樂趣，也稍稍解開了我這一段時間心中累積的一些疑問。

於是我知道了：共軍也稱為紅軍，從共產黨建軍以來，就以「紅軍」自稱；一九三七年八月二十五日起，收編為國軍參加抗日戰爭，番號是「國民革命軍第十八集團軍」，後來又編成新四軍，但習慣上，抗戰開始以後國軍官兵幾乎都叫共軍為「八路軍」，或者一般不屑的稱呼「八路」、「土八路」，就像我們班的幾個老兵總是「土八路」長、「土八路」短的叫。

到了今年（一九四七），共軍多數的單位已經改稱為「解放軍」，中共中央在兼顧整體戰略目標下，在七月三十一日通令共軍所有單位，改稱紅軍為「解放軍」，以符合「為人民服務」、「解放全中國」的總戰略目標；同時為了體現無產階級社會主義的特性，軍中無論官階大小，均不配戴軍階識別。

這樣的說明與理解，讓我感到有趣與恍然大悟的感覺。怪不得突圍被俘的那一天，那個具連指導員身份的高個子，除了氣質、威儀出眾，外表看起來與其他人並無顯著的區別，而我一個受了傷的「俘虜」竟然被老百姓誤認為是他們的領導人。這個比起在國軍各個官階識別符號鮮明的情形，又顯得有趣與親切多了。就像在家鄉部落一樣，所有可動員的戰士，沒有任何人在外觀上清楚的標示位階與領導權限，但不論差勤或戰鬥，總是指揮有度、進退有序、層層精準掌握。而彼此間因為外觀的一致性，反而產生更親切更緊密的革命情感。「解放軍」是不是如此，我不確定，但是從七月底突圍被俘以來，我所見所聞，感覺確實有那麼一回事。我得承認，眼前的「解放軍」的確遠比我待過的國軍連隊，更具有同生死、共患難的同袍兄弟、一家人的情誼。

另外，在這一個月的政治思想教育中，還讓我了解了我們七十師五月底自徐州發兵以來，所遭遇的抵抗或攻擊，竟然全都在這些「解放軍」的算計之中，讓我更感到震驚與不可思議的事是，這些過程與結果竟然都一一應驗先前班上老兵的看法。可見打仗這回事，應該存在一定的原理，一個人的打仗經驗充足，自然能理解這些道理，而實際在交戰中各自運用這些道理，卻又因各自掌握的條件因素與個人天賦而產生不同的結果。這些道理，顯然又遠遠超過我一個台灣來的卑南族山地郎所能理解的範圍。但是雙方調兵遣將以及最終的結果，還是讓我感到興趣與讚嘆，或者說：感慨、嘆息。

原來，早在五月底我們發兵從徐州向北、向山東西南行軍準備投入戰場前，國軍精銳的七十四師，在五月十六日於山東南部的孟良崮被圍殲，師長張靈甫以下全師覆沒，許多美式武器落入共軍手裡，這使得國軍進攻中共在山東根據地的計畫嚴重受挫，不得不暫時停止進攻。五月底我們七十師往山東行軍，應該是爲了與五十五師、六十六師、三十二師會合，重新部署另一個新的攻勢。

共軍也似乎早就洞悉國軍的這項企圖，從進入山東境內開始，就分別調度幾個縱隊黏著我們打。從魚台、金鄉、嘉祥幾個縣城就不停的黏著打，逼得我們七十師主力向西偏移，最後在鉅野縣的六營集形成包圍。因爲師部一時不察共軍「圍三闕一」的戰術運用，以爲踩到共軍弱點猛打而採取突圍行動爲共軍所乘，造成上下左右的失去指揮聯絡，白白讓我們許多人喪了命，其中還有爲數不少的台灣兵。

即便我們突圍而我被俘虜的那個時間，我們隔壁的二七九團也還在金鄉被共軍團團地包圍，共軍在隨後的七日七夜，以七個縱隊想盡辦法靠挖掘交通壕逐步逼近。在接近二七九團臨時陣地時還以高粱稈塡外壕，並且用民兵、牛車拉倒鹿砦、鐵絲網，並以人海戰術攻城。其他方面，五十五師被迫在鄆城奮戰，六十六師在羊山集被圍殲，三十二師則在嘉祥苦戰。據說東北地區共軍也打了幾場勝仗，國軍被殲滅八萬兩千餘人。

我無法辨別共軍在課堂說的這些事的眞實性，但關於我們七十師的部分，特別是六營集被圍的窘境與後來突圍的狼狽樣子，我是知道的。我好奇的是，我們所面對的共軍，或解放軍，在這個區域的指揮官究竟是誰？爲什麼會有這樣的能耐，以劣勢兵力對抗我們這些具有優勢火力的國軍？

「劉伯承、鄧小平大軍！」授課的解放軍說。

「這一支部隊打仗講的就是一個巧字，主帥素有孫武再世的美稱，足智多謀，敢打惡仗，百戰百勝沒吃過敗仗！」

又是「孫武再世」，這個孫武是誰？到底打過多少仗？這個「劉伯承」又好像在哪裡聽過這名字？

這樣的課程，我可是越聽越糊塗。但是提到的「三大紀律八項注意」倒是讓我耳目一新。特別是「說話和氣」、「不拿群眾一針一線」、「不打人罵人」、「不損壞莊稼」、「不虐待俘虜」的幾個說法，讓我覺得這個單位，應該說「解放軍」的確不同於我先前在七十師的單位。對照過去我從離鄉開始就參加的國軍生活，以及被俘以後將近一個多月時間的相處與觀察，我覺得這些教條並不是一個口號，而是他們軍隊的本質。

軍隊就應該是這個樣子吧？就像在家鄉部落「巴拉冠」的漢子們對待部落鄉親的態度一樣，我想。

俘虜營的最後幾天宣佈了一件事：解放軍希望爭取俘虜營所有同志的認同，而參與解放軍的大業，但也絕對尊重個別去向選擇，如果不願留下的，解放軍將發放盤纏協助回鄉或者往其他地方謀生。

而這個宣佈在俘虜營裡掀起了議論，我也無時無刻地陷入了這個思慮。離開軍隊回故鄉的確很吸引人，進入軍隊原來就不是我的初衷。怎麼看，這戰爭原來就不該是我們參與的啊。由解放軍協助回鄉是最好不過了，但幾個幹部也坦承目前解放軍還沒有能力，把我們送到山東以南的地方，但如果將來解放了全國，又另當別論，一定有辦法把我們送回台灣。所以，幹部也有人建議，不如現在跟著解放軍，將來解散復員再做打算，不過呢，這些得由我們自己做成決定，俘虜營絕對尊重我們的抉擇並信守諾言提供必要的協助。

我傾向留在解放軍，但我需要再好好的思考。

一天早上，一個同志對著一群即將返鄉的同志說了些話，他說：

「各位同志們，現在你們回鄉，在路上或者將來回鄉，一定會再遇到蔣匪軍，到時候你們又會被拉伕到軍隊去，這個樣子，我們將來便會在戰場見面。我不敢強求彈藥充足的你們到時候棄械投降，然後到我們陣營相見再續前緣，但請各位看在我們這一段時間的相處，也請想想你們在這養傷的這段時間，我們這些同志為你們把屎拉尿、端茶弄飯的同袍兄弟情誼。將來眞的要在戰場見了面，你們可得把槍口調高一點往上打，將來我們也好有個機會見面再敘啊。」

「呵……同志，言重了。當初我們都是胡亂被拉來當兵的，上戰場打仗，跟各位面對面槍彈相見都是不得已的事，既然各位不究既往，給機會讓我們回去，我們當然選擇回去。想想，故鄉的莊稼總得有人照顧，父母親總得有人奉養啊，能不當兵，能有所選擇我們當然選擇離開。不過各位放心，我們會盡量躲著，如果眞有那麼一天，我們倒楣躲不過去，又被拉去當兵，將來在戰場上碰面，我會想辦法找到更多的槍彈，直接帶槍投靠，到時，各位可要看清楚啊，別拿那些鐵花生招待我們啊！」

「呵呵……都是人生父母養的，少點殺戮流血總是好事，那麼，我也不多說了，祝各位一路順風啊。」

這樣的對話讓我有些困惑。解放軍看起來分明是一群有理想有目標的人的組合，但國軍也同樣說了不少有理想的願景與目標，內部也同樣有不少的戰友，在彼此之間存在著濃厚的兄弟情誼。這樣的兩個陣營分別以消滅對方爲目標，又爲了什麼呢？難道只是「解放全中國，建立新中國」或「消滅共匪，建設美麗新中國」的不同？建立一個新中國，需要把另一股人消滅才能算是建立，那麼建立那樣的一個「新中國」又有什麼意義。

疑惑歸疑惑，我還是積極主動的提起希望留在解放軍，成爲解放軍的一員。理由除了是因爲眼下我根本沒有回台灣的可能，人生地不熟的，一個人舉目無親的在大陸漂泊，前途渺茫，除了跟著繼續當兵，也期盼自己能尊嚴的活著等待戰爭完全結束。而這樣的重新選擇，我希望能留在一個可以把我當成是戰友同袍，能把我當成眞正是自己人的陣營，換句話說，我並不願意再回到國軍那樣一個處處把我們當罪犯的單位。

國軍或解放軍或許都標幟著理想與抱負，但我是被國軍騙來，然後一路打罵、監控的過了一年多，我感覺不到國軍「建設美麗新中國」對我一個十九歲的少年郎有什麼意義；我感覺不到，他們將來建設而成的新中國讓黎民百姓可以有什麼期待。過去的半年多，我幾乎就是一群土匪的幫凶，隨意抓人打人、搶糧食、拆門板、佔民屋、毀穀物、砍果樹，就差沒強迫人家把女兒送過來糟蹋。

這些作爲並不符合我做爲一個卑南族漢子的養成教育觀念，這也不應該是一個人民的軍隊應該有的行徑。我十九歲了，即使不能好好成就大事業，我也不應該危害百姓，像當初日軍對我們家鄉父老那樣粗魯無禮，搶糧又強迫驅使勞役。

現階段，解放軍的信念符合我的期待，我願意成爲解放軍的一員，爲解放所有苦難的百姓獻上我的青春我的生命，就當是報答這些弟兄在那一場混仗中，把我從一個不堪回首的世界帶到眼前的光明。

一九四七年九月，我編入了解放軍冀魯豫軍區七分區運河支隊二營四連一排二班當一名戰士。班長叫徐連生，班上的台籍兵，除了我，還有住在大南的魯凱族陳福生、布農族的王範兩個台東同鄉。辦理登記的同志，建議我說，「屈」字太委屈了，能改成「曲」字，可能雅緻些，於是我的名字由「屈納詩」改成「曲納詩」。

換了軍裝，換了姓，心境也跟著完全改變。陳義過高的口號與理論我不懂，即使再多的政治思想教育也一樣，但是有了新的人生觀有了屬於自己的奮鬥目標，未來也跟著出現了積極、正面、健康與彩色的願景。我更積極的接受軍事訓練，更勇往直前的隨著部隊幫助農民種地耕田，夏收秋收也絕不缺席落後、喊苦叫累。就當是爲我家鄉的族親盡一分心力，因而開懷與振奮；就當是體現我做爲卑南族漢子，或說解放軍爲廣大勞苦群眾服務的使命，而感到自豪與有意義。這是我十九歲人生中，最接近我們早期部落辛勤農耕快樂收穫的一段經驗，雖然牽引了我的鄉愁，但也稍稍彌補了我遠離家鄉的遺憾。

我因爲事事積極主動，爲農民做好事處處爭先，每月每季幾乎都受到了單位的表揚，以至於到了一年後的十月，年終評比優選模範我被評選爲冀魯豫軍區「一等人民功臣」，由軍區頒給我一枚銀質和平鴿獎章，然後晉升爲班副。我一個遠離家鄉的台灣郎，經過一年的努力，在我二十歲的生日前夕，居然升了個幹部的職務。這可是我從來沒有想過的事，相對於在國軍的一年半多，我得到了截然不同的待遇與結果。除此之外，我把握利用所有可用的時間，積極學習漢字，也居然讓我識得了幾百個常用字，報紙大致看得懂。

我想，加入解放軍是對的，我似乎看得見自己的未來希望，也深信有那麼一天，無論戰爭結束時，誰終究獲得了勝利，這一段歷程必然成爲我的人生記憶中不可抹滅的一段，而這些是共產黨所給予，解放軍所給予的。

未來，只要共產黨「爲人民服務」的初衷不變，只要解放軍願爲廣大勞苦群眾的福祉盡所有力量的建軍目的不變，我肯定發揮不怕苦、不怕死的革命軍人本色，爲解放全中國盡心盡力，不計較自己是不是再獲得肯定、獎賞。待日後時局太平了，能光榮與驕傲地回鄉，再盡我做爲人子應有的孝道，也算彌補我多年離家的遺憾。

第10章

戰地英雄

「來來來！曲納詩同志！坐坐！」

「謝謝班長同志！」

「找你來商量事情！謝我什麼？」

「喔！班長同志，我不太會說話，您可別介意，有事您儘管吩咐吧。」

「還這麼客氣！來來！坐！抽個菸吧！」

十月中旬天氣已經轉涼了，用過晚餐，班長客氣的找了我到餐廳背風的走廊外抽菸閒談。雖然彼此都熟絡，平常也偶而沒大沒小的開開玩笑，但剛升上班副，一下子自己成了幹部，讓班長找來談事情，反而讓我渾身不自在，班長遞的菸，我只敢拿在手裡。

「好小子，我就知道你是個人才，眞不好意思啊，你升了官還沒好好的慶祝呢。眼下，部隊就要開拔，我看改天得空，好好給你慶祝慶祝。」班長吐了口煙說。

「班長同志，您客氣了！都自己兄弟就不需要這麼客氣，我這些褒獎沒有您的支持鼓舞也不可能成就的啊，該請客，請大家吃飯的是我。」

「呵呵……曲納詩同志，咱解放軍並不習慣搞請客吃飯這等事，但是呢，喜事還是得好好恭喜，你要請客吃飯，那恐怕得打完這一仗不可了，而那個時候說不定你早就是一個軍官了，手底下帶著一群人呢，到時候，你再好好擺個幾桌，我們好好醉個一場痛快。」班長笑著說。

其實，這裡物資缺乏，即使部隊並不立即開拔赴戰場，我也不可能找到地方或者花一整年的積蓄請人弄些吃喝的大家慶祝；更何況解放軍也不作興搞這一套，不就是晉升個小職務？人家道個喜，說個客套話也就算數了。

「來吧！抽個菸，就當是我這個班長慶祝你晉升這個副班長，往後班裡大大小小的雜事，還得要你協助打理呢。」班長又遞過來嘴上的菸，這一回我就著他的菸火點菸。

「班長同志，您太客氣了！有什麼吩咐，你交代一句就是了，替你分憂解勞不敢說，越權私自決定的事，我可是絕對不做半件。」我呼了口菸，有些嗆口，直想咳嗽。

「哎呀！你說這個言重了，曲納詩同志！上了戰場生死交關的事，看準了你就直接拿主意，可不能為了等我做決定貽誤戰機啊！平常的事，就算你私下決定了什麼，我們一個班也起不了什麼決定性的作用，所以放心的幹。你是班副，得把自己當幹部看，凡事你得下得了決心，別讓手下人牽著鼻子走。弟兄看在眼裡知道你是個有主見、意志堅定的幹部，就會信任你，不會懷疑你的命令，這一點很重要，你得有信心，有個幹部的樣！」班長說。

班長的心情我了解，他年紀大我許多，擔任班長多年，戰場經驗豐富，懂得的東西很多，過去這一年，他也經常地跟我們談一些道理，這些都是我該效倣學習的事。他說這些話，我當他是在做經驗傳承，想讓我盡早熟悉與進入狀況。

「我知道你不多話，弟兄們了解你，應該也不會期待你多說什麼，但是有的時候還是要開口吆喝，畢竟你是幹部了嘛！是吧？」

我點點頭，沒多接話，只靜靜的呼了一口菸，比起剛才的濃嗆，這幾口已經覺得稍微平順了。這也許是我平常不怎麼抽菸，不習慣煙味在鼻腔口腔裡鑽吧！

「班長同志，您說的是，我會牢記在心的。想我一個台灣來的卑南族漢子，一個大字不識，要不是各級長官兄弟照顧相挺，我也不會有今天。要我耍嘴皮吆喝，我還眞沒這個本事，不過我牢記班長同志您的教誨，該罵人該嚷嚷，我一定不客氣！」

「耶！別說那個！咱解放軍，由各地匯集而來，除了漢人，其他少數民族也不少，只要有出息，誰管誰是哪個族出身的。你看解放軍華東野戰軍副司令員粟裕同志，前年以三萬人面對蔣匪軍十二萬人，七戰七捷，殲滅將近五萬三千人。去年五月，孟良崮戰役，硬是吃掉蔣匪軍美式機械化部隊的七十四師。今年豫東戰役、濟南戰役就殲滅蔣匪軍將近二十萬人，這種大英雄、偉大軍事家，你說他哪裡人？侗族，湖南人。」班長熄掉手上的菸，繼續說：

「這兩天，準備進行的淮海戰役，據說也是他建議並積極推動的，所以，他可以，你也可以！」

「粟裕同志不是漢人嗎？」

「關於這個，你嘴上可要牢些，他自己的認知是漢人，不過他確實是侗族人，知道這事的人可不少。但這不是重點，重點是，他是了不起的人物，能從一名普通的紅軍戰士到現在成爲指揮解放軍野戰部隊作戰的司令員，將來歷史一定會好好地記上一筆的。小老弟啊！你加把勁啊，將來成爲粟裕第二，我也好沾光分享榮耀啊！」

「班長同志，您說笑啦！」我也熄了菸，看著班長說。

我這位班長，的確是說笑了。關於粟裕，我認識不深，只知道最近政治思想教育課程中，上面要我們全方面的研究與效倣粟裕同志精妙高超的戰略戰術。我想，一個人要從普通戰士升到一個戰區代理司令員，指揮大兵團作戰，戰無不勝，殲敵無數，成爲敵人聞風喪膽的常勝將軍，那可是要打上許多年的仗，要奪去無數人的性命才成。而這些哪裡是老百姓想看到的東西？整個中國並不需要更多的戰爭，我的故鄉也不需要再一次的陷入戰爭狀態，目前這樣子已經太多了，夠了。只要粟裕同志這一次推動淮海戰役順利，儘快進行戰爭然後解放全中國就夠了，不需要再塑造另外一個英雄粟裕，不需要另一個新的英雄——「曲納詩司令員」，老百姓的苦難已經夠了，也應該要結束了。

沒幾天，陳毅、粟裕的華東野戰軍，劉伯承、鄧小平的中原野戰軍，以及其他各路部隊已經陸陸續續的南下，我所屬的冀魯豫軍區運河支隊，爲了參加這次的大戰役，也改編成冀魯豫軍區獨立十五團，跟隨著中野主力部隊開拔向南移動。

沿途，我腦海不斷的胡亂思想，如果依照團部作戰指示中所提到黨中央指示「殲敵於長江以北」的戰略指導構想，那麼此行的作戰目標應該就是要全殲以徐州爲中心的幾個總數約六十到八十萬人的國軍部隊。要應付這樣龐大的部隊，我們解放軍方面起碼也要動員相當數量的人員，即使不到八十萬，也應該不低於六十萬。換句話說，六十幾萬或更多的解放軍此時正由各個所在地，向長江以北的淮海地區齊發並進，準備在適當的時機與國軍接觸，展開一場歷史以來不曾有過的，一個地區連續的一段時間所發生的，百萬大軍相互廝殺的大決戰，那定然是磅礴、震撼與悲壯的場面，光想想，就叫人時時處於亢奮狀態，根本找不到一絲絲的恐懼與猶豫。

跟著大兵團行軍走向戰場的經歷是奇特的，這不同於剛來大陸隨國軍一個團由南向北行軍的狀況，我們不知道方向不知道任務，一切感到新奇、陌生與憂懼。這一回，我知道夜色中、星月下，同時有幾十萬大軍陪著我在曠野中急行軍，不用明視，我也能感覺得到冬夜的寒冷空氣中，戰友們遠遠迸發的喘息熱能；不用親臨觸撫，也能感受那幾十萬雙雜遝的奔襲腳步引起的微微震動，正一吋一吋自我腳底竄伸，振奮我每一個器臟、每一條神經而令我雞皮疙瘩平息又升起。

我不知道漢人的祖先怎麼形容這樣的大軍移動？有沒有相同音律的歌謠？那些有學問的文人有沒有寫了那樣的文章，形容大軍在蒼茫夜色中壓抑喘息、亢奮的情緒，戰友間槍尖線連結地前後一貫、左右相連，相互鼓舞、專注地齊頭奔向一場曠古大戰役的情景？但我心底兀自升起了故鄉我的族人征戰前的古謠，想像我現在就像我的先祖為了平息部落紛爭，為了報復並徹底消捻那些北方蠻族的殺戮，所以自願加入部落的征討隊，告別親人，拿起刀矛勇往向前、義無反顧。我便忍不住了，心裡頭唱起了歌謠，接著耳邊似乎也聽到了那樣的歌謠而振奮不已：

我的親人啊再見了
我的愛人唷保重了
出征的號角，一聲聲響起
提起刀槍吧我的弟兄
嘿！弟兄們
喝完了這杯酒立即出發
那魯彎伊呀哪呀吼，嗨唷海洋
聽啊聽啊
在山的那一頭，響起了敵人的哀嚎

趁著黑夜的奇襲

那魯彎伊呀哪呀吼，嗨唷海洋

那低沉慢板的歌韻，始終在我耳裡迴盪，或者說，始終在我心裡盤旋。我知道我前方的敵人正是我先前所待過的國軍某些個單位。這當中，也許我會遇見同樣是台灣來的我的同胞，也許我將面對我被俘虜以前的戰友，但我不會猶豫與之戰鬥。因為人生的機遇不同，我遇見了解放軍，我獲得了思想上的解放，我知道只有真正的擊垮國軍，這些勞民傷財的戰爭才有可能停止的一天，那些苦難的百姓才有可能獲得歇息的機會，這樣子，我也許有回到家鄉的一天，見見我的族人，重新建立我的家庭生活。

也許敵人總數將近八十萬或者一百萬，也許他們擁有新式的美式裝備和充足的彈藥補給不是我們所能比擬的，但解放軍有得是為解放全中國而犧牲的決心與勇氣；有得是弟兄、同袍之間生死與共的革命情操。這不是武器競賽而是軍力、決心與意志的綜和比較，而勝利的一方是掌握在我們手裡。

幾個晚上的急行軍，我們迅速的往南移動。休息中，各級幹部不斷加強我們的思想建設，要我們不停的想起解放軍的建軍目的與作戰方針；不斷的提醒我們嚴守戰場紀律；不斷的要我們回憶過去一年我們的友軍單位所達成的輝煌戰果。

於是在漆黑的荒野，只能辨識前方戰友朦朧的身影和無處不在的裝具輕微碰撞聲的行軍路上，我腦海不斷的浮現起政治思想教育課堂上告訴我們的，今年①下半年開始，解放軍與國軍在各地交鋒傳來的捷報。如：五月，宛西宛東戰役，殲滅國軍三萬三千人；六月，晉中攻勢，殲滅國軍十萬餘人；七月，豫東戰役，殲滅國軍九萬三千餘人；九月，濟南戰役，殲滅國軍十萬四千餘人；十月，錦州之役，殲滅國軍七萬餘人；十月，黑山之役，擊潰廖耀湘二十餘萬人，俘虜國軍十萬餘人。

想起這些戰役，那些成千上萬的戰士喪命而心有戚戚；也為解放軍不斷創新高國軍傷亡數字而振奮士氣，深信此行南下一定又是一場締造歷史的輝煌戰果，而直接牽動整個戰局，終至提早結束戰爭。我止不住內心的激動，在數天連日的夜間行軍路途絲毫不覺得苦。

已經是十一月初了，各地零星的戰鬥還是持續發生，我們班接獲排長指示，今晚起擔任尖兵。這個任務調整，據說是因為我們實際已經進入國軍掌握的地區，國軍隨時可能出現並與我們發生戰鬥，連長希望向來以機警著稱的我們班擔任尖兵班。這個任命可叫我們這個班一時之間士氣大振，班長也不敢怠慢，用過晚餐，攔著我說話。

「曲納詩同志！往後幾天就由我們擔任尖兵班了，當前情況可能要比過去幾天危險，我們可得提高警覺放機伶一點啊！」

「是，班長同志！我看就由我待在尖兵伍附近，有狀況你好就近支援掌握全局！」

「我也是這麼想，你人機伶，反應快，槍法準，跟在尖兵伍我比較安心！」

「謝謝班長同志肯定！」

「這事沒什麼好客氣的，我還要仰仗你呢。來來，把班上所有人集合來，我做任務提示，精神鼓舞。」

班長簡短的交代，我也趕緊督促所有人整裝集合。

自十月中下旬開始向南移動以來，爲了要避開空中的偵查，不讓國軍察覺整個解放軍的活動態勢，我們完全是在入夜後活動，天亮以前便在設定的休息點上找掩蔽露營休息。天色暗得快，夜間也比白天長，所以能趕相當長的路，唯一讓人難受的是冬季夜越晚越冷，這當中還零星下了點雪，不過大夥戰志昂揚，沒人喊苦、喊累！

任務前，班長照例集合了大家做精神動員，接著連排做精神動員之後，我們在天色還未完全黑之前就先行出發，一路搜索前進。

尖兵班的任務，單純卻具挑戰性，擔任排連的最前方行軍梯隊，負責主力部隊行進間的前方警戒、搜索，預防與敵人不期的遭遇與伏擊。當前方有狀況時立刻處理與通報，並爭取後方反應與應變的時間，就像行進的蝸牛前方的觸角一樣，碰到東西收縮，向後方示警。對於這個任務，我是相當得心應手的，我視力極佳，嗅覺聽覺也靈敏，稍微風吹草動很難逃過我的直覺，或許，這是因爲我具備卑南族天生的獵人特性吧。

先前我們幾乎是全速的向南移動，這一晚的行進速度卻被要求依照正常速度前行即可。出發前部隊首長還謹慎的做了精神動員，說明我們冀魯豫軍區獨立十五團，現在已經進入到了國軍的防區，因此部隊首長要我們每一位戰士都提高警覺，並覺悟到隨時可能遭遇敵人而發生戰鬥，我們也許會成爲揭開整個戰役序幕的戰鬥英雄。對於此，我們無不感到興奮與緊張，像是飢渴了許久的肉

①一九四八年。

食猛獸等待隨時要撲向那些到口的獵物。我們眞的相信，也許淮海戰役將會是由我們開的第一槍呢。

我們大約是在入夜後六點多出發，過了午夜一段時間，排長著傳令兵上來傳話，說連部接獲情報，一股數量不明的敵軍已經在我們附近的小村落活動，要我們尖兵班、排加強警覺，務必徹底搜索，確保後續主力梯隊的安全。我看了看時間已近凌晨三、四點鐘，朦朧視野裡約略見到不遠處一個集子，像是一個由三三兩兩的幾個住戶所形成的小聚落，只見夜色黑幕中透發出一塊一塊的光暈，顯見這些住戶住得鬆散。

我指示尖兵暫時停下來，並著人向後傳話報告。不一會兒，連部決定先行包圍這個集子，然後進入搜索，同時命令我們尖兵排於十分鐘後，進入搜索。排長也立刻決定進入村子後，由我們班直接正面深入，其餘兩個班，在稍後方向左右搜索，對前方採取前一班後二班並行的隊形。

十分鐘後，我們出發朝前方搜索。村落住宅散落並不密集，但是樹木以及不規律的街道，讓我們在方向與隊形的維持變得困難。我指示在前的尖兵盡量放慢速度，盡量不發出聲響地沿著道路兩側仔細搜查然後穿越而過。就在穿越幾戶住家，而泥巴道路才一個斜向的左轉時，便遠遠看見一個較大的光暈，隔著一道牆面向上向外擴散。

隱約地，我看見前面隔著幾步的兩個擔任尖兵的同志忽然靠向一座牆面停了下來，回過頭示意我上去。我快速的跟了上去，發現光影向左右開展延伸，有些光似乎越過牆頭，穿透樹林草叢向我們的方向溢來。

不等尖兵指著那道牆裡頭，我立刻貼近望向那些光源，只見眼前將近一百名的國軍，在圍牆內燒了兩三個爐火，幾個士兵正抬著鍋子上下。靠近爐火附近似乎圍坐著幹部，其餘人帶著背包槍枝瑟縮著靠著殘破的圍牆邊躲避寒風，似乎等著準備吃飯。所有人的表情除了因爲天冷略微僵硬，並沒有出現慌張與疲累的狀態。他們所在位置的另一邊，看起來像是坍塌的、沒有屋頂的大廳，除了破牆，還斜著落地橫陳一些斷了的樑柱。

我被眼前的景象稍稍感到混淆了，這分明是一個連級戰鬥單位，在這樣已經接近天亮時分的凌晨，怎麼會在這裡生火吃飯？看他們的樣子，我判斷他們應該是不久以前才抵達，然後埋鍋煮飯。從眼前沒有任何敵情威脅的警戒狀態來看，他們就像只是來執行一個訓練科目般的隨性與沒有敵情概念。

我忽然猜疑，他們會不會是才剛剛由其他方向轉移過來，準備執行其他任務的？但他們似乎也太大意了吧，沒派出警戒哨也就罷了，我們連部都已經展開包圍這個村子了，我們這個尖兵伍都已經貼在牆壁盯著他們看，他們竟然也沒察覺？該是要準備倒大楣了！

我稍稍注意到了我現在的位置剛好才經過一個小岔路口，牆面有些坍塌，牆外邊堆起了跟牆一樣高的石堆，看來這應該是廢棄已久的大宅院，或許挨過炸彈，也許才經歷過一場大火，也或許曾經是兩方不同陣營交戰的戰場。

我心裡想了想，同時打了個手勢要後面一個戰士回頭，向剛才應該在一百米遠後方跟進的班長報告，另外指示兩個尖兵找到射擊位置，小心盯著現場所有人，我則摸了摸胸前掛著的手榴彈以及腰間的彈匣，繼續盯著現場特別是那幾個幹部的動作。只見這群人靠著圍牆輕聲交談，幾個幹部也似乎等著勤務兵打飯，彼此交換什麼意見，整個場地隱約有嗡嗡底交談聲。

我感覺這個氣氛是相當怪異的，現在是十一月初快天亮的凌晨，這些人卻像是約好了一起到這裡野餐露營一樣，不同的是他們都穿著軍服，官階清楚，有些人明顯的感到寒冷而不停搓揉著手，說話時還隨著話語噴出一團團的蒸氣；而我這一方三個人，一動也不敢動的抓著武器盯視著他們，一方面等待後面部隊跟上，一方面準備在被他們發現時，先下手爲強。

我悄悄的放下步槍，取了兩顆長木柄的手榴彈在手上備用。此時班長卻已經擠到我的旁邊，其他班上的戰友，也都跟了上來在班長後方待命。班長只望了望，立刻打手勢要班上自動槍兵往我們右側那個塌牆旁的石堆佔領射擊陣地；又指示其他人向左邊的道路上展開，盡可能封死出入口。班長自己也取了兩枚手榴彈，指著那幾個幹部，看著我示意我待會兒朝那裡扔。

我往後方部隊剛才來的方向指了指，提醒要不要等一等後頭跟進而眼前應該已經貼近我們位置的排本隊。班長搖搖頭，指著圍牆邊幾個破牆，似乎在說：再等下去，我們一旦被發現，他們可能要逃掉一半以上的人。沒等我胡亂思想完，班長忽然揮手扔出手上的手榴彈，我見狀也立刻迅速的跟進扔出。

轟……接連四響爆炸，四道火光與揚塵所形成的瞬間照明，加上原有的篝火，將這一股國軍所在的位置照亮得無所遁形。只見唉叫聲四處響起，現場一陣慌亂，幾個人反應快的，立刻慌張找個人的槍枝背包。

砰砰砰……我們的右側忽然響起自動步槍的射擊聲，彈著點一條線似的劃在那群人前面，幾個動作稍微大一點的，已經中槍倒地，另外兩個反應快的已經取了槍枝，拉開槍機朝自動步槍舉槍準備回擊。

糟糕！我心裡暗叫了一聲，趕忙取槍拉槍機準備朝他們射擊，但是來不及了……

砰！砰！接連兩聲在我左側響起，只見那兩個國軍向後仰倒，幾個人趁亂翻過圍牆逃跑，開槍射擊的，正是一開始我交代的那兩個尖兵。

砰砰砰……自動步槍兵又打了幾發。

「繳槍不殺！」幾個弟兄喊了起來！

眼前近百個國軍，有些人猶豫，有些人弄不清楚狀況，沒頭沒腦的左右觀望其他人，幾個想站起來的，又退回到原先的位置坐了下來，其餘人也都坐了下來。看不出來現場有幾個人受了傷，幹部似乎在剛才的手榴彈攻擊時都喪了命。

「繳槍不殺！」我們班上其他人從各自的方向又同時喊著！

場地內的國軍，似乎都十分清楚他們已經被包圍，誰要輕舉妄動，準要挨槍子兒。

「你們的衛生員呢？上去給那些受傷的人處理處理吧！其他的手舉起來讓我們看得到，往前的空地坐下來。這一回是你們運氣不好，別怨誰，都盡量配合安靜的等著，別逼我們扣扳機殺人！」班長高聲的說。

話才說完，排長已經帶著排本部的兵力上來了。接替我們看管這些俘虜，等候團部派人處理。

就這樣，我在解放軍的第一場大勝仗，竟然是在四顆手榴彈、幾發的步槍彈下迅速果決地發生然後結束，我們一個班十個人，竟然活捉近一百人的敵軍成為俘虜。這個結果大出所有人意料，連長在搜索完村裡集中後，特地帶著連上幹部，前來褒揚班長與我們全班的果決與勇猛。

後來長官分析，認為他們應該是被派遣到這裡擔任前哨連，準備在未來戰鬥中擔任警戒，掩護後方單位從事作戰準備的。因爲整個國軍高層被華東野戰軍在徐州東、北兩個方向整塊區域的行動所迷惑、吸引，所以一直掌握不著我們這一方面解放軍的行蹤，因此有可能判斷敵我最可能接觸的時間，應該在一個月甚至更多天以後的事。所以他們在這一方面的單位，都還沒開始積極的進行準備，連部隊露營最起碼的警戒哨都沒有派置，倒楣正好遇見了連日以來就披星戴月兼程趕路的我們；更倒楣的是，遇見了經驗老到的班長所帶領的我們這一班，不等主力跟上，看破戰機，自己一個班便獨斷專行的幹了起來。

幹部說，由於解放軍祕密快速的南下部署，打亂了國軍的原先規劃。國軍爲了重新調度部署，整個徐州以北山東以南地區呈現了混亂的局面，國軍整個呈現收縮的態勢，解放軍應該要趁這個機會盡可能追擊。於是隨機的、不預期的遭遇戰將隨處發生，國軍在逐漸進入狀況的情形下，警覺心勢必提高，還擊的強度也預期會越來越高。

這一仗我們獲得了表揚增加了信心，但卻似乎爲淮海戰役在西南戰線日後無處不發生零星局部的戰鬥揭開了序幕，眼前敵軍一個連雖然有近百人被俘，但也有部分人逃離，我們的行蹤也許已經完全暴露，也許再出發的時候，會遇上更激烈的戰鬥也說不定。爲此，班長在接下來短暫的休息整頓的時間開始就叮嚀再三：

「曲納詩同志，眞正的戰鬥就要開始了，這些蔣匪軍一旦醒來站對了位置，有的時候還挺棘手的，你可得留心啊！剛剛那樣的好運氣可不會天天有啊！」班長告誡我。

「班長同志，您放心，我們這位班副同志，人可機伶的呢，夜裡像個貓頭鷹，大老遠就能把前方看得透徹，我當尖兵，都還沒他的能耐！」一個戰士說了我好話。

「那是你不夠積極！」班長說。

「可不呢！班長同志，算一算，我一路能活到這裡，除了靠同志相互照應，更多時候是我的反應快，夠積極。這，您是知道的！但是跟我們班副同志比起來，我怎麼就差那麼一點，他才打了幾天仗啊，我看啊，他那些反應是天生的！」那位同志對班長的質疑提出了抗辯！

那同志說的也有幾分道理，他算是戰場老兵油子，年紀大不了我多少，但從小跟著部隊，在戰場上可也打滾了不少年！經驗與反應都相當成熟可靠，在幾次的行動中，給了我不少的幫助。他說的關於我的那些反應，我也不很清楚是怎麼一回事，但是總結這趟南下幾次的尖兵戰鬥任務，我的確是越來越熟悉戰場的氛圍，越來越能掌握與敵人接觸時那瞬間出現的微妙契機而主動迎擊、排除障礙或第一時間回報後方，因而使得我們尖兵班很少受到傷害，主力部隊總是爭取到更多的時間備戰。

「那是我們運氣好！遇上蔣匪軍裡面的下三爛部隊，對方不是每個都不能打。」

「班長同志，你可不能光給別人長志氣啊！」那戰士似乎是有著抗議味兒。

「不是要滅你們的威風，我們曲納詩同志的確反應過人，但是你們可要記著，他畢竟也還是個新手，總有些顧慮不周全的。你們這些老傢伙，要是老仗恃戰場經驗足，不多加積極謹慎，弄不好，我們都要陰溝裡翻船了！」

「班長同志！我會多加留心的！」我開了口打圓場。

「曲納詩同志！你的能力我是放心的，戰場上槍彈無眼，就專找那些粗心不長眼的，能多一分小心就多一分活命機會，將來解放了，才有機會回鄉過日子。我們班的這些同志，平常就這麼同鍋吃飯，隔著蓆子睡覺，戰時誰也不分大小、彼此你我，出任務前我總要叮嚀，不希望看到誰傷亡。」

「唉！班長同志，你怎麼來個溫情主義了？你罵人多好聽啊！瞧你這麼唸的。」一個平時調皮的戰友也插進了話來。

班長的話是有道理，不過我直覺向來精幹強悍的班長的語氣不太對勁，哪裡不對勁我又說不上來。是因為開始進入冬季，偶而飄雪而現在還叫人感到涼寒還是怎的？以前在家鄉年底的這個時節，的確常常叫人情緒沉悶，老人最常感嘆這感嘆那的，莫非班長心裡也有了幾分老態？他分明還不算老啊！至多多我個十來歲吧，而且我們剛剛才俘虜一個連的人，我們應該要振奮激動才對啊！我實在弄不清楚。

「是啊！班長啊！我們？你還不放心？咱二營四連一排二班在您領導下，勇冠全連，還真不知道『怕』字怎麼個寫法呢？」一個同志說。

「唷！不知道『怕』字怎麼個寫法呢？那你寫個『不怕』來瞧瞧！」另一個同志插話。

這話說的可惹得大家都笑了，因為我這個班還真沒幾個人識得幾個大字，看來是存心要出他洋相找樂子。

「班長同志！您還好吧？」一個老兵也來關心。

「我還好吧？媽的！我看你們是挨罵慣了，我口氣稍微客氣一些，你們什麼反應啊！都給我精神動員起來，咱再找機會好好修理那些蔣匪軍！」

班長聲音變大了，語氣又回復到平時的語調，但全班忽然又都哈哈笑了起來。看來，我們大家心情都很興奮的，也不管現在是淩晨天快亮而天氣已經冷得隨便呼口氣都結了一層蒸氣或細霜。

「都準備準備吧！把裝具調整準備出發吧！」班長說。

「是按照原來的建制吧？」一個跟著擔任尖兵的戰友說。

「廢話！打勝仗昏了頭啊？任務還沒結束呢！怎麼？想到後頭偷懶啊？」

「這哪的話呢？就怕班長同志您，不讓我們繼續立功，忽然要我們到後面聞屁呢！」

「唷！你倒貪功啊！」

「嘿嘿！倒不是貪功，革命軍人嘛！總不好把殺敵的事推託給人啊！再說，剛才立第一功的是您跟班副兩個人，我連扳機都還沒扣上一回呢，這一次總要讓我來試試啊！」

「看不出來啊！你戰鬥意志這麼高！好！解放軍戰士就是要有你這分豪氣！來！曲納詩同志，你繼續帶領這一群好樣的，擔任尖兵伍立第一功！」

「謝謝班長！」

「謝什麼？光顧著說話，你們該準備出發了吧！」

班長與那戰友對話間，我們都已經整裝完畢，準備在班長一聲令下，穿越這個擁有幾群零散住屋的小村向東南方向出發。

從傾圮的牆向外望去，東方天色已亮，眼前視線大致已經看得見幾十公尺遠的田野上頭半個人高的雜草，有一半浸漬在一大片低沉的水氣或霜氣中。我們即將走的偏荒泥巴道路前方，雜樹叢遮蔽了不少光線，使得陰暗死角特別多。從眼前的情況看來，這個小村多半荒廢農事已久，廢棄的農田看不出來有人走動過，讓我擔心的是，看起來有不少的雜樹林在路途，可能逼得我們要相對地提高警覺。

「走吧！希望昨夜逃跑的敵人不會回來得太快！我們前面可得眼睛放亮點啊。」我告訴尖兵出發。

剛才有幾個人逃脫，加上手榴彈爆炸聲、槍彈射擊聲，他們後方的單位一定很快的就知道這裡的事，說不定現在已經在回頭路上準備狙擊我們。

我們班已經擠在那宅院出口，準備一起出發，然後在路上拉開距離。包圍在村子外圍的連部主力，已經準備收攏出發；原先就在我們附近的排部，也正收隊準備跟在我們班的後頭。

「英勇的第二班，路上別下手太狠啊！留一些讓我們開開葷啊！」後頭排裡幾個戰友開起了玩笑！

「那也得靠各位的掩護，好讓我們安心下手啊！」

「路上都小心啊！誰都別大意，前方少不得要一場惡仗啊，都別貪功，我們相互掩護，一站一站的打，一塊一塊的把敵人吃掉，一路下徐州去！」那聲音似乎是排長的。

「砲彈！找掩蔽，找掩蔽！」一個戰友大聲叫嚷著。

咻……咻……砲彈臨空聲接連響起，我們聞聲本能的四下散開臥倒。

轟轟……的接連三發落在這廢棄宅院，其中一顆就在我們班附近落地炸開，頓時，砂石飛濺的打在臉上身上，痛得我直咬牙，逼得我幾乎一動也不動的緊貼著地面。而三發砲彈接連爆炸的威力，震得地面跟著顫動，令我胸口一陣疼痛，我趕緊利用砲火間隙半抬頭看著四周想了解一些狀況。

只見到我們所在位置的所有人，全被砲彈釘死在地，一動也不動彈；整個區域冒起的火光、煙硝、塵土在清晨霧氣未完全散去的灰濛中夾纏、流散；而坍落的磚牆，向四處散落，彷若我噩夢裡面那些可怕的場景再現，隨時要鑽出一些奪人性命的妖魔，直叫人心驚不已。

我想起了在六營集被解放軍以迫擊砲奇襲，那顆未爆彈幾乎要我命的情況，不自覺地，我竟然在顫抖，呼吸變得微弱，頭壓得更低更無力。這一輪的炮擊，明顯的感覺得出國軍的火砲，遠比在六營集共軍的迫擊砲更精準、口徑更大、威力更猛，剛才真要偏個一小角度，我肯定要碎成無數塊見祖宗去了。才意識到恐懼感正大塊大塊地腐蝕我的意志時，忽然感覺到一顆東西滾向我身邊，耳邊聽到班長叫喊聲：

「曲納詩同志！戴著！你戴著！」

我微微抬頭，看見是一頂昨天被擊斃的國軍頭上摘下的鋼盔，我正猶豫要不要戴，幾道砲彈臨空的又咻……咻……聲劃過夜空，直奔我們頭上而來。我直覺反應的取了鋼盔往頭上戴，說時遲那時快，一顆砲彈在我們稍前方的地方爆炸，炸飛了一片牆，而一片未碎裂完整的砲彈片落下，匡……的一聲直接擊中我的頭盔，打得我整顆頭甩向一邊，頓時眼冒金星、頭昏眼花，久久無法思考如何進行下一個動作。不等我反應過來，接著又一輪砲彈在我們附近落下，耳邊又接連響起了爆炸聲。

「他媽的！這些該死的蔣匪軍哪來這麼多砲彈啊！」我大聲的咒罵，卻驚覺除了轟轟耳鳴，除了我自己的吼叫聲音，我根本已經聽不見外頭的聲音，爆炸聲幾乎把我給震聾了。一陣土石飛濺後，模糊的視線中我似乎瞥見班長倒下，這一幕讓我立刻清醒回魂。

「班長！班長同志！」

班長似乎昏了過去沒回應，我朝他的位置撲了過去，看見班長身體被一些磚塊壓著了，右腿冒起了一片鮮紅，身旁還有一個台灣兵整個右半胸被削去了一片，我注意到他正是來自大南村魯凱族的陳福生。我心裡一陣痛，又一個來自台灣的同鄉戰死異鄉。正想把他右半胸的零碎身體靠向他，警覺班長動了一下，似乎醒來了。

「班長！班長同志！」

我才喊叫著，四周忽然響起了槍聲，朝著我們這個大院射擊，子彈乒乒乓乓的打了進來，有些打在牆頭，跳彈發出「飄悠……嗯」……的聲響，揪起我一顆心。

「別動，你好好……別亂跑！」

我似乎聽到班長叫喊，但耳膜嗡嗡的響著感到疼痛，沒聽清楚他說什麼，但還是本能的移動身體找還沒塌下的牆掩護。

敵人似乎是有備而來，先來約六發的砲彈射擊，接著步兵發動攻擊。約一個多小時以前，國軍一個連在這裡被我們活捉，他們大概接獲通報以後，立刻調度兵力上來，知道我們還沒離開這裡，所以精準的以火炮配合步兵攻擊，想一口氣把我們圍著吃掉。但他們可能沒想到這個大宅的圍牆內，只有我們一個班與排本部約一個班的人，其餘的仍維持最初包圍村子時的態勢。即使準備出發的現在，排、連各個建制也不過是就地收攏，準備在出村子口後，逐漸拉出行軍序列的距離。敵人心急，攻勢也發動得早了，幾發砲擊的確傷了我們幾個人，不過，以我們連部目前的態勢，是可以直接實施反襲擊，不需重新部署。

我背著圍牆頂著敵人的槍彈，找機會有一回沒一回的還擊，回頭躲子彈的間歇中，果然看見我們排的其他兩個班，已經向我們的右側展開並開始還擊，而連本隊繞越右側雜樹叢，準備向敵方做側背攻擊。

我無法判斷敵人到底是多大的單位，因爲敵人射擊而來的彈流壓得我們無法抬頭，也不能多做任何動作。從射擊而來的槍聲中，我判斷敵人應該起碼是整編的連級以上單位，因爲我聽到不止有兩挺三〇機槍的射擊聲音，但我不確定，因爲剛才射擊的砲彈應是八一迫砲以上威力的彈種，那可是國軍營或團級以上才有的。

敵人被我方其他方向的還擊所吸引，正面朝我們射擊的威力小了。

「二班注意！還擊啊！還擊啊！」班長一看機會來了大喊著，隨即撥開身上的磚塊，轉過身準備射擊，不巧，敵人一發子彈飛來打中他的腹部，撕裂開了左下部，腸子向左下方洩了一地。我驚訝的看著他的身體向後縮退，血流向他身後噴濺染紅一地，槍枝甩脫向旁拋了去，發出碰撞聲。

「班長！」我邊叫著他，邊回過頭向敵人射擊。

「繼……」班長嘴巴張合著。

我只聽到一個字，也不知道班長到底說了什麼，有沒有把話說完，便看到他整個人仰躺瞪著眼朝天，除了一地腸子血水之外，右腿也被先前的砲彈切了一塊。

「班長！媽的！這些王八蛋！」我憤恨的嚷著。

「二班注意！頂著啊，爲班長以及弟兄報仇！」我射擊著又邊大叫，但耳膜快撕開似的疼痛一直往腦袋裡鑽，難受極了。

也不知道是我們猛烈回擊奏效，還是因爲連本隊的繞越攻擊奏效，只見正面的射擊火力忽然停止，右側的排本隊已經向前挺進。我不待命令提了槍往前進，邊走還不忘大聲吼叫著，指揮全班：

「追上去，別讓他們跑了！」

我直覺敵人若拉開一段距離，一定又是一輪炮擊，就算沒炮擊，他們也會找到機會利用地形回擊，我們可不願給他們這個機會。我一邊利用樹幹牆角做掩護盡快前行，一邊注意眼前敵人的去向，又一面注意左右的幾個班的位置。眼前的狀況，已經形成我們班在正面追擊，排本部已經從右側超越我們，而連的主力正從側翼追擊。

敵人很快的向後撤離，我們班才追到村子口的泥巴路上，正巧連長帶著連部以及一個排，而一陣砲彈群又已經淩空飛來。

「後面的找隱蔽！」連上一個老兵大聲的喊著，但連本隊並沒有停下來，反而加速的往前走。砲彈落下，接連的爆炸聲把好不容易稍微恢復的聽覺，又轟得嗡嗡亂叫，我甩了甩頭，只覺得耳膜異常的疼痛。我看到連長嘴巴大口大口的張合，似乎是對著我說話。

「什麼？報告連長，您叫我？」

「曲納詩！」我似乎聽到了連長大聲的叫喊我的名字：

「曲納詩你是聾子啊？叫了你幾回，沒回應！」連長滿臉怒氣吼著問話。

「報告連長！我給砲彈震聾了！」我大聲的回答，覺得撕裂疼痛的嗡嗡耳鳴，我聽到我的聲音似乎隔著幾重山的遙遠，而後方的砲彈，還零星爆炸了幾回，我覺得更聽不清楚了。

「班……呢？」

「什麼?」我不確定連長是不是問有關班長的事。

「我說你的班長呢?」連長吼著。

「報告連長!一群砲彈落在我們陣地上,班長丟了頂鋼盔給我,他自己中彈,另一個台灣兵同志給砲彈削去半邊身體陣亡了。我看正面的敵人開始退卻,所以追了出來,想追上排長參加戰鬥,爲班長以及犧牲的同志報仇!」我不確定連長是不是聽完了我所說的話,我大聲的想盡辦法說完!

「你處理的……你們……人?」

「什麼?」

「我說,你還有多少人?」

「八個,報告連長,我們還有八個人,夠打一場硬仗!」我大聲的回答,耳膜感覺更痛,兩邊耳朵的位置似乎已經被炸爛似的,連帶的腦袋瓜裡轟轟嘎響,叫人難受。

「好,我現……曲納詩……二班班……」連長看著我,又看著其他人說。

我沒完全聽清楚連長說什麼,我們班剩下的戰士卻表情喜悅的都靠向了我,正感疑惑,連指導員已經走到我身旁,貼著我的耳朵「輕聲」的說:

「曲納詩同志!連長剛才宣佈,即刻起,你是解放軍冀魯豫軍區獨立十五團二營四連一排二班的班長,恭喜你!」指導員說完拍拍我的肩。

「謝謝連長!謝謝指導員!」

我向兩位首長敬了個舉手禮,回頭看著班上的戰友,我指了指前方沒多說一句,立刻出發。

我的耳膜痛得實在難受,我想,也許要聾下半輩子了吧。我不再想多說話,只想現在立刻趕到排長的位置參加前方的戰鬥。

這一次，我們與眼前的國軍不停的交纏戰鬥，直到入夜後戰鬥才停止。我們班除了兩人陣亡，還有一位台東老鄉的布農族戰士王範傷了腿後送。

我得承認，讓連長指派擔任班長職務，確實讓我感到興奮與驕傲，打起仗來也顯現出遠比先前的凶猛與好運氣，我們班剩下的幾個人，幾回殺進殺出的都能全身而退。但想到這是好心的班長丟了頂鋼盔保住了我的小命，是班長不幸陣亡讓我有機會晉身爲班長的，這一想，心裡又難過了。雖說戰場上生死難料，但這樣的事發生在自己身邊總是件傷心的事。爲了解放全中國的大志業，我想班長在天之靈應該會同樣感到光榮的，我在此向班長報告，我願意繼承他，徐連生班長的遺志，做一個不怕死不怕苦的解放軍戰士，繼續爲解放全中國的偉大目標做出貢獻。

淮海戰役在十一月六日正式宣佈開打，八日，解放軍強攻黃口、韓莊及運河兩岸，共產黨地下黨員何基豐、張克俠舉行賈汪起義，率兩萬人陣前起義；整個戰局到了十一月十日，也開始出現了關鍵性的改變，國民黨黃伯韜的第七兵團，已經被華東野戰軍合圍在「碾莊」附近。爲了達成徹底殲敵的目標，華野司令員粟裕命令幾個縱隊全力狙擊準備前來支援的邱清泉與李彌兵團。到了二十二日黃伯韜在碾莊自殺殉職，十二萬人被殲時，邱清泉還被隔離在距離「碾莊」十二公里的「大許家」附近。

這個戰事的發展與結果，在連上幹部不斷的於戰鬥間隙空檔講解說明下，還是令我感到眼花撩亂。這麼多的單位，這麼複雜的兵力調度與戰術運用，需要多大的智慧與意志才能達成？我一個小戰士又如何能完全理解？儘管我摸不清方向，但戰果還是令我們振奮不已，連上弟兄甚至也學著哼起了追擊歌：追上去，追上去，不讓敵人喘氣！追上去，追上去，不讓敵人跑掉！

據說，華東野戰軍計畫於十一月六日發動淮海戰役後，發現國軍正在收縮退卻，於是果敢的發起追擊，結果兩條腿奔襲的解放軍，日行一百四十餘里，竟然追上了正在渡過大黃河的黃伯韜機械化部隊，於是負責爲黃伯韜兵團殿後的六十三軍整個被殲滅。途中，華東野戰軍氣勢高昂的一路追擊，不斷唱的就是這個歌謠。消息傳來，「追擊歌」立刻變成了我們強行軍追擊敵人的軍歌，激勵我們勇往向前，叫敵人聞風喪膽。顯然，黃伯韜的第七兵團被圍殲的消息，讓已經零星打了不少戰鬥的我們團的戰士們躍躍欲試，希望在這一場大戰役有所表現，最好也能參與大場面的陣仗，吃掉一個國軍的兵團。

就在粟裕的華東野戰軍圍困黃伯韜的第七兵團同時，我們並沒閒著，配合著中原野戰軍主力的幾個縱隊，不斷的針對國軍由南方增援而來的黃維第十二兵團實施狙擊、穿插，而終於在十一月二十三日，將之包圍在宿縣西南的雙堆集地區。

包圍圈的逐漸形成與壓縮著實令人振奮，但敵人的反撲火力與衝擊力道也從此變得更強更激烈。光是我們這個連與對方對峙，南北就拉開了將近一公里寬的戰線，從開始接觸就不斷打了一天一夜，直到二十四日下午，槍聲沒斷過片刻。我們沒人敢合眼，餓了也只能找個空檔，把裝塡在乾糧袋裡曬乾了的炒飯，掏些放嘴裡和著口水慢慢嚼。

步槍、機槍、衝鋒槍搶舞台似的各自上場，或同時叫囂；迫擊砲、手榴彈也沒停過，轟隆隆的響個不停。黃維兵團不愧是國民黨的王牌軍之一，器械精良彈藥足，突圍與還擊的火力實在猛。他們想進攻，一下子被我們打了回去，留了幾具屍體，沒多久又組成一批人企圖突圍，又被我們以機槍、手榴彈擊退。我不知道我們陣地前方究竟有多少人被圍，只知道他們一批一批的試圖突破我們的防線，在雙方將近二百五十米的陣地中，留下一具又一具的屍體。

爲了減少自己的傷亡，我們只得利用他們突圍與重新整隊之間的空檔輪班挖掘壕溝加強工事，同時堅守陣地，只在敵人企圖突圍時予以痛擊，以節省彈藥，並稍稍休息一會兒。

「班長同志！你看這黃維兵團究竟能撐得了多久啊？」一個同志問。

「不知道，問題不在他們能撐多久，而是我們能不能等到他們棄械投降！」

「班長怎麼這麼說？」

「你們都是老幹家了，參加的大場面陣仗恐怕只比我多，不會少啊！這一點我還得要聽你們的想法了！」

「班長客氣了！我想您的意思應該是說，我們能不能活著親眼看到他們投降或被殲滅，遠比對方能不能捱得住包圍來得重要吧！」一個戰友說。

「是啊！我們都不是貪生怕死之人，能爲解放戰爭捐軀也不辱家門了，但是能活著總是件好事。我們這麼想，對方也是這麼想，不過呢，我們都只是個底層的兵，能作主的不多，一場仗下來，只巴望著別太早挨子彈，其他的只能看老天爺的意思了。」我嚥了嚥口水，敵人射擊的槍聲不斷，我方趁隙回擊的也沒停。

「我問你們！」我看了看身旁的幾個人問：

「你們怕不怕死？」

「……」

我的問題有點唐突，讓這幾個戰友不知怎麼回答，相互看了看。

「死，誰不怕，問題是，該死的時候，誰跑得掉？」一個說。

「是啊！能活著幹嘛死去，不過死總要死得有意義吧！」一個說。

「我倒不怕死，大不了十八年後又是好漢一條，但總不能平白無故的死去，那多冤枉啊！」另一個說。

「你們眞有意思！我這樣說吧，如果，現在我們戰死了……等等，我不是觸各位霉頭啊，我是說如果……如果現在怎麼了，你們覺得冤枉不冤枉，有沒有意義？」我問。

「不會吧！應該不會吧！我是說，應該沒什麼冤枉吧！」

「怎麼說？」

「我們打了多少年仗？日本鬼子走了，自己人還要打來打去，老百姓什麼時候可以安安穩穩的回到家鄉，種田過生活啊？這場仗總要結束的，我們不努力的打，趁早把那蔣匪軍打垮，戰爭什麼時候可以結束啊。我就是這麼想的，如果現在就可以結束戰爭，就算我眞的捐軀了，也不能算是冤枉的。」

「是啊！班長，那些讀書人說的大道理，我可是不懂，不過呢，眞要能爲解放戰爭盡一分心力，也是件有意義的事。」

「是啊！戰爭不結束，我們得天天在壕溝裡蹲著，在泥巴路上奔波著，什麼時候能坐著吃家裡人做的飯菜，看著家鄉的姑娘下田耕作，還眞不知道哪年哪月喔。與其活著天天見到戰友缺手斷胳膞死在眼前，還不如就在這裡，狠狠的打個一場，然後結束戰爭，就算我怎麼了，我也甘心啊。」

他的話引起了戰友們的笑聲。

「說了半天，你想的是家裡的姑娘啊？」

「不是嘛！我問你們，我們打了幾年仗，跑過多少里路，看過的屍體死人恐怕數也數不清，你們誰真正看過一個姑娘，我是說年輕標緻、胸部挺的臉蛋嫩的？」

「啐！就你想這個！」

「害什麼臊啊？你們回答我啊！」這個戰友的問題有意思了。

「你的話是有道理，我還真沒有看過你說的這種姑娘。這亂世裡，稍具幾分姿色的，恐怕早就被我們這些兵土匪給摘了去糟蹋，誰願意把姑娘放出來在街上溜。」

「所以啦，戰爭一日不停亂世就一日不平息，我就得天天看你們這些凶神惡煞，倒不如我轟轟烈烈的戰死，早日投胎到一個沒戰亂的地方，找個姑娘，耕田營生當個平凡的小人物。」

「唉！你還真有志氣啊！不過，報告班長同志，你怎麼忽然問我們怕不怕死的這個問題？」一個戰友忽然轉頭問我這個問題。

「呵呵……各位都怕死，也都不怕死；不怕死，也都不想死得毫無意義，光憑這分豪氣，這場戰爭我們贏定了，解放戰爭一定可以成功。」

「班長同志，你怎麼忽然變得這麼有學問，您是打啞謎還是怎的，我聽不懂啊！」

「呵呵……學問？學問是什麼東西啊？」我停了停，回過頭朝著被圍的敵軍陣地望去，沒什麼動靜，我又回過頭說：

「各位同志，我是在六營集被俘虜的，被圍困到近乎絕望的經歷我是知曉的。」

「班長同志！您愛說笑了，我們幾乎也都是幾個戰役下被包圍下來的，您說的事，我們都知道啊。」

「呵呵……唷，差點忘了，我們這個班，不！我們這幾個單位，大多數人都有過被俘虜的經歷。我要說的是，我在七十師幾次的戰鬥都是害怕被俘虜讓解放軍殺害的，爲了要活命跟解放軍拚命，特別是被圍困找不到一點吃的當頭更是這樣。但也正是因爲怕被殺害要活命，所以一旦解放軍表明不殺害，我便想要試一試，所以最後成了俘虜。」

「對！我也是這個樣子！」

「對啊！能不死，誰願意死啊。」

「所以，這樣的部隊可以打硬仗，但一定撐不久！」

「爲什麼？」

「因爲，他們作戰只是因爲要活命，能不死，他們還願意戰嗎？」

「是啊！」一個戰友想起什麼似的應和。

「我問你們，你們誰眞正打過抗日戰爭，跟小日本拚個你死我活？」

「好像只有他吧！老張！」一個戰友指著離我稍微遠一點，正盯著敵陣地的一個老兵老張說。

「老張！打日本鬼子時你怕不怕死？」一個戰友問。

「剛開始，死，誰不怕，但槍聲響起，誰還記得怕是什麼東西，早不知道飛哪兒去了？等槍聲停了，一回想，褲襠早嚇得濕了尿，自己渾身發抖。但想到鬼子侵略我們，殺害同胞，心裡又一陣激昂，就算手裡只剩一塊石頭，還是想要上去砸死他們，心中根本沒有死這個念頭。」老張說話時，頭沒多回頭看著我們，仍專注的盯著前方。

「這就是了！我要說的就是這個！」我看了看周邊的弟兄，繼續說：

「我們都怕死，不希望死得沒意義，所以想盡辦法要在戰場上活命，所以我們還都能活到現在，沒有因爲粗心大意而白白的送命；但是一旦牽連起國仇家恨，我們幾乎不顧一切地要獲得勝利，將敵人徹底殲滅。這種念頭任何軍隊都會有，不論解放軍或國軍陣營都是一樣的。只不過，眼前的淮海戰役，解放軍爲的是解放全中國，解放苦難的黎民百姓，國民黨軍的部隊，只求活過這場戰役，所以，我們一定贏得了這場戰役。」

「這一點，我毫不懷疑！」一個士兵說。

「是啊！這是再肯定不過的事了。」一個戰友也跟著說。

「聽著，在迎接勝利前，大家還是千萬要小心，把性命留在最後關鍵的決戰啊！」我做結論似的環視幾個弟兄。

忽然，一個戰友大喊，聲音夾雜在密集的槍聲中於四周撒開：

「小心！蔣匪軍要突圍了。」

「各就自己的陣地穩穩的射擊，一發一個別浪費子彈啊，千萬要頂住啊！」我邊吼邊扣扳機射擊。

在我們整個班的火力急襲下，立刻產生退敵的效果，眼前第一波的衝鋒被擋了下來。不過，敵人也不是省油的燈，先來一輪的炮擊之後，接著幾挺三〇重機槍，整個約好似的忽然向我們這一方面集中射擊。我感覺敵人有準備向我們集中衝鋒突圍的企圖，而這樣的決定應該跟剛才我們幾乎沒任何準備接戰的休息閒聊有關。

「來！你去把幾個人的手榴彈收集到我這裡。」我決定做一些調整，指派旁邊的戰士，把鄰近幾個人的手榴彈都收集過來，由一兩個人負責投擲手榴彈，其餘配合連隊的機槍。

敵陣地射擊而來的火力實在猛，除了幾挺機槍規律且扎實密集的射擊之外，步槍兵也編了組向我方行壓制射擊，打得他們頭都抬不起來。只見一陣槍聲下，一群人已由我們的正面方向，低姿勢的躍進，快跑臥倒然後又快跑臥倒，交互掩護前進著。

「沉住氣啊！距離夠近了再射擊啊！」我喊著要班上弟兄注意射擊紀律。

爲了提高射擊效率，我希望距離夠近了以後，再一齊射擊。目前連機槍火力，排的自動步槍還能分火支援，所以我指定幾個射擊較準的戰友做長距離的射擊，準備在他們前進到一百米的距離以內，全班集火射擊，一舉擊退他們的攻勢，若他們進到五十米以內，我便以手榴彈朝他們密集的攻擊。

「準備！」我提醒所有人，而敵人跌跌撞撞也逼近了一百米的範圍，一批人倒下又補上來一批人。

「準備！」我準備下達全班開火的命令。

但奇怪的事發生了，敵人前進到一百米遠竟然不再前進，就地以地形掩護乒乒乓乓地猛烈開火，彼此間還相互掩護地修築起工事來了，也許敵人就打算在我們一百米遠的地方設置臨時陣地，準備利用入夜後實施突圍吧。

「射擊！自行射擊，注意節省彈藥，別輕易離開自己的射擊位置。」

我高聲的叫著，要全班對著前方可看見的目標自行射擊，也不忘提醒戰友控制彈藥別胡亂射擊。國軍一向彈藥足，回擊毫不吝惜彈藥，這是我知道的；但只要隱蔽得好，射擊時找好掩護，我們可以把傷亡減低到最低的程度，彈藥可以更有效率的運用，因爲我們在這個陣地經營的時間較久。

入夜後，開始下起了大雪，敵人卻也在天色變黑而下著雪的夜色中發起一波波的攻勢，企圖撕破我們的防線，一百米的距離容不得我們絲毫分神，我們全神貫注相互提醒，朝著對方一發又一發的射擊。對方接連倒了幾個，回擊的火力卻一波強過一波。從陣地往兩側看，只見左右陣地連綿，雙方機槍曳光彈的射擊火光，交相密織的像一片光網，遮罩住雙方陣地中間的地帶，壯觀極了。

空氣中，除了火藥爆炸的煙霧與硝味，雙方陣地還詭異的漫起了薄薄的一層霧氣，似乎是落下的雪花與射擊出去的火燙槍彈接觸，吱吱的立刻融化成爲霧氣，整個凝結在我們雙方的陣地中央。我們步兵也不甘寂寞，雙方各窩在自己工事內，你來我往的相互射擊，在黑夜落下的雪片遮蔽視野中，隔著一百米朝著對方陣地可疑的黑影射擊。

我們擔心他們滲透進來然後撕破陣地，突圍而去；而他們可能也擔心我們趁著雪夜的掩護忽然貼近他們陣地發起衝鋒，整個殺進他們被包圍的工事內。我們陸續有人傷亡，從入夜後到午夜過後誰也沒合眼，一直到午夜過後的凌晨才因爲雪下得太大，視線實在太惡劣才暫時停火，憑良心說，我還真不知道是誰先停了火。

還好，清點過人數，我們班只損失二人，陣亡的遺體由地區老百姓編成的支前隊，利用夜晚清理戰場時直接向後送；另外三員受輕傷，自行裹了傷再戰；除了後送傷亡，支前隊還送了熱食上來，另外在我們戰鬥的同時，代替我們修築與加強工事，讓我們充分獲得休息。

連部警覺到我們這一線的陣地需要加強，撥了一組機槍利用下半夜構築陣地，彈藥也替我們補充多一日的補給量，人員的部分因爲損失二人並不影響任務執行，所以沒多做補充，連部要我們以剩下的建制繼續守住陣地。

二十五日天亮不久雪停了，地面上已經堆了一層層厚厚卻鬆軟的積雪，風吹颳過的地方或者被樹枝擋了部分落雪的地方，還看得到有肢體的形狀外露，對方陣地一片死寂，看不見任何的動靜。人會到哪兒去了呢？會不會趁著停火退回到原來的陣地內？

不等我想清楚，南方的天際遠遠的傳來悶響著的隆隆聲，時間約在上午八點多。

「那應該是徐州方向來的飛機吧！」

「一大早的，徐州來的飛機是來送伙食還是怎的？」一個戰友望向還沒完全亮白的南方天空說。

「如果是這樣，會不會又是來空投物資，打了兩天兩夜，他們的彈藥應該有問題了吧？」

「應該是食物吧！黃維兵團是美式裝備，裝備攜行量也是準美軍規格，斷斷續續打個七天，彈藥應該還不是問題。這飛機也來得忒怪的，眞不知道這一回送什麼新鮮玩意兒來吃？」

「是嗎？他們整群的運輸車輛沒聽過有落在咱們手裡的，糧食應該也不會是問題吧！我們才圍了三天！食物不會是問題啊！」

「會不會是來投炸彈啊?」

「炸彈?你看他們把陣地推進到一百米來，那些飛機投彈有這個準頭嗎?有那個本事只傷我們解放軍，不傷他自己人啊?」

幾個戰友躲在工事的交通壕內你一言我一句的猜測著，但飛機的嗡嗡聲著實令我感到不安，陣地前看不到敵人的動靜，不知道眼前的敵人準備做什麼打算。沒等我心情安定下來，突然聽見密集的咻咻聲破空而來。

「臥倒，找掩蔽!」一個戰友大聲叫喊。

敵人從昨夜陣地的遠後方打了一群一群的砲彈，在我們整個陣地的前後左右落下，轟得我們陣地像是誰丟了一把玉米在熱鍋中，劈哩啪啦的掀了一層地皮直往上衝，往旁飛濺。我們所有人幾乎是貼在自己的工事內，誰也不敢露出半截身體，怕被砲彈削了去一塊，但還是有砲彈直接打進戰壕內，炸傷了一些人，掀翻了一整塊工事。沒等我們回過神，飛機轟隆的壓過頭頂，一群尖銳地咻嗚聲從天直下，我們趕緊抬頭，哇……

「飛機扔炸彈了，大家找掩蔽啊!」一個戰友沒等我哇的一聲叫出，已經扯開嗓子吼叫提醒。

我沒見過飛機掉下來的炸彈，不知道那是什麼情形，但幾個大陸籍老兵已經衝著我大叫:「班長同志!你盡可能窩在工事內，最好抱著頭蹲在壕溝內，身體可以頂著溝壁，胸口可一定要離地啊!」

那老兵才說完，一種沉實雄厚的爆炸聲，接連在我們陣地後方炸開。地表像地震一樣，一次次的隨著爆炸聲搖晃，戰壕的邊壁塌下了一些土石埋鋪在我身上;那反震的力量由下往上彈，力道很悶、很實也很強。我想，如果趴在地上胸口肯定要震出內傷，幸虧這些大陸籍的老兵經驗老到，提前提醒我，否則我要是憑先前躲砲彈的經驗緊趴在地，可要受不輕的內傷了！這些由飛機扔下的炸彈到底是多少倍於砲彈的威力啊？這一批的炸彈，落在我們團的陣地究竟又造成多大的傷害啊？

只見飛機離去，我撥了撥身上厚厚的泥層，想探頭看看到底整個陣地有多大的損失，我們人員究竟有無傷亡。才抬頭卻看見敵人的方向，忽然從雪地中長出一叢叢雜草似的，敵人自雪堆埋著的陣地中紛紛冒出，然後不停左右變換行進方向，往我們陣地接近，人數相當可觀。

「二班注意，敵軍過來了，各就各位自行射擊……」

不等我說完，其他鄰近班的陣地已經開始射擊了。我邊喊邊整理昨天蒐集的手榴彈，算一算也有五十幾顆，我的臂力雖不是頂強的，但準度以及投擲手榴彈的距離，都是班上最強的，我打算敵人進入五六十米的時候，以密集的手榴彈伺候。

達達達……達達達……敵人幾輪的機槍忽然朝著我們陣地打，彈著在壕溝的上頭，濺起一堆飛石夾雜著紅血四處噴濺。有戰士受傷了，顯然是敵人爲了壓制我們的射擊，而集中火力在我們整個排的正面，只見我們與鄰班的陣地，輪流挨敵人幾番掃射。

「媽的！當我們是龜孫子不敢回擊啊！」

「就是啊！小四，你槍法準，你專挑他們機槍陣地打，我們其他人，解決前面這些人。」

「你不問問班長的意思啊？」

「還問什麼？就這麼幹！」我直接插了話。

敵人壓制我們射擊，目的就是要掩護他們的人員接近，並發起衝鋒突圍而去，我才不準備讓他們得逞呢！

「就這麼幹！別讓他們機槍毫無顧忌的射擊，其餘的人全都頂住，別讓他們活著接近啊！」我吼著。

這一招果然奏效，以步槍精準地狙擊機槍射擊口，讓機槍射擊受到干擾，甚至出現不正常的中斷；我們其他的步槍則對著他們起身衝鋒的人員集中火力射擊，一下子打倒了一批人，打亂了他們的隊形也吸引在我們附近的連機槍陣地一起射擊；只聽到在我們步槍各自射擊的一陣雜亂槍聲中，連的三〇重機槍達達達……的像個定音鼓，壓住節奏似的規律射擊，逼得敵人又退回原來的陣地中，只留下十數具屍體在我們陣地前約七十米的雪地中，清晰的雪印痕，還留有他們的爬行痕跡。

「幾個受傷了？」我左右看了看，開口問。

「只有我吧！」

「傷哪裡？」

「右小手臂，被劃開一槽。」

「還能打吧？」

「開玩笑！我吐個痰抹個泥巴，照樣殺敵啊！」

「你才眞開玩笑呢！來，我來包紮！」

「這怎麼可以呢？班長！」

「囉嗦！」

我沒等他繼續說，撕了內襯衣給他綑紮暫時止血，準備等衛生員過來再處理，還沒綑紮完，一個老兵忽然大叫：

「又來了！」

「怎麼回事？」我急忙探頭。

「他們又開始前進了！而且更快更多人。」

「媽的，他們眞不甘心啊！」

才說完，忽然一陣密集的射擊彈著在我們周圍，逼得我們縮了頭。

「小心啊……」我喊著，卻被槍彈擊中的小石塊飛來打到左臉頰，讓我的聲音變了調。正想下達射擊命令，排長已經著人傳達剛才的飛機扔下了數顆重型炸彈，把第二線以後的陣地搗得稀巴爛，副團長以及身邊幾個文書傳令也給炸死了。

「什麼？這些王八蛋，來啊！弟兄們，給我打，狠狠的打！替副團長以及其他弟兄報仇啊！」我顯然被激怒了，接連幾句粗話脫口而出。

敵人也似乎不甘心剛才一波攻勢被我們輕易瓦解，這一回打定主意要硬幹一場，所以在他們幾挺機槍的掩護下，前仆後繼地又逼近到了五十米的位置。我們步槍射擊、機槍也沒斷過，敵人倒下又另一波衝鋒，情勢顯得越來越險惡。

敵人逼近的距離，讓我想起手邊蒐集來的手榴彈，我趕緊放下步槍，抓起手榴彈，一連丟了四顆，炸得對方前面一波隊形散亂掉，幾個人直接被炸得倒地，其他人似乎也被這突如其來的手榴彈攻勢弄得混淆，出現了遲疑。我立即再接連投出幾顆，直到把身邊的五十幾顆手榴彈都丟完爲止，其他的戰友受到鼓舞，更加穩定射擊，沒多久，敵人像退潮似的，多數人在退回中途中彈倒下，部分人又再退回原來的陣地。

就這樣子，敵人衝鋒我們硬是擋下，被擊退的敵人不甘心，又再發起更猛烈的突圍攻擊，我們再拚了命把他們打回去。我們死傷越來越多，敵人留在雪地的屍體卻更多，我根本沒有多餘的心思去計算，到底我的班還有多少人，彈藥還有多少的數量；但我相信敵人一定比我們更加不堪，我相信誰撐得下去誰就能吃掉對方。

一整天我們就這樣來來回回的攻防，雙方人數卻越來越少，火力越來越稀，你衝我守的反覆廝殺還是沒完沒了。一直到下午五點多天變昏黑了，對方已經沒有再發起衝鋒的樣子，也開始下了些雪，雪下得比昨夜緩和得多，視線也好很多，在雪地的照映下還模模糊糊的可看見對方陣地的概略位置

「班長同志！敵人會不會又準備再來一次啊，你看他們似乎又有蠢動的跡象。」

「媽的，這麼不甘心啊？我們想辦法頂住吧！看一看，咱們班究竟還有多少人？」

「五個吧！包括兩員傷兵！」

「五個人？我們只剩下五個人？」戰了三天，又反覆的廝殺，這數據不算太糟，不過敵人再要衝鋒，而我們若拉不開距離讓對方衝到陣地來，刺刀對刺刀的肉搏，那他們就極有可能撕開我們的陣地。我不是沒信心拚刺刀，只是對方一定會利用這個缺口，灌進大量的人，我們五個人再怎麼厲害，也不可能有十足的把握擊退他們，所以能把他們消滅在陣地前、陣地外是最好的辦法。

「就五個人吧！大家精準一點射擊，別讓他們接近，非得守住不可。」

我不願服輸，但五個人守著將近一百米寬的陣地還是太寬了一點，我迅速做了調整，無論如何

都得守住。

對方機槍已經開始制壓射擊了，步槍也開始加入，聲音已經比前兩天稀疏得多，直接朝著我們陣地射擊的狀況也變得軟弱，我想對面敵人的傷亡應該已經很嚴重了。我招呼所有的弟兄進到自己的陣地，向著對方找機會射擊。

過了好一陣子，除了敵人有一發沒一發的朝我方射擊，沒再發現敵人躍出陣地朝我方突圍；也許他們在調整部署，也許是想持續對我們施壓吧。我想起了連機槍已經有一段時間沒響起，心想那機槍組恐怕是陣亡了，我得把那機槍搬下來守住這個正面才行。

「幫我看著點啊！我去搬那一挺機槍來！」

「班長！要不要我一同去搬？」

「別！人手已經不夠了，替我守著，等我把機槍搬來，我們等於多了幾個人，對面的那些人可要倒大楣了。」我說完，直接跳離開陣地向那機槍移動。

那機槍手果眞陣亡了，胸口中了一槍，背後開了一大窟窿。副機槍手則頭部中彈，身上都覆蓋了些雪，血還沒完全凝固，心想應該還沒有陣亡多久。

我沒多做遲疑，向兩位戰士敬了個禮，便扛起機槍抬向右肩，左手則盡可能地撈起所有彈藥提著彈藥箱往陣地走回。

扛著兩個人抬的重機槍並不輕鬆，特別是還要分神去提彈藥，讓我在逐漸變得更黑的暮色中，走上幾步路都顯得踉蹌，左臂因超重提物感覺輕微痲痺。我沒多的心思管這些，我得迅速地回到位置上架起機槍，準備應付下一波他們的突圍行動。

砰砰……敵人的槍聲持續的、零星的射擊。

砰砰……遠遠地又來兩聲，緊接著我聽到金屬嘩啦吭哩的掉落碰撞聲，我發覺左手提的彈藥全落在雪地上，幾條彈鏈疊落在彈藥箱上又向外攤開。

隨後，左大臂內側傳來一股劇烈的疼痛，讓整條手臂不自覺的抽搐抖動。

糟糕！剛剛我中彈了！

心念才起，砰砰……遠遠地又來兩聲，我直覺這是朝我射擊的槍聲，我在雪地搬動機槍的身形應該早就被對方注意到，他們等的應該是我直起身子扛機槍的這個時候。

沒等我反應過來採取閃躲或咒罵這些人，左胸膛已經悶響起「噗咯……」的一聲，一股力道將我的身體向左後方推。扛在肩上的機槍順著勢向後方拋了去，壓在身上的重量頓時解除，令我的身子瞬間變得輕盈，整個人往後倒地在積雪中。

我感覺劇烈的疼痛發自左胸，我想出聲叫喚其他戰友，但是一股溫熱血腥的液體，咕嚕的在喉間滾動，擠到口腔內，部分還流出嘴邊。我只聽到自己耳膜內咕嚕嚕的聲音，其中似乎還夾雜著幾個弟兄的叫喚聲，以及忽然變得密集的槍聲、彈著聲。只不過，這些聲音又變得越來越微弱、遙遠，像是誰把聲音包裹著，遠遠地、頭也不回地逃離我的方向，那樣的虛杳、不眞實；我再也聽不見任何聲音，四周一片死寂，我不再感到疼痛，連倒在雪堆中也絲毫感覺不到冰雪該有的一點涼意。我張著眼望向夜空，覺得視界景象逐漸緊縮，眼前終於一片昏黑。

我要死去了吧？伊娜呀，來世再見了，我的娘親！

我忽然有種想哭的傷感，卻只浮起了這個念頭……

「咦？還活著吧？喂！你們誰來幫我看一看啊！」

「同志！喂！同志！你醒醒啊！」

「還活著！來來，把他身上的積雪弄掉！」

「毯子！多弄兩條毯子過來！別讓他失溫啦！沒被『蔣該死』的軍隊打死，要給凍死了多冤啊！」

「喂！同志！你聽得見我的聲音吧？你醒來啊，能動，你就動一動，可別凍死啦！」

兩個人的聲音在耳邊響起，聽起來卻非常遙遠，幾隻手在我身上又撥又裹的。我睜不開眼睛，覺得眼球酸澀而眼皮異常的沉重，而意識時近時遠，才覺得清楚卻又模糊的像是一場夢境。我嘗試著發出聲音喉頭卻堵著，想動一動身體，一股劇烈的疼痛卻自左胸而來。

我還活著！我意識到我還活著，霎時覺得自己清醒了許多，一股淚水自眼角流了出去，滑過太陽穴積聚在耳朵裡，感覺一點涼意。

「我們動作快一點，來啊！幫我把他弄上板車往後送啊！」一個聲音夾雜著興奮與心急叫嚷著。

是的，我還活著，嗚……我還活著！顛盪的板車上，左側身體劇烈的疼痛與這些百姓的心急都證明我還活著。越想，淚卻流得越凶。

陣地內的攻防不知何時已經停了下來，支前隊趁著夜色來清理戰場時，發現因爲劇烈疼痛暈厥，又加上幾天幾夜沒睡而昏迷不醒的我，把我當成一般死屍移到整個團的陣地後方，準備跟其他陣亡弟兄葬在一塊。幸虧這個老大爺機伶細心，發現我還有鼻息，把我給搖醒了，送往野戰醫院處理後，又再後送解放區的醫院。

這一場戰役，我斷了左胸兩根肋骨，斷了左臂經脈五指從此不能伸展，被驗證爲二等甲級殘廢，但也因爲保住了陣地，隨後接受表揚。只一個多月，我又回到團部的特務連擔任通信員，隨後的一年中又參加了在豫西道口、新鄉地區平定大股土匪王山祖的戰鬥，一直到一九四九年十月一日中華人民共和國成立才離開軍隊。我成了戰鬥英雄，成了革命殘廢軍人，每個月領取撫卹金。

離開軍營大門，忽然有個念頭盤上了我的心頭：難道我要這個樣子領著撫卹金，帶著傷殘過下半輩子？

第11章

重生之路

第一一切行動聽指揮，步調一致才能得勝利
第二不拿群眾一針線，群眾對我擁護又喜歡
第三一切繳獲要歸公，努力減輕人民的負擔
三大紀律我們要做到，八項注意切莫忘記了
第一說話態度要和好，尊重群眾不要耍驕傲
……

我一路唱著解放軍教唱的軍歌〈三大紀律八項注意〉，由滑縣道口準備到新鄉市的榮軍介紹所尋找出路。

新中國成立，大部分軍隊建制解編改組，多數的軍人得退伍離開軍隊，回到家鄉重拾田園之樂或建設家園，像我這樣的帶了傷算是殘疾的戰士，當然也就必須離開軍隊。解甲歸田原本該是一件令人歡欣的事，但對於遠離家園，一開始便爲了「建設祖國」最後卻糊里糊塗投入戰役而後受傷的我來說，戰爭結束所必須面對的殘酷事實是：我已經是殘廢之人，而台灣仍然不是解放區。

換句話說，我暫時回不了家，一旦離開軍隊，我勢必得在大陸找到棲身之所，找到可以謀生的工作。可一個殘了廢又人生地不熟的台灣山地郎，這又該如何使得？團部體恤我的困境，爲我寫了封介紹信，要我安心地去碰碰運氣。還好，靠這介紹信，讓我昨夜毫無困難地在路上向一個兵營借住了一晚，免去了十月天露宿荒郊野外給凍死、給狼叼去的危險，也讓我今天能吃飽了喝足了上路，一路精神抖擻高唱軍歌。

「那位同志，您上哪兒啊？」才經過一大片的野蘆草地，有個收割蘆草花的農人開口招呼我。

「喔，我到新鄉市，請問這路還要多久的時間才到得了啊！」

「照你這走法，要不了幾個鐘頭，天落黑前肯定到得了，你走得可眞有精神啊。」一個老漢說。

「是啊！您唱的這歌叫什麼來著，挺耳熟的。」一個看起來十歲出頭的年輕孩子綑紮蘆草花插了話，一個不小心，整綑蘆草蹦了開來。

「哎呀！你顧著說話，手上的活兒可得拿緊啊！」那老漢急了。

「來來！我來！」我趕忙上去，扯了幾根長的蘆葉，三兩下箍了一整綑。

「這歌叫三大紀律八項注意，是解放軍戰士們必唱的歌。」我抱了另一綑蘆草繼續綑紮。

「你是解放軍同志？」

「是啊！新中國建立了，我因爲受傷所以成了殘廢軍人，準備到新鄉的榮軍介紹所找機會。」

「您看起來，不像是個……殘廢啊！」那老漢子猶豫了一下。

「喏！我左手臂給槍彈打著，筋脈斷了，五指伸展不開啊！」

「五指伸展不開，你還能這麼俐落的綑紮這些蘆草？喂！鐵柱啊！你看看人家多行啊，你好手好腳的還沒人家的能耐。」

「爹！人家是解放軍啊！千錘百鍊的，連中央軍都打垮了，這些雜事可難不倒他們的。」

「你又要嘴皮子了！」那老漢瞪了那青年一眼，又回過頭對我說：

「我這小孩，天天嚷著將來長大要當解放軍，做這些農事老是心不在焉的。」

「呵呵……有志向總是好的，將來有機會從軍報效國家也是好事啊！」我不知如何接話，但覺得這不是壞事。

「孩子的爹！你同誰說話啊！」一個婦人，隨著聲音從後面的蘆草轉來，身後還跟著一個年紀也不大的女孩。

「大娘您好！」

那婦人見著我，楞了一下，本能的遮擋那小女孩。

「孩子的娘，他是解放軍同志！到新鄉市報到經過這裡，還幫鐵柱子綑蘆草花呢。喏，妳看，說話間，他已經綑了兩綑。」

「是這樣的啊！是解放軍我就安心了！」那大娘沒什麼友善的表情，但至少沒再遮擋她女兒。

這兩三年我跟著軍隊四處征戰，遇到過許多有女兒的人家是這樣的反應。但我們利用空檔幫助農民收割、農作，老百姓也看在眼裡；軍歌裡面要求的紀律與注意事項，就是爲了消除百姓的敵意，所以我對那婦人的態度絲毫不以爲意。

「光顧著說話，我看我得趕路了！」怕把他們家人氣氛弄擰，我覺得應該離開了，但是心裡又有些疑問，忍不住，我又開口問：

「對了，這位大爺，你們割這些蘆草花稈有什麼作用啊！」

「喔，這個啊！不瞞您說，仗打了這麼多年，農地裡可沒好好長過像樣的作物，軍隊來了派糧，土匪來了還要搶些儲糧，就算都不來要糧，兩軍交戰你來我往，早把農田踩得硬實，好不容易才長苗芽也要給糟蹋得成長不了。這幾年，我們都是這樣子餬口的：春夏季，我們想辦法種些不能當糧食的菊，到鎮上藥舖茶行南北貨行兜售；秋天芒草蘆草開花，我們便割了做掃帚，挨家挨戶賣。一家四口撐不飽但也餓不死，說不上沒憂愁，日子還可以嬉笑勉強過。現在戰爭結束了，我們都看到了希望，希望明年開春種些玉米，如果行，我還得要試看看能不能種些稻呢。這位同志，您看，應該不會有戰爭了吧。」

我望著眼前看來已經有些歲數，黧黑、有不少皺紋、卻透發著樂觀積極的老漢，看著他們兩個年紀看起來稍微年輕的孩子，一時之間也不知道該怎麼回話。

「我們家鄉，這個時節也是這樣的，入了秋，所有人忙著收成，種稻的割稻打穀，種包穀的拔了穗曬玉米，家裡沒田的，打獵、抓蟹、割芒草稈做掃帚，都各忙著找營生。」我想起了家鄉也是這樣割芒草，想起了秋天的收成季節。

「那你家鄉很富裕吧！糧食不缺吧？這個樣子！」

「忙了半天還是要東繳西繳，自己家都沒得吃了，軍隊還要來搜刮。」我讓那老漢的話弄得心裡沒來由一陣酸。

「是啊！怎麼說，苦的還是老百姓！哎呀！老天爺可要睜大眼看看啊，別再讓這些地方打仗了，給我們這些百姓喘口氣吧！」老漢看著我表情皺了一下。

「你家鄉在哪裡啊！」那婦人終於開口插了話，表情也和善多了。

「台灣！」我遲疑了一下，想起了我的娘親，我的伊娜，眼淚忽然擠到眼眶。

「台灣？那是在什麼個方向啊？」

「那個方向吧！南方，遠的呢！」我參考著太陽的位置隨意朝南方指去。

「喔！你是南方人啊？這下好了，建國了，也該回去省親見見家人了！」

那婦人似乎並不知道台灣的位置，語氣有些爲我開心，卻讓我偷偷地深吸了一大口氣，平緩了情緒。

「是啊！」我按下了心情，沒再多接話，怕情緒又來，趕忙起身向他們道別。

「我得趕路了，您一家人可得保重啊。」我抬頭看了那少年，「對了！鐵柱子！長得夠大了，當個解放軍也不錯，保家衛國，也不枉你有個鐵柱子的名字。」

我的話讓那對父子笑了。

揮手道別過，我繼續踏上路途，但心情已經不若剛才先前的積極與正面。過去一兩年，在戰場的廝殺，我最初的鄉愁早就在幾度生死邊緣中蕩然，只偶而在死神召喚時，隨著愧疚而被喚起一絲絲。而現在不打仗了，「回家」的念頭卻被這一家人艱苦卻快樂的工作情景所喚起，一時之間我內心掏空似的，又忽然湧進了家鄉的關於五節芒的景象。

回憶一經湧起，部落那秋天的荒埔，那滿山結穗開花的五節芒草，在秋風颾絮下，飄漫一整個山野的灰白的景象，變得鮮明又忽然朦朧。每年每季，那隨風四處飄散的淡淡土黃白色的芒草花，一定有一些約好了似的，每天聚集在我家院子一角；而荒野上芒草叢間，肯定也到處流竄著肥滋滋的山鼠，與村裡男人們設放的陷阱較量；那芒草節根部急著吸取養分的大肥油蟲，也一定不會放過機會，狠狠的躲進芒草根部的節裡，或者被村裡族人挑起了，帶回家燒烤補充蛋白質；或者被各類山禽飛鳥啄食，或者禽鳥陷在我們設放的捕鳥器。於是晚餐時間，無論誰下了什麼田忙什麼秋收，各家也一定少不了桌上一盤盤香氣四溢的蟲鳥大餐，爲窮困缺糧的日子加菜與打氣。

離家四年了，日本人早走遠了，美軍的飛機也遠離不再來威嚇，家鄉早就不打仗了，族人有機會好好的種稻種雜糧而忙著農田收成；而調皮的、精力旺盛的、沒多少農務可做的年輕漢子們，應該也正忙著在芒草埔間獵捕一盤盤的晚餐菜餚，而開懷不已。

眞的會這樣嗎？或者，年年都會有一批像我們這樣，被「工作」騙來當兵打仗的年輕人。如果是這樣，部落還會有年輕人嗎？而這些與我一樣被騙來的同胞，在整個中國大陸解放而戰爭結束的現在，又各自流散到哪裡去了呢？

或者，解放軍現在正準備搭船越過台灣海峽實施解放戰爭？如果是這樣，我的家鄉又會是怎樣的情形？會不會跟這幾年我所看到的大陸農村一樣，凋零殘破，農地荒廢？如果是這樣，我的家人，我的親人呢？是不是也正在努力的從毫無希望的日子中殘喘著找生機？想著想著，我居然感到害怕與脆弱。

我在軍隊裡參與戰鬥，勇猛殺敵，總想著也許有機會存活回到家鄉，但從未想到有一天會在自己的故鄉上演著無數人命反覆的實施挖壕溝、拚刺刀、把一切夷爲平地的戰爭。

算一算，自己在戰場上槍林彈雨的，要死也經過了幾回，沒理由害怕戰爭會再起啊。是因爲我太了解戰場下百姓的微弱？還是我太清楚了沒有誰眞正控制得了戰爭。一旦戰爭發起，誰都不知道最終會發展到怎樣的規模。就像淮海戰役這樣一場曠古的大戰役，過程與結果遠遠超出所有人的想像與預期。

台灣的解放戰爭眞要搞起來，會造成我的家鄉什麼樣的危害呢？而像我這樣在台灣當國民黨軍，到了大陸參戰，一場戰鬥把我打成了共軍的人，將來或者現在對台灣實施解放戰爭時，我們渡海而去，我又將如何面對我的同胞家人？

呸啦！都已經是殘廢的人，我想這些幹什麼，擔心我的家人，我又能如何？都四年了，台灣的情形如何，我的家人究竟還在不在？與其擔心那個，倒不如先擔心我此番前去究竟能不能有個好結果吧。

我輕聲的咒罵了一聲，挺起胸，大步的向前走去，胡思亂想時便大聲的唱個紀律歌一直到下午傍晚到達了新鄉市，找到「榮軍介紹所」，過了個夜，又轉到焦作的「榮軍學校」。

「哎呀！我們又有新夥伴來了！」

「他傷在哪裡啊？看起來行動還正常啊！」

「是手臂吧？還是身體？可要比我這少了一條腿的幸運得多了！」

「唷！我們這位兄弟長得挺俊的！說不定是個官兒呢！」

「真要是個官兒，也可惜了他！這麼年輕，要不殘廢，留在解放軍肯定將來有大前途的。」

「呵！就算是個官兒，怎麼說都已經到這裡來了，再有前途還不是跟你我一樣都成了革命殘廢軍人？明天怎麼過都還不知道呢，還算計什麼過去不受傷，將來有前途什麼的！找安慰啊！」

「你怎麼又說這種喪氣話，誰願意受傷啊？遇上了，誰也沒辦法的事啊。盡快在思想上調整好，總會有希望的。」

「希望，什麼希望？老哥啊，你告訴我，我才二十九歲就斷了雙臂，往後大半輩子怎麼過？別的不說，洗澡怎麼辦？別說抓背了，搔卵蛋都要費大半天了……」

「洗澡？跟你一起轉戰大江南北，我怎麼不知道你愛洗澡啊。想搔卵蛋？練腳啊！手不行就用腳啊！跟猴崽子一個樣嘛。我看你聰明伶俐，用不了幾天，別說洗澡搔卵蛋讓自己舒服，我看你兩條腿，這麼個一伸一屈，還可以在自己背上刺幾個大字：媲美猴王。」

「耶！你說我猴崽子？這麼窩囊人啊！」

報到台外邊忽然響起了一陣爆笑，他們你一言我一句的交談都傳進我耳裡。受笑鬧聲的吸引，報到完分配了我的寢室與建制，我忍不住朝他們走去，只見他們已經笑鬧成一團。

那眞是奇特的一群人啊。除了剛剛那個自稱沒有雙臂的，笑鬧著正抬起一隻腳作爲平衡以免摔倒之外；一個失去雙腿的也正緊緊抓著坐著的板凳，以免被幾個臉上有著兩個乾癟眼窟窿失明的人碰翻；幾個斷一隻胳膊的還不自覺的舞動截剩的上臂。他們眞是開心啊！看起來，他們應該在沒事的時間常聚在一起鬼扯閒聊，彼此開玩笑或者訴訴苦讓其他人挖苦取樂，大家一起開心。

見到我向他們走去，幾個看得見的人不約而同的注視著我：

「同志！歡迎啊！歡迎加入我們啊！」

我欠了欠身，堆起了笑臉向他們致意。

「你哪兒傷著了？」

「手臂！左手臂！」我抬了抬彎曲不能伸展的左臂手掌。

「哎呀！輕傷啊！比起我們這些傢伙，你幸運得多了！」

「是啊！你的後半輩子應該還有些希望吧！」一個說。

但他的話卻忽然像是在我小小淺淺的心湖裡丟了一塊冰磚，瞬間濺起了水花而稍稍降低了剛剛他們玩笑帶來的一些溫度。我往其他地方望去，看見幾個台階、樹下、欄杆旁有不少單獨枯坐沉思的人，從他們的形體看來，也多半是受了傷截了肢，或跟我一樣有些肢體扭曲著。

沒來由的，我的心思忽然多了起來，情緒跟著低落了許多，像是那塊冰磚融了，令我的一顆心也涼了一整遍。他們沉思什麼？在這樣夕陽斜照著成排破舊房舍的黃昏裡，他們同我一樣嗎？心裡埋著許多的不確定性而感傷嗎？

這情緒一直到了臨睡時還溫熱不起來。夜裡，隨著自己逐漸進入夢鄉，這些榮軍同志的鼾聲也逐漸幽遠，而另一種不同的聲浪卻一團一團的接連湧來。一下子是那群也許被評鑑爲特級或甲級殘廢的、重度傷殘的戰友們，激烈卻充滿戲謔的交談；一下子是路上割取蘆草花的那家人的寒暄；一下子又出現了急驟的槍彈射擊聲中紛嚷叫吼的指揮聲音。

我分辨不出這些不停翻掠的那些場景是在什麼地方，只看到影像畫面與聽到的聲音喧嚷逐漸交替或混合浮現。忽然，飛濺的泥石染著血跡肉屑四處飛散，幾個戴著國軍帽徽的戰友倒了，跟著又響起了解放軍同志的中彈哀鳴聲。幾個台灣籍的平地郎一邊痛罵著抽兵拉伕的國軍，一邊端著三八步槍衝鋒去，才越過一個土丘便被陣地兩側達達達……穩定點放的機槍打成蜂窩，個個不甘心的睜著眼睛朝向天；正當幽怨不甘心的眼神逐漸渙散，不巧，空中飛來一塊魯凱族大南部落戰友被削去的上半身，不偏不倚的砸中他們頭上。於是，天空整個暗了下來，世界像是被誰收了起來裝進一個袋子或容器中，失去了方向、高度與空間。

我感覺到冷寒，從我躺臥著的身體以外，一吋一吋的逐漸收縮而四肢而身體，最後連臟器也感到冰冷。

「來來！你們幫我把他移到火塘邊吧！」

一個婦人的聲音在冰冷的冬季水田邊響起，我聽出來那是一直以來，視我爲己出的大姑媽黑拉善的聲音。我看不出來誰把我抱到大姑媽工寮內的營火旁，但烘烤著火讓我感到舒服，睡意逐漸濃郁，而四周聲音悄悄消沒隱落。我忽然感到左手掌有炙烈的灼痛，手臂因爲疼痛反應而激烈抽搐，我在自己近乎嗥叫的哭泣聲，與黑拉善姑媽慌亂的自火堆中抽出我的左手中醒來。

凌晨三點十八分，我從一場紛亂卻奇特的夢境醒轉，眼眶溫濕而臉頰因淚水而冰冷，幾個被我的嗥叫聲驚醒的同志，朝我望了望，黑夜中有的透過眼神傳達關切，有的轉過身繼續睡。而我，到榮軍學校報到的第一個夜裡下半夜，想到自己才二十出頭，殘廢了一隻手臂，沒什麼特別技能，又不識得幾個大字，往後的日子恐怕就要待在這個殘障軍人的安養所過一輩子，成爲國家的負擔。我那遙遠的故鄉，我又如何回得去？

醒著，再也睡不著。

榮軍學校就近聚集了一百多名河南省籍在解放戰爭中受傷的殘障軍人，有家眷的就近居住，沒家眷的可以選擇住在學校裡。平時除了安排有輔導人員做加強思想建設課程，加強黨國教育；也提供識字與文化學習的指導。其他並沒有什麼特別的事情可做，也沒什麼表定的課程訓練或醫療。吃喝有人照料，按月還發給零用金二萬五千元舊幣。

我決心盡快走出心理的陰影，無論如何也得加強自己生活的能力，於是我勤奮認字練習以文字表達。不敢夢想有一天能靠筆吃飯，但讀書識字得要有一定的程度，才能不斷的吸收新知，增加自己的競爭能力。現在有國家定期的供食給薪，基本生活不用我操心，我只要專注認眞，一定能有好的學習成果。就像學校首長們不斷的鼓勵：把心靈撐起來就有希望。我只不過傷了手臂，遠比那些截了肢失去了雙眼的戰友們幸運，而且更多機會，我不該消極與充滿失敗思想。

當年離家時，我不是也這樣的鼓舞自己的嗎？征途上幾番凶險我不是這樣提醒自己勇敢面對的嗎？現在，我再度面臨生命的重要轉捩點，我沒理由退縮與自怨自艾的。

接下來的三年，在我堅定思想信念，積極的發揮我年輕生命的光和熱，並省吃儉用，期望以筆桿代替槍桿子努力的充實自我的同時，整個國家情勢與社會氛圍似乎也進入一個整理期，而顯得動盪與充滿希望。

各種消息雖然並不是即時地、完整地傳入榮校，但總結所有的訊息，還是可以拼湊出一個又一個的樣貌，而讓我感受到衝擊與震撼。這也是我第一次感受到社會脈動與國家政策，牢牢地、全方面地緊扣我個人生活的每一個環節。我感受到我已經完全地融入成人的世界，因而興奮莫名；卻也因爲體會到個人力量在整個社會脈絡底下的卑微，而感到驚懼與更卑微。

在社會與國內局勢方面：一九五〇年五月，黨中央爲了加強全體三百多萬黨員的思想教育，決定領導全中國共產黨的「整風運動」，以建立純正的中國共產黨思想。六月，通過「土地改革法」，全國開始推行土地改革運動，廢除地主階級封建。一九五一年，二月，延續去年「整風運動」，頒佈「懲治反革命條例」，使「鎮壓反革命運動」有法律武器與量刑標準。一九五一年十二月，共產黨內與國家機關展開「反貪汙、反浪費、反官僚主義」的「三反運動」；並自一九五二年元月起，毛澤東同志在元旦中，號召發動「三反」鬥爭；十一日由周恩來同志指示「三反運動」的政策、方向與步驟，使迅速進入運動高潮；元月底又進一步針對工商界，號召展開大規模的、堅決徹底的

「五反鬥爭」指示，要求各大城市向資產階級展開鬥爭。

這些的運動，並未直接衝擊我們這些殘兵廢將，但榮軍學校屬於黨指示下的解放軍機構，幹部不可能置身事外。除了開會、自清交心，還要相互檢驗同志彼此的忠誠與思想的精純度。連帶我們也被要求做學習，研讀相關指示文件，忙於釐清一個正確的標準，如何做一個清白的忠誠的解放軍，如何做一個具正確思想的共產黨員。

憑良心說，這些牽動全國的運動，這些一個又一個攪動全中國數億人口結構與作息、綳緊所有人的神經的鬥爭清算，其眞正的遠大動機與目標，即使白紙黑字的指示，也很難讓我這麼個台灣山地郎完全了解，這可著實震撼了我。

中國是個古老的民族、國家，其社會形態與文化的深層內涵，遠遠超出了我的想像，超出了我的部落經驗的極限。該如何治理？該如何建立新的秩序？亦非我所能了解一、二的。我也從不懷疑共產黨諸位領導同志的遠慮與精心策劃，但是，想起那些清算、鬥爭、公審中，無數的地主、富農、資本主義與反革命份子丟了性命或蹲苦牢；以及環繞在這個運動中的無數人口，放棄了四時的農務與正常作息，還是令我不斷的在夜裡驚醒。

我想起了那割蘆草花的老漢認眞詢問還有沒有戰爭的表情，忽然又覺得這些運動，何嘗不是一個更細膩、牽扯更深更廣的戰爭，只是我不清楚，誰該是敵人，誰又會在明天成爲目標。我不懷疑共產黨，但是人爲的、無數的未知因素，伴隨著莫名的恐懼感，時刻在我的思緒中縈繞。

在國內接連運動中，牽連國際情勢與國家建設的大事，也沒少過。

一九五〇年五月，解放軍解放海南島；而另一個產生較大社會動員的事是：一九五一年六月朝鮮戰爭爆發；到了十月，聽說「抗美援朝的志願軍」準備上火線，許多單位都動員了。農民、工人、司機、醫護人員掀起了編成志願軍支援前線的風潮；不少已經離開了軍隊的戰友們，也紛紛要求回到軍隊編訓，準備投入朝鮮戰場。

爲此，我們榮軍學校的這些廢人，行動可沒輸人半步，紛紛以扣薪餉零用金做捐款的方式表達共赴國難的決心，與廣大的人民群眾匯集力量，購買飛機、大砲與工廠生產機器，一起爲朝鮮戰爭貢獻心力。我也把原來存下來希望將來能回家鄉建設的錢都捐了出去，也允諾自五一年起，每個月從薪餉裡捐出兩萬元直至戰爭結束爲止。

另外，爲了加速軍隊的革命化、現代化建設，中央軍委批准「人民解放軍軍事學院」在南京成立，由劉伯承出任院長以及政治委員。

這個消息令我感到興趣，原來我在國民黨軍時期在徐州時，我那班長嘴裡唬弄老百姓的名字，以及我加入解放軍參戰隨處聽見的名字，竟然是個大將。我眞是有眼不識泰山啊，或者說我眞是個沒見識的鄉巴佬，以爲赤兔馬不過是一頭驢的能耐。

另一個大消息是，五一年五月，解放軍和平解放西藏。這可令我重新燃起了回台灣的希望，如果眞能和平的、不流血的解放台灣，想想也該是好事一件吧。不過，萬一也同樣掀起一連串的「運動」，我不知道家鄉能不能承受得了，而又會變成什麼樣，眞讓我矛盾啊！

這些國內外的消息令我眼花撩亂，摸不著邊際，卻也讓我有一番體認。我認爲是因爲我的文化水平不足，知識不發達，以至於無法深層思考並了解其中的道理。也因爲如此，我更加認眞的努力識字，希望有一天能流暢無阻的閱讀書籍、報刊、雜誌，增加自己的知識水平。

五一年年底，榮軍學校又進來了一批抗美援朝受傷重殘的同志，一時之間焦作的榮軍學校顯得忙碌與滿額。

「看來，我們得要搬遷到新的地方不可了。」一個同志王富國，在用過晚餐後，照例與我們幾個戰友們閒聊。

「怎麼說？」我感到迷糊。

「你們看看，焦作這個榮軍學校這一年來並沒有做多大的擴充，而人數不停的增加，這個跡象表示什麼？」

「我不懂！」我說。

「這有什麼差別嗎？這裡的長官挺照顧我們，吃好穿好又有零用錢拿，沒事還會安排個什麼人來陪我們聊天，看看，我都快胖得像個油饅頭了！人會送到這裡來，自然有他們的辦法，這些跡象能表示什麼？」另一位同志說。

「耶！可別誤會了！單位對我們的好，可是大家有目共睹又銘記在心的，誰要說些對黨不公道的話，我王富國可是第一個要揪出來指正的。」

「好啦！沒說你嚼舌根，造謠煽動人心，你有屁快放吧！」一個斷了右胳膊，又瞎了右眼的同志說。

「黨中央關於三反運動的指示已經說得明白，反貪汙、反浪費、反官僚主義其實是做為貫徹精兵簡政、增產節約這一中心任務的重大措施，換句話說現在整個社會積極的總動員，其實就是貫徹精兵簡政、增產節約這件事情。」

「等等！你說的這個，跟我們榮軍學校有什麼關係？跟搬到新的地方好像也沒什麼關係吧？瞧你兜的。」一個戰友耐不著性子插話搶問。

「這關係可大了！」王富國眼睛轉了一圈，把我們都瞧上一眼，說：「你們想想，我們這些人缺胳膊斷腿的，瞎了眼或少了個內臟什麼的，我們誰有什麼生產力？不論下田作農還是上崗當工人，我們都一個樣：廢人一個。偏偏我們那好心、有情又有義的黨，關心愛護我們這些人，花了國家這麼多的建設資源在我們身上，你們說合不合理？」

「這……這怎麼上得了合理不合理的秤呢！」一個戰友說出了我們的問題。

我們都是在解放戰爭中受傷成殘的，雖不敢列名建國的英雄榜，但我們可是以血以肉以一生的幸福換來的。我們不敢奢望受到照顧，但國家站在一個制高的位置，適時提供可安養餘年的照顧，也不能不說是個合情合理、應該做的事。可是，我們成爲國家的一個不事生產的單位，跟個米蟲般的享受國家毫無保留的關愛也是事實。王富國的話確實說中我們的難處，所以沒人接得上口。

「別感到難爲情啊，弟兄們，那是我們該得的，也是我們該思考的事啊！黨中央也了解我們一片赤誠，爲國爲黨我們是毫無私心的啊！」

「是啊！我們在那冰天雪地的荒野中啃雪塊止渴，立誓非得要把中央軍拉下來建立新中國，吃沒得好吃睡沒得好睡，誰也沒爲自己的將來打算；好不容易從鬼門關拉回一半的身體，後半輩子讓國家照顧也不爲過啊！」一個從大腿根截掉雙腿的戰友說。

「所以啦！黨中央體恤大家思想上的掙扎，希望我們重新學習知識、技能，爲國家培養建設人才。想想看，將來我們都懂得些個字，最起碼我們可以教導家裡人，對於掃除文盲增加知識，一定有所幫助，我們不至於都成了沒用的人啊。」

「唷！王富國，你成了黨的發言人啊！」

「不，我不是替黨發言，也沒那個資格，但做為一個中國共產黨員，做為榮軍學校裡殘缺了的革命軍人，我說的是我的觀察。」王富國說得自信與堅定。

「嘿！讀書識字？都活了三十年，想都沒想過的事，也沒聽過我家人誰識字懂文化的，雖然先前在部隊有文化教員教我們讀書寫字，但是誰有那心思去記那些東西啊？現在好啦，不打仗啦，我要真的識得幾個字，我可得在我家泥牆上好好寫上我的名字。」一個戰友說。

他的話引起眾人的共鳴回應，因而一陣笑聲傳了開來，我知道絕大多數的戰友，不曾有過上學的經驗，恐怕連私塾也沒上過一天就糊里糊塗長大給拉伕當兵。就算部隊文化教員再怎麼教，對於活得過活不過下一仗的人來說，可沒有多少人有那個心思。

「喂，那個王富國，你還是沒說要搬遷的事啊！」

「喔！耐著性子吧！還沒離題呢！」王富國說：「我聽說中央軍委在新鄉市，正在蓋一個新的榮軍學校，那規模可是個有宿舍和教室的正規學校，準備在那兒為我們這些革命殘廢軍人，開辦中小學的課程，增加我們的文化程度，強化我們再就業的能力。這個樣子，我們在解放戰爭中奉獻過我們的健康之後，在未來的日子，也還能繼續奉獻智慧，為建設新中國盡一分心力。」

「那像我這樣雙眼全盲，連自己都搞不清楚拉屎屙尿是在糞坑裡還是在客廳裡的人，又該怎麼學習？」一個兩眼窟窿的戰友說著，說話間，眼窩中還輕微扯動著眼肌肉。

「那個放心吧！上頭自然有打算，機會總是做出來的，能好好學習有所貢獻當然最好；但受制於客觀條件，無法有效學習，也是沒辦法的事啊。總之，結果如何，我相信黨和政府一定會好好照顧我們的。」王富國停了停又說：

「現在這些抗美援朝的戰友同志們，陸續加入我們，這所榮軍學校也該到了飽和狀態，加上一直沒有正規的課程訓練，不做改變只會浪費我們這些人剩餘的功能，那才是眞正浪費國家的資源，不符三反運動中，反浪費的宗旨，所以我判斷應該很快就會遷移的。」

王富國的話給了我不少信心，我向來熱中學習，如果有那麼一天，榮軍學校引進正規的學校課程，像日本人在台灣那樣分年級分課程實施，我想一定是件有意義的事，我一定全力以赴。

王富國說的事情，在五二年初實現，我們所有在焦作市的殘廢軍人，全部移到新鄉市新的榮軍學校，而且學校果眞聘請專任合格的老師，爲我們開設課程，爲了學習方便，還針對我們的文化程度作了鑒別，分班開課教學。一群原來拿槍桿子的「戰友」，現在都變成努力克服筆桿子的「學友」了。

我有在日本小學幾年讀書的經驗，過去的一年在焦作市的自發式學習，也起了一定的作用，所以跳過初級的識字班，我被編到初小班，跟著我們那些戰友同志們一起學習語文、數學、地理、歷史、算盤、會計學和音樂，一天四堂課。對我來說，這樣的安排再好不過了，除了課堂學習，我還有較多的時間作複習，日子變得更充實；我原來自發式的學習，也因爲有了專業的指導而變得更有效率。

我算是又重新回到了學校當一名學生，而且是主動學習，在老師熱誠親切不厭其煩的指導下，才兩三個月，我完全融入學習的樂趣中。

「不容易啊！曲納詩同志！你一個台灣來的高山族，你的學習倒是挺有成效的啊，反倒是我們這些大陸的漢族，還認不得幾個漢字呢。」課堂休息間，一個戰友說。

「是啊！別說認得幾個字，我看你字寫得也挺漂亮的，你八成是上過學，有點文化。」

「哪裡，我們在台灣，年齡到了，日本人一定逼得我們上學，只不過那些老師都是當地警察兼任，凶得很，我們有不少的同學為此討厭上學，結果日本老師逼得更緊，管得越緊打得更凶。」一時高興，我回的話也稍稍得意起來了。

「要警察當老師，不凶才有鬼呢。他們不是有個什麼鬼精神什麼的，硬得要死！」一個學友說。

「武士道精神，他們管那種死脾氣叫武士道精神，現在想起來那分明是種軍國主義，把小孩當成軍人訓練，嚴格得要死；冷了不准叫、痛了不准唉、挨打了還要謝謝老師謝謝天皇，那眞不把人當人看。」越說越感到興奮，我難得這麼高談闊論。

「我聽說過，在東北、在南京或者其他日本佔領的地方都是這樣，一切要效忠天皇，一切要以同化成為日本人為目標，甚至上課不准說自己家鄉的話，連祖先神明都不准拜！」一個缺了手臂，截了一隻腿的戰友說。他上過幾年鄉的私塾，學習進度也很快。

「那可是徹底要文化拔根，要人變成日本人了！」一個戰友附和。

「可不是？我講幾個我們家鄉的例子給各位聽啊！」我興頭來了。

「唷！曲納詩同志，看不出來啊，平常看你寡言少語的悶葫蘆，談到家鄉事，你興頭全來了。」

那同志這麼一說，我忽然覺得不好意思起來了，不過，面對這些多數沒上過學，及長第一次體會坐在教室當學生一筆一劃學字的戰友同志們，我還眞想跟他們說說，我經歷過的那一段在日本人的小學上課是怎麼回事，那是與現在教室內師生互動輕鬆與尊重的情況是有多麼的不同。但見到上課的老師已經接近教室，我提醒大家該進教室了：

「唉！眞不好意思，既然興頭都給你們撩撥起來了，我想，我就多賣弄賣弄，向各位報告，不過呢現在得要上課了，各位有興趣，下午請自個兒帶茶水、點心，咱們再好好聊聊啊！」

「好啊！你個曲納詩，下起戰帖來啦？平常老半天放不出個屁，想多問點你家鄉的新鮮事，你三兩句話就矇混過去。這可好了，我倒要聽聽你個台灣郎好好講些故事啊。」

一個同志的話引起大夥附和，笑著都進了教室，老師也受我們影響，乾脆在課堂上讓我說了當年在家鄉當學生的事。

我是在八歲的時候，進入日本人在村子南邊一公里多的利家村所開設的學校讀書識字（日本字），由當地的警察兼任學校老師，上了四年的課程。這些警察「老師」對待我們這些小孩，嚴格來說並不是把我們當成學生來看，應該說是當成軍人或警察的入伍新生來對待，或者說根本是把我們當成一群小野獸來馴服。

就說「嚴格」這件事吧。課堂講課的規定是：所有人端坐在自己的位置上，不准亂動、不准交頭接耳，連咳嗽打噴嚏也不行，除了大聲回答老師的問題，其餘的，根本不准任何人開口，否則要挨藤鞭。有一回，一個女同學報告因爲尿急受不了要上廁所，老師不准還凶了她幾句，結果她尿了褲子，哇哇大哭，那老師火了，把她拖了出去毒打一頓。

上學也有規定，不准遲到早退，曠課也不行。我記得有一回我生了病兩天沒上學，事前沒請假，我家人也不知道怎麼請假，所以惹得老師不高興，揍了我一頓還讓我罰站，差點因爲暈眩而昏倒。我這種情況好些，一個高我一級的同村人高魯，因爲頑皮野性強，打不疼罵不怕，三天兩頭逃學缺課，有一天老師逮到機會把他壓到教室旁約一米深的水池，叫來兩名高魯的同學，架著他在水池旁並連續壓著他的頭進到水裡灌水。

現在想想，這些紀律要求看起來也有它的必要性。但老師愛揍人成性，成績不好，打！上黑板演算出錯，打！生字不會要打，心情不好也要打。這樣的打法，給我們這些學生極大的壓力，可就造成學習上的困難。有一回，我們上書法課，練習寫一個「銳」字，我沾了墨端坐著準備下筆，卻發覺老師正從後頭走來而且就站定在我身後。那老師要我寫，而且眼睛瞪著我看。我遲疑了一下，怕哪裡出錯要挨棍子，心一慌，拿筆的手就這麼抖啊抖的，墨汁滴得紙張全都是墨，我心更急了，手抖得更厲害，沒等我抖完，老師手上的棍子已經雨下似地敲得我滿頭金星。

「這聽起來，沒什麼嘛！老師是凶了點，可是管你們這些野小孩，不這麼凶哪行？要換了我當老師，準拿槍托揍你們。」一個同志說。

「呵！眞要是你當老師，我看這些娃兒，恐怕只懂得玩蛐蛐兒，說不定連怎麼寫『蛐蛐兒』三個字都不會呢。」

「哈哈……不會寫蛐蛐兒還算好的咧，別哪天寫王八，要寫成『干八』那才有學問呢！」

「耶！你們取笑我，你們幾個又有誰懂得多？還不是一橫一豎像個軟趴的蚯蚓，左右上下抖個不停。」

大家乘機取鬧，課堂氣氛歡愉得多了，老師也插了話：

「看來曲納詩同志還眞是扎扎實實的過了一段小學時光，按道理說也應該學了不少東西，怪不得你的學習成效這麼好。對了，你們都學了什麼？」

「說起這個，現在想起來氣歸氣，心裡感覺倒是挺複雜的。高山族在日本人眼裡是三等人，只准上四年的基礎教育，但在教育上日本人的確也是下了不少功夫……」我繼續往下說。

日本人的確沒把台灣原住民當成公民看待，但比起漢人或者過去清朝時候那些官員對待高山族的態度，算是進步得多了。加上台灣是日本帝國主義第一個在傳統日本國境海外領土，所以態度上是把台灣當成他日本的領土建設，心態上想把台灣居民徹底變成日本國民。

小學課程就包括：算數的加減法，語文（日文）的字母唸法及平假名片假名的認識與運用練習，一些日式漢字的認識，還有算盤加減法三位數的練習，以及地理課程。課堂以外則還有衛生、體育等。這些課程看起來不多，但是對於像我們這樣從原住民部落生活長大的小孩子來說，卻是相當沉重，加上家裡太窮，許多人必須請假或根本曠課參與勞務，所以能夠好好學習的並不多，而學成了又不知道對將來能有什麼幫助，能不能繼續念中學都是個未知數，也沒人敢想那些。至於我呢，認眞上了四年的課，說句良心話，我還眞不知道我學到了什麼，但是體育健身、秩序、守時、衛生、禮節倒是有了根本的改變，連部落的長老也都同意這一點，也認爲我們比他們那一輩精明得多。我想這應該就是教育開了的竅吧，讓我們在思想上對外界事務有不同的敏銳度與應變能力。

另外，我現在回想起來，日本當時的教育政策，極有可能是要徹底斷絕與舊文化的連結，所以責令所有地方駐在所的警察加強查緝，不准一般家庭設供桌祭祀自己的祖先。我們村子高魯他們家人是採用漢人祭祀祖先的方式，在自己家裡設供堂，也被迫把祖宗牌位放進籃子裡藏在山上的工寮，逢節日時到工寮祭祀。

在學校裡，更規定所有人不得用家鄉族裡的語言交談，讓老師知道了逮著了，要挨罵挨揍。有一回，我和同學不自覺的以母語交談被當場逮著，一起挨打了還不算，還罰我們在課堂跑了四十分鐘，痛得我膝蓋好半天站不直。

「照你這麼說，你的學校生活也沒有我們想像的愉快嘛！怪不得你現在這麼積極、認眞，我看八成你是想彌補那時候的遺憾，是吧？」一個同志說。

「應該不是這樣吧！曲納詩同志可是有理想的革命青年，我想他是爲了響應並體現黨與政府爲培養國家建設人才，而努力學習的，是吧？曲納詩同志！」學友王復國似乎想爲我緩頰。

「呵呵……被逼著學習哪有愉快的，不過話又說回來，要一群野小孩像各位一樣在榮軍學校這樣自由自在的學習，我看沒兩天大家都往野地撒野去了，課也別想照表實施了。」老師笑著說。

「各位同志！我不是個挺會說話的人，但是這段時間跟各位相處，也讓我學習了許多事，懂了許多道理，所以我認眞積極的學習，至於那是什麼樣的想法呢？我想這麼跟各位報告吧！」我停了停，看看其他人。

但他們似乎都被我的正經語氣吸引，或者驚訝的不知道怎麼回應，每個人注視著我。瞎眼的戰友側過身子耳朵朝我，斷手的同志停止晃動殘存的上臂，腿斷了的盤著雙臂一瞬也不瞬的盯著我瞧，連老師也覺得有趣了，拄著腮幫子維持臉上的笑意一動也不動。

「喔，眞對不住啊，我把氣氛弄擰了！」我感到歉意。

「沒關係，我們等著你說話呢！」老師放下了手，仍掛著笑容。

「我跟各位有很多相似的命運，也擺明著有極大的不同。相同的是，我們都無力迴避地捲進了這時代的漩流，東西飄泊流動、隨軍轉戰南北，最後成了殘廢之人聚集在這裡，偶而爲著自己的未來人生稍稍憂愁而皺了眉頭。不同的是，各位已經在自己的家鄉，有的甚至結了婚有自己的家庭；沒成家的，跟我一樣窩在這裡當光棍的，好歹也就在自己家門口不遠了。就算大家決定從此不再振作，決心就這個樣子由國家照養，將來兩腿一伸，埋在身上的還是故鄉的泥土。而我呢，二十出頭的台灣高山族的山地郎，總是望著我不確定的故鄉方向，想著我的家人，想著回家的路，想著將來有那麼一天，墳頭有故鄉人灑下的清酒。」我嚥了嚥口水，繼續說：

「我並不甘心就因爲這麼點殘障不方便，而喪失了鬥志，讓人生就跟著跌落谷底深淵啊！現在既然有機會再進到學校受教育學習，我也只能盡所有的力量好好學習，爲自己累積實力培養重生的機會，期望未來能繼續爲國家社會貢獻力量，就算下半輩子回不了家鄉，我也得有實力重生，在這裡落地生根啊。」

啪……啪……我看見老師拍起了手，其他人也跟著鼓掌。

「講得眞好啊，曲納詩同志，看不出來你這麼會說話，你說得對極了。」老師點點頭。

「是啊！我得慚愧了，黨和政府花這麼多的心力、財力照顧我們，我居然把學校課程當成是個消遣、打發時間的玩意兒。」一個說。

「我看我跟上頭報告，讓你四處演講激勵我們所有殘廢的同志！」一個同志說。

「得了吧！我是什麼貨色，你們哪個不清楚，我四處演講去？我看我是四處出洋相吧！我想，現在先把我們的學習做好，再談其他的吧。」我做了結論。

課堂上的閒談，竟意外讓我更清楚自己的處境，因而對未來重新燃起了希望。學友們似乎也受了鼓舞，在往後的課業上，個個在學習上相互較勁。

但，這些原該歡欣的事，在往後的一些時間裡，卻又不知怎的，似乎有些根本的改變。這個改變不是學校的政策，不是學友們的學習態度或對我的情誼改變，而是我的自我感覺。我總感到有些疑懼，日常生活中，我常沒來由的擔心這樣的日子會驟然改變，因而一無所有；甚至有時聽到全國正雷厲風行的三反運動中，那些公審的地主、富農被清算鬥爭，抓了去槍斃的訊息，自己便無端的發抖，害怕有一天也會成爲其中的一員，給抓了去活埋向廣大貧窮的、無產階級的農民謝罪。

這個情況似乎一天比一天嚴重，除了莫名的恐懼感日深，失眠的情形也開始出現。這些失眠不完全是因爲我那些毫無理由的害怕所致，有時候只是睡不著而胡亂東想西想。我懷疑是身體出了狀況，因爲身體動不動就發熱發燒，毫無規律可言；有時也出現咳嗽以及腹瀉。我的學習也跟著出現了問題。

最先發現我身體狀況不對勁兒的，是我的學友王富國。

「喂！曲納詩同志！你的身體是不是出了什麼問題啊？」

「怎麼啦？」我回答得有些氣虛，語氣煩躁。

「怎麼啦？你沒照鏡子自己看看啊？你的頭髮看起來變得稀薄，像一叢枯了的雜草搭在頭上沒什麼光澤；臉色黑黃黃的，手臂的皮膚乾燥得像要乾裂的樹皮，身體細瘦的。你沒什麼不對勁吧？」

「我……」

我驚覺自己的確是生了病，感覺就像上一回還在台灣鳳山時，因爲肝病而削瘦憔悴，我想起了偉功權班長，我記憶起那種燃燈將熄、瀕臨死亡的感覺。

「我……渾身不對勁……有一段時間了。」

「哎呀！我早就注意你不對勁，還當是你拚了命學習讓身體疲憊不堪呢。既然不舒服你早該要說的，身體垮了，學習成效好又有什麼用？你坐著啊，我找首長想辦法！」王富國急了，聲音變大而語氣帶有責備的意思，吸引了其他的學友過來關切。

我知道我是眞的病了，那極有可能是過去的舊疾復發，只不過我不確定是在鳳山那幾乎讓我衰竭死去的肝病；還是台中那一場戰鬥教練中，讓我虛脫的差一點摔死的痢疾病。學友們的關心讓我無地自容，撫著凸起的腹部，趴在桌上，眼淚竟然沒出息地、不聽使喚地流了出來。

看了病，知道我得了黑熱病，不是之前的肝病，而且脾臟已經浮腫，整個肚子凸起的程度遠比上一回還大。那些恐懼、失眠、咳嗽、腹瀉、身體乾瘦、皮膚黑黃都是生病的反應，再拖下去可能要了我的小命；再不處理，別說生著見家人親友了，見閻王之前恐怕還得讓那些管病的鬼差役折騰好一陣子，死不去活不來。爲此，醫生毫不客氣的責備我糟蹋身體，辜負黨和政府照顧的美意，辜負廣大群眾不顧糧食短缺讓我們衣食無虞的供養。

我羞慚的接受治療，並心心念念地想回到學習行列中。心想，這一回我要不死，一定認眞地加倍地學習，報答我這些學友、人民群眾。

我很快地回到學習行列，因爲學習快樂，感覺日子過得十分充實有希望，五二年、五三年我連續兩年被評爲「學習模範」。

「恭喜你啊，曲納詩同志！又給評為學習模範！」學友王富國不忘了要向我道賀。

「哎呀！您真是多禮啊！都過了這麼多天，且也不只一次向我道賀了！」

「呵呵……真是的，你看我就是忍不住，見到你就是想跟你說這個，真是不簡單啊你。」王富國笑著說。

「哪裡，沒有各位學友的照顧與鼓勵，我恐怕沒那個勁兒，我才最該要向你們大家說謝謝呢。」

「其實，我們彼此也不需要這麼客氣來客氣去的，自己不努力，誰也幫不上忙。說真的，曲納詩同志，你的學習態度還真是起了示範與引領作用，影響我們這些學友們認真的學習，不用嚴格的數據比較，也感覺得到比外頭那些小學校來得積極更有成效。」

「呵……說不要客氣的，你還是客氣了老半天。我看就這樣好了，我跟你約下午一起喝喝茶聊一聊，順便把幾個好朋友一起找來消費合作社，我請客就當是謝謝各位。」我覺得我該表示一點心意謝謝這些好夥伴。

「這怎麼成呢？話要傳了出去，說我王富國天天賴著你要吃要喝地揩油，叫我爾後怎麼做人啊，又怎麼對得起我共產黨員的身分呢？」王富國表情認真了。

「別誤會，富國兄，你做人處世正直良善，為人辦事分毫不拿，這誰都清楚，誰要說你貪小便宜，我曲納詩個頭雖小，還是會第一個站出來為你辯護的。這一回請你喝茶，不過是想表達對你的謝意罷了，謝謝過去這兩年榮校生活你給了我不少的幫助。我想送禮怕你責備，也只能想到這法子，你可別生氣啊！」

「呵！看在你肯定我辦事分毫不拿的品格，我不跟你計較這些了，好朋友嘛，你也別太見外，客套就認生了。」王富國又回復了原先的笑臉，看來我粗糙地提出請喝茶的要求可眞要得罪人了。

「曲納詩同志，喝茶的事暫時擺一邊，這一回，我有件事想跟你商量，等事成之後你再請我如何？不！我邀請你到我家來，我請你喝酒，如何？」

「哎呀，不讓我請喝茶，反要你來請吃酒，這麼好的事？我肯定是走運了！說吧！什麼事？」

「我想推薦你參加中國共產黨，我當你的介紹人！」王富國正經的說。

「這……」這訊息來得太突然，讓我有點反應不過來。

加入中國共產黨？我想都沒想過的事，或者說我根本不敢想的事。這個黨，把我從國民黨手中俘虜過來，沒把我活埋，還治療我的腿傷；又意外的拯救了我往後幾年的生活，不至於淪爲土匪四處劫掠，不至於在長官們手下過那種人不人、鬼不鬼的折磨；是這個黨帶領著我協助農民農作、秋收，救贖了我心裡虧欠家鄉族人、虧欠六營集百姓在戰鬥中被我們不分青紅皀白地砍伐農作物的罪惡感；是這個黨讓我第一次眞正的當了戰鬥英雄，成爲一個保家衛國的男人；也是這個黨在我身體殘障、心理受創感到人生灰色無望的時候，給了我一個安居之所，不但願意提供生活所需讓我安養下半輩子，也給了我再受教育的機會，讓我更有信心面對我的未來。

「怎麼？你不願意？」王富國見我遲疑發呆，表情語氣有些訝異的問。

「我願意！」

我願意，我當然願意。別的不說，這個黨才剛剛拉下國民黨政權，又爲了徹底改變國民習性，掀起了一連串的運動，讓全中國都動員起來，光憑這個魄力與意志，又有誰？哪個朝代？哪個黨可比擬？我早在戰俘營就宣示跟著中國共產黨，不是嗎？我當然願意加入！

「不瞞你說，富國同志，過去我曾經宣示過要跟隨解放軍、共產黨，只要共產黨為人民服務的初衷不變，為解放全中國的決心不變，我永遠跟隨著黨和軍。加入共產黨，是我想都不敢妄想的事情，你願意做介紹人，引我加入共產黨，除了感激，我不知道如何表達，我願意，我願意加入中國共產黨。」

「嚇我一跳，以為你有別的想法呢，呵呵……」王富國表情頓時輕鬆，開花似的綻放。

「哎呀！我個鄉巴佬，沒見過世面，你提了這麼個大事情，我腦袋一片空白，不知如何回你的話！」

「哈哈……曲納詩同志，你還真是個有意思的人啊！哈哈……」王富國笑得眞開懷。

一九五三年國家局勢依然熱鬧，蘇聯將中長鐵路移交我國；俄共史達林同志過世、我國六座現代化紡織廠新建成、鄧小平同志宣佈選舉法、河北獨流減河工程完工、朝鮮金城戰役爆發志願軍大勝；抗美援朝戰爭結束、解放軍參加奠邊府戰役擊敗法國帝國主義。但對我而言，一九五三年更應該是個幸運又充滿希望的一年。因為我在王富國的介紹下加入了中國共產黨；接著榮軍學校的課程結束，經評鑑已達初中的文化水平並順利畢業；又在黨和政府的安排下，分配到榮校在新鄉市設立的門市部「二區消費合作社」服務，職等是行政二十四級，每個月支領四十一元五角錢的月薪。

十一月初，我第一次領到自己眞正在職場「工作」所得的薪資。距離一九四五年十二月二十五日，為了兩千元薪資的「工作」離家，已將近八年，心中不勝唏噓。當夜在寢室，小酌一杯，我不免得意的提筆寫了首詩：

英年持戈衝沙場
驍勇善戰鬥志昂
淮海麓戰中兩彈
衛國捐軀灑熱血
槍林彈雨留條命
吾是身殘志不殘
革命意志永不變
建設國家做貢獻

是的，戰場幾番凶險，幾場大病沒奪去我的性命，最後身殘復員當老百姓，也能迅速在情緒的谷底站起，堅定地面對我的後半生立志奮起。自受傷被共產黨俘虜後，我又一次的獲得重生，我該驕傲，也該感激生命中的許多貴人，在我最需要扶持的時候拉我一把。我想，這些的好運，也許是伴隨著我不服輸的性格，以及不放棄學習的決心與意志而來的吧！是不是這樣？在我得意忘形之際，我又忽然稍稍清醒過來：我還是個二十五歲的小伙子，日子還長的呢，這種好運道不會天天有的。只有惕厲自己面對未來，始終保有「永不放棄機會，努力學習，認眞過生活」的思想準備，才有可能等待那個無法期待的好運隨時再來。

繼續努力吧！曲納詩，提高文化水平才是絕處逢生的硬道理啊。乾杯！

第12章

異鄉故鄉

有穩定的工作，固定的收入，加上抗美援朝戰爭結束，停止了捐獻，薪水全都留在身邊。一下子，我一個光棍單身漢的生活在悄悄間出現了一些變化。

首先，是我必須支付以及自我打理我的生活所需。這不同於在榮軍學校有人照料生活所需，還有零用錢可以拿的情形，所以我得好好調整自己，學習怎麼過日子。第二是，我有個固定的薪水，雖然不算多，但省吃儉用還夠一個幾口人家的家庭用，比起那些工農家庭好得太多了；加上我是一個單身漢，這樣的薪水夠我一個人好好揮霍，所以覺得日子忽然間變得悠閒充裕起來了。

我開始有了一些夢想，我決定把每個月的薪金好好處理，盡量壓低自己的需求，多數存下來，以備不時之需。也許這幾年台灣解放了，我便能有足夠的資金回家，重新建設我的老家，讓母親以及弟妹過好日子；或者向上級請調回鄉，在相關單位工作任職，就近照顧家裡人，也是不錯的結果。就算後來因爲工作的關係，我還是得暫時留在這裡，除了按月固定寄錢回家，這樣一筆數目稍大的錢也可以讓家裡人能立刻運用。

另外，沒有家庭，少了牽掛，除了閱讀，更多時候想好好的走一走看一看。於是我常利用不工作的時間四處遛達。剛來到大陸時，我許諾過有機會要好好看一看這個廣大土地的國家，現在不打仗，總算有了多一點時間跟閒情了。於是我漸漸知道，新鄉跟焦作都是太行山東邊、黃河北邊的城鎮；新鄉在東、焦作在西，隔著黃河分別與開封、鄭州相對望。在過去，我在國民黨軍的七十師時所到達的鉅野縣，特別是艱困作戰後來被俘的六營集，其實就在東方一百五十公里左右的距離。這之間廣大的平原地，在戰時，那裡的高粱、玉米田曾經讓我分辨不出方向與位置。解放後，經過五〇年、五一年的農業復振，糧食生產據說恢復了原有產能的百分之七十，所以我也有機會欣賞到形容高粱、玉米生長良好的「青紗帳」現象，這些農作接連的天際，更加讓我混淆了，才不過五年的時間，這裡還曾經是我們四出追逐殺戮的戰場呢。

新鄉還是與焦作有所不同。焦作過去就以產煤著稱，丘陵與山地較新鄉多得多，而新鄉的平原佔了將近八成的區域，天氣晴朗的時候，向南向東盡是平原，舉目望不著盡頭。加上地處古中國文明的中心，特別是開封、洛陽等古都，聽說都曾經是過去幾個朝代的首都，古蹟名勝多不可數。這可讓我多了些期待，找機會一定得好好地、仔細地走一走。但交通工具與工作時間的限制，多半的時間我還是在以榮校爲中心的範圍四周晃晃逛逛。我倒也沒太多想，反正只要身體維持好，將來總是有機會的。

這樣平凡不過的日子，平凡不過的小小心願，到了一九五四年的八月時，還是受到了一些影響，影響我的，當然是跟台灣有關的活動。

當時在北京舉行的「黨中央人民政治協商會議第一屆全國委員會第五十八次擴大會議」中，通過了「解放台灣宣言」，接連幾天，全國各地都舉行群眾遊行集會，以「一定要解放台灣」爲訴求的中心。我自然也參加了這樣的遊行，由於我是台灣籍的身分，我更加的認眞參與。但不知怎的，遊行過後我總是覺得有些心思盤繞著腦海，黨中央不會平白無故的通過這樣的宣言，除非解放台灣大業遇上了什麼障礙。可是，從四九年到五年後的現在，如果解放軍沒能達成解放台灣的目標，那麼這當中有什麼緣由？我又爲什麼沒有進一步的聽到消息或任何風聲？

這樣的心思一直到了五五年後期，我從幾個延遲了幾個月零零星星傳來的消息，以及報刊與一些文件中拼湊出幾件事，概略了解這幾年解放台灣方面的進展。這些訊息的眞實性讓我心存懷疑，但多少也造成我心裡的一些疙瘩，總在閒來無事或夜深人靜的時候盤據腦海裡打轉。

首先是四九年十月，中華人民共和國成立的月底，素來有「百勝將軍」之稱的三野第十兵團司令葉飛，在廈門以一千五百人俘虜國民黨軍十萬之眾，隨後強襲登陸金門，在古寧頭吃了敗仗，進攻舟山的登步島時又失利。五〇年六月，朝鮮戰爭爆發前，美國第七艦隊進入台灣海峽協防台灣，為此總理周恩來同志特別致電聯合國大會抗議美國干涉內政；為此，解放軍那位充滿戰役藝術的大將粟裕已經調至福建，隨時為解放台灣以及解決離島戰役做準備。五三年美軍噴氣殲擊機移交台灣；同時在廈門與汕頭之間的東山島也爆發了國民黨軍的登陸戰。五四年，一批抗美援朝的志願軍戰俘一萬五千人到台灣去了。五四年九月解放軍向金門發動砲戰；十二月美國與台灣簽訂「共同防禦條約」。五五年解放軍海陸空聯手解放了一江山、收復了大陳島。

這些消息的可靠性如何，我根本無法確定。報刊沒有完整的訊息，上頭的文件有關動員與加強思想武裝的指示，也隱隱掩掩的難以一下子拼湊出全貌，但起碼透露出了幾個訊息：一是，過去解放軍在野戰戰役中氣吞山河的氣勢，在島嶼、渡海作戰中受到了相當的限制與挫敗；二是，國民黨軍有了金門防衛戰的成功，重新拾回了當年抗戰的信心與戰鬥意志；三是，美國已經實實在在的硬插手在共產黨與國民黨的大陸與台灣之間。

這樣的訊息似乎也意味著，國共之間短期內恐怕很難分出個結果，而國軍一旦站穩了腳步，將來解放台灣可能得是一個大殲滅、大決戰的戰役，弄不好血流成河還算小事，變成了焦土戰，大家都得同歸於盡。這不是我願見到的事，這會使得回故鄉的路途越加顯得遙遠與不確定性。每每想到這個，一時之間，我的心情很難開懷得起來。

儘管我佯裝不在意這些惱人的事，每天認眞工作、努力學習、開心過日子，但我的不開朗還是逃不過我幾個好朋友的關心，而常常有意無意的找我閒聊兩句。楊明德就是這麼一個朋友，他是我分配到這個「二區消費合作社」時認識的朋友。

「我說曲納詩同志，我注意到了，這一段時間你老是眉頭深鎖的，你有心事的！是吧？」楊明德在午餐的時間開始前，已經站在我面前，表情認眞的看著我說。

「嗯？什麼心事？」我被他的表情嚇了一跳。「明德兄，吃中午飯的時間，你不去吃，沒頭沒腦跑來這裡，莫非想請我吃中午飯？」

「嘿！我請你吃消費合作社的大鍋飯吧！不過，既然你提起了請客，我看，過幾天中秋節你到我那兒去，我們吃蟹喝小酒。」

「你還眞的要請我吃飯？這是怎麼回事？還吃蟹喝酒，你……在後院子挖到金塊啦？」

「金塊？你開玩笑得輕聲說，要給人聽見了，硬扣我侵吞國家民族資產的帽子，我可要憑白吐出一個黃金，到時候我上哪兒生啊！」楊明德表情認眞了。

「你總得給我個理由啊！爲什麼上你那裡吃飯呢？」

「唉！好兄弟嘛！總要找個理由聚一聚，聊一聊嘛！」

「不對！」我收拾了手邊的工作，朝著食堂走去。

「怎麼不對呢？」

「我們天天見面，閒話家常還少啊？幹嘛還要那麼愼重地到你家聚一聚？你討二房啊？」

「耶咦？你今天說話可眞嗆啊，又是金塊又是二房的，你可是要讓我難堪了！」楊明德忽然瞠著眼看著我，表情一副受冤枉的樣子。

他的表情讓我感到不好意思，我趕忙緩和口氣：

「唉呀！兄弟一場，我哪裡是找你麻煩，你請我吃飯，我可是感激在心啊，怎麼能不感恩圖報反讓你難堪呢？只是，你提的事太突然了，我丈二金剛摸不著頭緒啊！」

「呵呵……你可別多心啊！曲納詩同志！」

進了食堂，打了些飯菜，楊明德繼續說：

「是這樣的，我注意到你這一段時間，常常沒事皺起眉頭想心事，又沒聽你向我說過什麼，我擔心你有什麼事不好解決壓在心頭，又不知道能幫得上什麼忙，所以心急。我跟我愛人提了這事，她笑我一個男人心粗缺乏積極性……」

「心粗缺乏積極性？」

「是啊！她說你一個單身漢，平常生活照料少了人手收拾這兒，整理那個的；有事也沒人商量拿主意；冬天冷被子蓋不暖，夏天熱了沒人幫著搧扇子納涼，怎麼不苦悶呢？當然心裡頭要藏事囉，也就要皺眉頭了呀！哎呀，我說這女人心細，比我還看透你。我前後思量著，被子蓋不暖，我那兒有多的被子，我曬一曬等過兩天整理好了給你送來。其他的，幫你收拾東西我不在行，但是假日，特別是過幾天農曆八月十五過節，邀請你到我家坐坐，吃蟹喝酒陪你聊聊天，這我可以做得到。咱兄弟一場，平常有事別客氣就找我聊聊，沒事你也可以打個招呼來，別當外人啊！」楊明德眼睛不時看著我，在吃飯咀嚼的空檔中，鼓著腮幫子，認眞的一連講了不少事。

被他這麼一說，我鼻頭忽然一酸，淚水直往鼻梁上竄。我與他非親非故，連「長年的深交友誼」

也說不上，我們是這兩年我來到這個工作崗位才認識的好朋友。但他一直沒把我當成是一個外地人，反而在日常生活中處處幫著我。他的直率與眞誠與多數的大陸戰友們一樣，像極了故鄉的族親，只問付出，不問回饋。這一回我心裡的確有事，我還沒主動的說明，他卻已經像個親兄弟一般的關注我，這分情誼如何不令我感動呢。

「光棍有光棍的好處，一人吃飽了全家不愁餓，當然，一些煩惱也自然少不了……」楊明德繼續說，而我夾著菜、挑了飯往嘴裡送，眼眶忽然變得糊濕，鼻頭酸楚得凝重，話語聽進耳朵裡，腦海卻漸漸形成不了任何的意識。

我親愛的朋友啊！明德老哥啊！您夫妻倆的關心是千絲萬縷的纏繞著、牽動著我，我又如何不知呢？即使你不說一句一字，我也能了解你夫妻倆平時關照兄弟一樣的心情。但是我憂慮的豈僅是因爲我單身生活的不便與孤單？我憂愁的豈僅是身旁少了個人暖被、搧扇？那是我說不出口的鄉愁啊！鄉關千里，那是與我相隔著解放軍、美國帝國主義的軍隊、國民黨軍的我的故鄉啊！可別責怪我沒向您坦白交心啊！在這樣的時局，任何個體顯得微弱無言的情況下，且讓我自己呑著那帶著淚水的心事吧！在憂慮愁緒把我呑食殆盡前，就讓我假裝一切太平、若無其事的過生活，並繼續感激您倆的用心吧！我了解的，謝謝您倆的用心。

我還能怎麼說，遇見了這樣的好朋友。

除了楊明德，好友高起立以及一些同事，也都表達了不同程度的關懷。一下子，好像我遭逢變故發生了什麼大事似的，讓我覺得不好意思起來了；也警覺到自己可能眞的失態了，像個娘兒們哀哀楚楚地陷在情緒中，讓大家困擾。

哎呀！我可是個鐵錚錚的漢子啊！是中華人民解放軍的戰鬥英雄，是淮海戰役勇冠三軍的解放軍班長啊，是以幾十顆手榴彈擊退敵人成排成連的衝鋒梯隊的勇士啊；是部落「巴拉冠」裡有能力獨當一面的「萬沙浪」啊！我怎麼可以是大家的負擔呢！呸！我真是不該啊！

我很快的調整了過來，在往後的日子裡，更積極的工作與學習，也更加留心，不讓自己的情緒輕易外流。不過，好朋友的關心，一刻也沒少，過完中秋的一個傍晚，才正準備下工休息，合作社外頭響起了王富國的聲音，聲音隨著人影擠進門內：

「曲納詩！曲納詩！」

「怎麼啦？」

「走！到我家吃飯去！」

「這怎麼好意思？」

「什麼不好意思，加一雙筷子吃個便餐，不多你一個，沒什麼不好意思的。」

「我們也跟著去吧，王富國同志！」幾個同事瞎起鬨。

「要來，得排隊照輪，今天是曲納詩，改天，歡迎各位帶兩盤菜到我家聚聚一起吃飯用餐，酒呢，我準備。」

「這不公平，曲納詩空著兩手，我們得帶著盤菜，王富國你偏心哪！」

「耶，你懂什麼？他光棍，上哪兒弄菜啊，眞要他自己煮兩道菜，能吃嗎？你們敢吃啊？」

王富國的話引起其他同事大笑不已，也算是給大家下工前的娛樂吧。

「好啦！好啦！我們走吧！再不走我可要讓你糟蹋的沒臉見人啦！」我催促著王富國一起離

開。

王大嫂早就在家裡等著。餐桌上一口火鍋，幾道小菜，看起來也的確如王富國說的，多加了一雙筷子，飯菜數量不多，夠我們三人吃個飽飯。

「嫂子好啊！」我鞠了個躬向王大嫂問好。

「唉唷，看你哈腰問好的，還眞有幾分日本人的樣子！別多禮啊，叫人怪不習慣的。來來，坐！」王大嫂親切的讓我覺得忸怩不敢接話。

「別小看他唷，我們榮軍學校的學習模範，當年還眞受過日本人幾年的教育呢。坐吧！別客氣，自己人，又不是沒來過。」王富國看我彆扭，回了王大嫂的話，然後開了櫥子取了個瓶子轉過頭要我坐。

「這是去年春節留下來的大麴，今晚，咱喝點小酒暖暖身。」

「這好嗎？要喝醉了，明天上工可要受影響了！」我說。

「不礙事，這一瓶，我可沒要你三兩口喝完啊，咱三人，倒個一杯暖身助興，醉不了人的，更何況你弟妹也不可能讓我多喝的。」

「有自知之明最好！」王大嫂說完撇頭對我說：

「曲兄，知道你不太喝酒，隨性，不勉強，就當是陪著富國喝吧。你要不喝，都給他一個人喝了，豈不太便宜他。」

「唷，這麼說我。來來，動筷子吧，再不吃等飯菜涼了，可要丟進火鍋湯裡煮粥了。」

熱湯、烈酒、好菜加上一對好人，這頓飯吃起來還眞是愉快。我這個兄弟王富國，果眞是能言善道，幾口大麴下肚，話可就滔滔不絕。

從周恩來總理在印尼萬龍參加會議提出建言，進而促使在聯合公報中提出促進世界和平與合作的四項原則，成功贏得各界的讚譽與推崇。話鋒一轉又轉到國內國務院頒布新的命令，期望改善國家機關人員的待遇，提高工作效率；才說完，又轉到毛澤東同志要改造私營工商業等政策。聽他說話，就像是結結實實地上了一堂課。

而我呢，在酒精作祟下，言語也變得滑溜，不知不覺便說了不少我在單位工作的心得與快樂；在大嫂不停的引話下也講了家鄉的許多故事。我告訴他們，我的家鄉大巴六九族人個個能歌善舞，大人們無不善飲酒，這引來他們夫婦的興趣，要我唱一段，喝一大口酒，可偏偏我就沒這個本事。

我又說了我那大姑媽黑拉善的故事：

大姑媽黑拉善相當的勤勞勇敢，因爲沒有子女，幾乎把我當成他兒子看待，徵得我父母同意後，三歲起就跟著她一起過生活，領著我上山坡地墾荒，種地瓜（紅薯）、玉米、小米、高粱和各種豆子、瓜類維持生活。五歲時，她在旱地裡工作，我一個小娃也想幫忙，拿了刀就胡亂砍樹枝，沒兩下就把自己左手指的指甲給削了下來。

大姑媽很愛喝酒，每天工作從旱地回來，一定要喝點酒，有時到別人家裡面喝。喝多了，大家有了醉意，一群人便開始跳舞唱歌，一直到酒喝完了，醉得東倒西歪才拉著我的手，搖搖晃晃的回到家裡。我呢，不管大姑媽在哪裡喝，總是跟隨在她身邊，睏了有時就坐著打瞌睡。有一次，實在睏得睡著了，從椅子上跌了下來，直接向前倒栽蔥，把額頭撞出傷來。

「哈哈……曲納詩，你實在是有趣，專幹這種事！」王富國笑得可開心了。

「一個小孩子，哪能控制得住自己幹什麼。你看看那些兵，都十幾二十歲的，教了半天還不是洋相照出，更何況是那樣的小娃？不過這樣也好，回憶起來還眞是有趣。」我爭辯著。

「你那大姑媽怎麼會一個人過生活？你那姑丈呢？」王大嫂畢竟是個女人，關心起這個問題。

「大姑媽三十那一年，姑丈被鄰近另外一個族殺害了，當年部落戰爭還很盛行的時候，對方一組人潛進了部落農作區殺了人。都還沒來得及生小孩呢！」

「哎呀！還眞是可憐啊！一個人年紀輕輕就得孤零零的過生活！」

「是啊！所以才會要我陪著她過日子啊！」我說。

「還好有你！要不，她的日子還眞不知道要怎麼過呢。女人眞是命苦，一生的幸福就繫在一個男人身上，男人在，幸福在，男人走了一生也跟著沒了！」王大嫂語氣還眞哀怨啊。

「去去去！這麼說話的，你放心，我王富國賴子命，沒陪著妳過七十，絕不捨得撒手，這妳放心了吧！」

「啐！什麼撒手不撒手的……」王大嫂頂了回去。

見兩人你一句我一言的恩愛拌嘴，挺有意思的，我想，一個家庭一對夫婦要這麼恩恩愛愛的過一輩子是件再好不過了的事。人燒了香求了姻緣，不也就巴望著這樣的情感嗎？我覺得開心卻也有點尷尬，覺得自己坐在這裡礙了事。但王大嫂適時地打斷了我繼續亂想：

「曲兄，你跟富國兄弟一場，我們可沒把你當外人看啊，我問你一件事，你可別生氣了！」王大嫂忽然正經的說。

「你別嚇著了人家，這麼問的！」王富國顯然注意到了我臉上輕微變化的訝異神情。

「您說吧!別太正經啊!」我說。

「我是說,你……在家鄉有沒有要好的姑娘等著你回家成親?」

「啊?」我被這問題問得一時反應不過來。

「你……有沒有想過,有一天在這裡成家?」

「啊!」我不確定我是張著嘴還是瞠著眼,只覺得一股熱氣一直湧向頸子、臉上,而這個熱氣絕不是剛剛喝的幾小口大麴造成的。

「啊?你就只會『啊』的,沒別的話說嗎?」王富國顯然被我的反應搞迷糊了。

「啐!別催他!」王大嫂制止了王富國,又撇過頭向我說:「曲兄,別急著回我的話,知道你害臊,你慢點回話啊!」

「喔,不……」我急了,王大嫂可能誤會了。

王富國可不饒人了,身體趨向前來,斜著眼看著我:

「唉唷!看不出來啊,曲納詩你一個大男人,也會學著人家害臊啊!」

「我……!」我哪裡是害什麼臊啊,只是王大嫂的問題來得突然,我反應不過來。

「你別取笑人家了,都像你厚臉皮,他現在還會是個單身漢嗎?」王大嫂瞪了王富國一眼。

「我……你……」王富國顯然也不知道怎麼回應大嫂的搶白,支吾著。

「我說兩位啊!」我稍稍喘了口氣,趕緊給王富國解圍:「我在家鄉沒有要好的姑娘,也還沒想過找個對象成家的事!」

「怎麼?你……眼界高,挑人?」

「不……大嫂，別誤會了！」我趕忙解釋：「家鄉女孩少，家裡又窮誰願意要我啊？至於現在，你是知道的，我一個外鄉人，成天忙著工作哪來的時間找對象。更何況，我這個樣子，孤零零的王老五，手臂殘了，也沒識得幾個大字，誰敢把下半輩子的幸福讓我糟蹋啊！」

「你客氣了，像你這麼個人才，沒推銷出去，就像誰把寶藏往床底下塞，那是糟蹋呀！」王大嫂說。

「是啊！曲納詩，我說良心話，誰要是嫌你這個人品，他肯定是個不識貨的瞎子。」

「呸呸！你酒喝多了？怎麼罵起人來了。」大嫂說。

「唉！我說的有假？曲納詩，解放軍戰鬥英雄、學習模範、英挺漂亮的台灣郎，這可假不了啊！抗美援朝幾乎捐出了他所有薪資，愛國可不輸人啊！」

「是啊！你要嫁給他多好啊？」王大嫂看著王富國笑著說。

「嫁給我？等等……咱，不是要給曲納詩介紹作媒嗎？怎麼提到我這裡來啊？」

作媒？介紹？看來這一餐飯他們可是有目的的，我可是一開始就踏上了陷阱，只是不知道這一回會擦出什麼火花，結什麼樣的果啊？

「是這樣的，曲兄，我有個要好的姊妹淘，人在新鄉市服務公司當售貨員，談不上美若天仙，但端莊嫻淑也有小家碧玉的秀氣；手藝好、脾氣好什麼都好，只是姻緣線始終牽不好。我跟富國商量了，反正你單身，也沒什麼負擔，找時間安排讓你們見見面，說不定你們倆有機會，也算是我們響應黨國新婚姻法的精神，解決適婚年齡找不到伴的困擾。」王大嫂停了停：

「曲兄，別怪罪我們夫婦把你找來吃飯，還別有他意，你跟富國情同手足，你的事也就是我們的事，我們總是希望你的生活能有人好好照料啊！」

「別這麼說，大嫂，您倆的好意我是知道的，我沒有怪罪的意思，況且，你們要眞的撮合了一樁好事，我感激都來不及了，我還能怪罪誰去啊？那我豈不是太不識好歹了嗎？」

「那就好！」

「只是……」

「你有什麼顧忌？」

「倒也不是什麼顧忌，只是……」

「只是什麼呀，這麼彆扭！」王富國急了。

「我……二十七了，我沒有跟女人交往的經驗啊！連跟年輕女人交談的經驗，也沒有多少啊！」

我幾乎是低著頭，小聲的說。

「喔，你說的是這個啊！」

王大嫂說完，忽然安靜下來，王富國也是；氣氛有點怪，忽然……夫婦倆大笑起來了，笑得我感到迷糊，也跟著呵呵乾笑。

「對不起啊！曲納詩，我們不是嘲笑你，呵呵……只是……唉！太好笑了！」王富國看起來沒醉，卻像醉酒了似的癡癡亂笑，不知所云。

「哎呀！曲納詩，我的好兄弟，你還眞有意思，爲這個事忸怩的像姑娘，連話都說不出口了！」

王富國還笑個不停。

「哎呀！曲兒，如果只是這樣，那就太好了，你擔心的這事兒，根本也不會是問題了，你要是經驗豐富，我們才要擔心呢！」

「啊？」這一回，我是眞迷糊了。

沒多久，王富國夫婦安排了我與李雅燕小姐見面，一九五六年過完新曆年，我們結婚，月底雙雙都調到鄭州市。我進了河南省零售公司工作，她則在河南省蔬菜公司工作。

我竟然成家了，我一個遠離家園的台灣山地郎，殘廢的大巴六九人居然……居然也成得了家？我得承認，我驚訝多於高興，不，應該說，我根本已經分不清楚我是得意忘形了還是不可置信，以至於過了一段時間，忽然從迷糊狀態陷入一種情緒之中。

結婚調職總算是人生一件大事，按理說，應該寫點什麼做記錄，但幾個星期過了我還是提不起興頭寫點東西紀念這個屬於我人生重要的大事。不是因爲新婚樂昏頭，也不完全是我對自己文化水平沒信心，而是腦海裡始終有些念頭來來去去，有時候讓我感到歡心與希望，有時又讓我陷入一種哀愁。自己也不清楚是因爲調職換了新環境，周遭環境人事均不熟的原因，還是年節將近那種遊子思鄉的愁緒，讓我無法安心下來，好好的、開開心心的過日子；或者那根本就是我性格中的多愁善感使然；或者那是這兩年來我經常爲了些事陷入沉思有關，這個我可不清楚。

心細的妻子卻看出了我近日的少語與鬱悶，並非是我該有的性格，而是讓什麼事給困擾著。下了工，吃過飯，沏了茶，她拉著我坐到炕上取暖說話：

「納詩！認識你以來，你常這樣的眉頭輕鎖，看起來心裡頭有事，我知道你不是那麼不開朗的人，希望那只是因爲有些事情困擾你，而不是因爲我不如你的意。」

「怎麼會呢？別瞎猜，沒的事，妳這麼好的人，我能挑剔什麼？是我，是我心裡頭有事！」

「心裡有事，不妨說來聽聽啊！別忘了我是你的妻子，你可不能見外啊；我一個女人家雖然不能給你出什麼主意，但說出來兩個人商量，你也不至於讓自己受那樣的煎熬啊！」妻子眼神有幾分不捨。

「妳可別多想啊！妳是知道的，我就是這麼個人，心裡疙瘩多，話也出得慢，我可沒拿妳當外人，只是我心裡還沒整理出個什麼道理，不知道怎麼開口跟妳說啊！」

「有什麼說什麼吧！不一定要決定了事才說結果呀，這才叫商量、相互拿主意啊！」

「我……我心裡頭倒不是眞的有什麼不能解決的事，只因爲娶了妳，而一下子百感交集，我感觸良多啊。」我看了看妻子，喝了口茶說：「我十七歲離家輾轉到了大陸，挨了子彈沒死，幾場大病沒去見閻王，心心念念的，就是有一天能回到老家見自己的家人，從沒想過有一天自己會在這裡成家。」

我警覺這話兒可要讓人不舒服了，眼睛瞥了妻子一眼，她沒多看我，沒吭聲接話下了炕找材添火。

「可……人的命運就是這麼奇怪的東西，沒想過的偏偏要讓你遇上；天天盼的卻像天上的雲一樣，看見了，卻遠遠的掛在天邊游移，搆也搆不著，連多想也顯得無助。」我移動了一下位置，搓了搓手繼續說：

「離家那一天，我滿懷著希望，立志要賺很多錢，等哪一天回家鄉要蓋大房子一家人住一塊；買田產讓我家幾個弟弟們有工作；讓我家妹子嫁個好男人過幸福日子；讓我那沒過過清閒日子的母親享清福。到了去年認識妳之前還這樣的想著，誰知道這一晃就幾年過去了，工作賺錢沒成，反倒差點喪命。」我嚥了嚥口水，妻子已經重新上了炕。

「以爲人生就這樣過了，可偏偏老天爺讓我遇見我的大恩人王富國夫婦，讓我認識了妳，還蒙妳不嫌棄願意收留我結爲夫妻，讓我體會到從未有過的幸福感覺。」

我覺得被子被扯動，而妻子輕輕的靠近了我，忽然間，我有一股幸福、知足的眞實感覺，不自覺拉上被子躺下。

但我終究是個外鄉人啊！我這麼輕輕地告訴挨在我身邊的妻子，我說我割捨不下骨子裡、血液裡留著的故鄉記憶；忘記不了故鄉那些山川溪流、一草一木；忘不了故鄉的族人隨興跳舞歌唱的歡樂無憂，與陽光下辛勤工作的一張張從不畏生活困苦的容顏。這使得自己在這段時日裡，無時無刻不在腦海裡浮現，而牽動我內心壓抑著的鄉愁。我實在也無法欺騙我自己，說我曲納詩可以瀟灑的將這一切拋在腦後，畢竟那裡是我的故鄉，我生長的開始，也是我靈魂低迴吟唱的最終之處。

而這裡一望無際的平原、田疇，那些春天綠油整個視界而秋天飽實黃褐的大地景象，終究像是誰張開了一張張的圖畫，在我才剛覺得開心讚嘆之時，又毫不猶豫的捲曲收藏起一整個冬季，始終讓我找不到一個歸屬感。不是這裡的人不好，不是這裡的土地沒有靈魂，只是我無法忘懷故鄉的一切，那個也許是我這輩子再也回不去的地方的所有記憶。

被子忽然掀動，一股冷空氣襲上了原本暖和的炕上，妻子起了身背朝著我走向茶盤，從背影望去，她在呼吸之間似乎不怎麼自然。我想跟著下炕，才移動身體，妻子已經拿著茶水走回來，我沒看清楚她的表情，但覺得一股寒氣逼來。

「你想說什麼？」

「雅燕！我不是那種光顧著自己想法的人，妳從妳廣西老家，輾轉來到河南這裡，最後選擇與我成親，這南北千里遠的；我說的這些，妳一定也有相同的體會，體會故鄉時刻召喚回鄉的愁緒。」我看看她，繼續說：

「我要說的是，儘管故鄉的記憶與情感，是如此強烈的召引我，我也必須認清一個事實，那就是：妳我成了親結為夫妻，就像那些蘆草，那些我故鄉的芒草花，隨風飄散了，落地就得努力扎根。」

「喝口水吧！」妻子說著又爬上炕鑽進被子。

話說多了，還眞有些口乾舌燥的，我開始佩服那些能言善道的人，那種口沫噴濺還欲罷不能的功夫。潤過了喉我繼續說，得趁興把我的想法表達清楚：

「雅燕，我沒有喜歡過哪個姑娘，也從來沒有想過有這麼一天會結婚成家。我想的只是期盼等自己有能力了，就該像個男人好好扛起家計，讓家人都幸福著過好日子。如今，兩地分隔，不管過去我是多麼的思念我故鄉的家人，在沒有機會重逢以前，我無力照顧與分擔他們的一切，這一點，我必須認清楚。」

炕上暖和，我調整了一下姿勢，讓妻子有更好的位置。

「我要說的是，從與妳結婚的那一刻起，妳就是我的家人，現在，這裡，唯一的親人。從那一天起，我就有責任保護妳，並允諾與妳共同攜手建立我們的家庭，不論日子窮困或富裕。我期望我們一起努力，在這裡建立屬於我們的家庭，一起重新累積一個新的家鄉記憶；我們在哪裡，家鄉就在哪裡。在這裡，我們努力生一群小孩，就像那些農家養一堆豬崽，養大了又生了一群小豬崽；等將來我們子孫滿堂了，就算我們再也回不去各自的原鄉，這些子孫總會帶著我們在這裡的故事回去，向親人們敘述。」

「喝水也能醉啊！」妻子忽然幽幽地說。

「啊？」

我一時沒意會妻子的意思，卻警覺她香暖溫熱的身體早已貼近我的身旁，已經變得急促的呼氣，正一團一團的呼著我的臉，我也覺得燥熱起來了。

「別人都說你不太說話，他們錯了！」妻子溫熱的唇，張合著卻極其溫柔的說話。

「啊？」

我被妻子的話弄得更困惑了，順勢，我拉起了被子，遮蓋過妻子早已紅通通的臉頰，以及跟著意亂情迷的我，感覺幸福。才剛入夜，貓頭鷹還沒來嗥叫一回呢，我當眞要蓋被子囉。

呵！從今天起，這裡，就是我的家，我要生一群小孩，最好生一打。

※

新婚帶來了生活的許多改變，也帶來許多好運。婚後沒多久，我被徵調到省檔案培訓隊，學習檔案管理半年，結業後回原單位繼續人事檔案工作，隔年，薪資作了調漲。

到了十月五日兒子誕生，我升格當了父親，親自給取名「建國」慶祝建國大業久長萬歲。因爲興奮，我止不住淚水，當夜哭了又哭，讓初爲人母的雅燕笑我大男人淚水像女人一樣，說流就流。但我管不著那些了，看著嬰兒驚天動地、生猛的哭喊，我如何不感動的跟著嬰兒哭？我在異鄉芒草花似的命運，終究是落了地生了根，往後我雙肩挑的重擔，將更爲沉重；但人生有了方向，有了奮鬥目標，我變成了一個具有完整社會責任的男人，一個孩子的父親。這些，要我如何不感動而哭泣？

雅燕啊，就大聲的笑妳的丈夫吧，就帶著妳始終含著諒解的眼神，好好的看著妳孩子的爹，是怎樣的爲了這個新生命的到來，得意與喜極而泣。在你們身旁，我發誓會盡所有可能保護你們，與妳共同撐起這個家。

娘親，遠在千里那一頭的我的伊娜啊，妳可聽到這個孩子，妳的孫子的哇哇哭聲？

有了孩子，工作幹勁竟是不同了，爲了奶粉錢，以及爾後教育費，我們不得不開始盤算，我也認眞的考慮有無可以額外工作的機會。希望能增加收入、把開銷壓得最低，最有效率的運用我們夫妻微薄的每個月工資。

妻子提議，做完月子後，她回到崗位繼續工作，另外找保母幫忙帶孩子到五歲左右準備進小學的階段爲止。算一算，似乎也沒有比這個更好的主意了；我每個月的工資是四十八元，妻子是三十八元，扣掉保母費一個月二十五元，省吃儉用還夠我們一家過日子。

五七年底，河南省行政區重新調整，成立了三門峽、平頂山、鶴壁三個市，我們跟著也調到鶴壁市百貨公司工作。遷了居，工作重新作了調整，過了新年我被調整到批發部工作，一切跟著平順起來了。不過幾條國內的黨政新聞訊息讓我覺得不安，但我說不出哪裡不對勁。過去爲了保持學習的動力，對於寫了字的紙張或報紙，我是留意所有的訊息的，也因爲這個習慣，得空我會翻閱報紙或者一些文件。除了家鄉的訊息心情起伏較大之外，我似乎沒有爲任何訊息產生如此的不確定感。

一天下了工回到家裡，我同妻子雅燕提了這事。

「你別胡思亂想啊！」

「我不是胡思亂想，只是覺得不安！」

「這有什麼差別？因爲胡思亂想，想到自己都覺得不平靜。」

「我總覺得有些什麼事在醞釀，我擔心的是我們一家三口，會不會受到影響，建國還這麼小。」

「啐！你也想太多了吧！黨裡面這些年，鬥爭清算整風整肅還算少？毛主席關於『總路線』的指示已經正式付諸實踐，大鳴大放的鬥倒了一群反黨的右派份子，也不關咱的事，難不成你是右派？這你可得說清楚啊！」妻子皺著眉頭說，口氣有些急了。

「唉唷！我不是右派！我是共產黨員，堅貞的共產黨員，對於黨的決定我沒有絲毫懷疑，只是……我就是隱隱約約的覺得不安。」

「你喔，都當爹的人了，怎麼就突然這麼疑神疑鬼的？你倒說個道理來啊！」

「雅燕啊，國家大事我們做不了主，但是任何運動搞起來，不管有沒有針對性，我們很難脫得了連帶影響，我們是整個國家社會的一環，這是我這些年的體驗。過去我是一個光棍，沒啥好擔心的，現在有了你們母子倆，我擔心的事也就多了。那不是我神經胡亂想，而是一個做父親的本能。」

「那……你說，你擔心什麼？」

「別的不說，現在各地展開的『除四害』運動，對我們住在城鎮的人來說，那些蚊子、蒼蠅、老鼠、麻雀看起來沒什麼，除去這四害，剛好稱了大夥的心，但是對農民可就糟了！」

「糟了？你可別胡說啊！這是黨與政府的決策，我們只有遵從，還能有什麼意見？就算對農民有影響，對我們這樣領工作薪資的人能有什麼影響？」雅燕瞪大著眼看著我，身子動了動，調整抱著小孩的姿勢向右一些。

「來！我抱！」

「不用了，他安靜的聽你說話，你就說吧！」

「別的我不懂，但那麻雀我還知道一二。麻雀吃蟲吃穀物，在農作物結穗成果以前，可是主要的除蟲幫手。現在搞這個運動，為了績效大家拚命抓，想辦法抓。這些抓來的麻雀，光是吃了加菜都讓人嫌膩，那數量還少得了？將來農地裡誰來抓蟲？蟲害多了，誰的農作物收成得了？明年糧食恐怕要歉收，食物都要漲價，說不定有錢也買不到食物。」

「你是說真的？你別嚇人啊！」妻子的表情似乎是受到了一點震驚。

「我希望是說錯了，但是昨天報紙上頭版貼的照片，幾個人張著網，網上結滿了飛撞的麻雀。按照各地報來的數量看來，一個弄不好，明年連麻雀恐怕也見不到幾隻了。」

「那怎麼辦？上頭沒人管嗎？」

「不知道！我怎麼會知道呢？這就是我的不安啊！這種在家鄉農地裡就知道的普通知識，居然被根本丟棄，還大力鼓吹完全相違背的東西。而上頭管事的恐怕也沒幾個人懂得這些，如果將來怎麼了，恐怕那樣的苦難也沒人懂得收拾，這就是我的不安啊。更何況接著幾個運動恐怕也沒完沒了，我們好不容易有了家庭，扎了根立了足，眞要遇上了困難，叫我心裡怎麼踏實呢。」

「啊呀！我們怎麼懂這些，我們該怎麼辦，你可要對黨有信心啊！我看是不是找富國兄他們談一談，出個主意啊！」雅燕似乎失去了主意的喃喃自語。

「對黨，我有信心啊！不過還是得想個辦法，維持起碼的生活需求！至於要不要找富國兄或其他朋友聊一聊，我看暫時就緩一緩吧，可別讓人笑我神經病疑神疑鬼的。」我近乎安慰的說。

說得輕鬆，但心裡的不安依然，至於怎麼想辦法，一時之間也想不出個主意；畢竟那只是我的疑慮、猜測，時候未到，最後的結果誰也說不準，能做的，也只有往好處想，繼續憂慮與等待了。憑良心說，我希望我是錯得離譜，我希望我是神經病，憂心過頭，因爲我害怕我的家人面臨缺糧的狀況，我希望小孩能營養充足地長大成人。

不等我的憂心消除，一個更大的、衝擊更強的運動「大躍進」已經全面展開。

五八年三月底，毛澤東同志批判了反黨反無產階級的「反冒進」主義，號召「破除迷信，解放思想，發起敢想、敢說、敢幹的精神；要所有黨員、全國國民有勢如破竹、高屋建瓴的氣概，鼓足幹勁，力爭上游；以多、快、好、省建設社會主義。」中共中央也在五月份針對毛主席的指示，檢討整個運動的方向與成果，進一步提出希望在十五年或更短的時間內，主要的工業品產量能夠趕上英美國家。在政策上，是運用大陸城鄉廣大人力，在工業、農業各個戰線上實施人海戰術，強調建設的高速跳躍前進。在工業生產上提出「遍地開花」的口號，企圖創造「一年等於二十年」的奇蹟；在農業生產上也提出「人有多大膽，地有多大產」的口號，以及設立「畝產萬斤」的試驗田。

以我有限的知識水平，我並無法了解這些偉大口號與目標所代表的意義，以及實踐所必須採取的作爲與付出的代價，但是爲了響應這個運動，我們第五商店盡可能的調整了相關的人事與時間，抓準重點把握原則，認眞學習。不過我還沒來得及見到什麼影響，有一天晚上卸貨時，突然昏倒不省人事，讓同事們緊急送醫，經過檢查得知是「空洞型肺結核」，需住院治療。

妻子急了，我更心急，孩子還小，我可不能有個三長兩短的，無論如何都得把這個怪病給治療好。各地掀起的運動，雖有國家的各級領導人來處理，但處於這個時代，有機會親自參加體驗這些大氣魄、大格局的運動，我應該有個健康的身體，一起陪伴我的同事夥伴積極參與運動；即便未來眞的對我的家庭有所影響，也應該有個穩定的健康狀況讓家人可以依靠。

「空洞型肺結核」還眞是個怪病啊，一時死不了也好不了，住醫院半年仍然沒什麼起色，跟我過去嚴重的下痢、肝病甚至黑熱病，那種鬼門關走一回的感覺完全不同。人成天心灰意冷的，老想著不知道究竟什麼時候才回得了家裡的炕上。

妻子天天到醫院來，偶而也讓小孩子來看看我，順便帶來一些她參與運動所得知的一些消息，讓我不至於太過無聊與絕望；其他同事也經常來探視，順便帶來單位的一些消息。

「我就說了，你一定是身體不舒服，弄錯了一些訊息，你擔心的那些事，都沒發生，糧食不但不缺，各地還頻傳捷報呢。」妻子隻身來看我，翻起了我住院前的胡思亂想的舊帳。

「是嗎?那一定是我給病魔纏身，成天胡亂想了。」

「錯不了的，人一生病，意志弱，難保什麼怪念頭不會來。」妻子臉上帶著笑意，繼續說：「不說別的吧，報上說了，山東省一個壽張縣一畝農地產了四十三萬七百八十八公斤的小麥。就官方的初步統計，今年夏天糧產將比去年增加三百五十億，達到九百五十億，那產量可是世界第二呢！」妻子雅燕語氣依然興奮。

我想起前天在報紙上看到的一張圖片：在廣大的農田上，一大群農民辛勤的耕作，而一個人正舉著號角吹號，看起來就好像是以軍隊的方式管理這些農耕大軍。我猜想，也許就是這樣，糧食才有可能這麼迅速的增產。

我並不是眞的了解一畝地究竟能生產多少麥子，根據過去在山東魯南地區，協助農民收割的情況看來，四十三萬七百八十八公斤，那幾乎是一畝地所能生產的數量的兩倍；換句話說，如果不是種得更密集，那麼就是結穗結得更茂盛，但這就需要高度的農業技術了。也許不打仗了，上頭有更高的技術、土地更肥沃了也說不定。

「還不只這些呢，有的人爲了響應這個運動，把自己準備好的壽衣壽板拿出來折價變賣，來投資促進工商業的發達。哎呀！我眞想把那些準備給建國上小學的幾塊錢也捐了出去呢！你看我們需不需要發起單位的捐獻啊？」

「哎哎！別，先暫時別捐，等我康復了，有能力繼續工作，我們再一起捐吧！」我還眞擔心雅燕現在眞的捐了錢，影響日後生活。

妻子雅燕每次來，除了說一說小孩的事，總會說些消息糾正我先前的疑慮。除了農業生產，還說了關於工業生產的指示與新聞。多數的事我在報紙的訊息中可以得知的，有些事特別是單位內部的指示，則需要依賴她這樣子，每次向我「匯報」。

我比較好奇的是關於「全民大煉鋼」這一回事。目前爲了響應號召，促進鋼鐵產業發達，以達到「五年超英，十年趕美」的目標。全國各地紛紛建起了土高爐煉鋼，不但在鄉鎮村各處設立，連一般大、中學也普遍設立鋼鐵工廠；不但如此，各地成立鋼鐵生產指揮部，編成鋼鐵師、運輸營、採礦隊等進行「鋼鐵戰役」。

這就有趣了，工業生產如果眞能使用軍隊作戰的方式，這也算是一件不得了的事，想我解放軍無所不能，打倒國民黨軍，在朝鮮又打敗美國帝國主義，這種生產的小事，算什麼難事？特別是全國總動員，才半年，土高爐已經增建到一百萬座的規模，要達到一千多萬噸的產量，應該也不會是問題。

這些，我不是很懂，不過隱隱約約我還是有些不安。唉！我是眞的病了？

住進醫院半年，略有起色，五八年底移到新鄉市的省職工療養院療養。妻子來的次數受限於時間與距離，不再能天天來探視。除了有時思念兒子，其實我並不太擔心他們的生活，在單位裡有不少同事可以相互幫忙協助，富國兄夫婦親如手足的情誼也是讓我安心的原因。還有一個更重要的理由是「人民公社」公共食堂的設立，提供了大鍋飯、托兒所的功能，像極了在部落的生活型態，讓我安心甚至嚮往。

後來雅燕幾次的探視，逐漸顯得疲累與少語，也不再談及大躍進的事；療養院的同志們幾乎也沒人再談及，至少公開場合沒人再討論，因爲饑荒的傳聞越來越多。而各級機關領導，嚴禁內部討論，動搖軍心。雅燕工作的單位，以及療養院這樣的公家單位，雖然不太受大的影響，每餐飯的量卻也離奇的逐漸減少。

根據小道消息，許多農村地區發生了蟲害，一般農田裡能收成的數量根本無法供應基本的需求，但因為地方政府凸顯「大躍進」運動執行績效，浮誇爛報了許多數據，使得中央統計出現「超大豐收」的假象，在依比例收購農產品的情況下，亂了整個國家的農業管制機制。有的縣、鄉鎮是上繳了幾乎全部的農產收穫，以滿足其浮誇的數據。造成的結果是：百姓沒有米糧可用，牛羊牲畜也留不下來。於是普遍出現了春荒，出現餓飯、浮腫、逃荒以及非正常死亡現象。特別是去年浮報最凶的湖北省的問題最為嚴重，其中被稱頌為大躍進運動「紅旗」的幾個縣，到處是哀鴻遍野；最嚴重的樂亭縣據說每人每天只能供應半斤的糧。沒多久，謠傳許多地方已出現啃樹根的現象，光是廣東省少數地方就已經餓腫了上萬人，甚至死亡多人。

這些消息的真實性如何？有沒有可能是誰惡意散撥謠言，想動搖黨的領導與政府威信，我不得而知，也無處證實，但我心底除了痛心，其實也並不意外這種情形的發生。人的政策決定，現階段似乎還無法取代或改變農作物四時的生長秩序，冒進了，只有自食惡果。

另外，國內外發生了一些大事，不管是舊聞還是新聞開始陸續見報，也沖淡了不少關於「饑荒」這一件事的討論。

首先是「抗美援朝」的志願軍自五八年四月起開始分批自朝鮮撤軍；八月解放軍砲兵對金門實施炮擊；五九年解放軍砲轟西藏達賴喇嘛的夏宮「羅布卡林」弭平西藏反動勢力的叛亂；五九年九月林彪同志接任國防部長，而人民大會堂在天安門廣場西側落成；全國運動會的舉行以及慶祝建國十周年的慶典與遊行。但更熱鬧卻也更緊揪著人心的是領導人內部之間，批判、清算、整肅的消息也越來越多；開國戰役的幾個猛將粟裕、彭德懷等陸續調職，中央人事調度改組越來越頻繁，搞得中央單位人心惶惶，誰也沒敢多提「大躍進」的事作批評。

在療養院待了一年，又轉到洛陽地區溫泉療養半年後痊癒，前前後後，這個怪病用去了兩年的時間療養。在單位的全心照顧下，沒凍著也沒餓著地把病養好了。六〇年中重新回到鶴壁市百貨公司工作。不過明顯的，公司的糧食、食油、副食品和日用供應品已經明顯不足，上架的量遠遠不如過去，有時公司才開門就被搶購一空，連自己員工也產生物資不足的情況。

「我們該怎麼辦？」雅燕憂心忡忡。

「還能怎麼辦？我們在黨和政府的照顧下，至少也還沒鬧飢餓到無力思考的程度，建國看起來也還健康，生活下去基本上還不是問題。」我安慰著。

「的確，照這情況說來還算勉強過，也還餓不死，但是物資不足，就算有錢也買不到東西，這總不是辦法啊！萬一哪一天沒糧了怎麼辦？」

「那個別擔心，既然是公共食堂，吃食應該不會出現太大問題，雖然不能把食物帶回家，只要有機會我們買一點儲一點備用，只要不明目張膽，上面應該不會計較，安我們一個囤積糧食的罪名。另外，有空我們也可以到郊外摘採野菜補充，甚至想辦法在自家院子弄些菜圃種菜啊！別忘了，這些都難不倒我們啊！」

「對啊！這些我們的確做得來。」

「我們得堅定我們的革命意志，努力維持生活的起碼需要，別讓建國吃不好、餓著了長不高，將來我們可要覺得遺憾了。」我安慰雅燕，也算是爲我們日後生活定了個方向。

「但願這樣的日子早點恢復正常。」雅燕說。

「但願日後不會再發生這樣的事！」我補充說。

但我知道這話還是說得早了，因為除四害的後遺症才剛開始，大躍進的農業政策的確讓土地亂了序，加上各級單位幹部的浮誇爛報，讓問題更加惡化，嚴重的恐怕還在後頭。

我不認為「大躍進」的方向是錯的，害人的是各級官員那些錯誤的執行方法，殺人的是官員爭功、搶績效的變態作法與心態，倒楣受害的是只能盲目聽從指揮、無力抗拒的廣大人民群眾。但願黨與政府能盡快調整作法，堅決地貫徹為人民服務的宗旨，否則錯誤繼續下去，或者來幾場天災，恐怕後果要不堪設想，要餓死更多人了。

我的胡思亂想，果然還是成眞了。根據《人民日報》的報導，因為旱災、颱風、洪澇和嚴重的病蟲災害，全國約有九億畝農田受損，其中三、四億畝農田災害嚴重，有的還出現顆粒無收的情形；比起去年有六億畝田受災的情形更為嚴重。

這樣的連年歉收以及災害影響，遍及全國各角落，餓死逃荒時有所聞。不過，我無法證實關於謠傳中的死了上千萬人的消息，也不希望這個消息被「證實」。人命關天的，每一條命都是無辜，每一條命都是白白被犧牲的。唉！但願不會再發生這樣的事。

六二年，情況稍微好轉，我們日常生活也恢復到正常，六三年九月我們有了大女兒建華，而六四年五月《毛主席語錄》出版，十月，自五五年開始成立機構研發的原子彈在西部試爆成功，舉國陷入瘋狂歡騰，一掃前段時間的苦難記憶。

建華的到來，多少也讓我感到一種開枝散葉的小小成就感。我終究是一家子人的父親，我的親人我的朋友們都在這裡，我的喜怒哀樂都在這裡；這裡的一切人事物，這兒的任何風吹草動，不論天災、人禍、慶典或哀傷，都成了左右我每日情緒喜怒哀樂的根本。我終究已經切切實實地在這裡扎根過生活，雖然這裡依舊是一個處處讓我感到驚奇的地方，但不再陌生或情感生疏。這裡成了我的新故鄉，也許也會是我未來老死埋骨的家鄉。

※

「爸爸！」建華慌張的從院子跌跌撞撞的叫喊著進屋，四歲的她，臉上表情驚慌的指著屋外：「他們……」

「你們幹什麼？喂，你們別拔我家的菜啊！」建國的聲音在院子雜著憤怒叫吼著。

我與妻子雅燕趕緊取了供在桌上的《毛主席語錄》出了門外，讓建華留在屋子內。

才出門外見到被推倒在地的建國正慌張爬起，約七個十幾歲中學生模樣的青少年持《毛主席語錄》，左臂箍著紅臂章，三個惡狠狠的瞪著建國，其餘幾個正在動手拔我家院子才冒出芽的蔬菜，心想這些「紅衛兵」居然找上我家了。

見狀，我立刻高舉《毛主席語錄》大聲的喊著：「全心全意地，爲人民服務！」一連三遍，讓這些小鬼都停止了動作，所有人立刻高舉《毛主席語錄》，連拔草的幾個也立刻朝自己的衣服褲子抹去手上的泥土，取出上衣口袋的紅冊子，一起高喊著：「全心全意地，爲人民服務！」複誦著我剛唸的句子。

「各位小將同志！這是怎麼回事？」一等著他們放下手臂，我盡可能表情和善的說。

「怎麼回事？你問我們怎麼回事？」一個年紀稍長，看來是這一群小鬼的頭頭盯著我瞧，「我問你，你種的這些是什麼？」

「各位紅衛兵小將同志，這還能是什麼，不就是個蔥、蒜、瓜苗還有一些沒長好的白菜嗎？」我心裡沒好氣，但語氣平和的說。

「不就是個蔥、蒜？說得輕鬆！錯！錯得離譜！這是舊習慣的毒素所培育的資本主義的毒苗，也是我們紅衛兵決心必須貫徹剷除的『四舊』。我告訴你，別以為你是人民功臣、解放軍戰鬥英雄，你要不跟這些餘毒、這些反動派劃清界線，我們遲早要砸爛你們這些舊時代的廢物。」

那小毛頭年紀看起來不大，但說起話來倒是老氣橫秋，他那一句「舊時代的廢物」可惹惱了我，但我還是壓低聲音：

「同志啊！毛主席曾經指示，說我們全國人民無論在什麼處境下，都要學著獨立自主、自力更生、艱苦奮鬥、勤儉建國啊。」我看了他們一眼，語氣轉緩和的又說：「各位小將同志，我們的確趕不上各位的新思維，但是我們謹守著偉大的領袖、導師、舵手毛主席的指示，在艱苦的環境中獨立自主，自力更生；響應勤儉建國啊，這也不能算錯啊！」

我說完幾個小鬼相互張望，交換眼神，顯然不知道如何進行下一步，最後，那個領頭的朝著菜圃踢了一腳，轉身就走。沒走多遠，那群人便高聲喊著：

「造反有理，革命無罪！」

「造反有理，革命無罪！」

見他們走人，我看了看街坊看熱鬧的鄰居，沒理會一院子被拔得幾乎光禿了的菜圃，招呼小孩轉進屋子裡去。

「爸！他們下一回再來，我一定給他們好看！」進了屋子，建國看著我說。

「你閉嘴！」雅燕阻止了他。

「這個時節，能忍就忍，沒什麼好逞強的，我們安安分分的、謹言愼行，別給人抓到把柄了。」我說。

「爸！我們又沒做錯什麼事，爲什麼要低聲下氣的？」

「建國，你幾歲了？」

「十歲啊！你不記得了？」

「十歲！過去在我的家鄉，十歲的男孩已經得像個大人，幫父母做事，照顧弟妹，學著當個大人樣！」

「我也是啊！」建國張著眼，語氣堅定。

「是啊，當個大人考慮的事可就多了。我問你，我要是跟這些人在這裡吵了起來，打了起來，你看會怎樣啊？」

「你肯定可以把他們打跑的！你是解放軍英雄呢！」

「打跑了，他們會不會再來？再來的時候，會不會來更多的人？到時候會不會帶武器什麼的？這麼打下來，誰來幫我啊？」

「這……可是……總不能……難道沒人可以跟他們講道理？」建國似乎想通了我的道理，卻想不到該怎麼辦了，才十歲，儘管懂事，畢竟還是太小的小孩。

「呵呵……要眞能講道理，還需要這麼吵吵鬧鬧嗎？」我笑著看他，而建華也安靜的看著她哥哥。

眞是一對乖小孩啊，我心裡感到安慰，一股淚水硬是擠到眼眶。

「不吵不鬧，維持一個平和，也是個解決事情的辦法啊，起碼沒讓事情擴大，造成更大的傷害，造成你們的傷害啊！我說建國啊！平時我跟你媽就這麼教導你，要你爲人正直，那些狗皮倒灶的壞事別去做，別去佔人家的便宜；告訴你時時心存善念，別去欺負弱小，反過來你還要主動伸過手幫人家一把，照顧比你弱小的，就像你護著健華一樣；無論在什麼地方、什麼環境都要認眞學習，增加自己的生存條件；面對困難也要挺起胸膛艱苦的奮鬥。這不是說你都做到了，人生就一帆風順、一片坦途沒有困難。不過呢，想要成爲一個積極的、正面的、讓人尊敬的人，還是得要勉勵自己努力做到這些。」我停了停，注意到建國一臉困惑，四歲的建華則側過頭，像是注視著一棵怪樹般的端詳著我。

「這些紅衛兵的行爲，並不是一個正直、善良的行爲表現，他們不是骨子裡就壞，只是他們不知道自己在幹什麼。等你也長大到這個年齡，大家拉著你去參加紅衛兵，希望你記得今天你面對的狀況，別做一樣的壞事讓人厭惡，這是造孽。知道嗎？」我看著他說。

「嗯……知道！」建國猶豫了一下回答，顯然他被我的話搞混了。

「好吧！帶著妹妹，咱去把菜園整理整理吧！」

才說完，建國與建華便牽著手急著出門口到菜園，雅燕輕皺著眉頭注視著我說：

「跟小孩說這些幹什麼，他們能懂嗎？」

「不懂還是得說啊，說久了總會懂了，沒幾年他就要成長到那個歲數，成了紅衛兵到處與人串連，打、砸、搶的造孽，不讀書浪費生命。我可不希望看到孩子這個樣子啊。」

一九六七年的六月，我國在新疆羅布泊上空成功試爆一枚氫彈，還沒來得及好好地慶賀一番，沒隔兩天的現在，便有一小隊紅衛兵到我們那街上胡鬧，搗毀我家辛苦經營的菜圃，讓孩子受到了驚嚇。卻也讓我一個四十歲的男人，有機會一本正經的跟我的小孩訓話，那感覺也著實奇怪。

而這些從去年五月，毛澤東同志發動「文化大革命」以來，四處串連，高喊著「造反有理，革命無罪」的紅色小將，所到之處不停的打砸所謂的「四舊」：舊思想、舊風俗、舊文化、舊習慣，還要打倒什麼三家村。名目之多，手段之暴烈，整個國家都處在一個動亂局面。還好我們是軍管單位，受到一定程度的保護，沒受到多大的騷擾。

這些全國性的活動越演越烈，不知道何時能有個結束，也不知道最終會發展到什麼規模。做爲一個平凡家庭的丈夫，孩子的父親，我無力去在意「文化大革命」的最終目標是什麼；也沒能力計較各級首長是如何的赤裸裸的呈現各種勢力的鬥爭爭權；甚至麻痺於黨高層昔日的戰友忽然之間成了必去之而後快的戲碼接連上演；即使看著報紙報導，我國第一枚人造衛星發射成功的喜悅與唐山大地震的悲慘，也顯得冷眼幾近無情。

我擔心的是我們的黨會不會忘記當初建國的理想，陷在爭權鬥爭忘了要繼續帶領我們走上富而強的國家；我擔心的是這些遠離學校教育在外胡搞的學生，不再接受教育，把學校教授鬥倒鬥臭的結果，將來會不會有能力教後來的學生懂學問，將來我國教育如何延續？會不會產生「大躍進」一樣的後遺症，在運動結束後，無法銜接而產生教育的斷層？我的孩子們的教育與未來又將如何？

擔心歸擔心，我們謹言慎行，嚴格管制小孩在言行上出漏子、節外生枝給自己找麻煩。一直到文化大革命因林彪摔飛機、毛主席逝世，一九七七年「四人幫」垮台宣告結束，日子窮歸窮，苦歸苦，倒也是慶幸地一路平安。在努力工作增產報國的前提下，六八年八月生下二女兒建英，七〇年生下小兒子建民。靠著每個月借貸工資省吃儉用，日子苦，好歹也慢慢的看著他們一點一點長大。日子平靜了，到了七八年，我五十歲那一年，長女建華結婚；八一年長子建國結婚。算一算，他們都各生下孩子時，我便是一個大家族的族長了，也將實踐我在異鄉落地生根、開枝散葉的期許。

而一九七六年間毛澤東與周恩來兩位領導人同志的相繼去世，卻讓我像是失去了兩個親密戰友一般的感到落寞莫名。

我想，這裡，河南省鶴壁市，眞的已經不折不扣的成了我的家鄉。所有大小事，無不緊緊地扣住我的每一條神經，容不得我置身事外，也容不得我故意漠視。

第13章 返鄉路迢

「你在弄什麼?」雅燕從屋外回來，一進門便問。

「收音機，小孩送的，說給我祝壽的生日禮物，樣子還眞好看。」

「喔，那是一台收音機啊!」

「是啊!這玩意在台灣見過，在公司的單位也見過，自己就是沒把玩過，還眞不知道怎麼使用!」

「這個我知道，你看，這是電源開關，這是聲音大小，聽節目呢，你轉這個撥盤，慢慢的，撥對了，就有節目可以聽。」雅燕興頭來了，指導得可認眞呢。

「妳還眞熟啊!妳常聽節目?」

「什麼常聽節目，聽電台播音、聽新聞、聽戲難道你沒聽過?這個，我在公司見過也操作過，我當然知曉啦，這麼簡單的東西，有什麼好大驚小怪的!讓讓，我來，找個戲劇節目來聽聽啊!」

「還是妳聰明，怪不得妳能選了我這麼個好丈夫。」

「欸!你油嘴!」雅燕瞪了我一眼，神情是愉快的。

一九八三年十月，吃過晚餐，接過小孩手上的禮盒包裝，一聲生日快樂，才驚覺自己已經五十五歲了。五十五歲究竟算是個老人吧?望前看人生已經過了一大截，往後看還不知道能有多少年。看看周邊的人，那些長輩，六、七十歲的大有人在，他們歷經那麼多社會的變動也依然挺著，雖然說不上快樂逍遙，但起碼有一口氣在，能在晚年看著國家逐漸安定與改革。我呢，比起大多數的人，可幸運得多了，在黨和政府的照顧下，沒讓我吃風受雨的;幾場大病也沒要了性命，孩子也一個一個拉拔長大，逐漸都將有了自己的家庭自己的生活，也的確不容易了。只是過了五十五歲，我還能……或者我還可以有幾個五年、十年？

算一算，踏上大陸土地成爲一個「大陸人」都已經三十六年了，我也算是一個「大陸」人了吧。過去家鄉人怎麼稱呼「大陸人」？……嗨！一時之間我還眞是記不起來，是「魯地」？還是「魯跌」？呵呵……我怎記不起來了？而我的老家還好嗎？母親還健在嗎？哪些人還在誰已經不在了？家鄉過了五十五歲的人，很少不是老態龍鍾，不是這個病就是那個痛的。照照鏡子，看看我自己，說不上是年輕帥氣英挺，但也絕不老態，我想，眞有要那麼一天回了家鄉見了面，他們肯定嫌我年輕認不出我來了，呵呵……想起來開心啊！

不！想起來，感覺有點辛酸啊。我像個芒草花絮，一陣風把我吹過幾道江海，幾重山，遇見了雲，撞見了霧，落了地，一陣雨的滋潤，糊里糊塗的生了根發了芽；一待就是三十幾年，幹了公司幾個部門的小主管，在黨的安排下，也給安插了幾個組織委員的位置，風光算是風光的了，但，將來又還能幹個幾年呢？我又能不能健康的回到台灣，看一看家鄉那個小山村？現在那裡又會是怎樣的情形？進步吧？有建設嗎？台灣又會變成什麼樣？報上說「蔣該死」①死了，人民生活不一樣了吧？訊息空白了那麼多年，連想像都無法連結，唉！我的故鄉啊。

「喂！你想什麼？」雅燕打斷了我繼續亂想。

「喔！想這機器可眞神奇啊，當年日本人，就靠這個放送他們天皇的消息，那可是幾千公里遠的距離呢。」我說。

①蔣介石。

「這還要你說，我們國家慶典，領導人講話，還不都是這麼播送的，瞧你說的好像從沒聽過這些，你可不是住在偏僻的小農村啊！」

「唷！眞不好意思，人一高興，妳看我什麼都亂了。不過，這歌聲還眞好聽啊！鄧麗君是吧！」收音機傳來鄧麗君的歌聲，甜甜柔柔的。

「是啊！歌聲細緻甜美，哎呀，我們可是很久沒聽人這麼唱歌了。」

「也對，從前在家鄉時，我們老老少少都愛唱能唱，許多人唱歌都有這樣的聲嗓，應該說我們幾乎是能歌善舞的。」

「能歌善舞？哈哈……你逗我笑啊老頭子，別人可能沒聽過你這麼個悶葫蘆唱歌，我是你愛人同志，是你老婆，你五音不全唱歌走調我還不了解？你扭起來，什麼時候像在跳舞？你逗我笑啊！」

「耶？嫌我？來！我唱歌跳舞讓妳看看！那魯灣，那魯灣伊呀哪呀吼，嗨唷海洋……」

「等等……老頭啊，你唱什麼歌啊？」

「這是家鄉的歌，我們喝了點酒，高興了就這麼跳這麼唱，開心嘛！」我沒停下扭動的身體。

「好了，好了！你停下來！我有事問你！」雅燕說完，神情沉了下來，看著我不語。

「你最近想家想得厲害？」她問。

「我……」這問題問住了我，但我還是試著要說清楚：

「想家哪一天少過，沒事我跟孩子們講故鄉的事，逢年過節我也要象徵性的在院子灑酒，遙祭我故鄉的列祖列宗，那樣的想家情緒哪有少過？只是過去幾年，時局緊張生活艱苦沒多的心思想那些，也不敢多表示擔心給家人添麻煩。現在穩定下來了，孩子們也都只剩兩個在家，思鄉那個念頭又重新爬滿腦袋瓜裡頭。」

雅燕沒接話，一樣的神情望著我。

「也許是將要入冬了吧！天氣涼，人的心思也跟著多了，也可能是因爲老了。上了年紀，心思就像一片葉子離了幹，就那麼飄啊飄的，想的還不是故鄉那片土地，思念的還不是故鄉那些老的少的。」我微抬起頭說著，目光穿過窗櫺向遠處望去，落在那一片田疇與天際接壤的地方，心思卻早飄回到家鄉那個小山村「大巴六九」。

「也對，最近我也常這麼念著我生長的地方，是年紀大了的原因吧，不過我們女人家畢竟是嫁了人的，自己的男人小孩在哪兒，家就在哪裡。跟你一起過生活，風風雨雨的也過了這麼多年，我心早就安定了，這裡是我的故鄉，我可不像你一個男人啊，一個腦袋瓜裡，能裝得下兩個家。」

「別誤會了！我老早就把這裡當成是故鄉，說不定這裡就是我埋骨的最終地方。我說過，我們在哪裡，家鄉就在哪裡。人嘛，又哪能斬得斷親情那千絲萬縷的牽扯，哪離棄得了自己落地誕生的那一方土地啊，我在那兒生長成年，所有人生最初的記憶都在那兒，能說忘就忘嗎？」我這麼說，說得自己一陣酸。

「我了解，只是擔心你情緒來了，胡言亂語輕易洩漏你的心思，給人安上個『通敵資匪』的罪名，我們可要吃不完兜著走了。」

雅燕的憂慮也不是沒道理，在從「三反五反」運動以來，經過文革風風雨雨的年代，一個人是有可能因爲言行讓人起疑而胡亂安加罪名，輕則檢討，重則挨批鬥或入獄。最近《人民日報》「新華社」專文提了黨中央在十二屆二中全會提出「思想戰線清除思想污染的問題」，關於藝文作品、表演有了新的規範指導。我這樣收聽收音機節目，難保不會受連帶影響，我可得謹慎點，不能因此而遭殃，雖然我一直是奉公守法的好黨員、好國民。

擔心歸擔心，小心使用收音機的自我警惕，還是讓我的好奇心給遮蓋過了。除了即時收聽到國內的廣播，知道國內外大事，也常常「不小心」聽到來自台灣的消息，比如蔣經國當選「中華民國」的總統，也聽到了偷偷開著飛機「投奔自由」的卓長仁等，以及稍早的孫天勤、吳榮根等消息。但整體來說，國內消息還是佔了絕大多數，例如：開始了改革開放的腳步、社會風氣有了轉變、科學發展也有了驚人的進步、鄧小平同志堅持開放十四個港口、中老年服飾的改革、農民首度購買自用的農用飛機、開始頒發居民身份證、美國總統雷根來訪、成功發射第一顆通信衛星、洛杉磯奧運大放異彩等等，許多令人振奮的消息一件又一件的傳來，從收音機即時得知，這也讓生活多了許多的樂趣，以及一點點鄉愁稍解的安慰，當然也偶而為我帶來一點小麻煩。

一天傍晚，吃過晚餐，我們一家人在客廳內，街坊委員跟一位同志來拜訪。才進院子，街坊委員叫嚷著：「曲納詩同志，曲納詩同志在嗎？」

「欸！是委員啊！」雅燕應了門。

「兩位好啊！」我與孩子們都起了身問好。

「你們好啊！」兩位客人回問，但神情有點怪異，看來是特別為了某事而來的。

「建英，你跟建民幫我到巷子口買些醬油、鹽巴，晚一點回來！」雅燕看出來氣氛不尋常，交代小孩。

我忽然感到不安，還沒來得及弄清楚那感覺是怎麼回事，街坊委員說話了：

「兩位，我介紹一下，這位是……鄭專員，今天特地來拜訪兩位的！」

「請坐！請坐！」我趕忙招呼來人入座，因爲預感有事，我陷入胡思亂想，沒聽清楚來人的單位以及他的頭銜。

「曲納詩同志，是這樣子的，我們單位接到報告，說你常常收聽台灣廣播節目，所以上頭派我來了解是怎麼回事，這……可眞有這一回事？」那位鄭專員說話，臉上沒有太多的表情。

「是，我的確有收聽來自台灣的廣播，但不是常常！」我直接老實的說。

「爲什麼？」那鄭專員顯然被我的回答態度所吸引，眼睛忽然大了起來，連說話聲音都稍稍提高了些。

「說起來慚愧，年紀一長，可越來越想家啊，就是渴望聽一聽來自家鄉的消息！」

「這……」

「不瞞兩位，我的確在收聽節目時，不小心收聽到來自家鄉台灣的消息，有時也會忍不住地想轉頻道看看能不能聽到更多。但是這個出發點純粹是因爲想家，我一個快六十的人了，還能有多少的時日聽到家鄉的故事？又還能有什麼二心。」我急著爲自己辯護。

「曲納詩同志！我們知道你對解放戰爭的貢獻，也知道黨對你的信賴與你在工作崗位的認眞負責，我們只是來關心你私自收聽蔣匪區消息的動機，不希望你在思想路線上犯了錯，毀了你一生的英名。」那鄭專員說。

「鄭先生！這個你放心，沒有黨和政府的照顧，我早不知死了幾回，過去那麼多年我在工作崗位盡職認眞，其實也就是爲了報答黨和政府的再造之恩，這一點，我可以對著天發誓，向著毛主席的遺像鄭重的表白。就算不說這個，想想，我的家人都在這裡，兒子也在解放軍任職，這裡就是我的家，中華人民共和國就是我的國家！我還能有二心嗎？」我停了停，繼續說：

「兩位，我的確想家，想念我幾十年不見的故鄉，但，那是情感的一種渴望，是我一個來日無多的老人的一種溫情主義，成不了事也壞不了事的，就只是想想罷了，這不也是人之常情嗎？我要沒這些情感，我還算人嗎？我那些忠黨愛國的一片赤誠還能當眞嗎？兩位可要明查啊！」

「我了解的！曲納詩同志，我了解這種情感；人嘛，對於家鄉哪能說絕就絕了情的，這是說不通的事。我們來，沒別的意思，不過是想了解你的狀況，順便提醒你可別讓孩子學了當榜樣；孩子心性不定，收聽了不健康的訊息，學壞了走岔了，將來可是您兩老的負擔，也可能造成國家的損失啊。」鄭專員說。

「多謝兩位先生的不計較！」一直安靜的雅燕搶在我前頭說。

「眞是謝謝兩位！我可眞是老糊塗啊！這件事情上，我知道自己犯了錯，我會立即改正，也謝謝兩位適時的糾正。」

「那好，既然這樣子，我們也不逗留了，您兩位老人家可要保重啊！」鄭專員起身說。

這可好，兩位訪客沒在其他方面東纏西套問，直接開門見山的問了話，我也坦白的、毫不保留的說明我的思鄉情切，讓這個令人不舒服的拜訪很快結束。正要送出門，那鄭專員眼睛一亮，瞧見我留在桌上的一張寫字練習紙張。

「這是什麼？」鄭專員拿起紙張，輕皺了眉頭。

「真是對不住，想起老家，一時興起，隨手寫了學童時候學的日文字，沒別的意思，那是些拼音字母，寫的就是阿、依、屋、耶、喔的發音。」我覺得窘迫。

「拼音字母？看不出來啊，曲納詩同志，你還懂日文呢！」鄭專員眼睛斜了過來！臉上有股似笑非笑的神情，令我心頭一驚。

「沒騙您！專員啊，我們確實也給小日本統治過，上過日本小學，學過簡單的字，但抗日戰爭後，沒再接觸，幾乎完全忘了，想也想不起來怎麼完整寫出個字，只能兜得出幾個符號，您看，這個……唸……啊！」我指著紙張上歪歪斜斜寫著日本字的あ、ア字，手不聽使喚的微微顫抖。

「你沒騙我？」

「我怎麼敢騙人？又怎麼騙得了人？」我急了，聲音也拉高了。

「好！我會查清楚的！」鄭專員收起了那詭異的笑容，也收起了字條，轉過身與街坊委員向著院子外走去，我送到院子口，街坊委員還回頭看了我一眼。

「兩位慢走！」我高聲的說。

人還沒走遠，雅燕的聲音就已經在我耳邊響起：「看吧！你個死老頭，不聽我的，看你要闖出禍來了。讓人知道了，那些閒雜碎嘴的可要說我李雅燕沒能好好幫助自己的先生。我告訴你啊！我們兩把老骨頭丟江餵魚的也就算了，真要影響到小孩子的將來，我看你怎麼跟你那些遠在天邊的列祖列宗交代。」

「好了好了！聽個廣播，誰知道會這麼嚴重，讓什麼單位來關心！等等！妳剛聽清楚了沒？那是什麼單位來的？」

「什麼單位來的？你一個男人都沒聽清楚了，我一個女人心慌慌的還能聽清楚啊？進屋去，專找麻煩的！」雅燕因爲心急，也不耐煩了。

「唉！希望沒事！」我悻悻然的說，卻看見兩個去「買」醬油的孩子，也慌著一張臉跟著進院子。

收聽台灣廣播以及沒收字條的事，最後不了了之，連街坊委員見了面也沒多提兩句，看來應該是沒事的。但這件事，還是產生了些影響，妻子雅燕直接把頻率調整到中央電台，不准我隨意亂調；而此後我戰戰兢兢的留心不去亂寫什麼符號的。就算如此，我的思鄉之情反而愈加澎湃，難以平息。本來嘛！人的情感思想，特別是鄉愁，又豈是一些人或一些管制手段可以斬斷得了的？嘴裡不敢說，手上不敢寫，我心裡可是一筆一句的不斷浮起了我的思鄉曲：

我曲納詩離鄉一去不回頭
滯留大陸幾十載
銀髮蒼蒼是花甲
何年何月歸故鄉去

日想夜念備思親
夢中唱著娜魯灣
淚湧如泉濕枕褥

樹有根來水有源
娜魯灣是我故園
樹高千丈葉歸根
遙念故鄉的親人
骨肉何日能團圓
望月百愁淚縱橫

不知是我的鄉愁讓上頭聽見了，還是國家因爲開放改革，想到了我們這一批流落異鄉的台灣兵。一九八五年「國家民族事務委員會」和「國務院台辦」訂在五一勞動節，邀請我參加「全國高山族參觀團」的活動。這個邀請可讓我是既高興又憂心的，怕見到同鄉人後高興之餘忽然知道誰已經不在人世而傷心感慨，但總的來說，我還是興奮地有些不知所措。不知表哥阿來依還在不在，此行會不會見到他？

「歐克桑！」我看著雅燕叫喚著。

「你嚷嚷什麼？」

「我是說，太太呀！」

「太太就太太嘛，你鬼叫歐克桑的什麼呀！」

「欸！歐克桑是日語太太的意思，我叫喚妳呢！」

「哎唷！你還學不乖啊！上一回那件事你還沒得到教訓啊！你要再在嘴邊掛著日本話，我看公安要直接帶你走囉！」

「別擔心，開放了，改革步調越來越快，沒那麼緊張的事啦！心情好，一開心就胡亂想起一些聲音。」

我的聲音聽起來應該是愉悅的，想著相隔三十八年，現在有機會在北京與同鄉的弟兄見面，光想想，就讓我心情怎麼也平靜不了，接連幾天睡不好覺還精神振作著。

「哎呀，歐克桑呀，當年我那些同鄉，不知道還有幾個人還活著，想想都快六十了，沒戰死，沒病死的應該還見得到幾個吧？」

「他們都長得跟你一個樣還是怎麼的？」

「呵呵……一個手掌伸出來，五個指頭還長得不同，人的長相怎麼會同？就算相近，這麼多年不見，每個人的際遇不同，遇到的困難也不同，誰知道誰會受了折磨，長相變得怎麼樣啊！」

「嗯！說得也有幾分道理，這一回我倒要好好的看一看，那些你口裡說的個個能歌善舞的同鄉，究竟跟你有什麼不同，最好呢，上頭有安排些餘興節目讓你們上台唱歌跳舞，我也好開開眼界。」

「嘿！妳倒認眞起來了？」

雅燕顯然也爲這樣的參觀邀請感到興奮，畢竟，解放後這麼多年來，我們還沒有眞正的離開過河南省，四處遊歷見見外面的世界，連北京的印象也只是電視或一些風景照片上頭才見得到的。

五月一日，勞動節長假北京擠進了不少遊客，我們不是觀光客，但對我來說我正是個觀光客，對這裡的所有都感到好奇。下了北京火車站，我不停的張望梭巡，看見電視畫面出現的城牆古樓與現代街道而興奮高興。見到車站內一群一群來自全國各地聚集而來的台灣高山族同胞聚集等待，那些看似熟悉又親切的輪廓與神態，令我是既高興又傷感，眼淚在眼眶中幾經打轉，又不甘心流下示弱，硬生生地留在眼中而濕糊糊地看著來來往往的人。

我認出有幾個臉孔應該是我的族群，或者應該是我的同鄉人。我禁不住興奮，走向一個已經打量我一陣子的先生，我直覺他應該就是我的同村人。

「請問……」才要問，對方已經驚訝的看著叫嚷：

「唉呀！你……好面熟，會不會是……？」

「我是當年跟著七十師到大陸作戰的台灣台東兵，我覺得您很面熟，我想請問，您認不認識一個台東高山族大巴六九來的黃明來？」我先起了頭。

「黃明來？呵呵……遠在天邊近在眼前，我就是阿來依②啊！」

「果然是你，我是卡沙一呀！」我幾乎是叫嚷著，聲音吸引了車站其他人。

「卡沙一，果然是你，剛才我注意你很久了，果然是你！嗚……」表哥黃明來已經撲了上來抱著我哭著說。

「我的表哥啊！嗚……沒想到還能活著見到你啊！」我啜泣著。

「誰能想得到啊，誰能想得到啊！」表哥的聲音像是壓低著嘶吼的哭泣，而車站其他角落也開始有了一對對相擁驚叫與嚎哭、啜泣聲，吸引不少其他旅客的好奇張望。

---

②黃明來的族名。

「誰能想得到啊！當年我們離家時才十七歲，如今我們都快六十了，誰又能想得到我們可以在這裡活著見面？」表哥擤了一把鼻涕，繼續說：

「這些年，我不停的找你，能託人的也盡量都託了，但我不死心，活著要見人，死了也要知道你的墳頭在哪裡，將來好給你上墳。你個悶葫蘆，跟以前一樣安靜不吭聲，活著也沒見到人，你躲起來啊？」

「我哪裡是躲了起來……」我像個小孩爭辯著，一把鼻涕一把淚的將過去的一些遭遇概略說了。

「唉！能活著就好！能活著就好！我就這麼找了你三十多年，我不死心啊，還把你的樣子，家鄉的模樣，都說給我的子女聽，希望他們將來有機會，能替我走一走看一看，給祖宗上個香。沒想到……你還真讓我給找著啊！嗚……」表哥又哭了。

他似乎沒什麼變，還是那個喜歡說話，愛哭愛笑的樣子，他說了他的過去，而我也只能陪著掉淚。

「好啦！可以了，大男人這麼個哭法，真叫我開了眼界啊！」雅燕提醒我，但壓得很低的聲音還是讓表哥聽見了。

「這位是……」

「您弟妹，我的媳婦兒，雅燕，李雅燕，廣西人。」

「唉呀！是弟妹啊，真是對不起，我們這樣的哭法讓妳見笑了，別介意啊！我們就是這樣，該哭的時候，用力哭，管他待會兒有什麼可笑的事；該笑的時候，連哭是怎麼回事都忘了。」表哥的話讓雅燕笑了。

「等等！」表哥忽然住了口，眼睛望著出站口，盯著一個人看。

「卡沙一，你認得那個人吧？」

「眼熟，認不出是誰，會不會是吳……？」

「吳進來！他應該是吳進來！我聽說他在河北省，上一回的唐山大地震，我還擔心了好一陣子，應該是他吧？」表哥眼睛盯著那個人，語氣沒多少把握。

「你倒眼尖啊，我也覺得他應該是我們村子的人，走，這麼猜不是辦法，認認他去！」我建議著。

隨後一段時間，火車站又陸續來了一些同胞，而驚呼聲此起彼落。這次活動是相約在火車站的大廳集合報到，再出發前往接受楊尙昆、鄧穎超、徐向前、楊靜仁等黨與國家的領導人的接見與講話，我們大巴六九部落前來報到的分別有：福建省南平市的吳阿吉、山東省棗庄市的吳進來、重慶市的林金水、河北省唐山市的張進財、黑龍江省樺川縣的黃明來、福建省福州市的林春木，以及河南省鶴壁市的我曲納詩，總共七人。我們陸續從交談中得知：當年錄取的二十個人，在台灣沿途轉運中陳連賞逃跑被打死，林吉成功逃回故鄉，我三哥林阿田、姑丈張天德、吳興請假未回營；而張阿生、林春風、林丁前、陳桂參、邱木友五位先後在幾個戰場戰死，林阿德因頭部受傷返台治療，其他的還有黃聲之、王春國在大陸去世。

這一重逢，可讓我感慨萬千。老天爺啊！您這玩笑也開得太奇特了，我們一行二十個十七、八歲的小伙子，單純且具有相同的生活經驗離家，輾轉送進大陸各個戰場，在朝鮮、在福建、在越南、在中印邊界各個砲彈齊飛、煙硝瀰漫的激烈戰鬥中，傷的傷、死的死；倖存的七人，歷經三十八年後再相見時，卻已經各有各的經歷，各帶著各自刻骨銘心的故事相聚在這裡。我們以淚水與興奮、激動的心情相互擁抱、傾訴，卻也只敢在相互的眼神間，彼此透露「何時能回鄉」的訊息而黯然，深怕壞了、毀了每個人心裡埋藏的一點小希望。這算是惡作劇還是個小小玩笑，蹉跎一生後，要我們繼續懷抱不確定希望的小玩笑？

我竟茫然，茫然在這一群同鄉那些血淚的過往經歷，茫然在我忽然噴發得無可收拾的鄉愁，茫然在我們可能有限歲月的焦慮中。我，或者我們，能回得了家嗎？又何時才能踏上那歸鄉路？

北京一行，似乎是一個好的開始，中共中央統戰部和國務院台辦，注意到了我們這一群滯留大陸的台灣兵鄉愁的問題，在往後的日子裡，又陸續安排我們組團到各地的旅遊風景區遊覽散心，除增長見聞增加對祖國山川人文的認識，也希望藉著出遊，使心情開朗，減輕因爲逐漸年長伴隨的鄉愁。

這樣的措施實踐了我當初在四七年元月抵達大陸時，所允諾有機會要好好看一看這塊土地的心願，但也激起了更多的愁緒。特別是有一回我們到了福建省廈門市的鼓浪嶼，從島上遠遠地看到金門上頭塗彩著國民黨時期的青天白日滿地紅的國旗，令我心裡一陣激動，久久不能平息。

我不知道台灣是在金門的後方有多少距離，也不知道台灣的國民黨如何對待我的家人；更不知道是不是眞如廣播所說的，台灣民眾爲了賺日本人的錢，把香蕉銷往日本，而多數人家卻只能啃香蕉皮解饞，這些我無法得知；但是家就在眼前的震撼還是讓我久久不能言語。

定居在福建的吳阿吉，自願充當解說員似的，硬搶在「地陪」[3]前眉飛色舞地介紹廈門。站在當年的戰場上，在地陪的補充下，我才更清楚體認到當年號稱百勝將軍的「葉飛」，意氣風發的用了幾個團一千五百人俘虜國軍十萬人的偉大勝利；而一九四九年的古寧頭戰役，又如何地陰溝裡翻船損失萬餘人的挫折感；隨後炮擊金門、守住東山島、打下大陳島及大陸沿岸幾個島嶼；隨後卻又在美國帝國主義干涉內政下，硬生生地把台灣與大陸分割近四十年的往事，令我既唏噓感慨，又自豪與自憐，自豪我曾是解放軍，也自憐我曾是國軍的一員。解放軍的我在戰爭中打敗了另一個自己曾經身分的國軍，在戰爭結束後，異地扎根定居四十載成就了另一個家鄉。現在面對據說距離並不遠的故鄉，卻只能乾巴巴地、自艾自憐地瞧望對岸小島背後的天際亂想，何時？我們何時能踏上心裡頭的那塊土地？誰說過了「咫尺天涯」這個詞？那樣貼切地、嘲諷似地形容我的處境。

摘採了幾片龍眼樹葉、相思樹葉以及芒果樹葉，臨走前放進背包裡想帶回河南，讓孩子們看一看這是故鄉的植物。也許這輩子我不能活著看見村子口那幾棵相思樹，也恐怕再也嚐不到田裡那棵龍眼樹結的果，但願他們有機會替我走一走、看一看，即使他們永遠定居大陸，心裡也不會忘了他們血液裡流著的故鄉元素，是祖先居住的台灣。

「曲納詩！曲納詩！」雅燕從院子進來便嚷嚷，見到我坐在客廳不語想事情，聲音又轉爲平和：

「喂喂，老頭啊！你發什麼楞啊！下了班呆坐在這裡？」

③當地導覽員。

「怎麼啦？」我問。
「早上電台廣播的消息你聽見了沒？」
「哪一樁？」
「哪一樁？政府宣佈放寬台灣居民以探親名義回國的事啊！你眞不知道啊？」
「聽說過了，我在公司知道了這件事！」
「喂！老頭啊，你怎麼啦？身體不舒服啊？怎麼掉了魂似的。哎呀，你哭過？」
「沒有……唉！哭過！」
「唉啊！老是這樣哭不是辦法啊。一個人想家你哭，有人在家，你關在洗澡間哭，夜裡醒來想家，你蒙在被子裡哭；讓小孩見了，都要笑你是個淚人兒，我一個女人還沒你這麼容易掉淚。」
「唉！這有什麼辦法呢？這麼多年了，除了哭一哭掉掉眼淚，又有什麼法子可以讓心裡舒服些？」我擤了擤鼻涕，忽然不好意思起來了。
雅燕說得沒錯，這些年常常這麼掉淚，的確也不是那麼好看，讓人見了的確叫人臉紅，但我又能如何？現在中央宣佈可以允許台灣的居民，以探親名義回大陸省親，也許過幾年台灣當局也會允許我回台灣省親，讓我因爲看到一絲希望而熱淚盈眶？
「這是個開始啊！」我試著改變語氣，不讓自己低落的情緒持續。我接著說：
「樹高千丈，落葉歸根，這些跟著國民黨去了台灣回不來的人，恐怕也有數百萬人，四十年過去，再不開放他們回鄉，恐怕也跟我們一樣凋零了、落土了，一輩子要客死異鄉，那樣的結果太殘忍了。」

「老頭啊！你看我們什麼時候也會有機會去看看你的故鄉啊？」

「妳問我，我問誰去啊！才剛看到希望，我當然希望能有更進一步的說明或者措施，讓我能按步完成心願，不過現在能問誰？」

「你看，我們要不要去問問富國兄夫婦的看法。」

「先不要吧！才宣佈這消息，我們就打探回家的事兒，不明白的人，還以爲我們心向著外頭，過些天再看看吧。」

「富國兄不會這麼想吧？」妻子的聲音揚了起來，似乎對我的話不以爲然。

「我說的是別人，這麼多年了，難道你還不明白國內政策的特性，一個弄不好，來個政策轉彎，第一個倒楣要檢討的就是沉不住氣的人。」

「欸！看不出來平常不聽話不在乎的，這件事你倒認眞謹愼起來啦！」

「大事情我什麼時候莽撞過？回鄉這件事是大事情，看起來好像也應該是我心裡掛念的最後一件事情，目前政策還沒完全明朗。慢下來，別急啊！我的身分特殊，說不定會有單位主動找我聯絡呢。」我看著雅燕提醒著。

「掛念的最後一件事情？嗯？我想了想，小孩子的事你不先憂心，倒先掛念起回鄉這件事，你也太不負責任了吧？」

「唉唷！我的歐克桑啊，小孩子的事，過去這麼多年，大事小事我們哪一件沒擔心過？算來，我們也算是教育成功，他們都上了高中，有了工作，不說他們個個爭氣，至少是非曲直分得清，也沒讓我們丟臉，遠比我們兩個強多了。現在他們都長大了，也陸續有了自己的家庭事業，將來我兩腿一伸，也不會不好意思地見列祖列宗了，我沒什麼好替孩子們擔心的，倒是我們自己要注意了，別變成他們的負擔才是。」

「唷！心情變好啦？說那一長串？」

「總而言之，回鄉的事，我們保持關心，別急得亂了手腳。」

說不急，我還是心急如焚。上了班，假裝不在意，暗地裡卻希望有人主動跟我提意見，要不就留心報紙或有沒有什麼文件提到關於台灣人「返鄉探親」這一件事。

遮遮掩掩的，從電視、收音機廣播、報紙我還是陸續得知了台灣方面是透過了「紅十字會」這個國際性組織來辦理「返鄉」這一件事，欲返鄉的滯台大陸人，透過這個組織提出申請，等核准後經由香港進出大陸。八七年十二月，第一批申請的人已經有將近二千人啓程返鄉回大陸，電視台播放親人相會的畫面讓我又止不住淚水的放聲大哭。我一定要回去，而且我會毫不掩飾我的激情與我的親人相擁大哭一場。

好朋友們都相繼來關心，王富國夫婦、高起立夫婦經常來問候，連多年不見的楊明德夫婦也在八八年二月時來到鶴壁市探望我們，這些情誼讓我感到溫暖與感動。友情畢竟還是可貴的，透過這些好朋友與其他同事的協助，終於證實台灣方面是透過「紅十字會」這個組織代爲轉送兩岸人民的信件與登陸申請。這使得我精神大振，決定寫信試看看，透過這裡對台辦事處把信給轉出去，看看有沒有機會把信送到家裡的人。我想都開放探親了，應該有起碼的通信往來，否則他們親人之間怎麼取得聯絡？

於是我每隔一段時間寄一封信試運氣，但不知道是因爲台灣方面行政區做了調整，還是因爲收件人的姓名改了，所以一直沒有任何消息回來。我聽說國民政府後來把我們的姓名都做了改變，換句話說，我家地址與所有人的姓名一定也都做了改變，大妹熙安一定也不會是「熙安」了，不是熙安又會是什麼名字呢？難道我眞的會因爲這個樣子而完全失去與家人的聯繫嗎？也或者只是傳遞上出了點問題。爲了愼重，我寫住址時，特別保留當年離家時故鄉的稱謂，註明台東縣卑南鄉大巴六九社，我希望台灣的郵務單位只是因爲這樣而延誤時間。

想歸想，收不到回音也是事實，心裡那種瀕臨絕望的心情，壓得我成天都亂了思緒，特別是見到電視報導，那些從台灣回來的大陸兵，幾乎都給家裡人翻修重建房舍、祖墳、買家電什麼的，心裡頭更是感覺到與故鄉的距離越來越遠。想想自己，就算現在連絡上了，我湊足了積蓄回到家鄉，我又能拿什麼去實踐當年離鄉「工作」時，許諾回鄉要翻修大房子供大家一起過生活的心願？越想心裡頭越是覺得希望渺茫。

八八年十月，我六十壽辰，也從工作崗位離職了，我的心情變得比過去以往都複雜，一方面是因爲眼看有機會跟家裡取得聯繫而興奮懷抱希望，一方面又因爲一直無法聯絡得上而有些沮喪與失望。在這樣的拉鋸下，我幾乎忘了六十歲應該有的喜悅、知足。

「爸爸！別想太多，幾十年都等了，也不差再多等個兩年啊。兩岸政策的制定，恐怕也不是誰說了就算，我們這一邊開放他們來，台灣當局還有顧慮，他們那一邊允許通信，我們這裡還得稍微管制管制，快不得也急不得啊；可別因爲心情不好壞了身體，眞要有消息了，你反而沒力氣沒精神回家了。」建國安慰我。

「這你們都不了解，想家這種事，說不想，還眞停不下來，沒希望的時候只能淡淡的、偷偷地想著；人一看到了希望，一顆心便像鍋沸水滾個不停，不是我要想，而是停不了啦，將來你們會知道的。不！最好你們永遠也不會嘗試到。」我這麼說，但希望他們都了解。

「下個月，我也得從解放軍離退，轉業到一般單位，到時應該有多的時間替你跑跑問問，我想，一定有辦法跟其他的台籍老兵一起取得家鄉的聯繫的。」

「但願如此！你母親身體也開始有了麻煩，你離開軍職，大概更能撥點時間幫幫我忙，我有一些事可是堆放在心裡頭胡亂急在一起啊！」

十二月建國離開解放軍，轉任鶴壁市委台辦幹事，似乎也沒能爲這件事幫上多大的忙，也許是整個兩岸局勢吧，還是有其他的原因，我不知道。除了更多的思鄉之情，對於能回家的念頭，竟也開始不抱希望，心思老是往自己的骨灰往哪裡放的後事上跑。

九一年底，我與雅燕從醫院看病回來，建國正巧從辦公室趕回來，還沒進院子，聲音已經傳了進來：

「有消息了！爸爸！有消息了！台灣方面有消息了！」

「什麼？」我驚訝地看了他一眼，不敢相信我聽到的事。

「有消息了！紅十字方面來消息說，台灣老家在四九年以後做了些調整。老家那一邊，等等啊……」建國從袋子裡取出一張紙，「來來，說老家那一邊村名改成了太平村，後來又調整改爲泰安村，那個國泰民安的『泰安』。還有啊，你們全家都有了漢姓漢名，現在都姓『陳』了。」

「陳？我家都改姓陳？那我現在不就叫做『陳納詩』了？」我覺得新奇，我們族人從來就沒有姓氏，而現在居然有了姓。

「不！」建國斬釘截鐵的說，眼神還有些曖昧的看著我。

「陳清山，你的名字叫陳清山，清水的清，山水的水。」

「陳清山？你說我的名字是『陳清山』？哎呀，我們原來都是日本人名字的，現在有了漢名漢姓，這還眞有意思啊！那這個樣子，我們全家豈不都要改姓了？陳建國、陳建華、陳建英、陳建民，哎呀，這樣子也挺有意思的，嗚……哇……」是高興，但我卻忍不住的放聲大哭。

我在台灣的家人終於有了消息，他們終於知道我還活著，嗚……

「好啦！陳清山，你別哭了！」雅燕開玩笑的叫了我的新名字，但我還是忍不住啜泣，又偶而哭出聲音。

「好啦！曲納詩，你就別再哭了，好事都讓你哭煩了！」雅燕見我停止不了，叫了我的名字，讓我稍稍控制了下來，覺得有些尷尬。

建國見狀趕緊給我解圍，說：「是啊，爸爸，他們給了一個地址，要我們試著聯絡看看。」

「我家裡還有什麼人？」

「應該是叫叔叔吧？叔叔跟姑媽都在，也都改了名，姑媽叫陳銀妹、叔叔叫陳清和。」

「好好，太好了！建國，你文化水平高，替我寫封信吧，就說我曲納詩依然健在，如果能，請盡可能替我們辦理回家的手續。」

「好，我這就去辦，不過爸爸，你可要平靜些，別讓自己過於激動，那會妨害健康的。」

「放心，幾十年都等了，我不會等不著這點時間！」

「呵……你倒學起孩子說話了啊！你最好是平平靜靜的等消息，別樂極生悲了。」雅燕說。

「哪有……喔，對了，這是建國說過的話，我倒忘了。好，我答應你們，我會平平靜靜的等消息，但是現在呢，我要唱歌、跳舞給妳看！」

「你別了吧你！老頭子！」雅燕幾乎是轉過身子，作勢要逃離。

都六十的人了，還是當年那個年輕的新嫁娘那般的羞嬌，而我們三人已經笑作一團。

感覺眞是高興，以爲沒希望了，忽然間又連絡上了我的家人，而且我還有了新的名字叫「陳清山」。

信件很快有了回函，讓我稍稍受到了冷水澆頭的挫折感，很快地又燃起無盡的希望。

信上說，因爲戶政事務所早已在戶口登記上註記了「我」早已經死亡，所以沒有辦法就這麼辦理移居手續，如果能，希望我們能提供更明確的「我」還活著的證明。信上還說，全村的人無不希望我能盡快的回鄉來，所以無論如何，請我盡最大的可能提出證明，讓他們方便辦理相關手續，迎接我回家。

一家人除了建民，剛結婚回來省親的建英夫婦也在，見我一張臉色由白轉綠轉紅，由哭喪又轉變開懷，大家也緊張了。

「還是有機會的！」建民說。

「什麼有機會？肯定回得去！」我立刻糾正他，「建民你來，替我寫一封信！」

「好！我出手還有什麼難的，肯定一封信把你送回台灣！」

「得了！曲建民！不對！陳建民，吹牛得打打草稿，風大才不會閃舌頭！」建英窩囊了他兩句，看來大家都爲我能回老家高興。

「寫什麼？」建民問。

「就寫我曲納詩，不，我陳清山打內戰沒有被打死，生過幾場大病也沒有要了命，而且還成了家，有了十多口人的家庭在大陸，如今我已經是花甲老人，樹高千丈落葉歸根，也該是讓我回歸故鄉的時候了。」

「就這樣啊！」建民說。

「還有誰要補充嗎？」我說。

「又不是工作指示，我看這樣就行了吧！」建英說。

「會不會太短啦？」建民似乎意猶未盡，拿筆的手仍緊緊地抓著。

「我看，就再加一句吧！」建英說，表情有點怪。

「加什麼？」

「就說我家還有一個皮得要死的小男孩，能的話，在家鄉替他找個姑娘，好讓他入贅，整整他的野性！」建英正色的說。

「呸呸……」建民的反應讓大家都笑了。

一家人，爲了我回家的事盡心盡力又滿滿的祝福，也不管我這趟回家，又將是一個兩地分隔的狀態，我想這就是親情吧，總是希望看到自己的親人滿足了他的遺憾。我的家人啊，我愛你們，但我必須回去看一看，即使這一生只能回去看一看這一回。

「你們聽我說！」雅燕忽然說。

見她表情嚴肅，我們都收起了笑意，沒人接話，我也因爲不清楚怎麼回事，而呆望著她。

「你們聽我說，你們的父親盼了這麼多年，總算看到了回家的希望，我是替他高興的，不過我身體的情況越來越糟，要我跟著到台灣去，重新適應那裡的生活，說良心話，我還眞有些擔心自己會不會拖累了你們大家；所以，我想跟大家商量，讓我留在大陸度過晚年。」雅燕表情平靜，語調也很平和，想見她是思慮過不少時日的。

「這怎麼可以？當年我討妳過門時我說過，我們在哪裡，家鄉就在哪裡，不管生老病死，我們都應該在一起才是。」我說。

我說得雖然堅定，但心裡卻也有幾分猶豫，畢竟能不能回台灣還是個未知數，台灣的情形如何，我也毫無概念；就算台灣當局同意我回到家鄉定居，我能不能適應那裡的生活，誰都不能保證，我又能在這裡堅定的宣示什麼呢？

「爸，媽，你們說這些都言之過早了，咱信還沒寄出，台灣方面能不能收到信還是個問題，要不要移住，等事情明朗了再做決定也不遲啊。」建英說。

「是啊！就讓爸爸一個人先過去探探路，萬一住不慣，一個人回來還方便些，所以現在都別急。」建民也說。

「我只是說說我的想法，我不是對台灣有敵意，上了年紀捨不得這裡，身體感覺也不是那麼健康，趁現在事情都還沒什麼眉目，我先把話說清楚了，讓大家心裡有準備，日後也好打算，可別讓我拖累了大家啊！」雅燕說，眼睛卻在我身上停了又停。

「先都不說這個吧！就等著看事情怎麼發展！我想，不管台灣方面怎麼決定，我一個人先過去看看也好，看情形再做打算吧。」我說。

「是啊！終於盼到信了，也該是件高興的事，我看咱先寄信去，等台灣的回信前，大家什麼念頭先別有。我建議，今天由我們家買菜，讓建英下廚，我陪爸爸喝兩杯！」女婿聶海林說。

「好！這個建議好！我看也把大哥大姊兩家都找回來，今晚大家熱鬧熱鬧，小弟建民我呢，就委屈一點陪各位哥哥姊姊們喝兩杯啊！」建民高聲的說。

「好？你當然好啊！有酒喝，哪有什麼不好的？你還賣乖啊？」建英瞪著他笑著說。

「欸！我可是考慮到家庭和諧呢，更何況，今天我可是爸爸這封信的執筆人，理當多喝兩杯才是。」

建民的話又引起大家一陣笑，眞是可愛啊，我的家人。

信上我附了一張全家福照片，但我一顆心始終忐忑不安，不知道台灣方面還會有什麼要求。沒想到，才二十天不到，我收到了准許返鄉定居的公文副本。一時之間，我情緒起了波瀾，久久難以平息。

我當眞要回家了啊？嗚……我要回家了呀！嗚……哇哈哈……誰能想得到啊？一九四七年我十九歲踏上大陸，四十五年後的今天，我終於有機會回到台灣；誰又料得到啊？一九四五年十二月二十五日，我十七歲離家，沒被操練死，沒喪命在戰場上，沒病死在幾場大病中，幾經輾轉，相隔四十七年後，我終於要回故鄉見我的家人了。這條返鄉回家的路，也未免太遙遠、太艱苦了，我該好好的哭一場，還是好好的大笑一番？嗚……曲納詩啊，陳清山啊！終於讓你盼到了這麼一天！嗚……

第14章 故鄉異鄉

一九九二年二月四日，我搭上飛往香港的班機，準備轉機到台灣。因爲興奮所以接連兩夜都沒睡好，抵達香港前的航程上，我幾乎是成昏睡狀態，連續幾段的夢境紛亂的令我摸不著頭緒。有時只是一整遍空白的夢境，有時是由許多片段、零碎的記憶畫面隨意拼湊，在飛機引擎穩定的噴氣聲中，一段段地塞進腦海，只短暫地停留然後消逝；直到空服員落地指示聲音響起，我才慌張意識到我已經遠離大陸我生活了四十五年之久的河南省鶴壁市千里遠。

二月的香港，機場天氣還有些寒涼，明亮的大廳，乾爽舒適的候機室，一群群準備搭機飛向各處的人們，有的輕聲有的音量拉得很高，說粵語的、講閩南話的，以普通話還帶有濃重鄉音交談著的，還有些外國人。我看了看，看不出他們誰抱著心事；我聽了聽，聽不出他們話語裡誰有不愉快的口氣。他們都將往何處去呢？有沒有誰跟我一樣是多年沒回家鄉的？有沒有誰也是跟我當年一樣爲著奇怪的理由，被迫離開家裡的？我看不出，也聽不出來。準是我沒見過世面，分不清楚現代人如何表達內心的感受吧，我想。

沒來由的，我想起一九四七年元旦，我們的船在上海靠岸，碼頭內結冰，碼頭外積雪的場景；想起戰友們離開船艙門，因爲寒冷而一路跳腳咒罵的情景，忽然覺得好笑。我記得當時，我是被那白皚皚的雪白世界震驚得目瞪口呆，被那種大不同於我熟悉的故鄉情景所吸引而興奮莫名，讓異鄉風情稀釋沖淡了我遠離台灣千里遠的哀愁；而現在，踏上歸鄉的路途上，我竟也有相同的感覺。我將離開家鄉去一個我已經全然陌生如異鄉的故鄉，每一步可能是新鮮的，每個眼前景致是奇妙與異國風情的交織，每件事物與我熟悉的大陸都有著明顯的差異。這些明顯不同於大陸的氛圍是資本主義社會的特質嗎？我疑惑著。

這是多麼奇妙的人生經驗啊，十七歲我從一個入口而來，帶著憤恨不平與怨懟，接著展開一大段從新奇轉而平淡的經歷；現在六十四歲，我將再從另一個出口，帶著急切期盼與想像，由已經熟悉與平淡了的一切轉向又一個未知，一個一定是處處新奇而我也許已經無法適應或者立刻就融入了的世界，展開我剩餘的人生。是不是這樣？我開始期待了。

登機的廣播沒讓我多沉浸在我的思緒中。我拖著行李，也拖起我裝滿行囊的期待、興奮與一點點徬徨，隨人群登上了往台灣的飛機。才一個爬升迴旋，飛機便離開了香港，我從窗外往地面望去，瞧見港邊海面大小船隻泊著或移動著。那眞是奇妙的、我從沒見過的景象，那些船隻身影，遠比當年我在故鄉山頂眺望太平洋的船隻來得立體、明顯又生動。我特別為港口邊一艘大船所吸引，因爲飛機水平角度調整的關係，我沒來得及多看幾眼那艘大船，我的視線就已經被導入雲霧之中，但，雖僅是一眼，我卻感到一股熟悉，似乎在哪裡有這樣的記憶或者期望？但那是在什麼地方的印象？又會是什麼時候的記憶？一時之間我又說不上來。

沒多久，飛機飛進了雲層間，又平流地在一整層厚厚的雲層上。飛機前方或周邊，無雲，一片豔陽，腳底下，不，機身下雲泥高高低低，白潔的，或因爲疊層出現陰影的，我想，我們是在天空上的天空了吧？這情形倒有幾分過去在大巴六九山區，幼時跟著大人們在近山頂的地方，開墾、種植玉米季節的山居生活。山區總會在陰雨的時候，雲霧下沉遮掩了整個山區，連帶的遮掩住了我們望向台東平原的視線，就像現在的情形一樣，雲霧一直延伸似地無盡頭。

台東我的老家多山，多水氣，即使不下雨的日子，到了下午三四點的時間，整山區也是霧濛濛的一片；因爲年紀小體力差，參與農務生產的效率不高，所以經常與弟弟擔任下山添購日常生活用品的差役。我們通常會隨著山徑上下穿進鑽出雲霧或山嵐間，而這樣的情形，隨著長大以及參加軍隊，在過去五十幾年間，我幾乎不曾再經歷過。那種雲霧環繞的清新、滑濕以及視線才清晰又瞬間朦朧的迷霧經驗，頗有仙履遊蹤般地脫俗與樂趣。有時會與同樣迷失在濃霧的山羌不期而遇，才一陣風的流動，視野忽然開展，我便經常不知所措的呆望著受到驚嚇而轉身逃跑的山羌或野生動物。這與大陸平原的大霧整遍遮罩的壓迫感截然不同。

不知妹妹有沒有保留山上那塊地？誰還會繼續在那裡耕種？是弟弟們還是大妹的夫家？那些玉米收成好嗎？這一回如果還有人專門負責下山採購，那也應該是我的孫子輩了吧？而那些山羌還會有人獵殺嗎？那多美味的東西啊。

我不自覺地嚥了嚥口水，似乎嗅到了乾炒山羌肉片以及丟了幾顆南樹子果粒的羌肉骨湯的淡淡野羶味，我又嚥了嚥口水，覺得有股淚水硬是往上推擠，幾乎擠出眼眶，而心裡頭一陣酸楚。

「這位小姐，您需要點什麼餐嗎？」空服員的聲音遠遠地傳來打斷了我繼續胡思亂想。

幾個空服員分別由飛機前方、後方推著餐車詢問。他們個個說得一口好聽的普通話，平正清軟，讓我覺得舒服與詫異。這些都是台灣訓練出來的吧？如果是這樣，台灣這方面的教育應該是好的。我不經意注意到了前面座位的椅背上，插放著幾本雜誌，封面上頭的漢字，跟在大陸所使用的字大不相同，筆劃多，呈現較多的方塊平整，我想這應該是我們所說的大字吧，寫書法練毛筆用的大字，是比較接近日本人所說的漢字。

照這個樣子來看，台灣應該說的是普通話，寫的是這種大字。我記得大妹熙安，不，現在應該叫陳銀妹，前段時間寄來的信就是用這種字體，當時倒不是怎麼在意，現在想起來，還眞有幾分新鮮。他們現在應該都說漢字漢語了吧，不過，我們自己的話呢？他們還說不說？

我們的話語？卑南語？呵呵……我又還能記得幾個？就說水吧，應該說是 lanum 還是 ṟanum 或者是 zanum？吃，我知道是 megan，唱歌是 snay，其他，還有什麼？……

「先生，您需要什麼嗎？」一個年輕漂亮有著不大的眼睛的女空服員問我。

「喔！ṟanum。」

「什麼？」那空服員眼睛忽然變大的問。

「啊！我是說給我一杯水吧！」我覺得窘，耳根子忽然熱燥了起來。

我忽然想，待會兒下了飛機見了面，我要跟我的家人說什麼呢？說卑南語應該比較好，他們會知道我始終沒忘記他們。但是我又該怎麼開始呢？問好應該是 Yinava mu zian 吧？不對，應該是 H̱inava mu。我記得從前在家裡，見面問吃飯了沒比較多，那應該是 Megan mu ḻa，可是這個時候在機場見面，問他們吃飽了嗎也覺得怪，我該說什麼？問健康好了，可是健康怎麼說，zalik……後面怎麼說？哎呀！我連一個單字都說不完。這眞有意思啊，話語一丟幾年不用，不想丟也都忘了，呵呵……我的家鄉話跟我離家的時間一樣遠啊。

一路的飛機航程上，我就這樣努力地、不停地回想我還能記得的單字以及句子，當然也不停的陷在那些字句的情境中，而濕潤了眼眶，激動時，還假裝撇過頭看窗外遠距離的幾層雲，向著那顯得空盪無一物的機外風光偷偷拭去眼淚，我眞該躲進飛機的廁所好好大哭一場的。

機師第二次從廣播系統傳來了些飛行資料的說明，我感覺飛機向下掉落了一些高度，繼續在雲層裡飛行。窗外的雲是一絲絲、一團團的向後飛掠，遠處有積雲，層積雲一層層、一疊疊地壁壘似的這裡一段那裡一塊，積雲間除了湧堆的雲海，更多的時候是一整遍不知有無底部的空茫，或說灰白的曠野。我們像在水中奮游的一尾大魚，更像在霧茫山林梭巡的巨獸；那些層積雲看起來不正像是那些峭壁絕崖？這些飛掠而過的不正是拂過臉頰髮梢的樹葉、枝蔓、松羅或飽含水分子的霧氣嗎？

哎呀！我家鄉的森林唷，我父親他們那些山林獵徑啊，我這一趟回去，總該要再好好的去體驗體驗，我還不到七十，那些山林獵徑應該還難不倒我的。

飛機又掉了一些高度，我感覺耳膜不舒服，一種激烈向內縮壓的疼痛，令我聽不清楚外頭的聲音，但隱隱約約地感覺似乎是機師的聲音或者空服員或者是機艙長的聲音嗡嗡地響著。我嚥了嚥口水，雙手摀著面頰、耳朵，揉了揉覺得舒服了些，但悶痛持續往內鑽、擴散。

飛機引擎聲、機翼調整的風切聲、還有廣播系統有一段沒一段的提醒廣播聲籠罩著周圍，飛機內燈熄了，幾個紅燈警示閃了閃，熄了又閃。

我腦海裡不自覺地、不斷湧起在六營集共軍的炮擊，戰友們四處躲藏的畫面，不斷的浮掠起淮海戰役，國軍那些大口徑的砲彈震得我耳膜受傷聽不見連長口令的狀況，那轟隆隆的砲彈聲，那血肉橫飛的慘狀交織錯掠。忽然……我胸口一陣悶，像是挨了一槍似的，四周忽然都靜了下來，除了耳膜持續刺痛，整個飛機恢復了平靜，而飛機又明顯的降了一個高度，往下跳似的。

「各位旅客，我們即將抵達高雄，請收起您的……」座艙長的聲音著實好聽。

高雄？……那不正是當年我們離開台灣的港口嗎？一九四七年元旦剛過沒幾天，我們被逼上了船，待了三天三夜後才離開的港口嗎？而現在我是要抵達高雄與我的家人見面了嗎？我興奮了，我心急了，我簡直不知道該怎麼繼續動作或思考。

飛機降了一個高度，又降了一個高度，機身忽然傾斜轉了個彎又擺正，我看見了高雄港，遠遠地看見港口內羅列停泊的船隻，那可眞是壯觀的景象啊。我無法判斷當年我們是在哪一個碼頭停泊登船，血染海水後傷心憤懣的出航趕赴大陸戰場；但幾艘大船現在優雅的停泊在碼頭邊，卻深深吸引著我，一股奇怪的感覺忽然湧上心頭。

對了，我想起來了，四六年四月，我在基隆港口看見遣返的日本人，心想著：要是有那麼一天不打仗了，我們應該也可以像那些等著坐船的日本人一樣，不論在哪裡解散，都有船運送我們回家鄉，那將是件多美好的事啊；四七年離開高雄港口，狠狠哭過一場後，我又這麼想：如果多年之後，幸運沒死在異鄉，我期待能擁有那些日本人的幸運，有機會安靜的、從容地，一階一步地踏上階梯，然後在輪船離開港口的時候，憑靠著船舷欄杆向那片土地揮手道別或優雅的靜默無語，感傷我的離去卻沒有任何憤恨……

想到這，我心裡不覺一陣辛酸，忍不住拿起外套蒙起了頭開始哭泣，而且停不下來，即使飛機出現了激烈的震動與噪音。

我終究沒有坐上輪船回家，卻也在大陸家人的祝福與台灣故鄉親友的殷切期盼下，心情複雜的、徬徨卻充滿期待的、安靜的、從容地，一步一階地踏上了飛機；踏上這種我從前想都沒想過的交通工具，無語也感傷地橫飛過打了幾場大仗而隔離兩岸近五十年的台灣海峽，回到我當年離家的城市。

想到我已經離開了我在大陸一手建立的十餘口大家族，又將見到我闊別近五十年，我不確定還有幾個活著的家鄉親人；我的心情愈發激動，淚水止不了，也停止不了哭泣。

「老先生，這位老先生，我們得下飛機了！」

「喔……」我應了一聲。

才取下外套，看見身邊幾個空服員關心的看著我，飛機艙內已經沒有其他的乘客了，算一算，從飛機開始進場到旅客下機，我哭了超過半個小時的時間，眼睛覺得浮腫濕糊。

「對不起，我離家……四十七年了！」我低聲說著又泫然。

「沒關係，回家了！回來就好！」一個看起來年紀稍微長一點的空服員小姐說。

「是啊，我到家了！終於……回家了！」我哽咽、輕輕的、沙啞地說，而她們都紅了眼眶。

高雄機場的出關處並不算複雜，但不知是距離太遠，還是區域太大，我總覺得始終走不到出口的大廳。我的家人應該在那裡等待吧！會是誰來，熙安還是會有其他的人？他們會一眼認出我來嗎？他們看過我的照片的，應該不難認出我來。十七歲離家，而今六十四歲回到台灣，這個回家路也……也太遠了，嗚……這是什麼樣的命運啊。

出了關，開始感覺渾身虛弱，心裡急，兩腿卻無力走進大廳似的，虛軟得抬不起來，感覺只能拖著往前滑動。加油啊！卡沙一；使點勁，曲納詩！繼續啊，陳清山！轉戰南北，你勇往直前，敵人屍堆前你豪情壯志越發勇猛；眼前的幾步路，你可不能倒了，走不下去啊！我提醒自己，腳步卻越發虛軟或沉重。

誰說的近鄉情怯？如此生動地描述我怯生生見我家人的心情。才覺得鼻頭一陣酸臉頰一陣涼，大廳裡一群像是家鄉的人，幾道眼神已經射向我。我呆立在走道上，猜測著誰是熙安，我那四十七年未見的大妹子；猜想著那一群人誰是我早年熟識的玩伴，淚水卻已經撲簌簌的奪眶猛流，我認出來了……

「哥！哥……嗚……」一個婦人站上前來！是熙安！一個頭髮幾乎白透的老婦人，我認出來了，她是熙安。

「熙安！我回來了……嗚……」我的聲音低得不能再低，而顱腔內的哭泣共鳴回音掩蓋了所有外在的聲音。

我迎了上去，我們相擁而泣，其他幾個我根本分辨不出誰是誰的親友們也跟著上前來，大家哭成一團。

我回到台灣了，一九九二年二月，我回到當年啓程離鄉的城市，高雄。

坐上了親友們準備接我回家的汽車上，大妹子緊坐在我身旁，弟弟清河也陪著坐在駕駛旁的鄰座。

「你們都過得好嗎？」我開口問。

這是我與家人見面後，開口說的第一句話。我感到心虛，因爲從機場大廳開始，親友們已經以家鄉話彼此交談了不少，也有幾個親友以普通話向我問好，但我始終無法平息我心情的激動，以致無法好好的回他們幾句。我想我是能聽得懂他們向我問好的話語，我卻無法把我在飛機上練習了許久的家鄉卑南話表達出來。

「好！好啊！」妹妹沙啞的回了我話，接著她又說了：

"Marenai wu zia ganada nay?"

我聽懂了她的意思是問我還能不能說家鄉話？聽懂容易，回答難了，我照實說：

「我快忘了，現在不會說！」

「沒有關係啦！練習練習以後就會啦！」大妹體諒的說，她的普通話並不流暢，沙啞的聲音下，我聽得出她也是盡可能的拼出這些詞。

"Ayi, na..."大弟也補充說。

我沒完全聽清楚他說的家鄉話，但是概略的意思應該是要我多練習練習，應該就能很快地恢復那個能力。

「哥哥，好好練習啦，我們不是『魯跌』，應該要說我們自己的話。」大弟忽然又以普通話補充說。

聽起來大弟也沒有把普通話說得很流利，不過那個很久沒聽到了的「魯跌」這個代表大陸人的詞，讓我感到親切，我輕快的回答他們：

「Ayi！我會好好的練習啦！」我表情愉悅的用家鄉話說 Ayi①。

沒想到大家都笑成一團，準是我的腔調奇怪或表情逗笑吧，我也跟著哈哈大笑，這一路來的緊張與疑慮，都隨著笑聲消失了。

高雄經由屏東的道路很好，寬敞平坦，因爲不是假日，在幾個城鎮以外的道路上車流量就顯得稀落。經過海岸線向南行駛，駕駛指了指右邊告訴我那一邊就是西邊也是香港、大陸的方向。我卻注意到了海面不算洶湧的浪濤，想著台東的海岸。

「我們需要多久才到得了家？」我問大妹子。

「啊？」妹子顯然沒立刻聽懂我問的事。

「四個小時！」司機說。

"Ai gavangavang hari... da nu..."大妹子說。

我不完全聽懂她說的，我猜她的意思是要我別擔心，我們自然會到家裡，但其中的幾個字，我沒辦法辨識。

「別緊張！會到家啊！」大妹子補充說。

我心裡忽然湧上了些心思。弟弟妹妹顯然並不熟練普通話，也許跟他們的生活型態有關係。台東我的故鄉大巴六九是個小山村，從前務農、狩獵的生活，根本與城鎮間沒有太多的緊密關係，他們的家鄉話保持得這麼好，極有可能是生活並沒有受到太多的改變。如果是這樣，那表示到現在村子的改變應該不大，他們日子也應該不會好到哪裡去，所以，不太說普通話應該也是合理的狀況。這可讓我覺得內疚，當初我曾允諾要外出賺錢讓他們過好日子的；還有，我勢必得盡快的恢復我說家鄉話的能力。我是十七歲離家，當初的家鄉話是既扎實又熟練，雖然離家久了，一段時間的練習應該能回復個七八成左右，我總不能一直猜測著，或者希望有人翻譯我們的交談啊。

不過，看他們的衣著與都能開兩三部車來接我的情況來看，聽聽他們偶而用普通話交談，我隱

①是的。

約感覺他們生活應該遠比我在大陸過得好，這些，我忽然又覺得好奇了。

往台東的山路雖然彎折，但是二到四線道的公路還算寬敞舒適，唯一讓我不適應的地方是，現在是二月，沿線卻仍然綠油油地一整遍，綠得叫人忘了冬季還沒準備離開，另外，在車子開著冷氣的情況下，我還得脫去上衣，偶而搧風流汗。這與我當年抵達大陸時，冷得直跳腳上下牙齒猛打顫的情形幾乎相反；就好像我是大陸北方人到台灣來旅遊一般，不對，我根本就是大陸人回鄉的。

這一段山路應該就是日本人還在的時候就已經存在的山路。當年離開的時候，我們一群人坐火車往北走，有個同伴說隔年回程的時候要坐車從這一條路回來，不知道他回來了沒，有沒有經過這一條路。

「這一條叫什麼路？」我問駕駛。

「這是南迴公路，從前我們到高雄來，就只能搭客運坐七八個小時才到得了，據說更早以前只有一兩個車道，到了後來改善了這一條路，我們行車到高雄只要四個小時了。」

「有火車了嗎？」我想起當年並沒有火車通行，我們一群離家的人還為有沒有火車通往高雄小小爭辯了一下。

「有，火車穿過許多隧道，時間也節省許多，三個小時就可以到達高雄。」

「妳坐過這一條火車吧！」我問大妹。

「沒有！沒有什麼事啊，我怎麼坐車？」大妹說。

我覺得她聽得懂大部分的普通話，但說可就有點困難了，這一點令我稍稍寬心些，心想，起碼不會聽不懂我說的話。

「那些是什麼？」我看見溪床上，被整理得平坦乾淨，上頭顯然是種植了一些像瓜果之類的植物，蔓延連結。

「西瓜，趁著雨季以前，他們種西瓜，趕在四五月開始下雨前收穫上市，我們這一帶的西瓜可是有名的，多汁味甜。」駕駛說。

「西瓜？我聽說台灣的西瓜很甜很好吃，可是沒見過這樣栽種的，離開故鄉以前也沒有機會看到西瓜這樣的種植規模。」

「不只這些呢，台灣水果農業技術在全世界有名，剛才我們還沒進入山以前那個地方，有印象吧？沿路種植的蓮霧、芒果也是全台數一數二的，他們叫黑珍珠，也有的品種叫黑鑽石。」

「黑珍珠、黑鑽石？意思是很貴？」

「不，意思是好吃，甜多汁，品質像珍珠鑽石，讓人喜歡。」

「哎呀，這一回我像個鄉下人進城了。」

"Mar...za man?"大妹子插話，可能被我的感慨所驚動。

我沒聽懂她說什麼，只見駕駛沒回頭地把我們剛才的話又解釋了一遍，一連串的家鄉話在耳邊響起，聲音眞是好聽舒服。我聽得吃力，但也聽得心裡很舒服，雖然我拿不準他們說的是什麼。

「我去買給你吃，回去的時候！」大妹子說。

「什麼？」我沒懂她的意思。

「我買蓮霧、西瓜，給你吃啊。」她說。

"Hari zia...zia za..."駕駛的聲音有些急。

“Nu aizam...amli...harem...”大妹的語調也有些疑惑。

“Gamama...nu...zaman nu...”弟弟清和也加入交談，有校正的意味兒。

三個人你一言我一句，認眞的討論著一件事。我專注的聽，卻也只能聽見一些語音，至於那是什麼意思，我完全沒把握說得準，只能猜想他們討論的應該是跟剛才的水果有關。這眞是奇妙啊，語言這個東西，當年我們一句漢語也聽不懂不會說，跟著軍隊往花蓮繞過台灣三分之二圈之後從高雄出發到大陸，一趟四十七年，我會說的日語、家鄉話卑南語全丟得一乾二淨，不會說的漢語卻天天掛在嘴邊，成了唯一我會的語言。而現在經由高雄回到家鄉，踏上當年唯一一段沒繞過的環島道路，家鄉話卻變成我幾乎完全不懂的語言，就像身處在異鄉、奇異之地，那樣的陌生。

沒來得及在天黑前好好看一看村子的面貌，我們在入夜後才抵達村子大妹家裡，只管用過飯陪著一些親友喝了點酒後，便早早休息。即便如此，我還是被街道的路燈以及由各家門窗溢出的燈火所吸引，而興奮莫名，這已經不是我熟悉的部落，不是我記憶中那個處處是樹影草叢蔓延的小山村。

清晨，我是在幾隻狗的吠叫聲、摩托車的引擎聲中醒來，想開門走到戶外，卻看見大妹子已經起床了。年紀大，我想她也應該是與我一樣，睡得深，時間也短。

「早啊！」

「早安！好嗎？你的睡覺？」大妹問。

「我的睡覺？喔！很好，很好！沒這麼睡過，夜裡有狗叫聲摩托車聲音，很奇特，但我睡得很好！」我不習慣大妹的普通話。

「喔，是！」大妹應話沒什麼表情，似乎也不習慣我的語調。

「我想出去走一走！活動活動！」我說。

「好好！」大妹說，立即穿了鞋，我想她是想跟著我走走的。

太陽還沒升起，天已經亮了，東方遠處是海面的上空，雲層已經有一大片的橙黃，要不了多久，太陽該要升空了。大妹的家，是位在村子西北方地勢較高的位置，是在我的戰友林丁前家的下方，因爲東面蓋起了樓房，遮住了視線，反而無法直接望見台東海面。

大妹領著我穿過村子中心的道路，往村子口過去老家的位置走去。街道依舊是過去我離家時的井字型街道，但都鋪上了瀝青路面。兩旁原有的樹都砍了，排水溝也都鋪上了水溝蓋，使得路面變得寬敞。村子蓋了不少洋樓，即使是平房，也都改建成磚牆屋瓦，我熟悉的茅草竹牆都不見了。

我們走到位在村子口原來的老家，大妹努力地、輕聲的告訴我，自從母親過世以後，弟妹們陸續成家，因爲生活需要，房子以及位在村子口的田地陸續都賣給移民過來的平地人。我望著屋子後方原先以黏土夯成的曬穀場，已經鋪上了水泥地，但表層出現了龜裂，且四周都長了青苔；曬穀場旁原先的牛欄，也搭起了瓦屋形式的欄子，有一些地方的欄柱都斜垮了。顯然這戶人家早年曾經頻繁的使用過，從停了兩輛車的情況看來，這個廢棄的曬穀場，除了停車，原先的功能已不再，且廢棄的時間都不算短。我心頭一酸，眼淚不聽使喚地直掉，都是我不好，沒能好好的努力賺錢養家，讓家裡衰落到這個地步。

大妹努力的夾雜家鄉卑南話拼湊漢語告訴我：別難過，村子裡大多數的屋子、土地都是這樣流失的，現在村子裡住進了三分之一的平地人還有一些退伍軍人，許多的族人賣了土地房子之後，遷往別處去了，所以這些年村子人口也變少了。

走。

我想起了當年離家前，我牽著大牛到田裡的冷颼清晨，便央求著大妹一起到我們家那塊地走一走。

村子口建起了一間漢人的廟，大妹說那是一九七〇年代這些移民而來的漢人籌資起建，他們還在更下方的十字路口蓋起了牌樓，讓這個村子看起來被圈圍在廟的範圍之內。我在大陸沒見過這種形式的廟，大妹說，這類的廟很多，在東邊的村子還有一間更大的廟，祭祀的是關公。這讓我感到新奇，決定過些時候一切穩定下來了，要去拜訪參觀一番。

「東邊是什麼村?」我問。

大妹楞了一下，回答說：「太平村!」

「我們這裡不是太平村嗎?」

「不是，是泰安村! a ruwa na min...mu, muva...」大妹很努力的想表達，可是有些我沒聽清楚發音，聽得清楚了的，我卻沒把握聽懂了她說的什麼意思。別急，日後我一定聽得懂的。

我們又往下走了一些。太陽升起來了，我遠遠地見到海面上，正在離開水面的紅色太陽。原先遮掩在上空的一些雲層，已經變得稀薄，罅縫中，向上呈扇形地射映出幾道光芒；而整個台東平原都晶亮起來了。東西向的主要道路上，隱約還看得見車輛移動，這情形令我感到興奮，算一算都要快半個世紀沒見到這樣的太陽啊，沒見到這樣生機活躍卻寧靜的清晨。

「這塊地現在是誰的了!」我指著原先我們家裡面的那塊地。

「不知道!沒有人啊! sawariyian la...ai mu...」大妹說。

我想她的意思，應該是說她並不清楚現在這是誰的地，而且荒蕪很久了。這地也著實荒蕪，整塊地除了高過一個人的五節芒草，根本看不到任何一棵可遮蔭的大樹，我疑惑著當時我們這塊地種的那些樹呢。我沒繼續問妹子，因爲我才回頭往村子望去，發現村子左側的山腰以上呈現了陡峭的山形，像是被誰往下耙掉一塊似的。而村子右邊往舊部落的方向，有一大片整齊的墳區，我記得那裡的確是我們的墳地，但現在的規模也太大了，太漂亮了吧，在大陸我根本看不到這樣的情形。我想問，但我看得出來，大妹子爲了回答我的問題，已經顯得吃力與窘迫了，我決定不再問事，只想好好的觀察，等過些時候我看多了，語言也熟悉了，我再好好的問個清楚，我覺得我的家鄉，這個小山村，除了變得更進步更漂亮，這半個世紀以來一定也發生了許多的事情，我得好好的弄個明白，塡補我對故鄉記憶的空白。

上午由大妹子以及幾個後輩，陪著到鄉公所的戶政事務所辦理戶籍。撤銷了死亡註記，我又「活過來」了，並以陳清山的名字取得身分證與戶籍。我見到了妹妹所說的那間漂亮的關帝廟，也在經過太平村街道時，遇見了不少大陸人。晚輩們說，他們是榮民，是當年在大陸戰場和金門參戰時受傷，現在集中在「榮民之家」養老的大陸兵。這令我感到驚訝，照這個樣子，「榮民之家」豈不就跟我在河南新鄉的「榮軍之家」一樣？如果卑南鄉公所的說法屬實，我今後如有需要也可以申請住在這裡。這可實在是太有意思了，假如我住進了這樣的「榮民之家」來，那麼當年我們在戰場拚死拚活殺紅了眼的仇敵，到老了都變成殘廢了卻住在一起，那將會是什麼個情形啊？呵呵……有意思。

我沒繼續在這個心思打轉，因爲一個晚輩說中午家裡會來些客人爲我接風，我覺得有趣，因爲離家多年，我並不清楚誰會特地來爲我設宴接風，但回到大妹家裡，所見情形竟完全出乎我的想像。大妹家的院子裡賓客早就坐滿了四、五桌，見到我竟然都鼓掌歡迎我。我想不到會有這種情形，但更想不到的是，酒過三巡，我所熟悉的、記憶中我孩童時期大人喝酒跳舞的情形竟然重新地鮮活地在我眼前呈現。跟過去不同的是，不少親友是穿著了艷麗的傳統服飾，興致來了就圍圈起來跳舞唱歌。我不知道是開心、激動還是感傷，宴席上我居然哭了一回又一回。

幾天來，親友們又分別在自家設了宴席，爲我接風。不同的宴席上，我並沒有見到幾個當年熟識的玩伴，賓客中也幾乎沒什麼人能清楚記憶起當年我們離家的情景，也許是我們離家的時間太久，久到讓我的好友夥伴來不及活到那個歲數聽我們講經歷。至於多數年紀較輕的親友，跟著赴宴也不過是出於好奇，想聽聽我以及我那些還不見蹤影的夥伴到底發生了什麼事。我想，他們當我是陌生的親友熟人；而我，對於家鄉的一切感到新鮮好奇，陌生中還夾雜著熟悉與親切。

家鄉畢竟是不同了，雖然不是人人住豪宅，但看起來家家倒也是衣食無虞，交通方便購物也不愁短缺；人可以自在的彼此開玩笑，罵罵政府開開那些領導人的玩笑。讓我更覺得難以想像的是，家裡平常偶而會有一些人來拜訪大妹子，說是爲了年底以及明年有個什麼選舉的，「選舉」這玩意兒，對我可是個新鮮事呢。憑良心說，故鄉對我而言，還眞有異鄉的一點點疏離感覺。這種感覺除了台灣、大陸兩地之間的生活習俗與社會發展情況有差異；個別的生活用語不同，也平添了不少生活的趣味。

有一天，我自告奮勇地想下廚，做些河南家鄉菜給大妹家人嚐鮮，我問大妹有沒有蒜，大妹愣了一下，怔怔地望著我，既沒回答，也沒做其他動作，我心想可能是沒有吧。正待找其他的蔥花，便聽到大妹忽然拿了手機打了通電話，還催促著對方快一點，我聽懂她說的 alamu ②、gaziga ③，我想她是叫人送過來吧！才不過一會兒，一個年輕後輩拿了一袋肉來。我問他這是什麼肉，爲什麼拿肉來？大妹回答說，因爲是我要「蒜」，所以他拿了一塊 suwan ④來。原來她以爲我在大陸河南的家有吃狗肉的習慣，因爲來台灣有不少日子了，可能想念那個味道，所以找她要肉吃，正巧她知道一個外鄉人在村子口兜售狗肉。「蒜」跟卑南語的「狗」是同音，而他們說「蒜」的時候，是叫「蒜頭」的。

像這類的生活笑話是層出不窮的，雖然覺得窘迫，但也挺有意思的。不過我可不會太在意這些，畢竟這是兩個不同的生活方式與意識型態，而我又與家人相隔近五十年沒共同生活過，隔閡與陌生是必然存在的，我想，我們都需要些時間彼此調適吧！眼前我可得好好享受與大妹回到田地裡翻耙耕種農作的樂趣，好好照顧我新墾的小塊旱地，種種瓜藤、小米、花生等等，重拾兒時記憶啊！我總算回家了，不是嗎？

忍不住，某個夜裡，兩杯黃湯下肚，我跟大妹要了紙張與筆，寫了我的感想，我想，就當成我回到家的紀念見證吧；若干年後，有人記起我離家與回鄉的歷程，便可知曉我現在的心情：

台灣啊，台灣！是美麗的寶島。
她是我生長的地方，

②來。
③快一點。
④狗肉。

勤勞勇敢善良的人民，
改變了家鄉的樣貌。
有朝一日回到家鄉，
看到那能歌善舞的鄉親，
美麗可愛的泰安山村，
是我永遠懷念的故鄉。

台灣啊，台灣！四季如春。
田野山川鳥語花香，
萬物生長果實纍纍，
家家户户幸福美滿。
我離開故鄉五十載，
又回到了久別的故鄉，
我和那鄉親們歡聚一堂，
度過那美好時光。

第15章 走過一回

幾個當年一起出門的戰友陸續回到台灣，除了表哥黃明來回來省親、探視之後，繼續選擇回大陸之外，從福建省南平市回來的吳阿吉，以及山東省棗庄市回來的吳進來，都選擇落籍定居。兩位戰友回來，我們不免又是一陣的接風與交換心得，偶而也約了一起在村子附近走走看一看，對於村子的劇烈改變，我們不免一陣唏噓，也感慨人生的不可捉摸。

一日，兩位一起約了來，出現在我的小旱田。

「陳清山，你忙什麼？」吳阿吉說。

我被他們出現在附近又突然發聲嚇了一跳。

「兩位可眞像是陣風啊，沒說來，就出現，也不先打個電話，讓我等你們！」

「還打什麼電話，我跟吳阿吉才通了電話，說到當年我們離家那一條通往台東街的道路，我們心想反正沒啥事，想走走逛逛，所以看看你有沒有別的事情，找你一道走走。」吳進來說。

「也好，前天這裡才除完草，來這兒不過是打發時間，我看我們就一起走走吧！」

我順道邀了大妹子，大妹子對我們喜歡走路的習慣不適應，要我們自己走，她建議我們如果不想走了，沿途還有客運巴士站，可以等車，眞要不行也可以叫輛計程車。

我們倒沒有認眞聽，在大陸家鄉南北走闖、東行西走，最可靠的還是一雙腿，更何況是去體驗順便看一看沿途風光，眞要坐了車，就沒什麼意思了。

「我們兩條腿慢慢走，manazam mi la！」我半普通話半家鄉話的回了大妹話。

「唷！看不出來啊，家鄉話你說得上了口啦？」吳阿吉幾乎是睜著大眼，一副不可置信的樣子。

"Alala, aeman za ŋaŋay za saru nu mahuwahu da!"我說。

「什麼意思？」

「我是說，走啦！說這麼多幹什麼？」

「嘿！你賣弄起來了！」吳阿吉高聲的說，語氣沒有不高興，驚奇的成分多些。

我心裡一陣驕傲，回來一年多，家鄉話總算慢慢的找回來了一些。

走出了村子口的那座廟的牌樓，便是一個十字路口。向南是通往利家村的道路，也是早年我們就讀利家國小的通路，只不過當年兩側成排的刺竹叢已經清除掉，建成了十幾公尺寬、直直一條的美麗道路，道路兩側是灌溉渠道。向北則是通往舊部落的馬路，據說在六〇年代時期，國軍在這裡設立了軍事訓練基地，專門訓練台東地區徵兵而來的戰士。從村子後方山腰往下望去，那營舍整齊新穎，操場綠地寬闊，整體看起來規模不小。營區的年輕戰士有男有女，年紀都很輕，讓我印象較深的是，他們會定期或在特定時間到社區打掃，平常每天中午還會送便當到社區的獨居老人家裡面。

「看來，國軍是有進步了。」

「都快進入二十一世紀了，如果還停留在我們那個時候拉伕搶兵的狀況，我看我們也不必等到現在才回得了家，早該要讓解放軍解放了。」

「說不定還是我們自己來解放的呢？」

「你們輕聲點，要給人聽見我們解放軍長解放軍短的，當心讓人告密給公安抓了去！」吳進來提醒。

「不至於吧！」我說。

「你這麼有信心？」

「我回來一年多的觀察，在這裡，罵人只要有證據，都可以義正辭嚴的說；只要不指名道姓的胡亂栽贓污辱人，沒人會太在意你說什麼，特別是國家體制或是軍隊如何。所以你儘管說，沒人會理你的。」我說得肯定，「而且，我們說的並不爲過啊！軍隊是爲人民服務的，不管是哪一個國家哪一個政府，只要組了軍隊，都應該把這個掛在心上，不能把軍隊當成鬥爭的工具、奪權的武器，否則這軍隊不叫軍隊，叫土匪，苦的是人民，人民最後也會做出選擇的。」

「是啊！我們難道不是在那樣的環境、那樣的錯誤下的受害者嗎？國民黨、共產黨，國軍、解放軍在過去的半個世紀，不也分別都犯了錯嗎？倒楣的不都是老百姓嗎？所幸現在都做了修正，要不，整個大陸和台灣都要陷入無窮盡的鬥爭，別談什麼建設了。」

「兩位的言詞眞叫人捏把冷汗啊，眞的沒事嗎？雖然你們說的我都同意，人民應該是軍隊心頭的一塊肉，是政府最優先服務的對象，可你們的話還是讓我心驚膽跳的啊。」

我們看著幾個年輕的戰士，搭上了計程車，向台東方向而去，還不停的討論著這個設在我們村子的國軍營區，想起我們當年被騙去工作的經歷，以及在解放軍參戰又復員成爲榮譽軍人的過往。

「我記得，當年在這裡……」吳阿吉說：「那輛大卡車，逃命似的離開，我記得當時就在這裡……這裡，有個傢伙被彈了起來，撞在我的膝蓋上，害我到了台東膝蓋還痛得直不起來走路，我忘了那個人是誰，但這件事我一直忘不了。」

「是誰？那是我，你膝蓋直不起來，我整顆頭到現在還一直沒辦法清醒呢，我就想不透當初我們怎麼這麼好騙啊，人家隨便說說，我們就當眞，跟人家遠離家鄉去了。」

「那是我們笨啊！」

「不，那是他們狡猾！」

「我看是我們窮怕了！找不到出路！」

「不是，我看那是冥冥中注定的，注定要我們走過這一回，用一生最燦爛菁華的歲月見證這一段不文明的歷史。」

我們邊走邊開玩笑，不覺，也走了一大半的路。經過太平國小，見到一個坐著輪椅的大陸傷殘老兵。他的下半身只有兩條小腿可以移動；他坐在輪椅上，靠著兩條小腿不停的交互前進地「走」到泰安那個路口，再折返太平榮家，維持了數十年不間斷。上一回坐車上台東買東西，一個後輩這麼告訴我的，我把這情形告訴我的同伴，他們發出了一陣驚嘆。

「還好！打了內戰，又參加韓戰，我沒被打死，也沒殘廢！」吳阿吉說。

「他的生命毅力堅強得叫人佩服啊，不能走也走了幾十年；不知道他是哪裡人，回過老家了沒？」吳進來說。

「算一算，我們還算幸運的啊！」

「是啊！太幸運了！」我補充說。

台東到泰安的距離差不多有九公里多一點，我們邊走邊看邊聊天，也用去了兩個多小時才到達市區，不累，因爲流汗感覺舒服極了。我決定帶他們到市場走一走，買些用品，順便繞去看一看當年我們下車集中的操場，不過胃腸感覺漲實的，忍不住結結實實的放了個悶屁。

「你們誰放屁了！」吳進來問。

我覺得窘啊，正想招認，吳阿吉卻搶在先頭說：

「對不起啊！早上出門沒記得上茅坑，現在想拉大號，忍不住了先放了個屁！」

「你吃了什麼？屁能放得這麼多，這麼臭！」吳進來問。

「哈哈……昨夜我那弟弟煮了些甜薯，好吃，多吃了幾條。」吳阿吉說，隨即又轉向我：「陳清山，台東市你應該比我們清楚，你知道哪裡有公廁可以上吧！」

「哎呀！真糟糕，我來了幾趟台東，上過餐廳的廁所，這一回咱沒到人家餐廳吃飯，人家應該不給上吧！至於其他有沒有公共廁所我可就不知道了。」我說。

我著實不知道哪裡有公廁可以上，而且這裡是市區，想找個荒郊拉個野屎給那些野草施肥根本不可能。吳阿吉急，我心裡更急，我肚子恐怕不比他舒服到哪裡去啊。

「你急不急啊？」我問。

「可以忍一忍，不過，要忍到走回去，恐怕不行，光是那一團一團的屁，你們可能也受不了的。」吳阿吉說。

「好吧！我們現在就招計程車回去拉屎吧！」

我下了決心做了決定，招了計程車趕回村子，一下車，我搶在吳阿吉前面上廁所拉大號。

「陳清山，喂，陳清山！弄了半天，是你比吳阿吉更急啊！」吳進來說。

「我看剛剛應該是他一路放的屁！臭得那計程車多收了我們車資！」吳阿吉說。

「我看是你們兩個輪流放的吧，倒楣了我跟那個司機。」
「好吧！算我的不對，不，陳清山的不對多一些！我呢，替他向你道歉。」
「道歉？我看免了吧，你快快上，上完，我們回頭再去台東市！」
「也得等陳清山出來啊！等等，吳進來，你說待會兒還要轉回台東市？」
「怎麼，你不想啊？」
「想啊，當然想啊，好，等我上完，我們再走回去！我催一催陳清山啊！」
「欸！別催了，讓他好好的上吧！一肚子屎，不放完，怎麼會舒服呢！讓他慢慢放吧！」
坐在馬桶上暢快，除了滿廁所的臭味，這兩位夥伴的聲音一字一句的進了耳朵裡。
我想我是幸運地。過去的六十幾年歲月裡，我歷經了不同的國家體制、社會制度，各個階段也分別接受了不同的思想觀念與意識型態；回想起那些崎嶇坎坷，那些喜怒哀樂、酸甜苦辣，一件又一件料想不到的禍福，那些隨伴而來的血淚汗水，卻也成了我一生中最深刻難以忘懷的記憶，永遠烙印在我的心中。也許我該好好寫一寫這段歷程，記錄我的一生，見證整個時代不被人清楚意識存在的一段史實。
寫吧！陳清山，有生之年，不妨試著寫吧！
不過，現在，我得先讓出馬桶，待會兒，我還得陪伴著我的夥伴，走回剛才到台東的路上。路，走過一回，但，還沒走完呢。

〔跋〕

semaLaw，超越

孫大川
paelabang danapan, 卑南族學者

我也有一個大表哥在一九六〇年代中期，從日本被派遣到中國大陸從事敵後諜報工作。旋即，因文革的關係，被捕入獄。直到九〇年代初，我們輾轉得知他尚在人間。九一年夏天，我們終於在北京見面。他雖然滿口京腔，但頻道一轉，卑南語宣洩而出，竟是如此典雅精確，鄉音絲毫未改。那一夜我們一首又一首交換古調，彷彿要使勁填滿三十年的空白。

大表哥開始選擇他獨特的生涯和命運的時刻，我年尚幼小，彼此的記憶都是模糊的。成長過程中我大致從哥哥、姊姊的嘴裡得知我有這麼一位大表哥。大家都說他聰明、反應敏捷、體能好又有領導能力。但是，沒有一個人說得清楚他到底在做什麼？去了哪裡？是生？是死？他成了我們家族的神話，一個傳說中的人物。

從年紀推斷，我大表哥生於一九三二年，應該比巴代長篇小說《走過》裡的主人翁陳清山年輕三、四歲。同爲卑南族人，雖因著不同的原因和目的先後前往大陸，卻有著相似的遭

遇。他們共同見證了大陸那一段天翻地覆的大變局，也都幸運地「走過」了離亂的歲月，最後竟都能全身而退，在一九九〇年代初返回台東故里。這需要多大的福分和祖靈的庇佑啊！大表哥說，陳清山在大陸的名字叫曲納詩；陳清山也應該知道大表哥在大陸的另一個名字。不管怎樣，人生「走過」了之後，名稱的虛實已不太重要了，只要記得自己是大巴六九、是pinaseki的卑南族人就夠了……。

巴代說他是透過小說的形式，以第一人稱的視角，揣摩陳老先生的心境，來寫這一部長篇小說的。巴代本身曾爲職業軍人的經歷，一定在某種程度上活化了陳老先生的記憶。陳老先生「哭哭笑笑」看完原稿，證明巴代的模擬自傳是成功的。這又是陳清山先生的另一大福氣！有趣的是，我的大表哥回台之後，可能是由於特殊的倫理信念，始終不願多談過去的往事。無論我如何想方設法，他總是只給故事的框架，細節全無，常令我技窮。他說，自己是永遠的「無名英雄」，所有故事會隨著他進棺材。這十幾年來，他自習電腦，折折裝裝，摸索出自己一套軟硬體技術，並藉此全心、全意、全靈專注投入卑南語辭典的編撰。他工作勤奮，除必要的家族聚會或部落祭儀外，研究卑南語幾乎是他唯一的生活重心。滿書架的日、英語辭典，各類文法書，以及一堆修了又修、寫了又推翻的手稿。他說他不急於出版，只希望以自己的餘生，整理對卑南族語言及文化的有限知識，留下記錄，供後來者「超越」。大表哥思慮專一、心胸開闊、自信且有決斷力，他是一個始終準備著面向「未來」的人。他給自己晚來的獨子一個頗能反映自己人生信念的卑南族名字：「semaLaw」，超越。

「走過」，讓我們反省過去；「超越」，讓我們憧憬未來。兩個卑南族老人，以他們略有交集的一生，爲我們留下值得感恩的遺產：一部小說，一種人生態度。

INK PUBLISHING 文學叢書 260

走過——一個台籍原住民老兵的故事

作　　者　巴　代
總 編 輯　初安民
責任編輯　施淑清
美術編輯　林麗華
照片提供　陳清山
校　　對　楊宗潤　施淑清　巴　代

發 行 人　張書銘
出　　版　INK印刻文學生活雜誌出版有限公司
新北市中和區中正路800號13樓之3
電話：02-22281626
傳真：02-22281598
e-mail : ink.book@msa.hinet.net
網　　址　舒讀網http : //www.sudu.cc

法律顧問　巨鼎博達法律事務所
施竣中律師
總 經 銷　成陽出版股份有限公司
電　　話　03-3589000（代表號）
傳　　真　03-3556521
郵政劃撥　19000691 成陽出版股份有限公司
印　　刷　海王印刷事業股份有限公司

港澳總經銷　泛華發行代理有限公司
地　　址　香港新界將軍澳工業邨駿昌街7號2樓
電　　話　(852) 2798 2220
傳　　真　(852) 2796 5471
網　　址　www.gccd.com.hk

出版日期　2010年 6 月　初版
2017年 3 月 30 日　初版四刷
ISBN　978-986-6377-79-2
定價　470元

長篇小說創作發表專案補助

財團法人|國家文化藝術|基金會

國家圖書館出版品預行編目資料

走過——一個台籍原住民老兵的故事
／巴代著；
--初版, --新北市中和區： INK印刻文學,
2010.06　面；　公分（印刻文學；260）
ISBN 978-986-6377-79-2（平裝）
863.857　99008611